TABLEAU HISTORIQUE

DE

LA LITTÉRATURE

FRANÇAISE.

TABLEAU

HISTORIQUE

DE L'ETAT ET DES PROGRÈS

DE LA

LITTÉRATURE FRANÇAISE,

DEPUIS 1789;

Par M.-J. DE CHENIER.

....

TROISIÈME ÉDITION.

....

DE L'IMPRIMERIE D'A. CLO.

PARIS,

CHEZ MARADAN, LIBRAIRE,

RUE GUÉNÉGAUD, N° 9.

1818.

INTRODUCTION.

Plus nous avançons dans le travail qui nous a été prescrit, et plus nous sentons quel poids il nous impose. Comment, de leur vivant même, apprécier tant d'écrivains, non sur de rigoureuses théories, sur des faits démontrés, sur des calculs évidens, mais sur des choses réputées arbitraires, sur l'esprit, le goût, le talent, l'imagination, l'art d'écrire? Comment se frayer une route à travers tant d'écueils redoutables, entre tant d'opinions diverses, quelquefois contraires, toujours débattues avec chaleur; parmi tant de passions qu'il était si difficile d'assoupir, et qu'il est si facile de réveiller? Comment satisfaire à la fois, et ceux dont il faut parler, et ceux qui ont un avis sur la littérature après l'avoir étudiée, et ceux même qui, sans aucune étude, se croient pourtant du nombre des juges? Dispenser la louange avec plaisir, exercer la censure avec réserve, proclamer les talens qui nous restent, applaudir aux dispositions naissantes : tel est le devoir que nous avons à remplir.

1

Sans pouvoir nommer aujourd'hui tous les écrivains qui seront cités dans notre ouvrage, nous allons toutefois en indiquer un assez grand nombre, et nous tâcherons surtout d'exposer clairement la marche et les divisions du travail qui nous occupe. Dans ce travail considérable, puisqu'il embrasse le cercle entier des applications de l'art d'écrire, à la tête de chaque genre, nous traçons l'aperçu rapide des progrès qu'il a faits en France jusqu'à l'époque où commencent nos observations. C'est marquer les points lumineux qui éclairent la route. L'art de communiquer les idées par la parole, l'art d'enchaîner les idées entre elles, l'art d'analyser les sens, et par eux les sensations, et par elles toutes les idées qui en découlent, fixent d'abord notre attention. Telle est la marche naturelle. Il faut parler et penser avant d'écrire. C'est à la classe de littérature française qu'il appartient spécialement de jeter un coup d'œil sur les sciences philosophiques, fondées, au moins en France, par cette école de Port-Royal, source inépuisable autant qu'elle est pure, où vont remonter à la fois toute saine doctrine et toute littérature classique. Ces mêmes sciences, dans le cours du dernier siècle, ont dû beaucoup aux travaux de Condillac, que l'Académie française se glorifiait de

compter parmi ses membres. Fondateur lui-
même d'une école de philosophie, il a laissé
d'habiles disciples et d'honorables successeurs.
M. Domergue, M. Sicard, plusieurs autres
encore, cultivent avec succès la grammaire
générale et particulière. Nous aurons à remarquer un ouvrage sur notre langue, l'une des
meilleures productions de Marmontel. Un esprit sage et méthodique, M. de Gérando, a
recherché les rapports des signes et de l'art de
penser. Un esprit étendu, M. de Tracy, a rassemblé les trois sciences liées dans un corps
d'ouvrage comme elles le sont dans la nature.
M. Cabanis, intéressant et clair avec profondeur, en comparant l'homme physique et
l'homme moral, a soumis la médecine à l'analyse de l'entendement. Chargé d'enseigner
cette analyse au sein des écoles normales,
M. Garat, par son imagination brillante, a
rendu la raison lumineuse ; genre de service
que, dans les questions encore abstraites, la
raison ne peut devoir qu'aux talens d'un ordre
supérieur.

La science des devoirs de l'homme, la morale, sans produire autant d'ouvrages, n'a pas
été pourtant stérile. Nous avons trouvé dans
les Leçons que Marmontel léguait à ses enfans,
les préceptes de Cicéron mêlés à la sagesse

évangélique. On doit surtout distinguer un
livre important de Saint-Lambert, qui jadis
avait enrichi notre littérature d'un poëme élégant, harmonieux et philosophique. Arrivé
près du terme de la vie, il ne déserta point la
bannière adoptée par sa jeunesse. Inaltérable
dans ses principes, fuyant l'excès, même dans
le bien, il n'affecta ni le pieux rigorisme, ni
l'autorité stoïcienne. Sans détacher la morale
du principe social, nécessaire, démontré, d'un
Dieu surveillant et protecteur, il la trouva
toute entière dans les rapports qui unissent
l'homme à l'homme, dans nos besoins, dans
nos passions, dans cette foule d'intérêts indi-
viduels qui, sans cesse armés l'un contre
l'autre, mais forcés par la nature à traiter ensemble, viennent former, en se ralliant, l'intérêt général des sociétés.

Ici nous occupent à leur tour ceux qui ont
appliqué l'art d'écrire aux matières de politique
et de législation; non cette foule d'esprits subalternes qui, par des feuilles périodiques ou
des brochures non moins éphémères, cares-
saient les passions de la multitude, quand la
multitude avait la puissance; mais un petit
nombre d'hommes plus ou moins distingués par leurs talens, également louables
par leurs intentions. Un habile dialecticien,

M. Siéyes, en des ouvrages où la force de la
pensée produit la force du style, a traité
d'importantes questions de politique générale.
Un écrivain, célèbre en plus d'un genre, M. le
duc de Plaisance; comme lui, M. Rœderer,
M. Dupont de Nemours, M. Barbé-Marbois;
après eux, M. J.-B. Say, M. Ganilh, ont porté
l'intérêt et la clarté dans les diverses parties
de l'économie politique. Les Élémens de Législation, publiés par M. Perreau, ne sont pas
indignes d'être cités. L'auteur d'un livre honoré du prix d'utilité que décernait l'Académie
française, M. Pastoret, exposant les principes
de la législation pénale, a cru pouvoir déterminer comment la loi doit poursuivre pour
être humaine, quand elle doit frapper pour
être juste, où elle doit s'arrêter pour être utile.
Nous remarquerons dans les œuvres de M. de
Lacretelle, un discours brillant et renommé
sur la nature des peines infamantes. Tous ces
écrivains ont marché avec la raison de leur
siècle, et plusieurs ont accéléré sa marche.
En évitant d'agiter après eux des questions délicates, nous n'évitons pas de rendre justice au
mérite quelquefois éminent qu'ils ont déployé.

Avant de passer à l'art oratoire, où nous
retrouverons la politique et la législation pré-
sentées sous des formes nouvelles pour la

France, nous aurons à parler d'un Traité sur
l'éloquence de la chaire, livre éloquent lui-
même, où M. le cardinal Maury donne d'excellens préceptes, après avoir donné d'éclatans
exemples. Dans la critique littéraire, plusieurs
écrivains nous offrent des études approfondies,
des commentaires judicieux sur nos grands
classiques : M. Cailhava, sur Molière; M. Palissot, sur Corneille et sur Voltaire; Chamfort, sur La Fontaine, dont, jeune encore, il
avait fait un charmant éloge; et Laharpe, sur
Racine, que jadis il avait aussi loué dignement. Nous ne négligeons pas de remarquer
des additions nombreuses aux Mémoires littéraires de M. Palissot, livre souvent instructif, toujours écrit avec une rare élégance.
Nous n'oublions pas le travail de M. Ginguené
sur la littérature italienne, ouvrage utile,
considérable et déjà fort avancé. Ici se présentent les derniers volumes du Cours de Laharpe, et sa Correspondance en Russie. Après
avoir apprécié les talens incontestables de ce
littérateur qui n'est plus, nous serons obligés
de faire sentir l'extrême rigueur qu'il se croyait
en droit d'exercer contre la plupart de ses contemporains, et surtout contre ses rivaux; ce
blâme sans restriction qui n'est presque jamais
équitable, ce plaisir de blâmer qui décrédite

un censeur habile, souvent l'injustice évidente
et, dans la justice même, cette injurieuse
amertume si contraire à l'urbanité française. A
cette occasion nous examinerons les règles
d'une saine critique. C'est prendre l'engage-
ment de les observer dans tout le cours de notre ouvrage : et peut-être est-il important d'en
rappeler le souvenir, quand elles paraissent
oubliées. Ces règles, fondées sur la justice,
sur le véritable esprit des sociétés, et consacrées par le caractère national, ne sont,
comme en tout autre genre, que la pratique
des écrivains qui ont mérité le plus d'estime.

Dans l'art oratoire se présente, au commencement de l'époque, le recueil des Oraisons
funèbres et des Sermons de l'évêque de Sénez,
Beauvais, prélat qui dut ses dignités à son mérite, et qui se montra quelquefois le digne
successeur de Bossuet et de Massillon. Le barreau français parut s'appauvrir quand ses soutiens enrichirent la tribune. A ce mot, notre
mémoire se reporte avec inquiétude vers des
assemblées orageuses. Nous les traverserons en
fuyant de nombreux écueils; et, forcés de nous
souvenir qu'il y eut des factions, nous n'oublierons pas qu'il y eut des talens. Nous com-
mençons par cet orateur illustre qui, doué
d'un esprit aussi vigoureux que flexible, atta-

cha sa renommée personnelle à presque tous les
travaux de l'assemblée constituante. Après Mirabeau viennent ceux qui combattirent ses
opinions avec énergie, M. le cardinal Maury,
Cazalès ; ceux qui les défendirent avec succès,
Chapelier, Barnave et M. Regnault de Saint-
Jean-d'Angely, qui fait briller encore, au
conseil d'état comme à l'Institut, cette précision toujours claire, caractère particulier de
son éloquence. Pourrions-nous oublier tant
d'habiles jurisconsultes qui ont appliqué l'art
oratoire aux différens objets de législation :
Thouret, Tronchet, dignes rivaux ; Camus,
qui joignit un grand savoir à des mœurs austères ; Target, M. Merlin, M. Treilhard, dont
les lumières étendues ont éclairé les tribunaux ? Nous rendons hommage à ce plan d'instruction publique, monument de gloire littéraire élevé par M. Talleyrand, ouvrage où
tous les charmes du style embellissent toutes
les idées philosophiques. Les assemblées suivantes nous offrent, dans le même genre, deux
productions d'un rare mérite ; l'une du profond Condorcet, l'autre de M. Daunou, dont
plusieurs législateurs ont estimé les travaux
utiles, l'éloquence et la modestie. Nous re-
marquons dans ces mêmes assemblées, des
orateurs qui unirent à la probité courageuse

une diction pathétique ou imposante : Vergniaux, par exemple, M. Français de Nantes, M. Boissy d'Anglas, renommé par sa présidence ; M. Garat, M. Portalis, M. Cambacérès, M. Siméon. Nous ne citons que des personnes dignes de mémoire. Et comment hésiterions-nous à rappeler tous les talens précieux qui, parmi nous, ont honoré la tribune, puisque leurs débris sont aujourd'hui rassemblés dans les différens corps de l'état ? leurs débris : car, hélas ! combien de philosophes respectables, d'orateurs éloquens, de jurisconsultes éclairés, d'énergiques écrivains moissonnés durant une année désastreuse, où le talent était devenu le plus grand des crimes après la vertu !

Dans les camps où, loin des calamités de l'intérieur, la gloire nationale se conservait inaltérable, naquit une autre éloquence, inconnue jusqu'alors aux peuples modernes. Il faut même en convenir : quand nous lisons, dans les écrivains de l'antiquité, les harangues des plus renommés capitaines, nous sommes tentés souvent de n'y admirer que le génie des historiens. Ici le doute est impossible ; les monumens existent, l'histoire n'a plus qu'à les rassembler. Elles partirent de l'armée d'Italie ces belles proclamations, où les vainqueurs de Lodi et d'Arcole, en même temps qu'ils créaient un nouvel art de la guerre, créèrent l'éloquence militaire dont ils resteront les modèles. Suivant leurs pas, comme la fortune, cette éloquence a rètenti dans la cité d'Alexandrie, dans l'Egypte où périt Pompée, dans la Syrie, qui reçut les derniers soupirs de Germanicus. Depuis, en Allemagne, en Pologne, au milieu des capitales étonnées, à Vienne, à Berlin, à Varsovie, elle était fidèle aux héros d'Austerlitz, d'Iéna, de Friedland, lorsqu'en cette langue de l'honneur, si bien entendue des armées françaises, du sein de la victoire même, ils ordonnaient encore la victoire, et communiquaient l'héroïsme.

Au moment où les sciences et les lettres, long-temps froissées par les orages, se reposèrent dans un nouvel asile, on vit l'éloquence académique renaître et bientôt refleurir. Il n'est pas rétréci ce genre dont les modèles variés appartiennent exclusivement à la littérature du dernier siècle. Deux écrivains illustres, Thomas et M. Garat, ont prouvé qu'en certains sujets il admet les grandes images et les plus beaux mouvemens oratoires. Souvent aussi l'art consiste à les éviter ; mais l'art exige toujours l'élégance et la régularité des formes, la clarté, la justesse, et l'heureux accord des

idées et des expressions. On a trouvé ces qualités réunies dans les discours que M. Suard a
prononcés, comme secrétaire perpétuel, au
nom de la classe de la littérature française.
C'est avec le même succès qu'au nom des
autres classes, ont été remplies les mêmes
fonctions. M. Arnault, dans plusieurs solen-
nités, a répandu beaucoup d'intérêt sur des
objets d'instruction publique. Parmi les panégyristes, l'éclat et la facilité du style ont
distingué M. de Boufflers, M. François de
Neufchâteau, M. Cuvier, M. Portalis; et
l'on a paru surtout écouter avec un plaisir
soutenu l'éloge de Marmontel, ouvrage plein
de mérite, dicté à M. Morellet par la philosophie et l'amitié. Enfin, car il est impossible
de tout citer, de bons discours de réception,
de belles réponses, une foule de productions
diversement estimables, garantissent que ce
genre d'écrire reprendra l'influence utile dont
il jouissait autrefois, soit à l'Académie française, soit à l'Académie des sciences, lorsque
plus d'un homme célèbre, membres de ces
deux sociétés, maintenaient entre leurs différentes études cette union qui donne aux sciences une utilité plus générale, aux lettres une
direction plus étendue.

L'histoire, cette partie importante, fixera

long-temps notre attention. Ce n'est pas que
nous prétendions tirer de l'oubli une foule de
mémoires particuliers sur la révolution française. Vicieux ou nuls quant au style, n'offrant
d'ailleurs que des plaidoyers en faveur des
différens partis, ils rentrent dans la classe des
écrits polémiques, et nous les écarterons avec
eux. Nous aurons toutefois à parler d'un assez
grand nombre d'ouvrages. Là, M. de Castera
peint une souveraine qui brilla plus de trente
années sur le trône de Pierre-le-Grand. Ici,
M. de Ségur, en traçant le tableau politique
de l'Europe durant une époque orageuse,
communique à son style la sagesse de ses opinions. Nous ferons ressortir le mérite d'un
précis sur l'histoire de France, ouvrage de
Thouret, l'un des membres les plus regretta-
bles de l'assemblée constituante. L'époque
nous présente un livre supérieur encore, au
moins pour les grandes qualités de l'art d'écrire.
Un académicien qui n'est plus, Rulhière, a
raconté les événemens mémorables écoulés
dans le dernier siècle en ces régions et sur ces
mêmes bords de la Vistule où, portant la victoire, nos guerriers ont conquis une paix
glorieuse. Quoique cet ouvrage posthume soit
resté incomplet, nous y reconnaîtrons partout
l'empreinte d'un talent perfectionné par le

travail, et quelquefois très-éclatant. Nous
n'oublierons pas une intéressante production
de M. de Bausset, la Vie de ce prélat immortel qui parla du peuple à la cour, donna
Télémaque à notre langue, réunit l'éloquence,
la religion, la philosophie, et fut simple à
la fois dans son génie, dans sa piété, dans
sa vertu.

Les voyages font partie de l'histoire. Nous
suivrons, dans l'Amérique septentrionale, les
pas de M. de Volney, qui jadis, en traversant
l'Égypte et la Syrie, écrivit un des beaux
ouvrages du dix-huitième siècle, et le chef-
d'œuvre du genre. Des hommes habiles ont
rédigé les annales des sciences, ou tracé le
tableau fidèle des opinions humaines. M. Naigeon, achevant un grand travail commencé
par Diderot, décrit la marche lumineuse de
la philosophie ancienne et moderne. M. Bossut sait intéresser par la diction dans l'Histoire
des Mathématiques : avec M. de Volney, la
raison éloquente interroge des ruines accumulées durant quarante siècles : avec M. Dupuis, l'érudition raisonnable cherche l'origine
commune des diverses traditions religieuses.
Là nous trouvons encore une esquisse profonde et rapide des progrès de l'esprit humain,
dernier ouvrage, et presque dernier soupir de

Condorcet, testament fait par un sage en faveur de l'humanité.

Avant que parmi nous on eût appliqué l'art d'écrire à l'histoire des sciences, on savait à quelle hauteur il peut atteindre dans les sciences mêmes qui ont pour objet l'étude de la nature : Buffon nous l'avait appris ; et nous aurons l'occasion de remarquer combien son digne continuateur, M. de Lacépède, a su profiter des leçons d'un si grand maître. Nous verrons Lavoisier, M. de Fourcroy, porter dans la chimie cette clarté, la première qualité du style, et la plus nécessaire à l'enseignement. De là nous examinerons si les théories relatives aux différens arts d'imitation n'offrent pas, sous le même point de vue, un perfectionnement remarquable. Nos recherches ne seront pas infructueuses. Nous ferons surtout observer avec quelle élégance facile M. Grétri a traité de l'art musical, qu'il a long-temps honoré sur nos deux scènes lyriques, par des productions dont la mélodie et la vérité ne sauraient vieillir.

Nous ne passerons point à la poésie sans jeter un coup d'œil sur les romans, genre qui se rapproche de l'histoire par le récit des événemens ; de l'épopée, par une action fabuleuse en tout ou en partie ; de la tragédie, par les passions ;

de la comédie, par la peinture de la société.
Nous n'indiquerons même pas une foule de
compositions frivoles ou sans caractère; mais
nous apprécierons l'esprit et le talent de plusieurs dames qui marchent avec distinction sur
les traces de la femme illustre à qui nous devons la Princesse de Clèves. Nous remarquerons Atala, ornement du livre considérable où
M. de Châteaubriand développe le génie du
christianisme. Nous trouverons, dès la première
année, le meilleur, le plus moral et le plus
court des romans de l'époque entière, cette
Chaumière Indienne, où l'un des grands écrivains qui nous restent, M. Bernardin de Saint-
Pierre, a réuni, comme en ses autres ouvrages,
l'art de peindre par l'expression, l'art de plaire
à l'oreille par la musique du langage, et l'art
suprême d'orner la philosophie par la grâce.

La poésie nous présentera d'abord ce genre
éminent et sublime consacré à chanter les
hommes qui font la destinée des nations : le
poëme héroïque. Les chantres capables d'atteindre à l'épopée ne sont pas moins rares que
les personnages dignes d'être adoptés par elle :
cinq chefs-d'œuvres épars en trente siècles le
prouvent assez. Si, dans l'espace que nous
avons à parcourir, nous apercevons à peine
une tentative estimable, mais défectueuse, les

Helvétiens, nous aurons à concevoir de plus hautes espérances, garanties par les talens poétiques de M. de Fontanes, qui brille aujourd'hui comme orateur à la tête du Corps législatif. En passant au poëme héroï-comique, nous tâcherons de ne pas oublier l'extrême circonspection qu'exigent de certaines matières, et de payer en même temps le tribut d'éloges que la justice réclame pour un de nos meilleurs poëtes, M. de Parny. Après les compositions originales viendront les imitations et les traductions en vers de quelques épopées célèbres. Parmi les imitateurs, M. Parseval de Grandmaison, à qui l'on doit les Amours épiques, et M. Luce de Lancival, auteur d'Achille à Scyros, doivent être distingués de la foule ; mais des traductions du premier mérite nous occuperont bien davantage. Virgile et Milton semblent parler eux-mêmes notre langue ; et, grâce à un classique vivant, que ce mot fera nommer, grâce encore à M. de Saint-Ange, habile et laborieux traducteur d'Ovide, nous aurons le plaisir d'observer qu'à cet égard l'époque actuelle est supérieure à toute autre. On n'avait pas porté si loin jusqu'à ce jour, au moins en des ouvrages d'une telle importance, l'art difficile de conquérir les beautés de la poésie étrangère, et de traduire le génie par le talent.

Dans la poésie didactique, c'est encore à M. Delille que l'époque doit sa fécondité. Il a répandu dans trois poëmes originaux cette richesse de style qu'il avait déployée en traduisant l'Énéide et le Paradis perdu. Le poëme de l'Imagination surtout suffirait pour fonder une haute renommée. M. Esménard, M. Castel et quelques autres, viennent ensuite, dignes encore d'éloges, loin cependant de leur modèle. Lebrun seul aurait soutenu la concurrence avec M. Delille, s'il avait achevé son poëme de la Nature, dont il nous reste des fragmens d'un mérite supérieur. Sans émule dans le genre de l'Ode, Lebrun tira des sons harmonieux de la lyre pindarique, si rebelle aux chantres vulgaires, et nous remarquerons que ses derniers accens furent consacrés à nos derniers triomphes. Il était digne de les chanter.

M. Daru, traducteur d'Horace, a montré dans cette difficile entreprise un goût pur, un esprit flexible, une étude approfondie des ressources de notre versification. La poésie érotique s'honore de M. de Parny, de M. de Boufflers. Des poëtes que nous allons retrouver avec éclat sur la scène française, se présentent déjà sous des formes brillantes et variées : M. Ducis, dans l'épître; M. Arnault, dans l'apologue ; M. Andrieux, dans le conte ;

2

M. Legouvé, M. Raynouard, en de petits
poëmes d'un genre grave et philosophique.
Après ces talens exercés, on voit se former
de jeunes talens qui donnent plus que des
espérances. Deux ans de suite, M. Millevoie,
remarquable par l'élégance du style, a remporté le prix de poésie. M. Victorin Fabre,
plus jeune encore, a mérité, deux ans de suite,
une honorable distinction. Plusieurs, qu'il est
impossible de citer ici, ne seront point oubliés
dans notre ouvrage, où nous fuirons la sévérité, persuadés qu'en littérature, comme en
tout le reste, l'indulgence est plus près de la
justice.

Ici se présente à nos regards la poésie dramatique, dont les deux genres eurent tant
d'influence sur notre langue, sur notre littérature entière et sur les mœurs nationales.
Dans la tragédie paraît le premier M. Ducis,
inventeur même quand il imite, inimitable
quand il fait parler la piété filiale, poëte justement célèbre, et dont le génie pathétique a
tempéré la sombre terreur de la scène anglaise.
Des émules très-distingués marchent ensuite :
M. Arnault, si noble dans Marius, si tragique
dans les Vénitiens ; M. Legouvé, dont la Mort
d'Abel offre une élégante imitation de Gessner,
et qui déploya beaucoup d'énergie dans Épi-

charis ; M. Lemercier , qui , dans Agamemnon ,
sut fondre habilement les beautés d'Eschyle et
de Sénèque; enfin M. Raynouard , qui rendit
un brillant hommage à des victimes honorées
des regrets de l'histoire. Nous indiquerons les
scènes intéressantes du Joseph de M. Baour-
Lormian , et ce qu'il y a d'estimable dans
l'Abdélasis de M. de Murville (1). Quelques
réflexions ne doivent pas être négligées. On
ne saurait reprocher aux bonnes compositions
tragiques de l'époque , la multiplicité des incidens , la profusion des personnages subalternes , les épisodes inutiles , la fadeur des scènes élégiaques. Partout l'action est simple , et
presque toujours sévère. La marche des poëtes
n'est point timide. Sans violer les règles anciennes , ils ont obtenu des effets nouveaux.
Du reste , ils ont conservé ce caractère philosophique imprimé à la tragédie par le plus
beau génie du dernier siècle; et , sur ses traces , la plupart se sont ouvert les routes variées
de l'histoire moderne , immense carrière qui
promet long-temps des palmes nouvelles aux
poëtes capables de la parcourir. On a tout dit,

(1) Pour obéir à la classe de littérature française , on
nomme ici M. Chénier. Sa tragédie de Fénélon a réussi ,
protégée par la mémoire d'un grand homme.

si l'on en croit des hommes qui n'ont rien à dire. Heureusement l'erreur est évidente. En quelque genre que ce soit, l'art est semblable à la nature, son modèle : il a des règles, comme la nature a des lois; il n'a point de bornes, puisque la nature est infinie.

En passant au genre de la comédie, nous trouvons, dès les premières années, la jolie petite pièce du Couvent, par M. Laujon; les Ménechmes grecs, par M. Cailhava, comédie d'intrigue amusante et bien conduite; un ouvrage élégamment versifié, la Paméla de M. François, copie de celle de Goldoni, mais copie supérieure à l'original. Deux rivaux exercés à lutter ensemble, Fabre d'Églantine et Collin d'Harleville, enrichissent la haute comédie; l'un en dessinant à grands traits l'égoïsme impassible et la vertu passionnée, l'autre en peignant avec une vérité fortement comique les inconvéniens d'un célibat prolongé. M. Andrieux brille au même rang par un enjouement aimable, par la grâce piquante des détails et le charme continu du style. Une imagination féconde, une gaîté franche, la peinture originale des mœurs, ont assuré les succès de M. Picard. Aussi gai, presque aussi fécond, M. Duval mérite en partie les mêmes louanges. On estime une diction pure en quelques essais de M. Roger. Ici nous indiquons un perfectionnement dont il est juste de faire honneur aux principaux écrivains que nous venons de nommer, peut-être encore au changement qui s'est opéré dans nos mœurs. Durant l'époque entière, les comédies un peu remarquables n'offrent aucune trace de ce jargon qui fut long-temps à la mode. Pour réussir, il a fallu être naturel; et l'on a banni entièrement le style précieux, le faux esprit, le ton factice que des auteurs plus recherchés qu'ingénieux avaient introduits sur la scène comique.

Dans le drame, genre défectueux, mais susceptible de beautés, nous distinguons Beaumarchais, que ses comédies et ses mémoires avaient déjà rendu célèbre; M. Monvel, auteur qui a mérité de nombreux succès, et l'un de nos plus grands acteurs; M. Bouilli, dont les pièces respirent cet intérêt que produit une excellente morale. Sur la scène illustrée par Quinault, se font remarquer M. Guillard et M. Hoffman; plus récemment, M. Esménard et M. Jouy : sur l'autre scène lyrique, M. Hoffman encore, M. Monvel, M. Marsollier, M. Duval. Après avoir rendu justice à des pro-

ductions agréables, forcés toutefois de renouveler quelques opinions de Voltaire, et d'observer ce qu'il avait prévu, ce qu'il avait
craint, l'influence de l'opéra-comique sur le
goût général des spectateurs, nous revien-
drons, par cette observation même, à chercher
les moyens de soutenir, d'augmenter, s'il est
possible, l'éclat de la scène française, où ré-
side essentiellement l'art dramatique.

En achevant un vaste tableau dont le temps
ne nous permet de tracer aujourd'hui qu'une
esquisse incomplète, mais au moins fidèle,
des considérations générales sur l'époque entière nous arrêteront un moment. Elles se
communiquent aux littératures ces secousses
profondes qui remuent et décomposent les
nations vieillies, en attendant que le génie
puissant vienne les recomposer et les rajeunir. Nous suivrons, dans les diverses parties de
l'art d'écrire, les effets du mouvement universel. Nous chercherons quel fut sur l'époque
l'ascendant du dix-huitième siècle, et comment
l'époque, à son tour, peut influer sur l'avenir. Nous avons indiqué, nous prouverons
qu'elle mérite une étude approfondie. En vain
les ennemis de toute lumière, proscrivant la
mémoire illustre du siècle philosophique, annoncent chaque jour une décadence honteuse,

qu'ils opéreraient si leurs cris imposaient silence au mérite, et qui serait démontrée s'ils
avaient le privilége exclusif d'écrire. Il sera
facile de confondre ces assertions injurieuses,
dont quelques étrangers crédules auraient tort
de se prévaloir. Non, cette étrange catastrophe n'est point arrivée. La France agrandie
n'est pas devenue stérile en talens. Nous ras-
semblerons sous les yeux des Français les élémens actuels de cette littérature française, dont
une envieuse ignorance dénigrait, à chaque
époque, et les chefs-d'œuvre et les classiques,
mais qui fut toujours honorable, et qui même
aujourd'hui, malgré des pertes nombreuses,
demeure encore, à tous égards, la première
littérature de l'Europe.

Et si l'esprit de parti, décoré, dans les temps
de trouble, du nom d'opinion publique, avait
autrefois donné de fausses directions aux idées
les plus généreuses; si ce même esprit, non
moins funeste en agissant d'une autre manière
et par d'autres hommes, avait depuis arrêté
l'essor des talens et paralysé la pensée, il nous
resterait des espérances qui ne seront point
déçues. L'art d'écrire s'applique à tous les arts;
il facilite l'accès de toutes les sciences; il embrasse toutes les idées; il les éclaircit par la

justesse, il les étend par la précision. Il présente en première ligne ce qui touche de plus près les hommes mémorables : l'histoire qui raconte les grandes actions, l'éloquence qui les célèbre, et la poésie qui les chante. Il refleurira dans le siècle qui commence.

TABLEAU

DE

LA LITTÉRATURE FRANÇAISE.

CHAPITRE PREMIER.

GRAMMAIRE; ART DE PENSER; ANALYSE
DE L'ENTENDEMENT.

Bacon, qui découvrit un nouveau monde
dans les sciences, distingua le premier la grammaire positive de la grammaire philosophique.
Il déclara que celle-ci était encore à naître;
mais, d'avance, il lui traça la route qu'elle
avait à suivre, et qu'indiquait suffisamment le
nom même qu'il lui imposait. Ce fut cinquante
ans après que Lancelot, déjà connu par des
travaux estimables sur les deux langues anciennes, écrivit, sous la dictée d'Arnauld, l'âme
de Port-Royal, cette Grammaire générale si
justement renommée, et qui est parmi nous
le point de départ de la science. Quant à la

langue française, dès le siècle précédent, et lorsque, pour ainsi dire, elle balbutiait encore, on en donnait déjà les règles ; car on la croyait fixée. Robert Estienne, sous le règne de Henri II, avant les ouvrages de Malherbe et de Montaigne, et du temps même de Ronsard, avait publié sa Grammaire française. Henri Estienne, suivant les traces de son père, composa deux Traités relatifs à notre langue ; mais de tels ouvrages, d'ailleurs pleins de mérite pour le temps où ils parurent, sont aujourd'hui plus curieux qu'utiles. Depuis l'établissement de l'Académie française, Vaugelas, T. Corneille, Patru, Ménage, Bouhours, Dangeau, publièrent successivement sur la langue des remarques plus ou moins judicieuses : elles sont consultées encore. Au commencement du dernier siècle, Regnier Desmarais fit paraître sa Grammaire française ; production bien imparfaite, mais qui répandit des lumières, grâce à quelques notions fort saines, grâce encore aux critiques trop souvent fondées que Buffier lui prodigua dans sa Grammaire sur un autre plan. Un peu plus tard, Girard et d'Olivet perfectionnèrent l'étude de la langue, l'un par ses Synonymes français, ouvrage plein de finesse, écrit d'après une idée de Fénélon, l'autre par son excellent Traité de la Prosodie.

Dans le même temps, un homme supérieur, Dumarsais, enrichissait la Grammaire générale du meilleur livre qui existe sur la partie figurée du langage. Ce beau Traité sur les Tropes n'était pourtant que la dernière division du grand ouvrage qu'il méditait, et dont quelques matériaux se retrouvent dans les articles lumineux qu'il a rédigés pour l'Encyclopédie. Duclos éclaircit plusieurs points importans dans ses remarques profondes sur la Grammaire de Port-Royal. De Brosses et Court de Gébelin, le premier surtout, dans sa Formation mécanique des Langues, jetèrent quelque jour sur les obscurités étymologiques. Beauzée publia sa Grammaire générale et raisonnée, ouvrage le plus complet qui eût encore paru, souvent neuf, toujours utile, et qui le serait bien davantage, s'il ne repoussait les lecteurs par un style à la fois sec et diffus. Enfin Condillac donna sa Grammaire générale; elle est divisée en deux parties : la première développe toute la génération des idées, en partant de la sensation; la seconde est une conséquence rigoureuse des principes démontrés dans la première. Tout est lumière dans ce livre, aussi précis qu'il est clair, aussi bien écrit qu'il est bien conçu. C'est le plus grand pas qu'ait fait la science; et, chez aucun peuple, aucun ou-

vrage du même genre n'est comparable à ce
chef-d'œuvre d'analyse.

Entre nos contemporains, M. Domergue a
rendu de grands services à cette même science.
Sa Grammaire simplifiée, son Journal de la
langue française, son Mémoire sur la proposition, ses Solutions grammaticales, contiennent beaucoup de règles nouvelles, toutes rat-
tachées à des principes incomplétement ob-
servés par ses prédécesseurs, ou même qu'ils
n'avaient point aperçus. Personne, avant lui,
n'avait analysé si bien la proposition. Voulant
assujettir la classification des mots à cette rigoureuse analyse, il a cru devoir changer la nomenclature. C'était le moyen de refondre une
théorie importante, où la rouille de l'école se
laisse encore apercevoir. Telle fut la marche
de Lavoisier, lorsqu'il appliqua, comme il le
dit lui-même, la méthode de Condillac à la
chimie. En refaisant la nomenclature, il refit
la science.

Mais quelques savans, unis entre eux, suffisent pour changer les nomenclatures physiques : il n'en est pas de même dans la grammaire, où tout le monde se croit juge. En vain
M. Domergue a-t-il fait marcher ensemble
l'ancienne et la nouvelle nomenclatures ; la
nouvelle était trop raisonnable, et les préjugés

ne sont point tolérans pour la raison, même quand la raison veut bien être complaisante pour les préjugés.

M. Domergue a traité à fond la question si difficile et si souvent agitée des participes. Il est même un des grammairiens qui ont jeté le plus de lumière dans l'ancien chaos des modes et des temps. Beauzée s'aperçut le premier que l'on confondait la conjugaison française avec la conjugaison latine. Il inventa pour notre langue un système ingénieux, mais compliqué : il admit cinq verbes auxiliaires au lieu de deux que l'on admet ordinairement ; de là des temps, des époques sans nombre ; et leur classification sous les trois modes généraux présente d'extrêmes difficultés, pour ne pas dire d'étranges bizarreries. M. Domergue convient, avec Beauzée, que tous les temps des verbes doivent être classés sous les trois modes du temps réel : le présent, le passé, le futur. Toutefois, en partant du même principe, il arrive à d'autres résultats ; et, rejetant les trois verbes auxiliaires imaginés par Beauzée, il offre un système beaucoup plus simple, et que nous croyons préférable. Parcourant toutes les parties de la science, M. Domergue, d'après d'Olivet, a éclairci la prosodie française. Après Dumarsais et Duclos, il a proposé de nombreux change-

mens à l'orthographe. Il va même plus loin
qu'eux, et l'on aurait sur ce point bien des
objections à lui faire : mais tous ces travaux
sont utiles; on lui doit plusieurs idées neuves,
et, parmi les grammairiens vivans, il n'en est
pas d'aussi inventeurs; il en est peu d'aussi
éclairés.

Les lumières étendues de M. Sicard brillent
d'une manière différente. Sans être arriéré sur
aucune partie de la science, il semble redouter
les innovations, et le principal mérite qu'il déploie dans ses Élémens de grammaire générale,
est d'exposer clairement les théories qu'ont in-
ventées ses prédécesseurs. Il suit tour à tour
Lancelot, Beauzée, Condillac, quelquefois,
mais plus rarement, M. Domergue. Il est tellement circonspect, que, pour l'orthographe,
il n'approuve pas même les légers changemens
faits par Voltaire, et qui n'ont pourtant d'autre
défaut que celui d'être insuffisans. Néanmoins,
dans une partie plus importante, les conjugaisons françaises, il adopte en entier l'opinion
de Beauzée, sans être effrayé, sinon par les divisions multipliées d'un tel système, du moins
par les singuliers résultats qui en sont la suite.
Au reste, le livre de M. Sicard est une grammaire complète : l'auteur va jusqu'à donner
les règles de la versification française, et celles

des petits genres de poésie ; ce qui paraît dépasser la grammaire, et surtout la grammaire
générale. Quelques lecteurs lui reprochent de
pousser trop loin la clarté, d'ailleurs si nécessaire, d'avoir peur de n'en jamais assez dire,
et de prodiguer les développemens, au point
que, dans son ouvrage, la partie relative aux
conjugaisons est plus longue à elle seule que
toute la Grammaire de Port-Royal. On ne ris-
querait point de telles censures, si l'on négli-
geait moins d'entrer dans l'esprit de l'auteur.
Il connaît la meilleure manière d'enseigner,
comme il le prouve tous les jours, depuis qu'il
dirige le célèbre établissement des Sourds-
Muets. En composant sa Grammaire, il s'est
occupé de ses élèves et des enfans. C'est pour
cela qu'il fait succéder à ses chapitres autant de
leçons dialoguées par demandes et par réponses, et qu'il développe dans chaque leçon ce
qu'il vient de développer dans chaque chapitre.
C'est encore pour cela qu'il s'adresse quelquefois aux sages instituteurs et aux mères sensibles, et qu'il se livre à des digressions morales
qui lui font beaucoup d'honneur, sous des rapports étrangers à la grammaire. Il est accoutumé d'ailleurs à parler long-temps, puisqu'il
est obligé de parler seul, et l'on sent qu'il écrit
comme il parle. Aussi ne fait-il pas difficulté

de fondre en entier, dans son ouvrage, les leçons qu'il improvisait aux écoles normales,
quand il y professait l'art de la parole; mais
l'abondance de son style est estimable, en ce
qu'elle convient aux jeunes esprits qu'une extrême attention fatigue. C'est une instruction
élémentaire qu'il a voulu donner à l'enfance;
et, sous ce point de vue, on ne saurait lui accorder trop d'éloges pour avoir si bien rempli
le but intéressant qu'il s'est proposé.

L'Hermès d'Harris, publié en Angleterre au
milieu du dernier siècle, est un des livres les
plus estimés qui existent sur la grammaire générale. Son moindre mérite est d'être fort érudit, et d'offrir des notions étendues sur les
théories des grammairiens de l'antiquité. Il est
surtout remarquable par une analyse profonde
des élémens du discours. Sans descendre aux
petits détails, l'auteur s'élève à des idées générales, dont la précision et la justesse embrassent
une foule de cas particuliers. En toute science,
en tout genre d'écrire, c'est là le secret des
hommes supérieurs. M. François Thurot a fait
paraître, il y a douze ans, une traduction de
l'Hermès. Elle est digne, à plus d'un égard, de
nous occuper un moment. Très-distinguée par
l'élégante clarté du style, elle l'est encore par
un travail qui n'appartient qu'au traducteur. Il

a rendu l'ouvrage plus facile à lire avec fruit, en y corrigeant l'abus des citations, défaut commun à beaucoup d'écrivains anglais. Il a substitué des exemples choisis dans nos classiques aux exemples qu'Harris avait tirés des classiques de son pays. Dans une foule de remarques et de notes instructives, il a justement apprécié les travaux de ce philosophe, ses découvertes, ses erreurs, et les progrès que les plus célèbres grammairiens français ont fait faire à la science du langage durant le cours du siècle dernier. Dans un discours préliminaire, où des faits nombreux ne nuisent point aux pensées, M. Thurot expose à grands traits l'histoire de la science, depuis les écoles d'Athènes et d'Alexandrie jusqu'à l'époque illustrée par Condillac; et ce précis rapide est lui-même un bon ouvrage à la tête d'une bonne traduction.

Le Cours théorique et pratique de langue française, publié par M. Lemare, embrasse une vaste étendue. L'auteur y soumet à un nouvel examen les principes de la grammaire. Il cherche dans la nature même des idées, les élémens du langage, leurs dénominations, leur classification méthodique, leurs combinaisons diverses. Il commence toujours par recueillir et classer les faits; il remonte ensuite aux sources étymologiques; il oppose les ana-

logies et les différences. Ce n'est jamais qu'après
de nombreux détails et des analyses sévères,
qu'il s'élève à des généralités, et qu'il établit
des règles fixes. Il fait surtout un emploi très-
heureux des tableaux scientifiques. L'art de
ces tableaux, comme l'observe Condorcet, est
d'unir beaucoup d'objets sous une disposition
systématique, qui permette d'en voir d'un coup
d'œil les rapports, d'en saisir rapidement
les combinaisons, et de former bientôt des
combinaisons nouvelles. Peut-être, quand
ils sont multipliés, nuisent-ils au plaisir
que peut procurer la lecture d'un ouvrage;
mais, du moins, ils facilitent l'enseignement. C'est ce qu'a senti M. Lemare. Après
lui avoir rendu justice, nous sommes contraints
de lui faire un reproche assez grave. On est
fâché qu'il se permette des expressions dures
et des plaisanteries un peu lourdes, lorsqu'il
croit devoir combattre ou des grammairiens
accrédités, ou des corps littéraires qui ne sont
pas infaillibles, mais qui sont au moins respectables. Il aurait tort en ce point, fût-il
infaillible lui-même, ce que sans doute il est
loin de croire. Qu'il laisse à l'ignorance les
formes grossières et tranchantes. Ce n'est point
à lui d'admettre ce que rejettent la décence
et le goût : car il fait preuve d'un mérite réel,

et joint une saine littérature à l'étude approfondie de notre langue.

Dans les Leçons d'un Père à ses Enfans, ouvrage posthume de Marmontel, la première
partie porte la dénomination de grammaire :
ce n'est pourtant pas une grammaire générale;
les théories universelles du langage n'y sont
point exposées. Ce n'est pas même une grammaire française proprement dite; on n'y trouve
pas l'analyse complète et méthodique des divers
élémens de notre langue. C'est une suite d'observations fines ou profondes sur plusieurs de
ces élémens. De nombreux exemples éclaircissent de nombreuses questions; ils forment en
même temps un recueil de pensées judicieuses,
et toujours exprimées avec le talent qui les
grave dans la mémoire. Ces exemples, habilement choisis dans nos classiques, donnent le
goût du beau, sous le point de vue moral,
comme sous le point de vue littéraire; et l'on
voit que l'auteur, selon son expression, veut
enseigner à ses enfans autre chose que de la
grammaire. Son livre est d'ailleurs très-bien
écrit, et peut-être n'avons-nous, dans le même
genre, aucun ouvrage aussi heureusement
exécuté.

Il y a neuf ans, et quand l'académie française
n'existait plus, on a vu paraître une édition

nouvelle de son Dictionnaire. A la tête du livre
est un discours préliminaire. L'auteur y expose,
avec autant de brièveté que d'élégance, ce que
doit être le Dictionnaire d'une langue, ce que
fut dans l'origine et ce que devint successivement le Dictionnaire de l'Académie. Beaucoup
d'idées lumineuses sur la marche progressive
de notre langue et même de notre littérature
sont rassemblées dans cet excellent discours,
où l'on reconnaît M. Garat. Deux années avant
cette époque, Rivarol avait donné au public
le Prospectus d'un nouveau Dictionnaire de la
langue française. On y voit qu'en écartant les
étymologies, les racines et les dérivés, l'auteur
se débarrassait des recherches les plus difficiles.
Du reste, le Dictionnaire n'a point paru, et,
sans doute, n'a point été fait. Des trois parties
qui devaient composer le discours préliminaire,
la première, et la seule publiée, tient près d'un
volume in-4°. En voulant traiter de la nature
du langage en général, Rivarol parcourt, ou
plutôt mêle ensemble, toutes les questions
qu'embrasse l'analyse de l'entendement. Il s'en
faut beaucoup qu'il y répande des lumières
nouvelles. A propos du Traité des sensations,
il parle de l'abondance de Condillac. Est-ce une
critique? elle est injuste. Est-ce un éloge? il
n'est pas mérité. Condillac est précis, clair et

profond : Rivarol est verbeux, obscur et superficiel. Du reste, il écrit avec agrément. Si
l'on trouve souvent de la recherche dans son
style, on y trouve aussi le mouvement, la couleur et le ton d'une conversation animée. Mais
quand il développe, avec une longueur pénible, la série des sensations, des idées et du
langage, on sent un homme de beaucoup
d'esprit, qui, par malheur, veut enseigner ce
qu'il aurait besoin d'apprendre.

Les grammairiens qui se sont occupés de la
science étymologique, se bornant presque tous
à déterminer la valeur des racines, ont négligé
la valeur précise des prépositions et des désinences. Le président de Brosses lui-même, en
expliquant le mécanisme du langage, avait
seulement indiqué le travail important qui restait à faire sur ces deux élémens des mots composés. Ce travail a fait l'objet des recherches de
M. Butet. Après avoir développé, dans sa Lexicographie, les rapports matériels qui existent
entre la langue latine et la langue française, il a
cru pouvoir présenter, dans son cours de lexicologie, une méthode certaine pour décompo-
ser et recomposer les mots de plusieurs syllabes, conformément à l'analyse des idées.
Ainsi, selon M. Butet, on trouverait la raison
suffisante de chaque élément des mots, et la

langue philosophique existerait, au lieu d'être
un simple vœu des grammairiens philosophes.
Par malheur, cette opinion n'est pas démontrée. Ce qui semble évident à M. Butet, paraît
offrir beaucoup d'incertitudes. On lui reproche
d'attacher aux désinences des mots une importance qu'elles ont rarement. On craint qu'il ne
se soit égaré, en voulant assujettir la grammaire
à la marche rigoureuse des sciences physiques
et mathématiques. D'ailleurs, la nomenclature
qu'il invente est d'une étrange complication,
et, pour la faire adopter, il faudrait prouver
qu'elle est nécessaire, ce qui serait un peu difficile. Cependant de pareils travaux ont l'avantage d'exercer l'esprit : du fond même des
obscurités jaillissent souvent des lumières inat-
tendues : s'il n'est pas bien sûr que l'auteur ait
réussi dans son entreprise, du moins les recherches pénibles qu'il fait encore, peuvent le conduire à des résultats d'une utilité plus incontestable.

L'écrit de M. de Volney, sur la simplification des langues orientales, semble, au premier
coup d'œil, devoir nous être complétement
étranger; mais le discours préliminaire suffirait
pour le rattacher à notre plan, du moins par
le mérite du style. On va voir que le fond des
idées l'y rattache encore davantage. L'auteur,

partant de cette vérité, que les différens signes du langage doivent représenter les différens sons, conçoit le projet d'un alphabet unique. Il s'agit d'ajouter un petit nombre de signes indispensables à l'alphabet romain, et, par ce moyen très-simple, de lui assujettir les langues de l'Asie, comme les langues de l'Europe et des deux Amériques lui sont déjà soumises. Ce projet peut déplaire à quelques hommes qui aiment les sciences occultes, et qui en veulent jusque dans les langues; mais, d'abord, faciliter l'étude des idiomes asiatiques, c'est déjà faciliter nos rapports de commerce avec l'Asie. Voilà donc une vue politique; voici maintenant une vue de grammaire générale, et de la plus haute importance. A l'aide des mêmes signes, on compare aisément les divers idiomes. On découvre, pour ainsi dire, leurs différences essentielles. La science étymologique s'éclaire; la science des idées s'étend elle-même. Si, comme l'a judicieusement observé Condillac, les langues sont des méthodes analytiques plus ou moins parfaites, un alphabet unique, gouvernant toutes les langues, pourrait acheminer l'esprit humain vers une méthode universelle. En simplifiant les signes, on rapproche les langues. En rapprochant les langues, on rapproche les peu-

ples : de la séparation des peuples est venue
la barbarie ; par leur rapprochement, la civilisation s'accroît. On conçoit, d'après cet
aperçu rapide, qu'il serait facile de pousser
beaucoup plus loin, jusqu'où s'étendent les vues
d'un philosophe accoutumé à diriger toutes ses
pensées vers le perfectionnement de l'espèce
humaine. Les cartes d'Égypte, dressées par
ordre du gouvernement, doivent être exécutées
conformément aux vues de M. de Volney. Une
idée aussi féconde en résultats utiles devait
fixer l'attention des hommes d'état et des
hommes de lettres du dix-neuvième siècle.

En cherchant quels furent les progrès de l'art
de penser et de l'analyse de l'entendement, on
retrouve plusieurs des hommes qui ont perfectionné la grammaire philosophique ; et nous
ne tenterons pas d'expliquer un fait qui tient à
la nature même de ces sciences. C'est à Bacon
qu'il faut remonter encore. Ce fut lui qui, dès
le commencement du dix-septième siècle, rejeta, comme inutiles aux progrès de l'esprit
humain, la logique et la métaphysique des
écoles ; lui qui fraya des chemins nouveaux,
qui montra le but véritable et signala tous les
écueils. Hobbes, disciple de Bacon, fut substantiel, profond et concis dans son Traité de la
nature humaine, et plus encore dans sa logi-

que, appelée *Calcul*. Descartes, dans sa Méthode, en établissant le doute comme base nécessaire de l'examen, en exigeant l'évidence
comme signe indispensable de la vérité, fonda
parmi nous la saine logique. En métaphysique,
il erra, faute de suivre lui-même les règles sûres qu'il avait déterminées. Arnauld et Nicole,
vingt ans après, composèrent cet art de penser si célèbre sous le nom de *Logique de Port-
Royal;* livre sage et bien écrit, où quelques
erreurs du temps sont rachetées par des vérités
de tous les siècles. Malebranche découvrit les
piéges qui nous sont tendus par nos sens et les
rêves de notre imagination; mais cette imagination qu'il redoutait, l'égarant par une route
contraire, l'entraîna dans un spiritualisme
inaccessible à la raison humaine. L'universel
Arnauld, durant ses longues discussions avec
Malebranche, remua plutôt qu'il n'éclaira ces
ténèbres métaphysiques. Buffier, quoique jésuite, se permit quelque philosophie dans sa
Logique et dans sa Métaphysique. Dumarsais,
quoique philosophe, mit peu d'idées dans sa
Logique. Elle est courte; mais elle est vide et
toute scolastique, indigne de lui. Il s'y occupe
fort du syllogisme, et commence par bien établir la différence qui existe entre l'ange et l'âme
humaine. Vers le même temps parut une tra-

duction du grand ouvrage de Locke. On repoussa la nouvelle doctrine ; et les idées innées,
si bien réfutées par le sage Anglais, prévalurent
encore en France jusqu'au milieu du dernier
siècle, époque mémorable pour la philosophie.
Alors Condillac publia cette belle théorie où,
supposant une statue animée, isolant chacun
de nos sens, les combinant deux à deux, trois
à trois, tous ensemble, découvrant les sensations que produit chaque sens isolé, celles qui
résultent des sens diversement combinés, et
enfin de tous les sens réunis, il décrit, avec
une précision si méthodique et si lumineuse,
l'histoire naturelle de nos idées. Ce fut vingt
ans après que le même philosophe donna sa
Logique, l'une des plus courtes, la plus substantielle que l'on ait jamais écrite, et peut-être
son meilleur ouvrage, après la Théorie des
Sensations. L'Essai analytique et la Psychologie
de Charles Bonnet, sont remarquables par une
sagacité profonde, mais qui souvent dégénère
en subtilité. Helvétius ne fut pas inutile aux
progrès de l'analyse et de l'entendement. Inférieur à Condillac pour la méthode et l'exactitude, il a plus de hardiesse dans les conceptions,
et plus de mouvement dans le style. Son livre
de l'Esprit et son livre de l'Homme renferment
d'utiles vérités ; ils contiennent aussi des para-

doxes. On y trouve, par exemple, que tous les hommes seraient égaux en facultés intellectuelles, s'ils étaient egalement secondés par l'éducation. Des raisons physiques, et par conséquent très-puissantes, semblent démentir cette idée qu'Helvétius reproduit sans cesse. Mais, si c'est une erreur, elle est encore philosophique. Il n'y a qu'un ami de l'humanité qui se trompe ainsi.

La classe qui, dans la première organisation de l'Institut, était spécialement consacrée aux sciences morales et politiques, leur a donné beaucoup d'essor. Nous aurons l'occasion de le remarquer ailleurs; et déjà nous trouvons ici plusieurs ouvrages qui furent composés sous ses auspices. Ce fut elle qui proposa pour sujet d'un prix cette double question belle à résoudre, et qui n'était pas d'une médiocre étendue : *Déterminer quelle fut l'influence des signes sur l'acquisition de nos idées et la formation de nos connaissances ; rechercher quelle influence le perfectionnement des signes pourrait exercer à l'avenir sur les progrès de l'esprit humain.* Le prix fut obtenu par M. de Gérando, dont le mémoire, plein de mérite, est devenu bientôt un livre considérable, grâce aux nombreuses additions dont il a cru devoir l'enrichir. Il y traite amplement les questions

accessoires qui viennent se rattacher en foule
aux deux questions principales. Il expose, dans
la première partie, comment les signes naturels
réveillent en nous les idées sensibles, sans nous
donner toutefois une seule idée abstraite; et
comment les signes artificiels, c'est-à-dire, les
signes du langage, étendent les facultés de l'entendement, et complètent, par degrés, la pensée humaine. Dans la seconde partie, il part
de ces observations positives pour arriver à des
résultats encore inconnus. Il examine de quelles
applications nouvelles les signes, en général,
sont susceptibles; en quoi les signes du langage
peuvent être perfectionnés; par quelle route il
est possible d'atteindre à une langue philosophique, dont tous les mots auraient une acception rigoureuse, dont tous les élémens seraient
formés d'après des lois invariables, et mis en
mouvement selon la marche des idées mêmes.
Concevant néanmoins les difficultés sans nombre qu'éprouveraient, à cet égard, des réformes tentées à fond, il revient à penser, avec
Leibnitz, qu'il ne faut pas chercher la perfection du langage dans l'invention de nouveaux
idiomes, mais dans l'art de connaître et de conserver la valeur des mots, en se bornant aux
langues admises. Il ne s'agit point d'écarter les
nomenclatures spéciales dont les diverses

sciences peuvent avoir besoin pour se faire entendre. Rien de tout cela n'altère les langues, et jamais il ne faut les altérer. Mais, dira-t-on, suffisent-elles? Oui, sans doute, à ceux qui les savent. En philosophie, comme en tout le reste, la solution du problème ne consiste qu'à bien écrire.

Après ce livre estimable, où M. de Gérando a développé les rapports des signes et de l'art de penser, nous devons citer honorablement un autre ouvrage moins étendu, mais digne encore d'attention, et couronné, il y a sept ans, par la seconde classe de l'Institut; il a pour sujet et pour titre : *L'influence de l'habitude sur la faculté de penser*. La matière est riche. L'homme tient de l'habitude ce qu'il sait et ce qu'il croit savoir; d'elle seule viennent toutes nos connaissances; d'elle seule aussi tous nos préjugés. C'est avec beaucoup d'art, et même avec beaucoup de circonspection, que l'auteur, M. Maine-Biran, rapprochant l'idéologie de la physique, a traité ce sujet, non moins fécond que difficile, et qui pouvait conduire à des questions d'une haute importance, mais dont les académies sont convenues de s'abstenir.

.M. Laromiguière, à qui nous devons la seule édition complète qui existe de Condillac, a publié d'excellentes réflexions sur la Langue des

Calculs, ouvrage posthume de ce philosophe célèbre. Deux mémoires imprimés dans le recueil de l'Institut, le premier sur les mots *analyse des sensations*, le second sur le mot *idées*, ne font pas moins d'honneur à M. Laromiguière. Il est du nombre des hommes les plus éclairés parmi ceux qui, aujourd'hui, cultivent en France l'analyse intellectuelle. Il est encore du très-petit nombre des écrivains qui éclaircissent les idées abstraites, et qui savent les rendre sensibles par la justesse des expressions, le mélange heureux des images, l'élégance et la couleur du style.

La Logique de Marmontel est loin de valoir sa Grammaire. Ce qu'il y a de mieux est tiré de la Logique de Port-Royal. Quoique Marmontel en critique avec raison quelques détails, c'est là qu'il paraît avoir borné ses études dans la science; et, pour cela même, son livre est aussi inférieur aux lumières actuelles, que le livre d'Arnauld et de Nicole était supérieur aux lumières du temps. Ce qu'il y a d'étrange, c'est que Marmontel se déclare formellement en faveur des idées innées. Il réprimande, à cette occasion, ce qu'il appelle les nouveaux docteurs. Il oublie, sans doute, qu'il s'agit de tous les philosophes qui ont écrit avant Descartes, de tous ceux qui ont écrit depuis Locke;

de tous, car un homme dont la doctrine a beaucoup de vogue aujourd'hui, du moins en Allemagne, Kant, en altérant la pureté des principes de Locke, n'admet pourtant pas des idées
indépendantes de nos sensations. Marmontel
oublie surtout qu'il faut compter, parmi les
nouveaux docteurs, son maître et son ami Voltaire, qui souvent a ri des idées innées, et qui,
sans doute, aurait ri bien davantage, s'il avait
pu voir un de ses disciples renouveler, à la fin
du dix-huitième siècle, cette rêverie carté-
sienne. On a lieu de s'étonner qu'un homme de
lettres qui a joui d'une renommée légitime à
plus d'un égard, un secrétaire perpétuel de
l'Académie française, fût si arriéré sur des matières de cette importance. Le volume intitulé
Métaphysique porte le même caractère. C'est
le vieux nom comme la vieille science; et, si
vous en exceptez la dernière leçon, qui renferme une analyse incomplète et superficielle
des facultés de l'entendement, l'ouvrage roule
tout entier sur l'existence de Dieu et sur la nature de l'âme. L'auteur répond aux athées ce
que les hommes les plus religieux ou les plus
sages leur avaient répondu cent fois. Parmi les
chrétiens, Pascal, dans ses Pensées; parmi les
déistes, Voltaire, dans le Dictionnaire philosophique, avaient agité ces questions délicates

avec plus de précision, de profondeur et d'intérêt. Il faut bien mêler un éloge à ces critiques nombreuses, mais que la vérité nous arrache. Sous un seul aspect, ces deux volumes
de Marmontel méritent quelque estime. Ils sont
bien écrits; et, si les idées n'y sont jamais
celles d'un philosophe, le style en est toujours
celui d'un très-bon académicien.

Des vues bien autrement profondes caractérisent les Élémens d'Idéologie que M. de Tracy
nous a donnés. L'homme commence par éprouver des sensations, de là ses idées naissent et se
lient ensemble. C'est toutefois après avoir inventé les signes du langage, et même perfectionné la parole, qu'il fait un art de la pensée,
qu'il remonte ensuite à l'origine de ses idées,
et qu'il parvient à se rendre un compte méthodique' des sensations qui les produisent. Telle
est la marche de l'esprit humain; mais, en traitant des sciences idéologiques, M. de Tracy a
cru devoir suivre la marche que la nature suit
dans l'homme, long-temps à l'insu de l'homme
lui-même. Le premier volume de son ouvrage
est donc consacré à l'idéologie proprement dite.
Il y explique comment penser ou sentir étant
pour nous la même chose qu'exister, la faculté
générale de penser renferme diverses facultés
élémentaires qui composent l'homme tout en-

tier : la sensibilité ou la faculté d'éprouver des sensations ; la mémoire ou la faculté de se ressouvenir des sensations éprouvées ; le jugement ou la faculté de trouver des rapports entre nos perceptions ; la volonté ou la faculté de former des désirs. M. de Tracy, exposant sous de nouveaux points de vue cette théorie de l'existence, fait voir comment l'homme se meut par sa volonté, comment agissent ses facultés intellectuelles, comment ses idées sont représentées par des signes vocaux ou écrits. Là naît la grammaire générale. Elle est l'objet du second volume. L'auteur établit les principes communs à toutes les langues, décompose les élémens de la proposition, parcourt les divisions de la syntaxe, et finit par examiner ce que serait une langue parfaite dans le sens logique. Cette question curieuse, mais au fond moins importante par elle-même que par ses applications aux langues usuelles, est réduite à des termes précis, qui lui font acquérir une extrême clarté. M. de Tracy, dans son troisième volume, enseigne la logique ; et, certes, ce n'est pas la logique de l'école. Il recherche quelle est pour nous la cause de toute certitude, et la trouve dans la certitude même de nos sensations actuelles ; quelle est la cause de toute erreur, et il la découvre dans l'imperfec-

tion de nos souvenirs. Nos faux raisonnemens
viennent, selon lui, de ce que nous croyons
voir dans nos idées ce qu'elles ne renferment
pas ; et la logique n'est autre chose que l'examen exact et complet des différens rapports
qui existent entre nos différentes perceptions.
De là s'ensuit l'inutilité absolue des formes syl-
logistiques et de ces règles étroites si long-
temps prescrites à l'art de penser. Après avoir
développé, dans les trois parties de son livre,
la formation, l'expression, la déduction des
idées humaines, M. de Tracy dessine le plan
d'un livre plus vaste encore, qui serait le complément du sien, et dont il recommande l'exécution aux philosophes qui ont approfondi les
sciences idéologiques ; mais qu'à ce titre, nul
assurément n'est plus en état de faire que lui-
même. Ses Élémens sont pleins d'idées saines ;
on peut ajouter, pleins d'idées neuves. Ce serait déjà beaucoup que d'avoir habilement rassemblé des vérités éparses, mais connues. L'auteur fait davantage : il combat les erreurs où
elles sont, dans les auteurs, dans les écrits
qu'il estime le plus ; soit dans Beauzée imagi-
nant sa théorie du verbe, soit dans Condillac
traçant l'analyse de la pensée, soit dans la logi-
que de Hobbes, que M. de Tracy a néa
complétement traduite ; soit dans les nom-

breux ouvrages qui forment la grande réno-
vation de Bacon. Tout en observant les égards
que réclament le mérite et le respect que l'on
doit au génie, il ne reconnaît d'autorité sans ap-
pel que l'autorité de la raison rendue évidente
par l'examen : car il n'est point de ceux qui
refusent d'examiner les idées vraïes ou fausses
que, suivant l'énergique expression de Hobbes,
ils ont authentiquement enregistrées dans leur
esprit. Il faut donc rendre justice au beau monument de philosophie rationnelle élevé par
M. de Tracy : c'est un des grands ouvrages de
l'époque, et c'est là qu'il faut recourir pour
constater le point de hauteur où la science est
parvenue.

M. Cabanis, à qui est dédiée la Logique de
son ami M. de Tracy, est lui-même un des
philosophes dont les travaux ont le plus honoré
les derniers temps. Des vérités lumineuses
remplissent les douze mémoires qui composent
son livre, sur les rapports du physique et du
moral de l'homme. L'auteur commence par
observer que l'étude de l'homme moral n'offre
que des hypothèses plus ou moins incertaines,
quand elle cesse d'être liée à l'étude de l'homme
physique. Locke et ses successeurs ont rapproché ces deux études ; mais elles doivent être encore plus intimement unies, et la seconde est la

base invariable sur laquelle il faut replacer l'é-
difice entier des sciences morales. Tel est le
but que M. Cabanis s'est proposé dans son ouvrage, et ce but est pleinement rempli. Le
premier mémoire détermine avec précision
l'indissoluble alliance qui existe entre l'organisation physique de l'homme et ses facultés intellectuelles. Les nerfs sont les organes de la
sensibilité ; le cerveau, ou centre cérébral, est
l'organe spécial de la pensée. Les deux mémoires suivans sont consacrés à l'histoire phy-
siologique des sensations ; et là des faits, exposés avec méthode, démontrent les vérités qui
déjà se trouvaient établies par des considérations générales. De nouveaux développemens
se présentent en foule : tout, dans la nature, est
mis en mouvement, décomposé, recomposé,
détruit et reproduit sans cesse. En suivant la
marche que suit la nature, en examinant l'un
après l'autre tous les genres d'influence qu'elle
exerce sur l'espèce humaine, M. Cabanis expose, dans six mémoires, comment nos idées
et nos affections morales sont modifiées par la
succession des âges, par la différence des sexes,
par la variété des tempéramens, par les altéra-
tions passagères ou durables qui résultent des
maladies, par les effets du régime, par l'action
puissante du climat. Le dixième mémoire

traite de l'instinct, raison première, qui enseigne à chaque être vivant les moyens de se
conserver; de la sympathie, nouvel instinct,
qui attire l'un vers l'autre des individus différens; du sommeil, où les facultés de l'homme
agissent encore, mais agissent en désordre; et
du délire, qui, à cet égard, n'est qu'un sommeil prolongé. L'influence du moral sur le
physique est l'objet du onzième mémoire : il
faut entendre, par cette influence, l'action de
la pensée, dont le siége est dans le cerveau,
sur l'ensemble des organes de l'homme. L'auteur, en terminant son ouvrage, examine les
tempéramens acquis, c'est-à-dire, ceux qui,
par des causes accidentelles, ont perdu leur
caractère primitif, et sont entièrement chan-
gés. Ici, peut-être, l'ordre des idées est un peu
interverti : nous croyons du moins que ce douzième mémoire devrait être le dixième, et venir immédiatement après l'exposition des six
causes naturelles qui modifient l'homme tout
entier. En risquant cette observation critique,
peu grave en elle-même, et pourtant la seule
que nous ayons à faire, nous la soumettons,
comme un simple doute, aux lumières de l'auteur, trop habile à la fois et trop sage pour ne
apprécier ce qu'elle peut avoir de justesse.
reste, le plan de son livre est aussi bien

exécuté qu'il est bien conçu ; les questions y
sont traitées avec profondeur, et l'élégance du
style leur donne autant d'intérêt qu'elles ont
d'importance. Aussi la renommée de ce bel
ouvrage est faite en Europe; elle y doit encore
augmenter. Plus il sera lu, plus on sentira
combien de sortes de connaissances, combien
de genres de mérite il fallait réunir pour appliquer, avec autant de succès, l'analyse de l'entendement à la physiologie transcendante, et
l'art d'écrire à toutes les deux.

Ce fut une utile institution que celle de ces
écoles normales, où les diverses connaissances
étaient publiquement enseignées par des hommes éminens, dont les élèves, déjà éclairés,
choisis dans toutes les parties de la France, devaient ou pouvaient être à leur tour des instituteurs publics. Là, point d'infaillibilité ma-
gistrale : l'examen n'était pas un privilége; la
raison était sans cesse en exercice, et de libres
discussions, ouvertes entre les professeurs et les
disciples, perfectionnaient à la fois les disciples
et les professeurs. On sait quel éclatant succès
y obtinrent les leçons de M. Garat sur l'analyse
de l'entendement : ce beau travail est imprimé.
Après un aperçu général, unique objet de son
programme, M. Garat décrit la marche historique et progressive de cette science moderne

il apprécie les différens travaux ; il caractérise
avec autant d'énergie et de justesse, et souvent par des traits de maître, les différens génies
des analystes les plus habiles. Tel est le sujet
de sa première leçon. La seconde est une
exposition détaillée du plan qu'il doit suivre.
Il divise son cours en cinq sections : les sens
et les sensations, principes de tout ce qui
tient à l'homme ; les facultés de l'entendement, moyens de diriger les sens et de com-
biner les sensations ; la théorie des idées ou
de toutes les notions que l'homme peut acquérir par les facultés de l'entendement ; la
théorie des signes et des langues, c'est-à-dire,
de tous les signes naturels ou artificiels par
lesquels l'homme exprime les sensations qu'il
éprouve, ou les idées qu'il conçoit ; enfin la
méthode, complément nécessaire des quatre
premières parties, puisqu'elle sert à bien diriger à la fois les sens et les sensations, les facultés de l'entendement, les idées et les formes
du langage. Le cours de M. Garat fut in-
terrompu par cet ascendant des circonstances
qui souvent empêche d'achever ou de publier
d'excellens écrits. Puisse-t-il exécuter aujour-
d'hui son entreprise, et composer un traité
complet digne de l'introduction qu'il nous a
donnée ! la supériorité d'esprit y est renforcée

par cette supériorité de talens qu'elle ne suppose pas toujours. Toutes deux éclatent, soit
dans les brillans portraits de Bacon et de ses
successeurs, soit dans l'exposition de cette vérité singulière, et pourtant démontrée avec rigueur, que les langües furent nécessaires non-
seulement pour exprimer, mais encore pour
acquérir des idées; soit lorsque, arrivé à cette
formation des langues que J.-J. Rousseau ne
pouvait expliquer sans le secours du merveilleux, M. Garat, suivant la route qu'avait
frayée Condillac, explique par la nature
même comment les signes qui, sur le visage
de l'homme, expriment les sensations, devenant les premiers types des signes artificiels,
amenèrent graduellement la plus étonnante et
la plus féconde des inventions humaines, l'écriture alphabétique. Enfin, cette centaine de pages renferme plus d'idées saines, plus de vues
profondes, plus de substances que tous les gros
livres des métaphysiciens de la vieille école. Le
style philosophique peut-il être à la fois très-
éloquent et très-exact? C'est un des points que
M. Garat se proposait d'examiner dans son
cours. La question lui semble difficile à résoudre. Elle l'est sans doute; mais en écrivant, il
la résout; et quand on lit de tels ouvrages, il
faut bien se décider pour l'affirmative.

Une réflexion générale terminera ce chapitre. Quelques savans repoussent le nom d'idéologie, uniquement peut-être parce qu'il est moderne. Quelques philosophes n'aiment pas le nom de métaphysique, et parce qu'il est vague, et parce qu'il rappelle plutôt les antiques ténèbres que les lumières nouvelles. Le nom d'analyse de l'entendement n'a d'autre défaut que d'être un peu long : analyse des sensations et des idées l'est bien davantage ; cette dénomination, d'ailleurs, ou plutôt cette phrase, offre quelque chose d'inutile, puisque les idées, même les plus abstraites, selon l'heureuse définition de Condillac, ne sont que des sensations transformées. Quoi qu'il en soit, et sous quelque titre que se présente la science, elle est désormais mise à son rang par tous les hommes qui ont des lumières : son importance et son étendue ne sauraient être sérieusement contestées. Née en Angleterre il y a deux siècles, et là seulement perfectionnée durant un siècle et demi, depuis cinquante ans elle a fait de grands pas en France ; elle en fait encore aujourd'hui. Base des sciences morales et politiques, principe de l'art de penser, de l'art de parler, de l'art d'écrire, elle s'applique à toute littérature. Son union avec la physique est plus intime encore, et les calculs mathématiques ne lui sont pas étrangers. Comme elle procède par un examen rigoureux, comme son examen s'étend sur l'universalité des idées humaines, elle affermira les sciences véritables; et, malgré plusieurs intérêts qui s'y opposent, elle anéantira les prétendues sciences qui sont au-dessous, ou, si l'on veut, au-dessus de la raison : car ici les termes semblent contraires, mais les choses sont identiques.

CHAPITRE II.

MORALE, POLITIQUE ET LÉGISLATION.

La Morale, si vous lui donnez le sens le plus étendu, se trouve dans tous les genres d'écrire. Homère et Virgile, Sophocle et Corneille, Tacite et Guichardin, Cervantes et Richardson abondent en peintures et en principes de mœurs. Voltaire, dans ses romans les plus frivoles en apparence, n'en présente guère moins que dans sa Henriade, dans ses tragédies et dans ses histoires; et, sous ce point de vue général, Molière et La Fontaine sont les plus exquis moralistes. Mais la morale est ici considérée comme science, et nous parlons uniquement des écrits qui n'ont pas d'autre objet qu'elle-même. En Grèce, elle fut cultivée par toutes les écoles philosophiques : Pythagore, Socrate et Zénon l'enseignèrent à leurs disciples, et l'on sait aujourd'hui qu'à cet égard la secte épicurienne ne le cédait à aucune autre. Chez les Romains, l'école académique se glorifiait de Cicéron, qui perfectionna la morale en plusieurs ouvrages, et surtout dans l'admirable

Traité des Devoirs. Après lui, Sénèque, Marc-Aurèle, Épictète, illustrèrent l'école du Portique : la philosophie stoïcienne, qui niait la douleur, fleurit en des temps où le genre humain dut se résigner à souffrir. Parmi nous, le beau livre des *Essais* se présente le premier. Sceptique par indépendance, et non par système, Montaigne y resta libre dans ses opinions comme dans les formes de son style, et repoussa le joug d'une doctrine invariable autant que celui d'une langue fixée. Charron, dans le traité *de la Sagesse*, eut plus de méthode que Montaigne son maître ; mais il n'eut pas, comme lui, ce talent original qui renouvelle tout par l'expression, et qui paraît tout inventer. En écrivant sur la vertu des païens, le conseiller d'état La Mothe le Vayer fit éclater une philosophie peu commune à la cour de Louis XIV. De pieux écrits furent composés et rassemblés par Nicole sous le nom d'*Essais de Morale* : on les estime encore, mais on les lit peu. Les *Maximes* du misanthrope La Rochefoucauld se soutiennent par leur brièveté pleine de sens. Quant aux Caractères de La Bruyère, on les relit sans cesse ; et de tous les ouvrages en prose du dix-septième siècle, aucun ne réunit au même degré la finesse des pensées, l'originalité des expressions, la variété des tournures, la vérité satirique des tableaux, et la connaissance approfondie de la société. Peintre ingénieux des mœurs, écrivain piquant, quoique inférieur à La Bruyère, Duclos s'est fait lire après lui. Mais, en un genre d'écrire bien plus élevé, deux siècles rivaux de gloire ont produit, l'un, le *Télémaque* de Fénélon, l'autre, l'*Émile* de J.-J. Rousseau, chefs-d'œuvre différens, mais égaux entre eux, à qui nul ouvrage de morale ne peut être comparé chez les nations modernes, ni même dans les littératures de l'antiquité.

Le *Bélisaire* de Marmontel, sans les égaler à beaucoup près, les suit du moins avec honneur. Ici nous retrouvons Marmontel composant sur la morale un traité méthodique, et dont les formes sont austères : c'est le dernier volume des *Leçons d'un père à ses enfans*, et le meilleur, après celui qui porte le nom de *Grammaire*. La leçon sur la morale évangélique rappelle, quant au fond des idées, la fameuse Profession de foi du vicaire Savoyard. Les avantages sont compensés : Marmontel est plus orthodoxe, et J.-J. Rousseau plus éloquent. Le traité dont nous parlons est encore enrichi de très-beaux passages, tirés des ouvrages philosophiques de Cicéron : ils sont fidèlement rendus, et toujours on y trouve

cette correction, cette élégance, cette harmonie
qui n'abandonnaient guère Marmontel quand
il écrivait en prose.

· *L'influence des passions sur le bonheur des
individus et des sociétés civiles*, offrait aux
moralistes un beau sujet que madame de Staël
a traité d'une manière brillante. Quoique divisé
en trois sections, son ouvrage est peu susceptible d'analyse; mais il n'est pas difficile d'en
faire sentir les qualités, et même les défauts.
Il y a beaucoup d'imagination dans le chapitre
de l'amour, et plus encore dans celui de l'amitié. En voulant préserver des passions, madame de Staël est passionnée dans son style,
qu'il nous soit permis d'ajouter, dans ses jugemens. L'esprit de parti se laisse apercevoir en
quelques passages, et surtout dans le chapitre
où il s'agit de l'esprit de parti : on est fâché d'y
trouver des lignes étranges sur *un homme diversement célèbre*. C'est Condorcet dont il est
question, et cette phrase équivoque n'est in-
terprétée par aucun éloge. *Ses amis assurent,*
si l'on en croit madame de Staël, *qu'il aurait
écrit contre son opinion*. Voilà des amis bien
perfides, ou, ce qui est plus exact, des ennemis bien injustes. Condorcet fut sans doute et
restera diversement célèbre, puisqu'il était à la
fois habile dans les sciences mathématiques,

profond dans les sciences morales et politiques,
éclairé en littérature, écrivain distingué, philosophe illustre et grand citoyen ; mais nul
dans ses écrits ne se montra plus d'accord avec
sa conscience, et plus ouvertement fidèle aux
immuables principes dont il a péri martyr. Il
est bien vrai qu'il aimait les vertus, le génie,
les opinions de Turgot ; qu'il admirait son
administration, et qu'il n'avait pas, à beaucoup
près, les mêmes sentimens pour un ministre
dont le nom n'est pas sans célébrité. A cet
égard ; les panégyriques exagérés peuvent convenir à l'amour filial ; mais entre-t-il aussi dans
ses droits d'inculper gravement et sans motif
admissible un des premiers hommes du dix-
huitième siècle ? C'est ce que nous avons peine
à croire. Après cette observation, que nous
faisons à regret, mais qu'il fallait faire, nous
n'examinerons point avec l'auteur si Newton
a plus de juges que le véritable amour, ou s'il
vaut mieux être Aménaïde que Voltaire. Nous
aimons mieux passer aux éloges que mérite
l'exécution de l'ouvrage : il n'y faut pas chercher des théories analytiques, un enchaînement
rigoureux de principes et de conséquences :
mais il présente, comme tous les écrits de
madame de Staël, des tableaux riches et variés,
le besoin et le talent d'émouvoir, des traits

ingénieux, de la nouveauté dans les expressions, et surtout une extrême indépendance,
soit dans la composition générale, soit dans le
choix et la succession des idées, soit dans les
formes du langage.

Nous devons à madame de Condorcet, veuve
de l'homme respectable dont nous venons de
parler, une élégante traduction de la *Théorie
des sentimens moraux*, premier et célèbre ouvrage de cet Adam Smith, qui depuis a répandu tant de lumières sur les principales questions
de l'économie politique. A la suite de cette
traduction, madame de Condorcet a publié
des *Lettres sur la sympathie*. L'ouvrage est
court, mais plein de mérite : elle y part du
même principe qu'Adam Smith, c'est-à-dire,
de cette sympathie, soit générale, soit particulière, qui nous fait partager avec plus ou moins
d'énergie les sensations de plaisir ou de douleur
éprouvées par nos semblables. Madame de
Condorcet n'adopte pourtant pas toujours les
opinions du philosophe écossais; quelquefois
même elle le combat avec avantage. Lorsqu'elle
recherche, par exemple, l'origine des idées
morales, au lieu de recourir, comme lui, à un
sens intime que l'on ne définit jamais bien,
parce qu'il est impossible de le bien comprendre, elle trouve dans notre sensibilité

réelle et physique les impressions qui font la moralité entière, et que bientôt la raison généralise, en établissant les principes invariables du juste et de l'injuste sur la base éternelle des sensations humaines. Ces lettres, adressées à M. Cabanis, et dignes de paraître sous les auspices de deux noms célèbres, sont écrites, non-seulement avec netteté, avec finesse, avec précision, mais encore avec une méthode bien rare dans les ouvrages des dames qui ont le plus d'esprit, presque aussi rare dans les livres des moralistes les plus estimés : de ceux du moins qui, satisfaits de briller par l'éloquence, ou d'exceller dans l'art de peindre la société, n'ont point appliqué à la science des mœurs l'instrument universel de l'esprit humain, l'analyse de l'entendement.

L'émulation est-elle un bon moyen d'éducation? Il y a huit ans que la seconde classe de l'Institut proposa cette question pour sujet du prix de morale. Ici la forme problématique étonne un peu ; elle était pourtant convenable. Un grand prosateur, dont les écrits sont pleins de principes lumineux et de brillans paradoxes, avait attaqué l'émulation avec tant d'éloquence, qu'il y avait du courage à la défendre et presque à la réhabiliter : c'est ce qu'a tenté M. Feuillet. Il profite de ses avan-

tages en opposant à l'autorité de Rousseau,
dans Émile, l'autorité formellement contraire
de Rousseau, dans l'article *Économie* du Dictionnaire encyclopédique. Du reste, prenant
la question dans ses racines, il se demande
quel est le but de l'éducation. Il s'agit de développer toutes les facultés des individus et d'assurer leur bonheur, en les faisant contribuer
au bonheur général; mais les facultés individuelles se développent par les comparaisons
qui s'établissent entre les différens individus :
de là naît l'émulation; et, si on veut l'écarter
de l'éducation de l'enfance, elle se retrouvera
dans l'éducation de la vie entière. Cette émulation n'est autre chose que l'amour de la
gloire, sentiment naturel à tous les hommes,
mais plus ou moins étendu et diversement
dirigé. Il est dangereux dans son excès; il peut
suivre de fausses directions : mais, sans lui, rien
de grand, rien même d'utile; son influence est
nécessaire, et, comme dit Tacite, celui qui
méprise la gloire, méprisera bientôt la vertu.
Or, si les hommes faits ont besoin de ce puissant mobile, les enfans seront des hommes faits;
et c'est aller contre le but de la société, que
de vouloir éteindre en eux un sentiment qui
doit les guider durant toute leur vie. Il reste
donc démontré que l'éducation vraiment so-

ciale est fondée sur l'émulation. M. Feuillet développe habilement ces vérités fécondes, et son mémoire est digne, à tous égards, du prix qu'il a remporté. C'est l'ouvrage d'un homme instruit, d'un esprit exercé, d'un écrivain sage, et qui, sur les matières importantes, est complétement au niveau des lumières contemporaines.

Deux ouvrages de morale ont été successivement publiés, l'un par M. de Volney, l'autre par Saint-Lambert, sous le modeste nom de *Catéchismes*. Quoique rédigés par demandes et par réponses, il ne faudrait pas les confondre avec les catéchismes ordinaires. Pleins tous les deux d'une raison profonde, ils n'ont entre eux aucune autre ressemblance; ce n'est ni la même composition, ni le même genre de talent.

Nous parlerons d'abord de l'ouvrage de M. de Volney, puisqu'il a paru le premier. Il a pour titre, *la Loi naturelle*, ou *Catéchisme du Citoyen français*. La morale est en effet cette loi, qui n'a d'autre but que la conservation et le perfectionnement de l'espèce humaine. L'auteur détermine les nombreux caractères qui appartiennent exclusivement à la loi naturelle: il est aisé de les reconnaître; elle est primitive, c'est-à-dire, antérieure à toute autre loi; elle émane de Dieu sans aucune intervention particulière, puisqu'elle se fait entendre à chaque individu ; elle est universelle, puisqu'elle embrasse tous les temps et tous les lieux ; elle est invariable, puisqu'elle ne modifie jamais ses préceptes ; elle est évidente, raisonnable, juste, puisqu'elle est démontrée à tous, accessible à la raison de tous, conforme à l'intérêt de tous : elle est pacifique ; en effet, si elle était observée, toutes les dissensions seraient bannies de la terre : elle est bienfaisante ; car c'est uniquement par elle que chaque homme, chaque société, l'humanité entière, pourraient atteindre au plus haut degré de bonheur dont notre nature soit susceptible : enfin, elle est suffisante, puisqu'elle renferme tous les emplois avantageux des facultés de l'homme, et, par conséquent, tous ses devoirs. M. de Volney passe ensuite aux bases de la morale, aux notions du bien et du mal, du vice et de la vertu. Il distingue les vertus en trois classes ; les vertus individuelles, ou qui servent à la conservation de l'individu ; domestiques, ou qui sont utiles à la famille ; sociales, ou dont les avantages embrassent toute la société. C'est à ces dernières qu'il donne le plus d'éloges et le plus de développemens. Telle est l'idée générale de cet ouvrage important, quoiqu'il ait peu d'étendue. Les idées en sont serrées, le style en est ferme : on y remarque ce choix sévère et cette propriété d'expressions dont les philosophes de l'école française ont donné tant de beaux exemples.

Le *Catéchisme universel* de Saint-Lambert n'est qu'une section de son grand ouvrage, intitulé, *Principes des Mœurs chez toutes les nations*, et divisé en six parties. La première, qui a pour titre *Analyse de l'Homme*, est plutôt de l'idéologie que de la morale proprement dite. L'auteur y explique la nature des sens, celle des sensations les plus habituelles, et l'origine des passions considérées en général. L'analyse de la femme est l'objet de la seconde partie, qui présente une composition moins sévère; c'est une suite d'entretiens de mademoiselle de Lenclos avec Bernier, élève du philosophe Gassendi, et voyageur assez renommé. Ces entretiens ont de l'intérêt, et les deux interlocuteurs exposent habilement, soit la manière de sentir particulière aux femmes, soit les nuances qui distinguent les mêmes passions en des sexes dont l'organisation n'est point la même. Dans la partie suivante, intitulée *la Raison*, ou *Ponthiamas*, trois mandarins chinois, supposés fondateurs de la colonie de Ponthiamas enseignent aux citoyens de leur

république les élémens de la philosophie ra-
tionelle, et font l'éducation d'un peuple de
sages. La quatrième partie est consacrée au
catéchisme universel : c'est de beaucoup la
meilleure de l'ouvrage; peut-être même est-
elle sans défaut. Une idée saine et lumineuse
y éclate : les vices sont des passions nuisibles à
nous et aux autres ; les vertus sont encore des
passions, mais des passions utiles à l'homme et
à ses semblables. L'auteur définit, dénombre,
caractérise avec sagacité les passions vicieuses
et les passions vertueuses. L'introduction, les
six dialogues, les préceptes, le chapitre sur
l'examen de soi-même, tout est sagement
pensé, noblement écrit. On a donc bien fait
d'imprimer à part le Catéchisme universel; il
est à lui seul un livre classique : mais peut-être
eût-on mieux fait encore d'y joindre le commentaire qui forme la cinquième section de
l'ouvrage entier. Là sont développés les principes du catéchisme, et d'ingénieuses fictions,
des récits piquans, des contes agréables rendent
sensible et facile l'application de ces principes.
L'analyse historique de la société compose la
sixième partie : c'est encore de la morale ; mais
de la morale publique dans ses rapports avec
la politique générale et avec l'histoire des plus
célèbres sociétés civiles. L'auteur semble atta-

cher beaucoup de prix à cette analyse, et ce serait en effet la partie la plus importante de son
travail, si elle atteignait le degré de perfection
dont elle était susceptible; mais, il faut l'avouer,
on y sent plus qu'ailleurs la main de la vieillesse,
peut-être aussi l'insuffisance des études. Il n'y
a point assez de profondeur dans les théories,
ni même assez d'exactitude dans l'exposition
des faits, quoique l'auteur évite les détails : on
y trouve néanmoins d'excellens morceaux. Si
nous considérons maintenant le livre de Saint-
Lambert dans l'ensemble de son exécution,
nous y louerons d'abord, non la chaleur des
mouvemens, l'énergie des expressions, mais
la pureté continue, la politesse exquise et l'é-
légante souplesse du style. Les diverses parties
pourraient être plus intimement liées entre elles ; mais elles sont homogènes quant au fond de
la doctrine; et cette doctrine, qui n'est ni trop
relâchée, ni trop sévère, n'a d'autre base que
la nature de l'homme, et d'autre objet que
son bonheur. Une chose est surtout digne de
remarque : la raison ne plie devant aucun préjugé dans cette belle production, qui fait honneur à la fin du dix-huitième siècle. Au moment où elle parut, les palinodies étaient à la
mode, au moins chez certains littérateurs accusés bien injustement, il est vrai, du crime de

philosophie. Autrefois, sans doute, ils avaient
fait semblant d'être philosophes, mais uniquement pour leur intérêt : c'était encore pour
lui qu'ils changeaient de langage. Ils croyaient
venger par l'apostasie leur vanité mécontente ;
ils se flattaient même d'acquérir de l'importance, d'arriver à la fortune, d'atteindre aux
places ; et, dans cet espoir, ils multipliaient
chaque jour des abjurations hypocrites qui les
couvraient de ridicule et ne trompaient que leur
ambition. Saint-Lambert, en publiant son livre,
n'examina point les temps, mais les choses ; il
ne s'occupa ni d'être hardi, ni d'être timide ;
il fut vrai. Dans un excellent discours préliminaire, il rendit hommage à la mémoire de Voltaire et de Montesquieu, d'Helvétius et de
Condillac. Il convenait à ce vieillard honorable
de proclamer, en expirant, la vérité qu'avait
chérie sa jeunesse ; de rester fidèle aux hommes
illustres dont il avait été l'élève et l'ami ; de
respecter enfin, dans les souvenirs du dix-huitième siècle, une gloire qu'il avait vu croître et
qu'il avait lui-même augmentée.

C'est à l'immortel chancelier de L'Hospital
que remontent parmi nous les sciences politiques. Les lois, les édits, les ordonnances qui
émanent de lui, méritaient de paraître sous les
auspices d'un autre prince que Charles IX. Le

règne où les lois furent le plus violées, n'en est pas moins l'époque d'un grand perfectionnement dans notre législation. Dumoulin surtout y contribua par ses travaux, et le plus éclairé des jurisconsultes français seconda le plus illustre chef qu'ait jamais eu la magistrature. Dans les premières années du règne suivant, Hubert Languet, prenant le nom de *Junius Brutus*, écrivit en langue latine un traité célèbre, qu'il traduisit lui-même en français sous ce titre, qui en fait assez connaître l'importance : *De la puissance légitime du prince sur le peuple, et du peuple sur le prince.* Ce fut dans le même esprit que La Boëtie, immortalisé par son ami Montaigne, composa son Discours de la Servitude volontaire. Un peu plus tard parut Bodin, qui, dans son Traité de la République, adopta souvent les idées d'Aristote, et fournit lui-même quelques idées au plus beau génie dont puissent se glorifier les sciences politiques, à Montesquieu. Au commencement du dix-septième siècle, les *Économies royales* de Sully, vers la fin du règne de Louis XIV, les Mémoires des intendans de province, et ensuite la *Dîme royale* écrite par Boisguilbert, sous la dictée du maréchal de Vauban, jetèrent progressivement quelques lumières sur l'économie publique.

Lamoignon, dans ses Arrêtés, d'Aguesseau, dans beaucoup d'ouvrages, éclairèrent la législation civile. Sous la régence, de nombreuses questions politiques furent discutées par l'abbé de Saint-Pierre, homme vertueux, que l'on crut devoir punir de n'avoir point flatté l'ombre de Louis XIV.

Les combinaisons du système de Law, et les malheurs qu'il entraîna, fixèrent l'attention sur tout ce qui intéressait le crédit public, le commerce et l'agriculture. De là les écrits de Melon, secrétaire du régent, et les ouvrages de nos premiers économistes. Bientôt Montesquieu déploya dans toute son étendue ce génie politique qui lui avait dévoilé les causes de la grandeur et de la décadence des Romains. Les diverses parties de la science législative furent embrassées, liées, coordonnées dans le vaste plan de l'Esprit des Lois, livre semé de quelques erreurs, afin, sans doute, que l'on pût y reconnaître la main d'un homme ; mais précis, profond, éloquent, et, parmi les productions philosophiques, celle qui doit le plus long-temps influer sur les destinées de l'espèce humaine. Un esprit du même ordre, J.-J. Rousseau, développa dans le Contrat Social quelques hautes vérités qui, avant lui, n'étaient qu'entrevues. En écrivant sur le gouvernement de Pologne, il exposa des principes moins élevés, mais d'une application plus facile. Mably, que nous retrouverons parmi les historiens, analysa les traités qui formaient alors le droit public de l'Europe : du reste, admirateur passionné des institutions de Sparte et de Rome, attaché avec scrupule aux doctrines de l'antiquité, il ajouta peu d'idées à la science; mais il la servit par une foule d'écrits estimables, et surtout par ses *Entretiens de Phocion*, où, bien différent de Machiavel, il rattacha la politique entière à l'inaltérable morale.

Le traité des Délits et des Peines, publié en Italie, avait fait examiner en France notre législation pénale : elle était alors bien vicieuse. Les procès de Calas, de Sirven, de Montbailly, de Labarre, excitèrent l'intérêt et l'effroi. Un grand homme, qui les rendit encore plus célèbres, Voltaire, que l'on retrouve sur toutes les routes de la gloire, et qui ne dédaigna rien d'utile aux hommes, devint le commentateur de Beccaria. Quelques magistrats éclairés répondirent à ce signal, et surtout le célèbre avocat général Servan. Après lui, Dupaty s'honora dans la même carrière par ses talens et par son ouvrage. Nous parlons des écrivains, des philosophes, et non pas des criminalistes. Les Considérations sur les finances, par Forbonnais; d'ex-

cellens écrits de Turgot, le livre important de
Necker et ses discussions avec Calonne, répan-
dirent des clartés nouvelles sur le revenu public
et sur l'administration. Mirabeau, depuis si
renommé à l'Assemblée constituante, donna,
durant les dix années qui la précédèrent, un
grand nombre d'écrits politiques, parmi lesquels on distingue le livre sur les Lettres de
cachet, d'austères Conseils aux républicains des
États-Unis sur l'ordre de Cincinnatus, la Lettre
aux Bataves sur le stathoudérat, la Lettre à Frédéric-Guillaume, qui occupait le trône qu'a-
vait rempli Frédéric-le-Grand ; enfin l'Essai sur
le despotisme ; ouvrages qui fondèrent et qui
garantissent la réputation de cet énergique
écrivain. On ne doit pas citer avec moins d'é-
loges l'*Essai sur les privilèges*, première production de M. Siéyes, où s'annonçaient avec
éclat les talens qu'il a depuis développés.

La première année de la révolution française vit éclore une multitude de brochures
éphémères sur tous les objets dont les repré-
sentans de la nation pouvaient s'occuper ; elle
produisit en même temps un petit nombre de
morceaux précieux, et que l'oubli ne menace
point. Entre ces écrivains, alors empressés à
former un esprit public, M. Siéyes est, sans
aucun doute, celui qui s'est fait le plus remar-

quer par la hauteur et l'étendue des conceptions. Nous n'avons point à parler en ce moment
de ses travaux dans les assemblées nationales ;
mais, depuis l'Essai sur les priviléges, et quelques mois avant la réunion des États généraux,
trois de ses écrits, paraissant presque à la fois,
obtinrent un succès mémorable. Ici, recher-
chant dans la nature des choses ce qu'était ce
tiers-état, si long-temps avili par son nom
même et jouet de l'orgueil féodal, il y trouva
tous les élémens dont une nation se compose,
et démontra cette vérité avec une dialectique
désespérante pour les préjugés oppresseurs. Là,
examinant comment une sage exécution peut
réaliser de sages théories, il indiqua les moyens
de garantir la dette publique, ceux d'assurer la
permanence et la liberté des législateurs, ceux
encore d'asseoir l'impôt sur des bases consti-
tutionnelles. Le plan de délibérations pour les
assemblées de bailliages présente, sous un
titre modeste, un véritable plan de travail pour
l'assemblée célèbre qui devait régénérer le
peuple français en lui donnant une constitution. Sans être exempts d'opinions hasardées,
ces trois ouvrages ont fait avancer la science
de l'organisation sociale, et l'on y voit exposé
tout le système représentatif, jusqu'alors incomplétement connu par ceux mêmes des philoso-

phes qui en avaient le mieux senti l'excellence.
On sent qu'il nous est impossible d'entrer ici
dans les détails qu'exigeraient de tels écrits : il
y a plus; nous ne tenterons pas d'en suivre
exactement la marche. Ce n'est pas qu'ils manquent de méthode; ils en ont beaucoup au
contraire, et le premier surtout doit être compté
parmi les chefs-d'œuvre d'analyse. Ce n'est pas
qu'ils soient peu importans, c'est bien plutôt
parce que les questions que l'auteur y traite
n'ont pas cessé d'être importantes, et sont devenues très-délicates. Au moins est-ce un devoir en toute circonstance de rendre justice au
mérite éminent et varié qu'il y fait briller sans
cesse. Il pense avec énergie, avec profondeur,
avec originalité; dans chaque phrase il dit quelque chose, presque toujours quelque chose de
neuf; et, sans paraître songer au style, il
est écrivain supérieur, car son expression
franche et rapide a toutes les qualités de sa
pensée.

Les diverses parties de l'économie publique
ont été depuis vingt ans et sont encore aujour-
d'hui cultivées par des hommes habiles. C'est
ici que nous croyons devoir indiquer les travaux de M. Lebrun : ils ont honoré l'Assemblée constituante et le Conseil des anciens; mais
ils tiennent à la haute administration, et d'ail-

leurs ils offrent plutôt les formes générales de
l'art d'écrire, que les formes spéciales de l'art
oratoire. Au reste, on y trouve l'empreinte d'un
talent exercé de bonne heure, et nourri de
connaissances profondes sur tout ce qui tient
aux finances. Quelques rapports de M. Barbé-
Marbois au Conseil des anciens, sont du même
genre et du même ordre. M. Rœderer et M. Dupont de Nemours, que nous retrouverons tous
deux comme orateurs, doivent déjà trouver
place en ce chapitre : l'un, pour quelques bonnes dissertations insérées dans son Journal d'E-
conomie ; l'autre, pour un écrit sur la banque,
ouvrage assez récent encore, et dont il nous
conviendrait peu de discuter le fond, mais
dans lequel il serait injuste de ne pas reconnaître et les lumières utiles d'un ami de Turgot,
et ces tournures ingénieuses qui partout, et
spécialement dans les matières graves, n'appartiennent qu'aux écrivains distingués.

Les *Élémens d'Économie politique*, publiés
par M. Garnier, sont dignes d'estime à beaucoup d'égards ; et si l'on peut reprocher quelque chose à l'auteur, c'est d'avoir renouvelé un
peu tard plusieurs opinions des économistes,
opinions long-temps dignes d'être examinées,
maintenant décréditées par les résultats mêmes
de l'examen, surtout depuis l'ouvrage d'Adam

Smith sur les sources de la richesse des nations. M. J.-B. Say, dans son *Traité d'Eco-
nomie politique*, a suivi des routes plus sûres
et fourni une carrière plus étendue. Il écarte,
à l'exemple de Smith, ces théories systémati-
ques, dont l'effet infaillible est de tout confondre en voulant tout assujétir à une seule idée
générale. En observant la marche naturelle des
richesses, il expose clairement de quelle manière elles se produisent, se distribuent et se
consomment. Son ouvrage est divisé en cinq
livres : le premier concerne tous les produits
que peut créer l'industrie humaine ; le second,
la monnaie métallique où l'auteur voit, non
pas un signe représentatif, non pas une mesure commune, mais une marchandise véritable, et qui, par des conventions universelles,
peut s'échanger à volonté contre toutes les autres marchandises ; le troisième livre est relatif
à la propriété, de quelque nature qu'elle soit.
M. Say, dans le quatrième, examine comment
se détermine la valeur des choses, c'est-à-dire,
le prix qu'elles atteignent quand on les échange
avec la monnaie. Le cinquième livre, enfin,
traite de tous les genres de consommations ; et,
dans cette partie importante de son travail,
l'auteur, en approuvant les consommations indispensables, en louant les consommations

utiles à la reproduction (car il en est de cette espèce), blâme et regarde comme onéreuses pour la société entière les consommations stériles de *l'orgueil, ce mendiant qui crie aussi haut que le besoin*, selon l'énergique et singulière expression de Franklin. Ce n'est pas que M. Say soit partisan des lois somptuaires et des diverses prohibitions : un ouvrage où l'indépendance des facultés industrielles est regardée comme nécessaire pour entretenir et augmenter la richesse publique, ne saurait même être favorable au système réglementaire qui enchaîne et ne règle pas l'industrie. En nous résumant, M. Say, moins profond que Smith, moins habile à saisir des rapports éloignés et nombreux, est aussi plus méthodique, plus facile à suivre, et ne se permet pas, comme lui, de fréquentes digressions. Soigneux d'éviter les questions de politique, celles même de commerce ou de finances, il se borne aux principes de l'économie proprement dite. Son traité lui fait beaucoup d'honneur : orné avec sagesse, le style en est sain comme la doctrine; et de tous les livres composés en français sur la science économique, c'est le plus complet sans contredit; nous croyons pouvoir ajouter, le plus instructif.

L'*Essai sur le revenu public* est essentielle-

ment un livre de finance, sans être toutefois
étranger à l'économie politique. M. Ganilh,
auteur de cet ouvrage, y recherche comment
s'est composé le revenu public chez les peuples anciens et chez les peuples modernes.
C'est avec une attention spéciale qu'il en suit
les progrès en France et en Angleterre, contrées où, depuis deux siècles, les charges des
contribuables n'ont cessé d'augmenter avec les
besoins du gouvernement. Après avoir traité
de la législation et de l'administration du revenu public, deux choses qu'il regarde comme
devant être séparées pour l'intérêt des sociétés,
il considère successivement les dépenses et les
contributions qui les couvrent. Il ne donne pas
une histoire complète des finances, il donne
encore moins un plan général : plus circonspect, sans être cependant timide, il expose des
faits nombreux, et de ces faits rassemblés naissent les réflexions qu'il y mêle. Peu favorable
aux taxes sur la rente des terres, sur les capi-
taux, sur les personnes, il leur préfère les contributions indirectes, au moins quand elles
vont frapper les consommations de luxe. En
général, il se rapproche beaucoup, dans les
principes, des philosophes de l'école écossaise,
notamment de Hume et de Smith. Ce n'est
donc pas seulement l'importance des matières

qui nous fait remarquer l'Essai sur le revenu public : une diction claire et rapide le rend intéressant à lire ; des connaissances bien étendues et bien distribuées le recommandent comme un livre utile.

En législation civile, il a paru un ouvrage important, et qui tous les jours se continue ; c'est un recueil où sont traitées, selon l'ordre alphabétique, les questions le plus fréquemment agitées dans les tribunaux. On doit ce recueil à M. Merlin, si connu dès sa jeunesse par les excellens articles dont il a enrichi le Répertoire de jurisprudence, plus célèbre encore par ses travaux législatifs, et qui, dans l'opinion publique, occupe une place éminente entre les jurisconsultes vivans. Les *Élémens de législation,* par M. Perreau, sont d'un écrivain sage et d'un bon citoyen. Il est juste de distinguer aussi l'écrit de M. Bourguignon sur *la Magistrature considérée dans ce qu'elle fut et dans ce qu'elle doit être.* L'auteur entend par magistrats les fonctionnaires publics attachés à l'ordre judiciaire. Cette dénomination, jadis usitée parmi nous, manque peut-être de justesse. Quoi qu'il en soit, l'ouvrage a du mérite ; mais on en trouve bien davantage dans les trois discours du même auteur sur les *Moyens de perfectionner en France l'institution du jury.*

Le premier fut couronné, il y a sept ans, par la seconde classe de l'Institut ; les deux autres furent composés depuis, soit pour éclaircir des points obscurs, soit pour répondre à des objections récentes. Nous ne pouvons passer sous silence le livre de M. Bexon sur *la Sûreté publique et particulière*. Après avoir été publié sous les auspices de S. M. le roi de Bavière, il a joui d'un brillant succès dans plusieurs contrées de l'Europe. Le *Code* lui-même dépasse notre compétence ; mais le discours étendu qui le précède, appartient à la littérature des sciences politiques. Il contient des idées profondes et bien exprimées sur l'esprit de toute législation, spécialement de la législation pénale : les principes de Montesquieu, de Beccaria, y sont présentés sous des points de vue qui les étendent, et les lumières de l'auteur ne sauraient être contestées avec justice.

Toutefois, long-temps avant, et dès la seconde année de notre époque, M. Pastoret avait publié sa *Théorie des lois pénales*, production plus intéressante encore sous l'aspect littéraire et philosophique. Dans les quatre parties de son ouvrage, l'auteur examine successivement les principes généraux de la législation pénale, les diverses natures de peines, les rapports nombreux qu'elles embrassent, enfin

la proportion qui doit exister entre les châti-
mens et les délits. On a lieu de s'étonner qu'en
admettant le droit de punir, il n'admette pas
le droit de faire grâce. Montesquieu le regar-
dait comme inhérent aux monarchies tempérées; mais si M. Pastoret combat sur ce point
l'autorité de Montesquieu, au moins veut-il
des lois douces. Attentif à la garantie des accusés, il rejette les témoins nécessaires, et ce que
les criminalistes appellent si improprement la
preuve conjecturale; il croit que l'évidence
absolue peut seule prouver le délit et motiver
la condamnation. Par une conséquence rigoureuse du principe qu'il pose, l'unanimité des
juges lui paraît indispensable pour prononcer
la peine capitale; il désire même cette unanimité quand il s'agit de prononcer une peine
quelconque. Après avoir analysé les opinions
des plus célèbres philosophes, relativement à
la peine de mort, il observe que Léopold l'a-
vait abolie en Toscane, sans qu'il en résultât
d'inconvéniens. Il pense qu'elle excède les droits
de la société, qu'elle est même contraire à ses
intérêts; et, se rangeant à l'avis de Beccaria, il
appuie de considérations nouvelles cette opinion, combattue fortement par J.-J. Rousseau, et plus fortement par Mably. En supposant néanmoins que la peine de mort doive

être encore regardée comme la seule suffisante
pour les grands crimes, toute recherche dans
les supplices est, aux yeux de l'auteur, indigne
des nations civilisées : il développe des idées
non moins judicieuses sur quelques peines infamantes, et trouve, par exemple, une contradiction inexcusable entre une peine tem-
poraire et une marque éternelle d'infamie. La
vraie justice, et par conséquent l'humanité, tel
est partout l'esprit de cet ouvrage, riche de
connaissances, fort de dialectique, embelli par
une diction noble et ferme. L'Académie française lui décerna le prix d'utilité ; c'était déclarer l'opinion publique. Le choix de l'Académie
honorait l'auteur ; le choix du livre honorait
l'Académie.

Il y a six ans que M. de La Cretelle a donné
au public le recueil de ses œuvres : on y trouve
en plus d'un genre des productions intéressantes. Laissant pour d'autres chapitres ce qui
n'est pas encore de notre sujet, nous citerons
ici les ouvrages où l'auteur applique la philosophie à la législation. Ses principes des conventions civiles annoncent un jurisconsulte éclairé :
il développe des vues fécondes dans son écrit
sur les diverses fonctions déléguées au ministère public pour la garantie de la société. Il est
un de ceux qui ont signalé avec courage et ta-

lent les détentions arbitraires, cet horrible abus qui menaçait jadis les citoyens de toutes les classes, et dans les rapports les moins graves, puisqu'on lançait des lettres de cachet sur la demande des agens du fisc ; fait étrange, mais attesté, dénoncé par le vertueux Malesherbes, rédigeant, au nom de la Cour des Aides, des remontrances au roi Louis XV. La législation pénale a particulièrement occupé M. de La Cretelle. Ici il examine quelle réparation est due par la société aux accusés reconnus innocens : là, dans un aperçu net et rapide, il trace un plan général pour la réforme des lois criminelles. Ami des dispositions tutélaires, il est loin d'approuver en tout la fameuse ordonnance de 1670, résultat de ces conférences où Pussort obtint une victoire funeste sur l'équitable et judicieux Lamoignon. Mais de tous les ouvrages de l'auteur, le mieux conçu, le mieux écrit, comme aussi le plus important, nous paraît être son Discours sur les peines infamantes. Il s'agissait de cette odieuse opinion, qui faisait autrefois rejaillir sur des enfans et sur une famille entière l'ignominie d'un coupable condamné. Il fallait remonter à l'origine du préjugé, peser ensuite ce qu'il pouvait avoir d'utile et ce qu'il avait de désastreux, indiquer enfin les moyens à mettre en usage pour en triompher. Les trois parties sont ce qu'elles doivent être ; la seconde est d'un grand effet. Quoi de plus touchant que l'histoire de cette famille, honneur du séjour qu'elle habite, et tout à coup plongée dans l'opprobre par le supplice d'un brigand qu'elle a produit ! Elle est encore estimée, et cependant sa considération est perdue ; elle se voit-abandonnée par l'amitié même, servie avec dédain par ses propres domestiques ! Le frère du coupable était honoré dans un régiment comme un officier plein de mérite ; il est contraint de sortir du corps ; un suicide le débarrasse de la vie. Sa mère, désespérée, ne lui survit que trois jours. Un vieillard reste avec ses deux filles, vertueuses et belles ; deux amans passionnés allaient devenir leurs époux. L'un se rétracte : l'amour, qui fait taire l'intérêt et l'ambition, se tait lui-même devant le despotisme du préjugé. L'autre est fidèle ; l'hymen est rompu par ses parens, et c'est au nom de l'honneur que sont violées de saintes promesses que l'honneur avait garanties. La famille infortunée ramasse ses débris ; elle fuit, elle s'exile : mais c'est trop peu de quitter son pays ; à peine, en abjurant son nom, peut-elle échapper à l'infamie qui l'environne au sein même de la vertu. Quoi de plus terrible que l'hypo-

thèse de ce jeune homme, n'ayant d'autre
héritage que l'opprobre d'un père coupable,
réduit par le désespoir à mériter au moins la
honte qu'il subit injustement, ne se voyant plus
d'asile que parmi les brigands; et, quand il va
subir un juste supplice, reprochant les crimes
qu'il a commis à la société qui le rejeta loin
d'elle, lorsqu'il était encore innocent! Dans une
lettre adressée à l'auteur, un immortel écrivain,
Thomas, digne appréciateur de l'honnête et du
beau, rendit une justice éclatante à ce notable
discours. L'ouvrage fut couronné comme utile
par l'Académie française, après l'avoir été
comme excellent par l'Académie de Metz, qui
avait proposé la question, et qui, les deux années suivantes, intéressa l'attention publique
en faveur des enfans illégitimes et des Juifs si
long-temps opprimés par des lois avilissantes
et vexatoires. Tel était l'esprit des sociétés littéraires, telle était l'impulsion donnée à toute
la France depuis le milieu du dernier siècle,
temps mémorable, où les talens appelés à des
études importantes pour le genre humain,
obtenaient, en servant la raison, des succès
garantis par elle.

Jusqu'ici nous avons parlé d'ouvrages plus
ou moins dignes d'estime, et nous les avons
loués avec plaisir. C'est à regret que nous allons

paraître sévères ; mais la justice et la vérité nous y contraignent. Un livre en trois volumes fut imprimé, il y a douze ans, sous ce titre emphatique : *Théorie du pouvoir politique et religieux dans la société civile*, par M. de B., gentilhomme français. L'auteur promet de démontrer sa théorie par le raisonnement et par l'histoire. Pour l'histoire, il ne paraît pas l'avoir étudiée, pas même l'histoire de France, dont il parle à tort et à travers, sur la foi du père Daniel et du président Hénault, les seuls de nos historiens qu'il vante, les seuls qu'il cite, les seuls peut-être qu'il ait lus. Quant au raisonnement, voici ce qu'il appelle raisonner. Il pose comme un principe incontestable ce qui est le plus contesté, souvent ce qui est inadmissible, et marche d'assertion en assertion, prouvant chaque proposition qu'il affirme par celle qu'il vient d'affirmer. Veut-il rendre sa démonstration complète ; cinq ou six répétitions sont pour lui cinq ou six preuves. Veut-il donner de la puissance aux mots ; il les imprime en lettres italiques. C'est avec cette logique victorieuse et ces grands moyens d'éloquence, qu'il croit réfuter l'Esprit des lois et le Contrat social ; qu'il dénigre l'Essai sur les mœurs des nations ; qu'il prend avec Voltaire, Montesquieu, J.-J. Rous-

seau, un ton de supériorité, plaisant par lui-
même, et qu'un extrême sérieux rend plus
comique. A propos d'une définition qu'il ha-
sarde comme tout le reste, il enjoint par note
à ses lecteurs de ne point *épiloguer*, c'est le
terme qu'il emploie : et certes, les rôles sont
confondus : car c'est précisément ce que ses
lecteurs auraient le droit de lui recommander
sans cesse. Les mêmes principes, les mêmes
idées, souvent les mêmes expressions, se retrouvent dans *la Législation primitive*, autre
livre publié plus récemment par M. de Bonald.
L'auteur, cette fois, car c'est bien le même,
donne ses décisions par articles et dans la forme
des lois. De telles productions semblent exiger
un procédé fort simple ; celui d'examiner ce
qui fut écrit de sage en matière politique, et
d'écrire précisément le contraire. Tous les abus
dénoncés depuis cent cinquante ans par des
philosophes illustres, par d'habiles magistrats,
par des cours souveraines, par des ministres,
sont aux yeux de l'auteur des inventions admirables. Toutes les gothiques institutions, fruits
de l'ignorance du moyen âge, lui paraissent
les chefs-d'œuvre du génie. C'est là ce qu'il
appelle nécessaire, ce qu'il trouve approchant
de la perfection, mais ce qu'il veut perfec-
tiønner encore ; au point que, s'il en fallait

croire et ses conseils, et ses vœux, et ses pro-
phéties, car il est prophète, l'Europe attein-
drait bientôt le plus haut degré d'intolérance
politique et religieuse. Sa diction d'ailleurs est
aussi sèche que ses décisions sont tranchantes.
Avec un pareil style, de pareils principes n'ont
aucun danger ; et certes il n'y a pas lieu de
craindre que M. de Bonald parvienne à dégoûter l'Europe des écrits de Voltaire et de
Montesquieu.

Après avoir parlé des ouvrages composés en
notre langue, il nous reste à dire un mot des
traductions de quelques auteurs célèbres qui,
dans les sciences politiques, ont honoré par
leurs travaux ou l'Italie ou l'Angleterre. Deux
fois, parmi nous, on avait traduit Machiavel,
fameux par tous ses écrits, trop fameux par
son livre du *Prince*. Si l'on en croit J.-J.
Rousseau, en feignant de donner des leçons
aux princes, Machiavel en a donné de grandes
aux peuples. Cela est possible ; mais les peuples, il faut l'avouer, n'ont pas été ses meilleurs
élèves. Un homme de mérite, Guiraudet, mort
préfet de la Côte-d'Or, a publié, il y a dix
ans, une traduction complète des œuvres du
politique de Florence : elle est fort bien écrite
et fort supérieure aux deux traductions anciennes. C'est avec plus de succès encore que

M. Gallois a traduit la Science de la législation, fruit des études de Filangieri, surnommé par quelques personnes *le Montesquieu de l'Italie*. Cet éloge est exagéré : Filangieri ne ressemble point à Montesquieu ; car il est verbeux, et n'est pas profond ; mais il est clair, il a des idées saines, des intentions dignes du temps où il écrivait, et l'on ne saurait trop vivement regretter ce jeune et laborieux philosophe, mort avant l'âge de trente ans.

Nous devons quelques louanges à la traduction anonyme de l'*Oceana* d'Harrington. Exacte et rédigée avec soin, elle fait bien connaître l'esprit de cet illustre Anglais, qui, par un contraste singulier, mais pour lui doublement honorable, fut à la fois le plus fidèle ami du roi Charles Ier., et le plus zélé partisan des opinions républicaines. Son livre, où, désignant l'Angleterre sous le nom d'une île fabuleuse, il trace pour elle un plan d'organisation sociale, efface sans contredit l'Utopie de Thomas Morus, et pour le fond des idées, l'emporte même sur la République de Platon. C'est aussi par une traduction anonyme que le public français a pu connaître le livre estimable où Stewart développe les principes de l'économie politique. Smith, Écossais comme Stewart, en écrivant après lui, enseigne une

doctrine toute différente. Son Traité sur la nature et les causes de la richesse des nations,
pourrait être plus méthodique; nous l'avons
déjà remarqué : mais nul ouvrage du même
genre ne renferme autant d'instruction solide,
et c'est le livre essentiellement classique pour
ceux qui veulent étudier la science. L'époque
a produit deux traductions de cet excellent
traité : l'une de Roucher, l'autre de M. Garnier. La seconde vaut beaucoup mieux que la
première : elle n'en offre pas les incorrections
fréquentes; elle en offre encore moins les obscurités, car le nouveau traducteur entend les
théories économiques. Son travail est complété
par des notes instructives; souvent il y explique,
souvent même il tâche d'y réfuter l'auteur qu'il
traduit. On avait promis un volume de notes
pour la traduction de Roucher : ce volume n'a
point paru; il devait être de Condorcet.

Nous ne faisons pas entrer dans le tableau de
notre littérature les actes écrits de l'autorité; le
respect nous le défend. Les lois réclament l'o-
béissance des citoyens, et toutes les convenances, même celles du goût, interdisent la louange
littéraire partout où la critique est interdite.
Ce dont il est juste de louer le gouvernement,
dans quelque ouvrage que ce soit, c'est de la
garantie qu'il donne à l'indépendance des opi-

nions. Rien de plus légitime, de plus utile,
de plus nécessaire que cette indépendance. Le
philosophe doit indiquer le but : le législateur,
calculant les résistances, s'arrête à la limite
qu'il ne saurait encore franchir. Observons que
cette limite est toujours au choix de la puissance ; et, pour cela même, la puissance a besoin
de recueillir de nombreux avis, qu'elle examine et pèse à loisir. Où il s'agit de l'intérêt
de tous, tous ont droit d'exprimer un vœu.
Les seules discussions libres peuvent donner
de véritables lumières, et les gouvernemens
déjà éclairés n'ont jamais craint les lumières
publiques.

CHAPITRE III.

RHÉTORIQUE, CRITIQUE LITTÉRAIRE.

LES ouvrages sur la rhétorique, sur la poétique, sur la critique littéraire, sont nombreux dans notre langue; mais il en est peu qui aient conservé leur réputation. Personne aujourd'hui ne consulte le P. Le Bossu, pour apprendre les règles de l'épopée, ni l'abbé d'Aubignac, pour étudier la pratique du théâtre : on lit même assez rarement les écrits du P. Bouhours, rhéteur, dont les hommes les plus éclairés du dix-septième siècle estimaient le goût et la correction. Le Traité des études de Rollin demeure encore placé parmi nos meilleurs livres élémentaires : car, si l'auteur a peu d'idées neuves, au moins sait-il exposer, dans un style élégant et clair, les excellens préceptes de Cicéron et de Quintilien. Le cours de belles-Lettres de Batteux, avec plus de développemens, offre moins d'instruction réelle et beaucoup moins d'intérêt. Le petit ouvrage de l'abbé Fleury sur le choix des Études est digne de cet écrivain si recommandable par un esprit sage et par des connaissances étendues. Des aperçus ingénieux et féconds distinguent le livre de l'abbé Dubos sur la Poésie et la Peinture. Les Réflexions sur la Poésie, par Racine le fils, respirent l'école de son illustre père, et le sentiment approfondi des beautés antiques. Les Considérations de Diderot sur le Drame, la Poétique de Marmontel, et ses Élémens de Littérature, où sa Poétique est refondue, méritent une lecture attentive, quoique l'on puisse avec raison reprocher à ces deux auteurs des paradoxes que repousse un goût sévère. Mais, parmi nous, les écrivains restés modèles furent aussi des critiques du premier ordre. Quoi de plus solide que les Dialogues sur l'éloquence, composés par Fénélon? Quoi de plus exquis en littérature que sa Lettre à l'Académie Française? Quoi de plus lumineux, depuis la Poétique d'Aristote, que les trois Discours de Corneille sur la Tragédie, et même que les Examens de ses pièces? Quelques préfaces de Racine, une seule préface de Molière, celle de Tartufe, et plusieurs scènes de l'Impromptu de Versailles, suffisent pour démontrer combien ces deux hommes admirables excellaient dans la théorie des arts qu'ils ont portés à la perfection. Quant à Voltaire, en lisant ses Commentaires sur Corneille, ses Mélanges, cent articles de son Dictionnaire philosophique, les préfaces de ses tragédies, et jusqu'à sa correspondance, il est impossible de ne pas reconnaître un véritable arbitre du goût, et le plus grand littérateur de l'Europe moderne. Enfin, le meilleur écrit français sur l'art oratoire, nous vient d'un orateur célèbre. On sent bien que nous voulons désigner l'Essai sur les Éloges, livre si supérieur à son titre, et, de tous les ouvrages de Thomas, celui qui porte la plus belle empreinte de son caractère et de son talent.

Le Traité où M. le cardinal Maury développe les principes de l'éloquence de la chaire et du barreau, vient de reparaître l'année dernière avec des changemens et des additions. Il fournit une preuve nouvelle de l'observation générale que nous avons faite. Oui, pour bien enseigner un art, il faut soi-même y réussir. Dans l'ouvrage dont nous parlons, tout fait sentir à quel haut degré l'écrivain possède la matière qu'il traite et les orateurs célèbres qui furent ses modèles. Lui-même est toujours orateur, soit lorsqu'il analyse les différentes parties qui constituent le plan du discours, soit lorsqu'il considère en ce genre d'écrire les beautés et les défauts du style, soit lorsqu'il caractérise tour à tour la rapidité, la véhémence, la force irrésistible de Démosthène, l'abondance heureuse et l'inépuisable richesse de Cicéron, l'onction pathétique de Fénélon, la hauteur ou plutôt la majesté sublime de Bossuet, l'austérité religieuse de Bourdaloue, l'élégance exquise et variée de Massillon ; soit, enfin, lorsque, exerçant une justice plus rare, puisqu'elle regarde un contemporain, il apprécie la révolution que le panégyriste de Descartes et de Marc-Aurèle a opérée dans l'art oratoire. On aime à trouver un exorde éloquent du missionnaire Bridaine, prédicateur accoutumé aux villages, et tout à coup transporté dans une église de Paris, environné, pour la première fois, d'un auditoire qui pouvait et qui voulait lui paraître imposant ; mais tirant de sa position même une force inattendue, et se reprochant devant Dieu d'avoir tourmenté la conscience du pauvre et porté l'épouvante au sein des chaumières, au lieu de réserver les foudres évangéliques pour tonner contre les vices de l'opulence et contre l'orgueilleuse corruption des habitans des palais. Impartial dans ses jugemens, l'auteur loue le mérite du protestant Saurin ; mais il blâme en lui l'intolérance, si blâmable en effet dans toute les sectes et dans l'universalité des choses humaines. Les Anglais le trouveront sobre d'éloges pour leur archevêque Tillotson ; mais aucun ami de la véritable éloquence n'osera lui contester ce qu'il établit, l'extrême supériorité des grands prédicateurs français sur ceux de l'Angleterre et du reste de l'Europe. Entre nos orateurs sacrés, Bossuet, leur maître, est toujours présent à son admiration respectueuse. Il nous semble un peu sévère pour Fléchier : peut-être même n'est-il pas complétement juste à l'égard de Massillon ; car, s'il le place au-dessus de Bourdaloue comme écrivain, en qualité d'orateur, il le croit inférieur à Bourdaloue. Cette opinion, long-temps convenue, nous paraît difficile à démontrer. Plein du barreau de l'antiquité, à peine M. le cardinal Maury s'occupe-t-il un moment du barreau moderne. On desirerait qu'il eût voulu creuser davantage cette mine souvent stérile, mais où quelques filons pouvaient être mis en lumière et fécondés par son talent. Du reste, son livre est, d'un bout à l'autre, aussi intéressant que solide. La correction, la noblesse et l'harmonie du style y répondent constamment à la pureté des principes. Après l'Essai sur les éloges, aucun des traités français composés sur l'éloquence ne peut instruire autant les élèves : ils apprendront, en l'étudiant, quelles règles ils doivent observer, ce qu'il faut éviter, ce qu'il faut suivre, et comment il faut écrire.

Sans être aussi importans, deux ouvrages de M. de Lacretelle, l'un sur l'éloquence de la chaire, l'autre sur l'éloquence judiciaire, nous semblent dignes d'être cités avec distinction. Dans le premier, l'auteur ne parle ni des oraisons funèbres, ni des panégyriques ; c'est à la prédication qu'il s'attache exclusivement ; et même sur les sermons de Bossuet, il croit ne pouvoir rien ajouter aux excellentes observations de M. le cardinal Maury. Empressé de rendre à Massillon la justice éclatante qui lui est due, il se permet de prouver assez bien que la réputation de Bourdaloue est exagérée à tous égards ; et nous penchons pour son avis. Peut-être lui-même exagère-t-il un peu le mérite des sermons de l'abbé Poule, habile orateur sans doute, à qui l'on ne saurait contester de la verve et de la pompe dans le style, mais à qui l'on peut reprocher souvent une diction retentissante et prodigue de mots. L'ouvrage est terminé par des vues générales sur les moyens de ranimer l'éloquence de la chaire. L'auteur, considérant que l'incrédulité fait tous les jours des progrès rapides, pense que, pour la convertir, s'il est possible, il faudrait borner les sermons aux vérités de l'invariable morale, renoncer aux faibles ressources d'une aride et froide discussion, recourir à la puissance de l'art d'émouvoir, et surtout ne jamais offrir un affligeant contraste entre les vertus prêchées dans la chaire évangélique et les vices du prédicateur. L'écrit sur l'éloquence judiciaire présente une suite de conseils donnés à un jeune avocat par un ancien jurisconsulte. L'auteur y traite, en un court espace, de l'utilité de l'éloquence opposée à la chicane, des inconvéniens et de quelques avantages de l'improvisation oratoire, du choix et de la direction des études en jurisprudence. Les réflexions que lui inspirent ces différens objets, peuvent être méditées avec fruit, dans un temps où des lois civiles simplifiées, et rendues communes à toutes les parties du territoire, des lois pénales plus humaines, des formes plus tutélaires et plus imposantes, permettent aux orateurs de franchir les bornes qui, si long-temps, ont rétréci le barreau français.

Ici, l'ordre des matières nous présente un célèbre ouvrage anglais, le Cours de rhétorique de Blair. Nous en avons deux traductions : la première est de M. Cantwel; la seconde, qui vient de paraître, est de M. Prévost; professeur de philosophie à Genève. Celle-ci paraît être la meilleure, et pour l'exactitude, et pour le style. Il est vrai que le nouveau traducteur a de grandes obligations à l'ancien, dont il adopte souvent des phrases entières, et quelquefois d'assez longs morceaux ; mais il en convient lui-même, attention que les traducteurs ont rarement pour ceux de leurs devanciers auxquels ils sont le plus redevables : quant à l'ouvrage, il est digne d'une haute estime. Blair faisait partie de cette école d'Édimbourg qui a produit tant d'hommes remarquables. Ami de Robertson et d'Adam Smith, il doit même à ce dernier plusieurs idées qu'il développe d'une manière nouvelle : il traite successivement du goût et de la source de ses plaisirs, de l'origine et de la structure du langage, de la théorie générale du style, de l'éloquence considérée dans tous les genres de discours publics ; enfin, des meilleures compositions en vers et en prose, qu'il soumet à un examen rapide et superficiel. Des principes judicieux présentés avec méthode, éclaircis par des applications heureuses, étendus par l'analyse philosophique, recommandent les cinq divisions de l'ouvrage. On doit rendre grâce aux hommes de lettres qui l'ont traduit en français, et jusqu'ici nous n'avons pas dans notre littérature un cours de rhétorique aussi bien conçu. Il convient d'autant mieux d'être juste à l'égard de Blair, qu'il l'est toujours envers les écrivains français. Appréciateur bienveillant de Tillotson, de Barrow, et lui-même prédicateur célèbre, il regarde Bossuet et Massillon comme les deux plus grands orateurs des temps modernes. Il proclame Voltaire le chef des historiens du dernier siècle. Malgré les ouvrages de Fielding et de Richardson, il croit que, dans le genre des romans, les Français l'emportent sur les Anglais, ce qui peut sembler douteux, même en France. Il décerne la palme comique à Molière. En exaltant le génie de Shakespeare, il sait admirer Corneille, Racine et Voltaire, Voltaire *le plus moral et le plus religieux de tous les poëtes tragiques.* Tels sont les propres termes de Blair ; tel est l'hommage qu'un étranger, un écclésiastique des mœurs les plus pures, un docteur en théologie, rend à l'auteur de Zaïre, de Mahomet, d'Alzire et de Mérope ; et cet hommage n'étonnera parmi nous que des pédans hypocrites, aussi étrangers aux mœurs et aux véritables idées religieuses, qu'à la justice et à la saine critique.

Au défaut des grands traités, l'époque a produit en France plusieurs recueils dignes d'une attention particulière. Nous devons à M. Suard cinq volumes de *Mélanges de littérature,* où diverses productions de ses amis sont rassemblées avec les siennes. Quand il ne désignerait pas celles qui viennent de lui, un

genre de mérite particulier les ferait aisément
reconnaître. Son ouvrage le plus considérable
est une Histoire du théâtre français, plus détaillée que celle de Fontenelle, et beaucoup
moins longue que celle des frères Parfait. Son
meilleur ouvrage nous paraît être un morceau
de quelque étendue sur la vie et le caractère
du Tasse. On doit aussi remarquer une notice
sur La Bruyère, où cet écrivain si original est
analysé avec autant de justesse que de précision; un écrit intitulé *Fragmens sur le style*;
un excellent morceau sur le genre épistolaire
et sur Mme. de Sévigné; un autre morceau
plein d'intérêt sur le pape Clément XIV, et
quelques pages très-philosophiques sur la certitude de l'histoire. Il ne faut pas oublier une
lettre sur Gluck, adressée à lui-même durant
les querelles musicales, ni un article sur Mo-
zart, plein d'anecdotes piquantes et bien racontées. Ces productions, et plusieurs autres
que nous pourrions citer encore, réunissent la
politesse du style, la finesse des observations
et le sentiment éclairé des arts.

Entre les ouvrages qui ne sont point de
M. Suard, ceux de l'abbé Arnaud tiennent sans
contredit la première place en cette collection.
Son portrait de Jules-César, son discours sur
Homère, ses articles sur Pindare, sur Catulle,

et sur quelques points de musique, attirent et captivent l'attention la plus difficile. Plusieurs dames figurent dans ce recueil : l'une d'entre elles se distingue par des observations relatives aux écrits de Sénèque, et plus encore par des lettres intéressantes sur un voyage à Ferney, trois ans avant la mort de Voltaire. On remarque aussi la Prise de Jéricho, petit poëme où Mme. Cotin chante en prose la jeune Rahab, qui fut très-utile à Josué quand il assiégeait cette ville. Une foule d'articles de littérature et de morale ont été composés par une autre dame que l'éditeur ne croit point devoir nommer. Tant d'opuscules brillent-ils d'un mérite égal? Nous n'osons pas l'affirmer : il en est, sans doute, auxquels M. Suard fait honneur en les adoptant; nous nous bornons à dire que leur ensemble présente une lecture agréable. Il n'y faut pas chercher l'originalité, la profondeur, ni même une instruction étendue; mais on y trouve au moins la diversité : c'était la devise de La Fontaine.

On a publié, il y a dix ans, trois volumes de *Mélanges tirés des manuscrits de Madame Necker*. Ces mélanges sont composés de lettres, de jugemens littéraires, d'anecdotes et de pensées détachées. On y trouve de nombreux détails, non-seulement sur le célèbre

administrateur qu'elle s'honorait d'avoir pour
époux, mais sur plusieurs écrivains illustres,
tels que Voltaire, J.-J. Rousseau, Diderot,
d'Alembert, et surtout Buffon et Thomas,
qu'elle voyait tous deux habituellement. Les
lettres sont d'un style pur, mais étudié ; certains jugemens sont hasardés, d'autres prouvent
un goût aussi délicat qu'exercé. Beaucoup d'a-
necdotes étaient connues depuis long-temps,
ou ne méritaient guères de l'être ; il en est
aussi de très-piquantes et qui ont le charme
de la nouveauté. Les pensées sont quelquefois
recherchées, quelquefois communes ; mais
souvent elles sont ingénieuses, sans s'écarter
du naturel. Ce n'est point une collection d'ouvrages, encore moins un ouvrage suivi ; mais
c'est le fruit des loisirs d'une femme de sens et
d'esprit, accoutumée à la lecture des bons
livres, et plus encore à la conversation des
hommes supérieurs.

En donnant au public un volume d'*Études
sur Molière*, M. Cailhava n'a pas cru devoir as-
pirer au titre de commentateur. Son livre est
cependant un commentaire complet sur la vie
et les ouvrages de cet incomparable auteur
comique. Toute l'instruction que l'on peut
retirer de l'ample travail de Bret se trouve ici
rassemblée en moins d'espace, et revêtue d'une

pareille forme. Les faits authentiques y sont
consignés, les anecdotes incertaines n'y sont
point admises ; les observations littéraires y
abondent, et quelques-unes des plus importantes étaient restées neuves encore. Les sources nombreuses où puisait Molière y sont exactement indiquées ; mais on y fait admirer, en
ses imitations même, les créations de ce génie
qui change en or le plomb qu'il emprunte, et
devant qui ses propres modèles paraissent de
faibles copistes. Les principes qu'avait exposés
M. Cailhava dans son estimable Traité sur
l'art de la comédie, sont développés de nouveau dans ses Études sur Molière ; la lecture
attentive de ces deux ouvrages est propre à
former le goût des jeunes écrivains qui veulent
tenter la difficile entreprise de corriger les
mœurs et de punir les vices par le ridicule. Le
livre consacré spécialement à Molière présente
une autre espèce d'utilité. L'auteur, après avoir
apprécié le genre, l'exposition, la marche, le
dénoûment, les principales beautés de chaque
pièce, s'occupe de la tradition théâtrale. Selon
lui, c'est dans les ouvrages mêmes que les
acteurs doivent chercher la vraie tradition,
celle de l'auteur. Ainsi, le comique forcé, la
profusion des jeux de théâtre, la manie d'ajouter
au texte, les faux ornemens, le bégaiement

étudié, le ton maniéré, la minauderie si contraire à la grâce, lui semblent également ré-
préhensibles. Trop souvent des comédiens,
d'ailleurs habiles, ont fait applaudir ces défauts
qu'ils rendaient brillans : leur exemple est devenu règle. On a bientôt composé pour eux
des pièces qu'ils jouaient d'autant mieux qu'elles
étaient plus loin de la nature, et leur art,
en s'égarant, égarait aussi l'art dramatique.
M. Cailhava rend donc un double service, lorsqu'il recommande aux acteurs la correction
sévère qui seule convient à la scène française ;
et les judicieux conseils qu'il donne à cet
égard sont dignes d'être médités, soit par les
élèves, soit même par les professeurs de l'école
de déclamation.

S'il existe un commentaire au-dessus de toute
comparaison, c'est assurément celui que Voltaire nous a donné sur Corneille. Là, presque
toujours, les critiques sont des traits de lumière ; là, souvent une phrase renferme une
théorie complète et quelquefois une théorie
nouvelle. Mais, si le père de notre théâtre ne
fut jamais loué plus dignement et de plus haut,
il faut néanmoi s le dire, on aperçoit de temps
en temps une extrême rigueur dans la censure,
de la dureté dans les formes ; on entrevoit
même dans le fond de la doctrine quelques

erreurs mêlées aux leçons d'un maître : c'est
ce qui a frappé M. Palissot, juge éclairé en
matière de littérature. Il a publié une édition
de Corneille, enrichie de notes judicieuses qui
modifient les décisions ou les expressions trop
sévères du commentateur. Plus d'une fois Voltaire y répond à Voltaire, et l'on y oppose à
son autorité les principes qu'il a professés lui-
même, ou qu'il a suivis dans ses chefs-d'œuvre.
On voit que l'éditeur n'a rien de commun avec
les ennemis de ce grand homme : personne, au
contraire, n'a couvert de plus de mépris les
Fréron, les Sabatier, et tous les nains ridicules déchaînés encore aujourd'hui contre le
géant du dernier siècle. Nous devons même à
M. Palissot une édition de Voltaire. Il est vrai
qu'elle est moins complète et moins somptueuse
que l'édition de Kelh; mais on doit convenir
qu'elle lui est supérieure, soit pour la correction du texte, soit pour la distribution des travaux : elle est surtout remarquable par d'excellens discours placés à la tête des principaux
ouvrages. On a vu reparaître encore, avec beaucoup d'additions et de changemens, une des
plus importantes productions de M. Palissot,
ses *Mémoires* pour servir à l'histoire de notre
littérature. Dans ces mémoires, très-bien écrits,
les talens qui ont illustré le règne de Louis XIV,

sont appréciés avec autant d'impartialité que
de justesse : l'éloge toutefois n'est pas le partage
exclusif des morts. Bien différent en ce point
d'un autre critique non moins célèbre, et dont
nous parlerons bientôt, l'auteur exerce une
équitable bienveillance envers plusieurs de ses
contemporains ; mais, entraîné dès sa jeunesse
dans une de ces guerres de plume qui ont trop
souvent affligé la littérature, il y déploya beaucoup de talent, trop peut-être, car il en per-
pétua le souvenir, et l'ascendant d'une première démarche a quelquefois déterminé ses
jugemens, comme il a influé sur sa destinée.
Il n'est pas de ceux qui repoussent indistincte-
ment tous les propagateurs de la philosophie
moderne : on a vu quel respect il a pour Voltaire. Nul n'a rendu plus d'hommages au laborieux, modeste et vertueux Bayle ; nul n'a plus
vanté Montesquieu et J.-J. Rousseau lui-même,
ce qui paraîtra singulier, mais ce qui est toutefois rigoureusement vrai ; nul enfin n'a loué
de meilleure foi Fréret, Duclos, Dumarsais,
Condillac. Nous voudrions pouvoir ajouter
quelques autres talens de la même trempe, et
que l'on distinguera d'autant mieux, que nous
évitons de les nommer. On peut donc reprocher à M. Palissot de la partialité, tranchons
le mot, de l'injustice à l'égard de trois ou

quatre écrivains illustres, et dont il eût mérité d'être l'ami; mais aucun homme sincère et
judicieux ne lui contestera la pureté du goût,
l'élégance continue du style, le don très-rare
de bien écrire en prose et en vers, d'exceller
surtout dans le vers de la comédie, et l'honneur d'avoir dès long-temps marqué sa place
entre nos premiers littérateurs.

Le droit de commenter les Fables de La
Fontaine appartenait sans doute au plus ingénieux de ses panégyristes; mais les notes trouvées dans les papiers de Chamfort, et publiées
sans qu'il ait eu le temps de les revoir, ne présentent que la première esquisse d'un commentaire tel qu'on pouvait l'attendre de lui. On y
reconnaît cependant la piquante finesse qui caractérisait ses écrits et ses entretiens. Chamfort
n'eut pas l'imagination féconde, mais il fut doué
d'un esprit très-flexible. Une tragédie, où souvent le style de Racine est heureusement rappelé, quelques scènes charmantes de la Jeune
Indienne, plusieurs contes agréables et narrés
avec précision : voilà ses titres comme poëte.
Il s'est encore plus distingué comme prosateur,
soit par ses Éloges, soit par son Marchand de
Smyrne, petite comédie étincelante de bons
mots, de traits plaisans et philosophiques. Sa
manière est la même en quelques ouvrages

qu'il à composés durant les dernières années
de sa vie : ils font partie de notre époque, et
tiennent au sujet que nous traitons dans ce
chapitre. Vers le commencement de la révolution, il rédigea la partie littéraire du Mercure de France, conjointement avec La Harpe
et Marmontel ; mais il refusa de rendre compte
des spectacles, ne voulant pas, comme on le
voit par une de ses lettres, avoir à traiter trois
fois par mois avec une foule d'amours-propres
aussi vigilans qu'ombrageux. Les principaux
articles qu'on lui doit concernent les Mémoires
de Duclos sur la fin du règne de Louis XIV;
et sur la régence, les Mémoires écrits par le
duc de Richelieu, ou plutôt sous sa dictée, et
la Vie privée de ce courtisan, qui traversa
presque en entier le dix-huitième siècle : ces
articles étendus ne sont pas des extraits vulgaires, où de longs passages transcrits amènent
quelques réflexions banales. Le critique se rend
maître du terrain, rassemble et rapproche les
événemens remarquables, choisit les anecdotes,
et, sans les altérer, les raconte dans le style qui
lui est propre, mêle aux faits des considérations morales ou politiques, et, par un tour
nerveux et rapide, par un trait saillant, souvent par un mot, fait ressortir le scandale et
le ridicule où il les trouve. C'est un art qu'il

possédait; et, durant la période historique
qu'il avait à parcourir, la matière ne manquait
pas à son talent. Ce genre d'esprit ne brille pas
d'un moindre éclat dans les nombreux matériaux d'un livre où il voulait peindre les mœurs
de son temps; livre qui, s'il était achevé, lui
assurerait une place intermédiaire entre La
Bruyère et Duclos. C'est ailleurs que nous parlerons de son écrit sur les académies, puisque
les formes en sont oratoires, et qu'il fut composé pour l'assemblée constituante. Les compilateurs de calomnies ont honoré de leurs injures la mémoire de cet écrivain : c'est un
hommage qu'il mérite. Nourri dans les principes d'une raison affermie par l'étude, Chamfort ne les abjura jamais. Il avait trop de justesse dans l'esprit, trop d'élévation dans le
caractère, pour s'abaisser à des palinodies hon-
teuses. Voyant s'évanouir l'aisance dont il avait
joui, les espérances qu'il avait pu concevoir,
persécuté même au nom de la liberté par des
hommes qui la détruisaient en l'invoquant,
il détesta les persécuteurs, mais il méprisa les
hypocrites; il changea de fortune, et ne changea point de conscience.

M. Ginguené nous a donné une notice très-
bien faite sur Chamfort, dont il était l'ami,
et dont il a publié les œuvres : il doit lui-même

être compté parmi nos critiques les plus instruits et les plus sages. Long-temps l'un des
principaux rédacteurs du journal connu sous
le nom de *la Décade*, il l'a enrichi de morceaux pleins de mérite, entre lesquels on a distingué les articles sur le livre de Necker touchant la révolution française, sur le roman de
Delphine, sur le Génie du christianisme et sur
la Correspondance russe, recueil de lettres
qui semblaient confidentielles, dont la publication a dû paraître singulière, et dont nous
aurons bientôt le regret de parler nous-mêmes.
Deux fois la classe de littérature ancienne, à
laquelle appartient M. Ginguené, l'a choisi
pour rendre compte des travaux achevés ou
entrepris par les membres qui la composent;
deux fois il a justifié ce choix honorable, en
déployant des connaissances variées, et, ce qui
est beaucoup plus rare, ce talent de la véritable analyse, qui sait tout distribuer et tout
éclaircir. Depuis plusieurs années, le même
écrivain s'occupe d'un ouvrage qui nous manquait, et qui, malgré son étendue, est déjà
fort avancé. Ce n'est pas seulement l'histoire,
c'est encore l'examen critique et complet de la
littérature italienne. Des fragmens qu'il en a
publiés, plusieurs parties qu'il en a fait connaître au sein d'une assemblée nombreuse,

ont inspiré beaucoup d'estime et une vive im-
patience de voir paraître l'ouvrage entier.
Personne n'est plus en état que M. Ginguené
de terminer avec succès·son utile et vaste entreprise : car il a profondément étudié·cette
riche littérature, qui donna si long-temps à
l'Europe les seuls modèles jusqu'alors compa-
rables aux modèles anciens, et dont le premier
classique remonte à la fin du treizième siècle,
c'est-à-dire, plus de deux siècles avant l'époque où les historiens routiniers ont cru devoir
placer la renaissance des lettres.

Formé dès sa jeunesse à la critique littéraire,
La Harpe en ce genre obtint et mérita beaucoup
de renommée. La première moitié de son
Cours de littérature est estimée à juste titre, surtout dans ce qui concerne la tragédie en France,
et spécialement les tragédies de Racine et de
Voltaire. Son *Commentaire sur Racine* fut
rédigé dans le même temps, quoiqu'il ait été
publié beaucoup plus tard. Il n'y faut pas chercher ces théories lumineuses qui enrichissent
le commentaire sur Corneille ; mais on y trouve
les principes d'un goût pur, et le sentiment
réfléchi des beautés sans nombre du plus exquis de nos poëtes. Tout ce qu'on peut reprocher au commentateur, c'est d'avoir donné trop
d'importance à Luneau de Boisgermain, qu'il

réprimande sans.cesse, presque toujours avec justice, souvent avec une âpreté peu convenable. La dernière moitié du Cours de littérature a été composée durant notre époque : le style en est négligé, diffus ; et, comme il s'agissait d'auteurs contemporains, les jugemens y sont en général plus que sévères. La partie relative à la philosophie du dix-huitième siècle abonde même en déclamations virulentes. La Harpe, autrefois partisan de cette philosophie, en devint l'ennemi acharné, quand son cœur fut touché par la grâce : mais la grâce, en lui prodiguant la foi, ne lui avait donné ni l'équité ni la dialectique. Aussi les sentences qu'il a portées contre les philosophes célèbres sont-elles cassées par le tribunal de l'opinion publique ; et quand, par exemple, il combat les deux idées fondamentales des livres d'Helvétius, on voit, par ses propres argumens, qu'il s'est épargné le temps et la peine de bien comprendre les opinions qu'il croit réfuter.

La Correspondance russe exige plus de développemens. Thiriot jadis était à Paris le gazetier littéraire du roi de Prusse, Frédéric-le-Grand : chargé du même emploi pour l'héritier du trône de Russie, depuis l'empereur Paul Ier, La Harpe, dans sa gazette payée, qu'il

appelle *Correspondance*, sacrific tous les écrivains de son siècle à une seule idole, et cette
idole, c'est lui-même. J -J. Rousseau est le
plus ingénieux des sophistes et le plus éloquent
des rhéteurs ; Buffon prononce à l'Académie
Française deux discours du plus mauvais goût ;
les éloges que lit d'Alembert, ne sont que des
ana rédigés par un homme d'esprit ; Thomas
est monotone ; trois prix remportés par M. Garat ne l'empêchent pas d'être plus fait pour la
philosophie que pour l'éloquence, encore s'a-
git-il uniquement de la philosophie moderne,
comme on le voit dans une note amère, écrite
après la conversion de La Harpe ; Condorcet ne
peut s'élever à l'éloge oratoire, et l'on a tort
de l'appeler un beau génie : mais il existe un
homme, un seul homme qui mérite d'être
ainsi nommé ; qui n'est ni philosophe comme
M. Garat, ni monotone à la manière de Thomas ; qui ne fait point des *ana* d'homme d'esprit comme d'Alembert ; qui n'est point de
mauvais goût comme Buffon, encore moins
rhéteur éloquent et sophiste ingénieux comme
J.-J. Rousseau. Dans la carrière dramatique,
Du Belloi, Lemière, Colardeau, Chamfort,
Saurin, font très-mal de réussir, et leurs succès sont arrangés ; M. Ducis abuse du pathétique : un seul homme, qui n'arrange point

de succès, et qui n'abuse de rien, soutient l'honneur de la scène tragique ; les Barmécides, Jeanne de Naples, les Brames, tempèrent les émotions trop fortes qu'avaient causées Gabrielle de Vergy, Œdipe chez Admète, Macbeth et le roi Léar. Les poésies légères n'offrent plus cette politesse aimable qui les ornait dans le bon temps : heureusement la France possède encore un seul homme aimable et poli, qui fait des couplets sur l'air de la Baronne, sur l'air de Joconde, sur l'air des Folies d'Espagne, sur l'air Réveillez-vous, belle endormie, des vers galans pour madame de Genlis, et beaucoup de gentillesses du même genre, qui n'est assurément pas celui de Voltaire. Le croirait-on? ce Voltaire, à qui La Harpe devait tant de respect et de tendresse, est pourtant loin d'être épargné dans l'impitoyable gazette. Ses dernières tragédies, si l'on en croit le censeur, n'offrent pas une scène remarquable. *On devrait lui dire, comme à l'archevêque de Grenade : Monseigneur, plus d'homélies. Il pourrait finir comme Jean Leclerc, qui, ne cessant d'écrire malgré sa vieillesse, corrigeait tous les jours une épreuve qu'on jetait au feu dans son antichambre.* En vérité, on a peine à contenir une indignation légitime, en lisant sur un homme tel que Voltaire, des plaisanteries si lourdes et si indécentes. Comment La Harpe a-t-il publié son étrange correspondance ? Comment, nouveau converti, a-t-il pu y conserver des anecdotes licencieuses, et, ce qui est pire pour un dévot, des sarcasmes irréligieux ? Qu'il ait violé, à l'égard de Voltaire, la reconnaissance et la pudeur, il aura pu les prendre pour deux vertus philosophiques : mais comment pèche-t-il sans cesse contre deux vertus chrétiennes, la charité et l'humilité ? Comment n'a-t-il pas senti qu'il se rendait odieux, en dénigrant sans relâche et sans mesure ses rivaux, ses maîtres même, et qu'il se rendait non moins ridicule, en prolongeant durant quatre volumes l'interminable cantique de ses louanges éternellement exclusives ? Après avoir osé rapprocher le nom de Jean Leclerc du nom le plus imposant des littérateurs modernes, comment lui-même a-t-il surpassé Bohola, jésuite lithuanien, qui s'avisa de léguer en mourant de l'argent et des mémoires pour servir à sa canonisation, dès qu'il aurait fait des miracles, mais qui ne songea du moins à rien léguer pour damner ses contemporains ? On voit, par l'exemple de La Harpe, en quels égaremens le délire de l'amour-propre peut entraîner un homme de mérite, et d'un mérite très-distingué ; car on doit la justice à ceux même qui fûrent constamment injustes. Si La Harpe se rendit malheureux en éprouvant le besoin de haïr, comme Fénélon sentait le besoin d'aimer, il faut le plaindre, sans contester le talent dont il a fait preuve. Ses dédains affectés, ses jalousies réelles, s'oublieront bientôt avec les productions médiocres où il lui a plu d'en consigner le témoignage : mais une foule de morceaux judicieux, semés dans les premiers volumes de son Cours de littérature, quelques éloges d'hommes illustres morts depuis longtemps, d'estimables discours en vers, sa traduction du Philoctète de Sophocle, Warwick, et surtout le drame éloquent de Mélanie; tels sont les ouvrages qui soutiendront sa réputation, malgré les nombreux efforts qu'il semble avoir faits pour la compromettre, et même pour la détruire.

Si nous avons été forcés de remarquer les fâcheux écarts d'un littérateur qui n'était pas d'un ordre vulgaire, ce n'est pas un motif suffisant pour accorder quelque mention à des censeurs subalternes, condamnés par l'instinct d'une basse envie, et par la conscience de leur nullité, à déprimer tous les talens, à vouloir étouffer toutes les lumières. Dans leurs pamphlets périodiques, remplis de personnalités et de délations, ils dépassent les bornes de la sa-

tire, et même les bornes connues du libelle,
sans pouvoir jamais atteindre à la critique littéraire. Ce serait un genre aussi facile qu'odieux,
s'il consistait seulement à trouver ou à suppo-
ser les défauts. L'ignorant ne voit point les
beautés ; le détracteur ne veut point les voir ;
le critique les voit et les met en évidence.
Parle-t-il des grands écrivains qui ne sont
plus ; c'est avec respect, ce n'est point avec
idolâtrie. Il les admire, et cependant il les
juge, mais en observant cette circonspection
modeste que recommande Quintilien. Il sait
découvrir leurs fautes : il fait plus, ce sont les
fautes des modèles ; par-là même elles sont
dangereuses ; il les signale, non pas à la manière de Zoïle, qui, par des injures répétées
chaque jour, croit ternir la gloire d'Homère ;
mais comme Horace, qui, malgré le sommeil
d'Homère, reconnaît en lui le chef des poëtes
et des philosophes ; comme Longin, qui re-
prend quelquefois Sophocle, Démosthène et
Platon, et qui pourtant les place au premier
rang des classiques ; comme Voltaire, qui relève les incorrections de Corneille, et qui le
déclare supérieur en ses endroits sublimes à
tous les poëtes tragiques de toutes les nations.
Le critique a-t-il à parler de ses contemporains, il célèbre ceux qui méritent la renom-

mée, comme Cicéron, dans son Traité des Orateurs illustres, vante Brutus, Antoine, Hortensius; comme Horace chante Virgile et Varius; comme Boileau rend hommage à Racine, à Molière, aux écrivains de Port-Royal. C'est pour acquérir le droit d'outrager les vivans, que le détracteur exagère le culte des morts. Juste envers les morts, le critique est juste avec bienveillance envers les vivans. Ce n'est pas qu'il trahisse ou qu'il néglige la vérité : des hommes éclairés s'oublient-ils jusqu'à donner l'exemple du dénigrement, c'est à regret, mais avec force, qu'il les condamne sans les imiter. Des charlatans foulent-ils aux pieds les droits de l'espèce humaine, et les noms consacrés par la reconnaissance publique, il déploie une énergie sévère. Là, toute indulgence serait complicité : hors de là, il ne loue encore que ce qui est louable; mais il le cherche dans les ouvrages, ne se bornant pas à l'admiration des chefs-d'œuvre, mais payant un tribut d'estime aux travaux utiles, n'oubliant ni les hommages dus à la vieillesse entourée des monumens littéraires qu'elle va léguer à la postérité, ni les encouragemens affectueux qu'a droit d'attendre la jeunesse, espoir et garant d'une gloire future. Est-il contraint de prononcer sur ses rivaux en quelque genre d'écrire, c'est alors qu'il

redouble d'égards, rejetant loin de lui l'aperçu
d'un sentiment jaloux, appréhendant jusqu'aux
traces d'une partialité même involontaire. S'é-
lève-t-il aux généralités, il pose des principes
et non des limites. D'autres que lui, resserrant
l'espace en un point, prescriront de suivre un
modèle unique; d'autres contesteront au génie
l'indépendance qu'il tient de la nature et qu'il
ne se laisse point ravir. C'est donc bien à tort
que l'on voudrait confondre ensemble deux
choses directement opposées. La fausse critique
nuit et veut nuire, elle est ennemie des talens,
dont la vraie critique est auxiliaire. L'une est
le métier de l'envie; l'autre est la science du
goût dirigé par la justice.

CHAPITRE IV.

ART ORATOIRE.

L'éloquence, chez les Français, précéda l'art oratoire; car ces deux termes ne sont pas synonymes, comme ont paru le croire quelques rhéteurs. Tous les tons de la haute éloquence se trouvaient dans les tragédies de Corneille, avant même que Balzac, dans ses discours, eût donné à la prose française du nombre et de la gravité. Pascal fut aussi très-éloquent, et de plus d'une manière, dans un immortel écrit polémique, où les formes oratoires ne sont point admises. Lingendes, prélat du temps de Louis XIII, et célèbre alors par ses sermons et ses oraisons funèbres, aurait encore de la réputation, s'il eût employé à les perfectionner en français le temps qu'il perdit à les traduire en latin. Il avait entrevu l'éloquence de la chaire; Mascaron s'en rapprocha; Bossuet l'atteignit, et la porta, dans ses oraisons funèbres, à une hauteur inconnue avant et après lui. Fléchier, sans être son rival, montra quelquefois du génie, et déploya toujours une rare

habileté dans la distribution des parties oratoires, dans la construction des périodes, dans
le choix et l'arrangement des mots. Bossuet a
des émules comme sermonnaire, et l'on place
au moins à côté de lui Bourdaloue, plus vanté
que lu; Massillon, relu souvent, toujours
goûté davantage, et l'un des plus beaux modèles que nous présentent l'éloquence et l'art d'é-
crire. Entre les successeurs des classiques se font
remarquer le protestant Saurin, grave, mais
négligé; Cheminais, touchant, mais faible;
l'abbé Poule, abondant, pompeux, mais prolixe et sans variété; l'abbé de Boismont, élégant écrivain, mais orateur maniéré, froid par
conséquent; enfin l'évêque de Senez, Beauvais,
qui n'a point les défauts de l'abbé de Boismont,
et dont nous allons parler avec plus de détail.

Les ouvrages de l'évêque de Senez, publiés
il y a dix-huit ans, ont été réimprimés l'année
dernière. Cette fois on a rétabli quelques morceaux que les circonstances avaient, dit-on,
fait supprimer dans la première édition. Des
sermons, des panégyriques, des oraisons funèbres, tels sont les différens discours qui composent les quatre volumes de ce recueil intéressant. Nous ne savons pourquoi l'on n'y a point
inséré le fameux sermon de la Cène, prêché le
jeudi-saint devant le roi Louis XV, quarante

jours avant la mort de ce prince. C'est là que
l'orateur, s'élevant avec énergie contre les scan-
dales de la cour, renouvela, sans croire et sans
vouloir être prophète lui-même, l'effrayante
prophétie de Jonas : « Encore quarante jours,
et Ninive sera détruite. » Au reste, c'était
une figure, ou, si l'on veut, une formule
oratoire qui lui était familière, car il l'avait
déjà employée à là fin de son sermon sur la
conversion, également prêché devant le monarque, à l'ouverture du carême de 1774. C'est
vers ce temps que l'abbé de Beauvais fut pourvu
de l'évêché de Senez, non par un mouvement
spontané de Louis XV, comme on l'a souvent
écrit, mais sur la demande formelle des trois
filles du roi. Cela prouve que l'on peut réussir
à la cour, même en faisant son devoir; car il
s'en faut bien qu'il y ait prêché en courtisan.
Sous différens titres, presque tous ses discours
ont pour objet la misère du peuple, le luxe et
la corruption des classes supérieures; le dogme
y est rarement traité. C'est un reproche que
lui font quelques théologiens rigides; mais
doit-on le blâmer d'avoir su se borner à la
partie morale de la religion? Il n'est point de
secte chrétienne à qui de tels sermons ne soient
convenables. Prêchés à Versailles, ils pourraient
l'être à Naples, à Pétersbourg, à Berlin, à Lon-

dres, et nous ne croyons pas leur donner un
médiocre éloge. L'orateur a moins réussi dans
le genre des panégyriques, quoique son talent
se retrouve en quelques morceaux du panégyrique de saint Augustin, qu'il prononça devant
l'assemblée du clergé de France. Ses ouvrages
les plus travaillés, les mieux écrits, les meilleurs à tous égards, sont les quatre oraisons funèbres par lesquelles il termina sa carrière apos-
tolique. Dans l'oraison funèbre de Louis XV,
on admire l'éloquent exorde où le prélat rappelle à ses auditeurs les paroles littéralement
prophétiques qu'il adressait au monarque dont
il vient déplorer la mort. Entre plusieurs endroits remarquables du même discours, on a
retenu cette phrase imposante, et qui restera
célèbre : « Le peuple n'a pas sans doute le droit
» de murmurer; mais sans doute aussi il a le
» droit de se taire, et son silence est la leçon
» des rois. » Il y a beaucoup de sagesse et de
gravité dans l'oraison funèbre du maréchal du
Muy, personnage de mœurs irréprochables et
le plus religieux des maréchaux de France,
mais qui n'était connu, comme général, que par
sa défaite à Varbourg, et qui ne s'était illustré,
comme ministre de la guerre, par aucune institution de quelque importance. On est bien plus
ému en lisant l'oraison funèbre de Charles de

Broglie, évêque de Noyon. L'orateur y paraphrase d'une manière touchante deux beaux
discours de saint Ambroise. On entend se mêler
ensemble les accens de la douleur et de l'espérance ; c'est un ami désolé qui pleure sur les
cendres d'un ami, c'est un évêque résigné qui
prie sur le mausolée d'un évêque. L'oraison funèbre du curé de Saint-André-des-Arts est d'un
ton plus austère. L'évêque de Senez et beaucoup d'autres prélats de l'église de France,
avaient été formés par ce vieillard vénérable,
qui fut, dit-on, le modèle du sage curé de Mélanie. Le pontife s'incline avec respect vers la
tombe de l'humble pasteur, pour y recueillir les
dernières leçons d'un maître chéri dont il veut
rester le disciple. Tout est simple, mais tout
est solennel dans ce discours : ce n'est pas l'é-
loge d'un grand de la terre, ni même, ce qui
est bien différent, l'éloge d'un grand homme ;
c'est le panégyrique d'un saint, présenté comme exemple aux pasteurs, et plutôt invoqué
que loué. Si l'on vit un prélat rendre à d'obs-
cures vertus des honneurs publics, long-temps
réservés à la puissance, il faut bien en faire
hommage à l'esprit du dernier siècle. Ce n'est
pas que nous prétendions placer l'évêque de
Senez au rang des philosophes modernes : il
les attaque souvent, au contraire ; mais il les

9

attaque avec décence. Loin de se dissimuler
leurs talens, leurs succès, leur force toujours
croissante, il en paraît épouvanté : comme
eux d'ailleurs il prévoit, il annonce une révolution prochaine, dont les symptômes ne pouvaient échapper qu'aux vues faibles, et que
Louis XV entrevoyait lui-même, malgré les
prestiges du trône; une révolution que tout
rendait inévitable, le désordre des finances,
le discrédit d'une cour sans gloire et même sans
gloire militaire, les progrès de la nation, la
décadence du gouvernement, et l'écroulement
des préjugés que la raison renversait par l'examen. Celui qui s'était montré hardi dans la
chaire de Versailles, parut timide dans l'assemblée constituante. Il en était membre durant
la dernière année de sa vie, et ce fait, récent
encore, est aujourd'hui presque ignoré. Sa
voix n'y fut jamais entendue, soit qu'il faille
plus d'audace pour haranguer des égaux qui
vont vous répondre, qu'un roi qui vient vous
écouter; soit qu'il n'ait pas voulu soumettre
à l'épreuve des opinions populaires une réputation de trente ans. Cette réputation se maintiendra : l'évêque de Senez est sage dans ses
compositions, correct et simple dans son style,
trop simple même en quelques endroits; mais
ce défaut est bien préférable à la fausse élé-

gance, à la finesse énigmatique des prédicateurs de son temps. Il approche quelquefois de
l'élévation de Bossuet, dont il n'a jamais l'é-
nergie et la profondeur; il atteint presque à
la douceur de Massillon, sans connaître et distribuer comme lui toutes les richesses de l'art
d'écrire : il tombe dans des redites fréquentes.
On lui souhaiterait plus de couleur et plus de
forme; mais il touche, il communique les
émotions qu'il éprouve, et, depuis ces deux
grands modèles, aucun orateur n'a mieux saisi
le ton noble et persuasif qui convient à l'éloquence de la chaire.

Les sermons de M. le cardinal Maury ne
sont point imprimés, et nous ne connaissons
pas d'oraisons funèbres de cet orateur. Il n'a
pas jugé à propos de donner encore au public
son panégyrique de saint Vincent-de-Paule,
discours qui jouit d'une haute réputation, et
que l'on se souvient de lui avoir entendu prononcer plusieurs fois dans les églises de Paris.
Mais deux morceaux d'un rare mérite, le panégyrique de saint Louis et celui de saint Augustin, sont publiés à la suite du livre sur l'É-
loquence de la chaire. Ces deux sujets, traités
par une foule d'orateurs, l'avaient été récemment par l'évêque de Senez; mais nous avons
déjà remarqué qu'il réussissait peu dans ce

genre; et pour le mouvement, la couleur, la force, l'harmonie du style, l'écrivain dont nous parlons lui est de beaucoup supérieur. Dans le panégyrique de saint Louis, les croisades de ce prince sont justifiées par un noble motif, la délivrance des Français, des chrétiens en captivité. Ces émigrations armées causèrent de grands maux, mais elles eurent aussi quelque influence sur la civilisation européenne. C'est en historien que Robertson avait exposé ces avantages : le panégyriste les fait valoir en orateur. Il peint surtout de couleurs touchantes l'héroïsme du pieux monarque, cette probité magnanime qui le rendit l'arbitre de ses voisins et même de ses ennemis, ses soins pour rendre la justice, ses travaux, ses établissemens, les pleurs versés sur sa tombe, des regrets prolongés un siècle, et le cri des Français, durant les six règnes suivans, redemandant, à chaque vexation, les établissemens de saint Louis. Ce discours, prononcé devant l'Académie Française, fixa sur l'orateur, jeune alors, les regards bienveillans de cette compagnie célèbre; elle lui donna des marques d'un intérêt spécial : il s'en montra digne, et l'on sentit combien son talent se perfectionnait, lorsqu'il prononça devant le clergé de France le panégyrique de saint Augustin. Comme on y

voit ce Bossuet du quatrième siècle illustrer,
défendre et dominer l'église chrétienne ! Malgré son zèle ardent contre l'hérésie, comme
on aime à le trouver tolérant ! Avant d'entrer
en lice avec les évêques donatistes, l'évêque
d'Hippone exigea que les soldats d'Honorius
sortissent de Carthage : ainsi Fénélon *ne voulut
commencer ses missions en Saintonge, qu'a-
près avoir fait éloigner de la province les légions de Louis-le-Grand.* Ce rapprochement
heureux honore doublement l'orateur, homme
trop éclairé pour faire cas des conversions opé-
rées par les baïonnettes. Son discours est plein
de traits de cette force ; il est nerveux, rapide,
éloquent ; et puisque Marc-Aurèle n'est point
un saint, puisque son éloge est un discours pro-
fane, ce panégyrique de saint Augustin nous
paraît mériter la première place dans un genre
où Massillon s'est exercé.

Nous chercherions en vain des orateurs du
premier ordre, soit au barreau, soit au ministère public, et l'éloquence judiciaire n'a jamais
été parmi nous ce qu'elle fut chez les deux peuples classiques de l'antiquité : elle nous présente
toutefois des noms honorables. Dans les premières années du règne de Louis XIV, Patru
bannit du barreau français le mauvais goût et
la barbarie : il avait fait de notre langue une

étude profonde ; c'est là son principal mérite , et son style n'a pour l'ordinaire d'autre qualité que la correction. Pélisson , dans ses Plaidoyers pour le surintendant Fouquet, s'éleva jusqu'à l'éloquence. La noblesse, l'harmonie, une élégance continue, mais peu animée, caractérisent les nombreux discours du célèbre d'Aguesseau. Cochin , d'ailleurs si estimable pour la sagesse et la clarté , lui est inférieur comme écrivain , sans le surpasser comme orateur. La génération suivante eut plus d'énergie : c'est là ce qui domine dans les mémoires rédigés à la hâte que La Chalotais, captif, écrivit pour sa défense et contre ses persécuteurs. Le même magistrat et Monclar , avocat général du parlement d'Aix , déployèrent une raison courageuse en dénonçant les constitutions des jésuites. L'avocat général Servan posséda mieux encore les secrets de l'art, et son Plaidoyer pour une femme protestante est parmi nous le plus beau modèle de l'éloquence judiciaire. Moins oratoires , les écrits de Voltaire en faveur des Calas et de Sirven sont admirables par ce naturel toujours élégant , et cette philosophie toujours utile que l'on admire en ses ouvrages. L'avocat Gerbier a laissé d'imposans souvenirs : ses mémoires imprimés ne donneraient de lui qu'une idée incomplète : l'attitude, le maintien, le geste, un œil éloquent, une voix sonore et flexible, tout le servait au barreau. Rien de tout cela ne fait l'écrivain : *C'est le corps qui parle au corps*, dit Buffon ; mais tout cela fait l'orateur, s'il faut en croire Cicéron, dont l'autorité semble irrécusable. A ces parties essentielles Gerbier joignait le don d'émouvoir, et l'on ne peut révoquer en doute sa supériorité garantie par trente ans de succès, attestée même par ses émules, entre lesquels on doit remarquer Target et M. Treilhard. Le premier mémoire publié dans l'affaire du comte de Morangiez, fit honneur aux talens de Linguet, qui n'eut point cette fois la recherche et le faux esprit dont il fournirait tant d'exemples. Les mémoires de Beaumarchais dans l'affaire Goëzman, ont un mérite éminent et varié : quelques traits de mauvais goût les déparent; mais les traits heureux y abondent : l'intérêt, la gaîté maligne, un style original et rapide, les soutiennent et les font relire encore. En adoptant une manière plus grave, d'autres écrivains fixèrent également l'attention. L'éloquent plaidoyer de Dupaty pour trois innocens condamnés, fit reconnaître les violens abus de la procédure criminelle. M. de La Cretelle, en d'excellens mémoires pour le comte de Sanois, redoubla l'horreur générale

contre les détentions arbitraires. Dans une
cause d'adultère, un habile écrivain, M. Bergasse, approfondit une question de morale
publique ; et, sortant même des bornes de sa
cause, osa, durant le cours du procès, dénoncer
ouvertement le ministère qui gouvernait la
France il y a vingt années.

On aperçoit ici, comme en tout autre genre,
les progrès de l'esprit du siècle. Un esclave ne
peut être éloquent : cet axiome est de Longin, et rien n'est mieux senti ni mieux
prouvé. Quand la Grèce cessa d'être libre,
ses orateurs disparurent : elle eut des rhéteurs et des sophistes. Le plus éloquent des
Romains mérita le surnom de père de la patrie. Après Cicéron, plus de patrie, comme
aussi plus de tribune. Grâce à Tite-Live, à
Tacite, l'éloquence romaine se réfugia dans
l'histoire, avec le génie de la république. Chez
les Français, la chaire fut éloquente, parce
qu'elle fut libre : l'orateur républicain, l'orateur
sacré jouissent de la même indépendance : pro-
tégés, l'un par la loi commune, l'autre par le
privilége de la religion, tous deux s'élèvent à
un point d'où ils peuvent tout dire. Si, du haut
de la tribune populaire, Démosthène réveille
la Grèce assoupie, et tonne contre l'ambition
d'un roi conquérant, du haut de la chaire évan-

gélique, et par momens du haut du ciel, Bossuet proclame le néant'du trône et foudroie les grandeurs humaines. En acquérant'une liberté tardive, le barreau s'approcha de la haute éloquence. Enfin la révolution française éclata, de nouvelles institutions renouvelèrent l'art de parler, et durant l'espace de quinze ans toutes nos assemblées politiques ont pu citer des orateurs plus ou moins célèbres. Le premier en date, comme en renommée, fut Mirabeau.

Doué d'un esprit vigoureux et d'une âme ferme, instruit par les malheurs, par les fautes même d'une jeunesse orageuse, ayant vu cinquante-quatre lettres de cachet dans sa famille et dix-sept pour lui seul, selon la déclaration qu'il ne manqua pas d'en faire à la tribune, Mirabeau, soit à la Bastille, soit à Vincennes, soit dans les autres prisons d'état où, comme il le dit encore, *il n'avait pas élu domicile,* mais où, pourtant, s'était consumé le tiers de sa vie, avait eu le temps de mûrir sa haine contre le despotisme, et d'étudier à loisir les principes de la liberté, toujours plus chérie quand elle est absente. Les états-généraux furent convoqués; la Provence, sa patrie, le revit paraître au moment des élections, et là, rejeté par la noblesse, il fut adopté par le peuple, alors

nommé le *tiers-état*. Les discours qu'il prononça dans cette occasion doivent être cités
parmi ses meilleurs ouvrages, et sont de beaux
monumens de l'éloquence tribunitienne. Il
fallait un grand théâtre à l'étendue de ses talens; il les déploya dans l'Assemblée constituante, où ses travaux furent immenses. Des
tours habiles, des expressions pesées, la force
et la mesure caractérisent son adresse au Roi
sur le renvoi des troupes. On se rappelle encore
la séance où, peignant à grands traits le tableau
hideux d'une banqueroute générale, il fit adopter sans examen le plan de finances proposé
par un ministre alors favori du peuple, et sur
qui, par cette confiance même, il faisait tomber tout le poids d'une responsabilité sans partage. L'orateur improvisa sa courte harangue,
et jamais improvisation plus énergique ne produisit de plus grands effets. Entre une foule de
morceaux, dont l'exacte énumération serait
déplacée, on a remarqué sa réponse à M. l'abbé
Maury sur les biens ecclésiastiques, un brillant
discours sur la constitution civile du clergé,
un discours très-sage sur le pacte de famille,
base d'une longue alliance entre la France et
l'Espagne, deux discours sur la sanction royale,
deux autres sur le droit important de faire la
paix et la guerre, et le second surtout où,

combattant Barnave et le prenant pour ainsi
dire corps à corps, Mirabeau, sans changer
d'opinion, parvint à ressaisir une popularité
qui lui échappait. Il excellait spécialement
dans la partie polémique de l'art oratoire; il en
donna des preuves signalées, soit en réclamant
l'abolition de l'ancienne caisse d'escompte, qui
prétendait soutenir son crédit par des arrêts de
surséance; soit en dénonçant la chambre des
vacations du parlement de Rennes, qui croyait
ne pouvoir obtempérer aux décrets de l'assemblée nationale; soit lorsque, à l'occasion
de la procédure du Châtelet sur une émeute
passagère, d'accusé qu'il était il se rendit ac-
cusateur; soit enfin lorsque, devenant à la tribune le patron de sa ville natale, il invoqua
pour elle le secours des lois contre les vexations
arbitraires du prévôt de Marseille. C'est là que
Mirabeau quelquefois atteignit les fameux orateurs de l'antiquité; c'est, dans notre langue,
ce qui approche le plus de ces beaux discours
où Cicéron mêle aux débats judiciaires les discussions politiques. Laissons à l'histoire un
droit qui n'appartient plus qu'à elle : il ne nous
convient pas de juger ici l'homme tout entier;
nous apprécions seulement les ouvrages et le
génie de l'homme public. En considérant Mirabeau comme écrivain, on lui a reproché du

néologisme : ce reproche , qui n'est pas tout-à-
fait injuste , a été du moins fort exagéré. Qu'on
relise avec attention ses discours , et ils composent cinq volumes : qu'y pourra-t-on reprendre
à cet égard ? douze ou quinze termes nouveaux ,
dont quelques-uns étaient nécessaires pour
exprimer des idées nouvelles. Comme orateur ,
il possédait la plupart des qualités essentielles :
élocution noble et grave , débit imposant , dialectique pressante , élévation , force , entraîne-
ment ; ajoutez-y de vastes connaissances , et
une portée plus grande , qui lui faisait presque
deviner les connaissances qu'il n'avait pas encore acquises. Il ne faut pas oublier un amour-
propre habile et caressant pour celui des autres,
l'art de profiter de toutes les lumières , de ral-
lier à lui tous les talens distingués , d'en faire
les artisans de sa gloire , les collaborateurs de
ses travaux , et de conserver sur eux l'ascendant, non de l'orgueil , mais d'une vraie supériorité. Nul ne sut mieux à la fois convaincre
la raison et remuer les passions d'une assemblée. Tout ce qui le distinguait au milieu des
hommes réunis, il le conservait dans l'intimité :
séduisant par les charmes d'une conversation
riche , animée , originale ; réunissant , ce qui
semble contraire aux esprits étroits, le goût
des études abstraites , le goût des beaux-arts ,

celui même des plaisirs, et faisant tout servir
à son ambition, qu'il ne cachait pas, mais qu'il
gouvernait comme son éloquence, et qu'il
justifiait par l'éclat de ses différens mérites.
Homme du premier ordre à la tribune, il l'eût
encore été dans le ministère, surtout à la suite
d'une révolution qui avait désabusé des vieilles
routines. Les intérêts, les événemens, à mesure qu'ils acquéraient de l'importance, s'élevaient au niveau et de son caractère et de son
talent. Gêné dans les objets vulgaires, il était
à son aise dans les grandes choses....

CHAPITRE V.

L'HISTOIRE.

Si, pour écrire l'histoire, il suffisait de rassembler des faits, et de les classer selon leur
date, la littérature française pourrait se glorifier d'un plus grand nombre d'historiens que
toute autre littérature : mais il n'en est pas
tout-à-fait ainsi. Pour être dignement traité,
ce genre, aussi important que difficile, exige
à la fois de grands talens, l'amour de la vérité,
la liberté nécessaire pour être véridique, trois
choses qui manquèrent souvent aux écrivains
placés sur l'immense catalogue des historiens
français. Long-temps nous n'avons eu que des
chroniques, la plupart rédigées en latin, et
presque toutes par des moines. Entre les vieux
auteurs qui ont adopté notre langue, et qui
n'appartenaient point au cloître, Joinville, et
Froissart après lui, nous plaisent encore par
des narrations naïves. Plus tard, Philippe de
Comines, nourri dans les intrigues des cours,
peignit avec quelque profondeur le sombre et
dissimulé Louis XI. Seyssel, historien de
Louis XII, est peu digne de son héros. Bran-

tôme n'a droit d'obtenir place que parmi les compilateurs d'anecdotes. Sully, Péréfixe, graves et dignes de confiance, se soutiennent par leur sagesse et par l'intérêt qu'inspire Henri IV. Il est fâcheux que l'habile et judicieux De Thou n'ait pas écrit en français. Mézerai, qui vint ensuite, publia l'Histoire complète de la monarchie française. Contemporain de Richelieu, il manifesta des opinions indépendantes : il y a du nerf et de l'originalité dans sa diction, souvent trop familière ; quelquefois même il atteint à l'éloquence ; et, malgré tout ce qui lui manque, il l'emporte sur Daniel, et à beaucoup d'égards sur Véli et ses deux continuateurs. En racontant la conquête de la Franche-Comté, Pélisson, d'ailleurs si correct, fut moins historien que panégyriste. Bossuet, dans son Discours sur l'histoire universelle, allia les vues religieuses d'un pontife aux formes d'un grand orateur. Saint-Réal, qui plus d'une fois porta le roman dans l'histoire, acquit une renommée durable par son élégant récit de la conjuration de Venise, où pourtant il n'est point l'égal de Salluste, quoiqu'on l'ait souvent affirmé. Si quelque Français rappelle la manière brillante et ferme du peintre de Catilina, c'est assurément le cardinal de Retz, mais seulement lorsque son style s'élève; car cet historien, digne de la Fronde, unit comme elle le grave au comique, et, dans les récits d'anecdotes, madame de Sévigné n'est pas plus naturelle, Hamilton n'est pas plus plaisant. Après les mémoires de Retz, mais à une longue distance, ceux du duc de Saint-Simon se font remarquer par la franchise du style et par de curieux détails. En écrivant l'histoire de quelques révolutions célèbres, Vertot, disciple de Saint-Réal, se fit une réputation plus solide et plus étendue que celle de son maître. Sur des sujets du même caractère, le jésuite d'Orléans ne déploya pas un talent du même ordre. Un autre jésuite, Bougeant, mérite plus d'éloges pour sa judicieuse histoire du traité de Westphalie. Celle de la ligue de Cambrai ne fait pas moins d'honneur à l'abbé Dubos. Élève des historiens de l'antiquité, Rollin, qui les traduit ou les commente, fut simple, élégant et facile, au moins dans son Histoire ancienne; mais, comme il écrivait pour l'enfance, les lecteurs d'un autre âge ont droit de lui reprocher des réflexions puériles, et même une crédulité trop complaisante. Au milieu du dernier siècle, le président Hénaut rédigea, sur un plan neuf et bien conçu, son Abrégé chronologique de l'Histoire de France, livre qui sera long-temps utile,

malgré des inexactitudes reconnues, et des
omissions que l'on peut croire involontaires.
Deux hommes de génie dominaient alors. Montesquieu décrivait la grandeur et la décadence
du plus imposant des peuples anciens, comme
un Romain survivant à Rome, et regrettant la
république sur les débris mêmes de l'empire. A
la brillante Histoire de Charles XII, Voltaire
faisait succéder l'Essai sur les Mœurs des Nations, et le Siècle de Louis XIV, monumens
immortels, qui ne lui laissent aucun rival entre
les historiens modernes. Il est le chef d'une
école qui s'étendit en Angleterre, où l'esprit
public et la liberté favorisent les travaux historiques. En France, par des causes contraires,
ils furent long-temps gênés ou mal dirigés.
Condillac, en son Cours d'histoire ancienne et
moderne, soutint faiblement sa renommée,
si légitime à d'autres titres. Mably, frère de
Condillac, affermit la sienne par ses Observations sur l'Histoire de France, ouvrage lumineux et nécessaire à tous ceux qui veulent
étudier à fond la marche du gouvernement
français. Nous avons perdu l'Histoire de
Louis XI, qu'avait composée Montesquieu :
l'on ne sent que trop cette perte en lisant la
même histoire écrite par Duclos. C'est le récit,
ce n'est pas le tableau du règne. Duclos est

plus à son aise dans ses Mémoires secrets sur la
fin du règne de Louis XIV, et sur la régence
du duc d'Orléans, sujet qui convenait mieux à
son goût décidé pour les anecdotes, et à la
trempe de son esprit, plus fin que profond.
Millot, dans ses divers Élémens d'Histoire
moderne, est correct, impartial et sage, mais
décoloré, timide et médiocrement instructif.
Le règne de Charlemagne, celui de François Ier., la rivalité de la France et de l'Angleterre, offraient des sujets heureux, et Gaillard
ne les a pas traités sans succès : mais un style
diffus dépare les écrits de cet historien, très-
éclairé d'ailleurs, et maintenant trop peu apprécié. L'Histoire philosophique du Commerce des
Européens dans les deux Indes acquit à l'abbé
Raynal une réputation tardive, mais éclatante,
et que ses premiers essais n'avaient pu lui faire
espérer. Ce n'est pas que ce livre célèbre soit,
à beaucoup près, exempt de défauts. On y
trouve assez souvent l'enflure à côté même de
la sécheresse. L'auteur s'y permet des déclamations fréquentes, et jusqu'à de longues apos-
trophes qui seraient déplacées partout, mais
qui répugnent spécialement à la sévérité du
genre. Toutefois ce grand ouvrage présente
aussi des beautés nombreuses et un majestueux
ensemble ; il tient sa place entre les monu-

mens de la philosophie moderne, et l'on ne
saurait rabaisser sans ingratitude un talent qui
a servi la cause des nations. Quoique très-
courte, l'histoire de la révolution qui fit monter Catherine II sur le trône de Russie, est digne de beaucoup de louanges. Le style en est
orné, mais rapide et plein de mouvement :
c'était, avant l'Histoire de Pologne, la meilleure production de Rulhière. Quoique très-
longue, l'Histoire de la Monarchie prussienne,
sous Frédéric-le-Grand, serait à peine citée si
elle n'était pas de Mirabeau. Elle contient des
matériaux immenses, mais plutôt accumulés
que mis en ordre : elle suppose des recherches
nombreuses, des études approfondies; mais elle
est indigeste et pénible à lire, et tout le renom
de l'auteur ne suffit point pour la placer au
rang des ouvrages qui font honneur à notre
langue.

Ayant à parler dans ce chapitre d'une foule
de traductions importantes, nous ne croyons
pas devoir en former une classe distincte à la
suite des ouvrages originaux : car il devien-
drait impossible d'éviter la confusion des époques, et tout ce qui est relatif à l'histoire moderne se trouverait précéder la plupart des
articles qui concernent l'histoire ancienne.
Afin de suivre une méthode plus satisfaisante

pour les lecteurs instruits, nous ferons intervenir chaque ouvrage, original ou traduit,
selon l'ordre chronologique des événemens
que l'on y raconte. Le premier livre qui se
présente est donc la traduction d'Hérodote,
par M. Larcher. Ce n'est ici qu'une seconde
édition, mais qui suppose un nouveau travail,
puisqu'on y remarque beaucoup de changemens, soit dans l'interprétation du texte, soit
dans le commentaire aussi docte qu'abondant,
dont le traducteur a cru devoir enrichir un
historien déjà si riche par lui-même. On sait
avec quel éclat et quelle heureuse variété de
formes Hérodote expose les origines de l'É-
gypte et celles de la Grèce, les mœurs des anciens peuples de l'Asie, les événemens principaux écoulés dans les grandes monarchies qui
précédèrent les républiques du Péloponèse,
enfin l'entreprise de Xerxès, des armées, des
flottes énormes, toute la puissance du grand
roi, venant échouer contre ces républiques,
si faibles en apparence, mais devenues invin-
cibles par leurs vertus et par leur union. Nous
n'osons point affirmer que le style de M. Larcher égale en tout celui d'Hérodote. Nous ne
trouvons même à cet égard aucun perfectionnement sensible dans la seconde édition, et
l'on peut mettre en doute si les changemens

qu'a subis le commentaire, ont contribué à
l'embellir. Beaucoup de personnes préfèrent
l'édition antérieure, et fondent leur préférence sur des opinions philosophiques qui s'y
trouvaient manifestées, et qui ont été rempla-
cées, dix ans après, par des opinions contraires. Mais dix ans de réflexions mûrissent
le jugement d'un commentateur. D'ailleurs,
l'ancien précepte, *conformez-vous aux temps*,
ne peut qu'être utile à suivre. Qui sait même
si ces variantes d'opinions ne sont pas le résultat d'une nouvelle méthode inventée pour
rendre un même ouvrage agréable à deux
classes différentes de lecteurs? Quoi qu'il en
soit, le traducteur d'Hérodote occupe depuis
long-temps une place éminente parmi nos
érudits actuels. La prose française de ce savant
helléniste sera-t-elle surpassée par quelque
nouvel interprète, qui, non content de rendre
avec fidélité le texte d'Hérodote, voudra donner au moins une idée de son harmonieuse
élégance? C'est ce que nous penchons à croire
possible, afin de ne décourager personne; mais
M. Larcher n'en conservera pas moins l'honneur d'avoir aplani le premier des difficultés
de plus d'un genre : car les gothiques versions
qui existaient déjà n'ont pu lui être d'aucun
secours : lui seul a frayé ces chemins pénibles,

et, même en fait de traductions, ceux qui ouvrent la route méritent beaucoup de reconnaissance.

On nous reprocherait d'oublier un petit ouvrage qui a pour titre : *Supplément à l'Hérodote de Larcher*. Ce mémoire, où beaucoup de choses sont rassemblées en quatre-vingts pages, est important par son objet et par le mérite d'une excellente rédaction. La voix publique l'attribue à un voyageur qui s'est rendu célèbre en décrivant de nos jours cette antique Égypte, qu'Hérodote avait décrite il y a deux mille ans, lorsqu'elle était florissante, et qu'elle instruisait encore les hommes les plus instruits parmi les Grecs. A l'aide des tables astronomiques, faites par Pingré, en faveur de l'Académie des Inscriptions, pour dix siècles de l'histoire ancienne, l'auteur fixe avec une précision rigoureuse, à l'an 625 avant notre ère, l'éclipse centrale de soleil, qui, selon le récit d'Hérodote, fut prédite autrefois par Thalès, et conformément à cette prédiction fit cesser une bataille, et termina la guerre entre Cyaxares, roi des Mèdes, et Alyathes, roi des Lydiens. L'analyse exacte et rapide de quelques passages d'Hérodote, habilement rapprochés entre eux, suffit au critique pour désigner avec une égale certitude l'an 557 avant notre ère, comme date précise de la prise de Sardes, époque où la monarchie lydienne devint une province du vaste empire de Cyrus. De ces deux dates bien constatées, découle aisément toute la chronologie des rois mèdes et des rois lydiens, par conséquent du premier livre d'Hérodote. La démonstration paraît sans réplique, à en juger par la réplique même qu'elle a occasionnée. Forcé de défendre un grand historien contre son commentateur, c'est en y regardant de près que l'auteur du Supplément nous fait voir une extrême clarté dans cette même série chronologique où M. Larcher n'avait aperçu, apporté et laissé que des ténèbres. On espère que ce travail sera continué sur l'ouvrage entier d'Hérodote. C'est ainsi qu'à l'exemple de Fréret, les savans de choses rendent utile cette érudition, qui, dans les gros livres des savans de mots, n'est qu'une lourde futilité.

Il y a quatorze ans que M. Lévesque a publié sa traduction de Thucydide, la seule qui jusqu'à présent soit digne de quelque attention. Seyssel, historien de Louis XII, en fit une au commencement du seizième siècle, par l'ordre et pour l'instruction de cet excellent prince. Elle est aujourd'hui complétement oubliée, sans l'être toutefois davantage que celle de Perrot-d'Ablancourt, plus moderne, mais plus inexacte, moins complète, et d'ailleurs écrite dans un style tout-à-fait contraire au génie de l'original. Thucydide, au moins égal à Hérodote, offre avec lui, parmi les Grecs, le point le plus élevé des progrès de l'histoire. Elle ne commença point, comme l'épopée, par atteindre la perfection. Six siècles avant notre ère, Cadmus de Milet, laissant le rhythme à la poésie, employa le premier la prose dans le récit des événemens. Il écarta les fables mythologiques, pour s'en tenir uniquement aux véritables traditions des peuples. Entre les nombreux historiens qui lui succédèrent durant deux siècles, Hécatée, son compatriote, se distingua par la pureté de son langage et par la douceur du dialecte ionique. Après lui, vint Hérodote, le plus ancien des historiens qui nous sont restés. Les critiques grecs et latins s'accordent à dire qu'il surpassa tous ses prédécesseurs. Les formes de sa composition, l'abondance et les grâces de son style l'ont fait surnommer par eux le chantre et l'Homère de l'histoire. Il lut son brillant ouvrage devant la Grèce assemblée aux jeux Olympiques. Thucydide, âgé de quinze ans, assistait à cette lecture solennelle ; il pleura d'admiration ; et, parmi les applaudissemens d'un peuple entier, le vainqueur,

sans rival encore, distingua ces jeunes et nobles larmes qui lui promettaient un émule.
En vain Denys d'Halicarnasse, né dans la
même ville, mais non avec le même génie
qu'Hérodote, se fait-il un devoir de rabaisser
Thucydide : le judicieux Quintilien ne partage
pas cette injustice. Outre qu'il jugeait sans passion, Quintilien n'était pas de ces critiques à vue
courte, qui, dans chaque genre, n'aperçoivent
qu'une manière, et ne peuvent louer qu'un
seul homme. A la vérité, ce n'est point l'éclat
des événemens qui soutient l'histoire de la
guerre du Péloponèse : il n'y a plus là ni
Marathon, ni Salamine ; échecs, succès, tout
est désastreux ; qu'Athènes l'emporte ou que
Sparte soit victorieuse, l'historien est grec, et
partout des Grecs gémissent. De là, cette teinte
mélancolique si remarquée dans ses récits :
mais toutes les passions politiques y parlent,
y agissent : on y voit avec douleur une nation
généreuse user son énergie contre elle-même ;
et, si l'ouvrage d'Hérodote consacre cette imposante vérité, que l'union des peuples libres
leur donne une force qui triomphe du despotisme presque tout-puissant ; de l'ouvrage
de Thucydide jaillit cette autre leçon terrible, mais utile à donner, que leur division
brise cette force, et, par l'essai même de l'em-

pire, les mûrit pour la servitude. Ajoutez que
le talent de l'écrivain n'est jamais inférieur au
sujet qu'il traite. Il ne cherche point l'harmonie, quelquefois même il la brave ; mais chez
lui tous les mots sont des pensées : dans son style
concis et nerveux, il unit l'austérité d'un philosophe, et l'audace élevée d'un grand citoyen.
Narrateur moins fleuri qu'Hérodote, il n'est
jamais comme lui conteur agréable ; il est peintre plus énergique : peintre des choses, lorsqu'il
décrit l'expédition de Sicile, ou la contagion
d'Athènes ; peintre des hommes partout, et
spécialement dans les harangues où il excelle,
et qu'il place avec plus d'art qu'Hérodote, peut-
être même qu'aucun autre. Introduit-il Périclès
déterminant les Athéniens à la guerre, ou pro-
nonçant l'éloge funèbre des citoyens morts aux
combats : les idées, les expressions, les tours,
les images étalent toute la magnificence oratoire. Fait-il parler Archidamus, roi de Lacé-
démone, ou l'éphore Sténélaïdas : c'est avec une
brièveté simple et grave. Brasidas a-t-il plus de
pompe : il fut éloquent, quoique Spartiate,
observe aussitôt Thucydide, toujours fidèle au
costume des mœurs, toujours scrupuleux gar-
dien des convenances. Tel fut le maître de la
tribune attique, le modèle adopté par Démosthène, qui le copia huit fois tout entier ; et,

dans la carrière de l'histoire, nul doute que, chez les Latins, on n'ait le droit de compter parmi ses élèves Salluste, qui souvent l'égale, et Tacite qui a tout surpassé. L'on doit donc rendre grâce à M. Lévesque de son heureuse et difficile tentative. On doit le remercier encore d'avoir été sobre de notes, bien différent de ces traducteurs qui ne voient dans le texte qu'un accessoire, et commentent les écrivains les plus illustres, ainsi que le docteur Mathanasius commentait le chef-d'œuvre d'un inconnu. Le mérite de M. Lévesque, le sentiment profond qu'il a des beautés de Thucydide, la sévérité modeste avec laquelle il juge sa propre traduction, nous garantissent qu'il fera de nouveaux efforts pour la perfectionner, et la rendre digne, autant qu'il est possible, de cet admirable historien.

Une dissertation sur les historiens d'Alexandre, composée par M. de Sainte-Croix, il y a plus de trente ans, et couronnée par l'Académie des Inscriptions, avait obtenu, en paraissant, tout le succès que ces sortes d'écrits doivent espérer. Mais les éloges donnés à l'auteur n'ont pu lui fermer les yeux sur les défauts de son travail. Il n'y a vu qu'une ébauche imparfaite, au point que sa dissertation revue, corrigée et augmentée, est devenue un très-gros volume

in-quarto, qu'il a publié il y a trois ans, sous
le titre d'Examen critique des anciens historiens
d'Alexandre. L'ouvrage est divisé en six sections. La première traite des anciens historiens,
de ceux même qui sont antérieurs à l'époque
d'Alexandre, ou qui n'ont jamais parlé de lui :
elle se termine par quelques détails sur les traditions orientales relatives à ce conquérant. La
seconde et la troisième embrassent son histoire
entière, d'après les récits de Diodore, d'Arrien,
de Plutarque parmi les Grecs, de Quinte-Curce
et de Justin parmi les Latins. Il s'agit dans la
quatrième du témoignage de l'Écriture et des
écrivains juifs sur Alexandre. La cinquième et
la sixième sont consacrées, l'une à la chronologie, l'autre à la géographie de ses historiens.
Le livre est complété par un appendice sur les
historiens du moyen âge. Les lecteurs qui aiment
la précision seront peu satisfaits : car le style,
d'ailleurs assez correct, est d'une abondance
qu'un censeur sévère appellerait prolixité. Ceux
à qui l'érudition suffit doivent être contens : outre
les passages cités, qui forment plus d'un tiers du
volume, il n'est guère de phrases qui n'aient deux
ou trois autorités pour escorte et pour appui.
Sans être trop rigoureux, on pourrait désirer
une critique plus judicieuse. En effet, s'il était
curieux de faire des recherches sur l'éducation

d'un personnage tel qu'Alexandre, sur le procès
de Parménion, sur l'accès de colère et d'ivresse
où fut tué Clitus, sur la fantaisie qu'eut Alexandre de se déclarer fils de Jupiter, et d'être lui-
même un dieu, sur les fâcheux changemens que
les conquêtes opérèrent dans les mœurs du conquérant; il semblait moins nécessaire de s'en-
quérir avec grand soin si, devant son armée en
révolte, Alexandre prononça le discours succinct que lui prête Polyen, ou le long discours
que rapporte Arrien, ou le discours plus long,
mais tout différent, qui se trouve dans Quinte-
Curce, et qui est une assez belle amplification;
s'il y avait bien un milliard quatre-vingt millions
dans la citadelle d'Ecbatane, et combien de
millions vola le général Harpalus, à qui ce
trésor était confié; si Ptolémée était ou n'était
pas au siége de la ville des Malliens; si le gym-
nosophiste Calanus, qui se brûla lui-même, fut
consumé dans une maison de bois faite exprès,
ou s'il expira sur un lit doré; si ce fut le satrape
Orxine, ou Polimaque de Pella, qui fut condamné à mort pour avoir pillé le tombeau de
Cyrus; si ce tombeau renfermait le corps du
monarque persan, ou n'était qu'un cénota-
phe; enfin si, après la mort d'Alexandre, on
enduisit son corps de cire, ou bien si *on le
mit dans l'huile*, ou bien encore si *ce prince*

fut mis en état de momie ; ce sont les termes
de M. de Sainte-Croix. Quoique les pensées de
l'écrivain se réduisent pour l'ordinaire à faire
combattre les pensées des autres, il manifeste
pourtant quelques opinions fort édifiantes. On
remarque aussi qu'il lance à tout propos, souvent même hors de propos, des traits amers
contre la philosophie et contre le gouvernement populaire. Toutefois, comme il n'aime
pas mieux les conquérans que les républiques
et les philosophes, il juge Alexandre avec une
franchise qui, du temps de ce prince, coûta la
vie au philosophe Callisthène, mais qui, à vingt-
trois siècles de distance, n'a, par bonheur,
aucun danger pour les savans. L'auteur eût fait
un livre plus méthodique, plus agréable et plus
utile, si, voulant bien économiser les longues
citations qu'il est si facile d'accumuler, laissant
de côté d'autres choses qui sont à la fois des
lieux communs et des écarts, il se fût donné la
peine d'écrire une histoire raisonnée d'Alexandre et de son siècle. Là venaient se fondre et se
placer des notions chronologiques et géogra-
phiques ; là, devait se trouver ce qu'on cherche
en vain dans l'ouvrage, un exposé de l'état des
lettres, des sciences, des arts à cette mémorable époque ; là même on pouvait admettre
quelques discussions d'érudit, mais avec la dis-

crétion que conseille une saine critique, et dont il ne faut pas se dispenser quand on aspire à être lu.

En suivant, pour l'histoire romaine, l'ordre que nous avons suivi pour l'histoire grecque, le premier livre qui se présente est une traduction complète de Salluste, ouvrage posthume de l'estimable Dureau de la Malle. On ne saurait contester à Salluste une éminente place entre les historiens latins; mais il fut apprécié très-diversement à Rome. On lui reprochait de son vivant l'affectation de rajeunir des mots vieillis. Tite-Live, qui peut-être le juge avec la sévérité d'un rival, prétend qu'il est fort inférieur à Thucydide, et qu'il le gâte en l'imitant. Tacite lui décerne la palme de l'histoire latine, palme aujourd'hui que nous décernons à Tacite. Quintilien, critique si judicieux et si mesuré, vante avec complaisance cette rapidité admirable qui distingue Salluste, et que Tite-Live, ajoute-t-il, a su atteindre par des qualités différentes. Il s'en réfère au jugement de Servilius Nonianus, qui déclarait ces deux émules plutôt égaux que semblables. On a peine à concevoir que d'autres Romains, le rhéteur Cassius Severus, par exemple, et même Sénèque, aient trouvé les harangues de Salluste plus faibles que ses narrations. Dans la Guerre de Catilina, les dis-

cours de ce chef de conjurés, ceux de Caton et
de César, ne sont-ils donc pas des morceaux
d'un rare mérite? Et quel historien, sans exception, nous a laissé une harangue plus éloquente que celle de Marius contre les patri-
ciens, dans la Guerre de Jugurtha? Il y a de
beaux discours de Salluste jusque dans les
fragmens qui nous sont restés de sa grande
histoire, ouvrage dont nous devons vivement
regretter la perte, puisqu'il renfermait la longue
rivalité de Marius et de Sylla, la dictature entière du dernier, enfin tous les temps écoulés
entre la guerre numidique et la conjuration
de Catilina. Salluste a été souvent traduit en
français. La version du président de Brosses
n'est digne d'aucun éloge : on fait plus de cas
de sa vie de Salluste, production déparée toutefois par un mauvais style et par une critique
vulgaire, mais curieuse par des recherches d'é-
rudition, matériaux qui peuvent être utiles
pour composer un meilleur ouvrage. Il y a
quarante ans, Dotteville obtint un succès
mérité en traduisant de nouveau Salluste; et
Beauzée, quoique venu plus tard, est loin d'a-
voir fait aussi bien que lui. Le seul qui souvent
ait mieux réussi que Dotteville, nous paraît
être Dureau de la Malle; mais, quoique cet
habile traducteur aspire à rendre partout la ner-

veuse rapidité de son modèle, sa version néanmoins pourrait gagner encore du côté de la
couleur et de l'énergie. Nous croyons qu'il l'aurait perfectionnée, s'il eût vécu davantage. Au
reste, son principal titre littéraire est sans contredit une autre traduction plus considérable,
plus difficile, et dont nous allons parler à l'instant.

Tacite, que Racine appelle à si juste titre
le plus grand peintre de l'antiquité, eût
mérité d'avoir pour traducteurs des écrivains
du premier ordre. Une traduction de Tacite
est la seule qui eût été digne de Montesquieu.
Un de ses égaux s'est mis sur les rangs, mais
dans un essai trop peu étendu : J.-J. Rousseau
a traduit ce magnifique premier livre de l'Histoire, où Tacite peint à si grands traits la fin
de l'empire de Galba, et les commencemens
du court empire d'Othon. On ne lit guère
cette traduction. Dans le vaste recueil de Rousseau, elle est comme étouffée par ses chefs-
d'œuvre. Cependant, quoique imparfaite, elle
ne doit pas être négligée; quelquefois tout son
talent s'y retrouve. Sans y égaler Tacite, ni
lui-même, il reste à une place où il n'est pas
facile de l'atteindre; et sinon pour la fidélité,
du moins pour le choix des expressions et le
tour des phrases, il est encore un objet d'é-
tude. Il n'a pas été plus loin que ce premier

livre. *Un si rude jouteur m'a bientôt lassé*,
dit-il, avec la franchise et la verve de Montaigne. D'Alembert a choisi seulement quelques
morceaux d'un grand éclat dans les différens
ouvrages de Tacite. Son choix est excellent;
mais, il faut l'avouer, d'Alembert, malgré
tout son mérite, a peu réussi dans sa traduction : même il y est constamment sec, précis,
mais en géomètre et non pas en grand écrivain;
d'ailleurs, souvent infidèle au texte, et plus
souvent au génie de Tacite. Les six derniers
livres des Annales et les cinq livres de l'Histoire, ne font point partie du travail de La
Bléterie, travail dont la vie d'Agricola est
l'article le plus estimé. Ce chef-d'œuvre,
où tant de choses tiennent si peu d'espace, a
été de nouveau traduit, il y a douze ans,
par M. des Renaudes, à qui l'on doit une
portion d'éloges; car il écrit avec soin, même
avec scrupule : mais nous craignons toutefois
que son style n'ait pour l'ordinaire plus de
recherche que de nerf et de coloris. Dotteville et Dureau de la Malle nous ont donné
deux traductions complètes de Tacite. L'une
est antérieure à notre époque; l'autre a paru
pour la première fois, il y a dix-huit ans.
Celle que nous devons à Dotteville offre beaucoup de choses estimables : une vie de Tacite,

où l'érudition est embellie par une saine littérature ; des abrégés supplémentaires, où l'auteur a eu le bon esprit de ne pas vouloir être brillant ; les notes diversement instructives qui accompagnent la traduction ; souvent cette traduction même retravaillée à chaque édition nouvelle, mais qui pourtant renferme encore trop de périphrases, trop d'équivalens substitués aux expressions du texte, comme s'il pouvait y avoir des équivalens avec Tacite ! Dureau de la Malle, en son discours préliminaire, a clairement exposé, d'après un mémoire de La Bléterie, quelles magistratures réunies formaient dans l'empire romain le pouvoir du prince. Il nous paraît moins heureux, lorsqu'il veut prouver en forme que la cruauté des empereurs était un moyen de finance, et que la proscription des riches pouvait seule fournir à la magnificence impériale. Sans pousser trop loin la discussion, Titus fut aussi magnifique, ce sont les propres termes de Suétone, qu'aucun des empereurs qui l'avaient précédé ; nous savons que Trajan le fut encore davantage : et cette réponse doit suffire. Éclaircissant le texte par des notes courtes et judicieuses, laissant, comme des vides inaccessibles, ces lacunes désespérantes que le génie même ne pourrait remplir, Dureau de la Malle, en qualité de traducteur, surpasse presque toujours La Bléterie, d'Alembert et Dotteville. Attentif à corriger sans cesse, comme on le voit par l'édition publiée depuis sa mort, plus qu'aucun d'eux il s'attache aux idées, aux images, aux expressions de son modèle. Et quel modèle eut jamais droit d'exiger une fidélité plus respectueuse ! Soit que, d'une plume austère, il décrive les mœurs des Germains ; soit qu'avec une pieuse éloquence, il transmette à la postérité la vie de son beau-père Agricola ; soit qu'ouvrant l'âme de Tibère, il y compte les déchiremens du crime, et les coups de fouet du remords ; soit qu'il peigne le sénat, les chevaliers, tous les Romains se précipitant vers la servitude, esclaves même des délateurs, et accusant pour n'être point accusés ; l'artificieux Séjan redouté d'un maître qu'il craint ; les affranchis tout-puissans par leur bassesse ; Pallas gouvernant l'imbécille Claude ; Narcisse, l'exécrable Néron ; les avides ministres de Galba, se hâtant, sous un vieillard, de saisir une proie qui va bientôt leur échapper ; les Romains combattant jusque dans Rome, afin qu'entre Othon et Vitellius la victoire nomme le plus coupable, en se déclarant pour lui : soit qu'il représente Germanicus vengeant la perte des légions d'Auguste, ou puni par le poison de ses

triomphes et de l'amour du peuple ; l'historien
Cremutius Cordus forcé de mourir pour avoir
loué Brutus et Cassius , et , suivant un très-juste
usage , sa proscription doublant sa renommée ;
Britannicus , Octavie , Agrippine , victimes
d'un tyran trois fois parricide ; Sénèque se faisant ouvrir les veines , conjointement avec son
épouse ; les débats héroïques de Servilie et de
son père Soranus ; Thraséas , aux prises avec la
mort, offrant une libation de son sang à Jupiter libérateur , et prescrivant la vie comme un
devoir à la mère de ses enfans : il est tour à tour
ou à la fois , énergique , sublime ; variant ses
récits autant que le permet la monotonie du
despotisme , et toujours également admirable ;
imitant Thucydide et Salluste , mais surpassant
ses modèles , comme il surpasse tous ses autres
devanciers , et ne laissant à ses successeurs aucun espoir de l'atteindre. Étudiez l'ensemble
de ses ouvrages , c'est le produit d'une vie entière , des études prolongées , des méditations
profondes. Examinez les détails , tout y ressent
l'inspiration ; tous les mots sont des traits de
génie et les élans d'une grande âme. Incorrup-
tible dispensateur et de la gloire et de la honte ,
il représente cette conscience du genre humain que , selon ses énergiques expressions ,
les tyrans croyaient étouffer au milieu des flam-

mes, en faisant brûler publiquement les œuvres du talent resté libre, et les éloges de leurs
victimes, dans ces mêmes places où le peuple
romain s'assemblait sous la république. Son livre est un tribunal où sont jugés en dernier
ressort les opprimés et les oppresseurs : c'est à
l'immortalité qu'il les consacre ou les dévoue;
et dans cet historien des peuples, par conséquent des princes qui savent régner, chaque
ligne est le châtiment des crimes, ou la récompense des vertus. Affirmer que Dureau de la
Malle ait rendu toutes les beautés d'un tel historien, serait exagérer la louange. Il en est que
ses plus grands efforts ne peuvent dompter,
pour ainsi dire. Quelquefois même on sent la
peine qu'il éprouve. Il craint un génie qui soutient souvent, mais qui accable lorsqu'il ne
soutient pas. On doit cependant beaucoup d'é-
loges à ce laborieux littérateur. Ce n'est point
à demi qu'il avait étudié l'art de traduire; et,
jusqu'à présent, parmi nous, aucune version
de Tacite ne peut être mise avec avantage en
parallèle avec la sienne. Lorsqu'il fut enlevé à
sa famille, à ses amis, et à l'institut, il achevait
une traduction de Tite-Live. Elle tiendra, dit-
on, le premier rang parmi ses ouvrages. On
nous promet qu'elle sera bientôt rendue publique, et nous le désirons pour sa mémoire. Ce

n'est pas un honneur vulgaire que d'avoir été le meilleur traducteur français des trois plus grands historiens que nous ait laissés l'antique Italie.

Suétone est loin d'approcher de son contemporain Tacite, et ne peut même trouver place entre les grands historiens de l'antiquité. A l'exception de quelques traits épars à de longues distances, son style manque de nerf et de chaleur : il ne peint ni les hommes, ni les choses ; il ne raconte même pas les événemens, il les énonce ; mais il est curieux à lire par la nature et la multitude des faits qu'il rassemble ; et, quoiqu'il les accumule sans méthode, quoiqu'il ne sache point faire ressortir les petits détails dont il abonde, sa véracité froide, impassible, souvent portée jusqu'au cynisme, donne une physionomie particulière et de l'autorité à son histoire. Sans pouvoir d'ailleurs suppléer aux lacunes d'un écrivain tel que Tacite, il présente, au moins, dans un abrégé complet, le règne des douze premiers empereurs romains. On doit donc savoir gré à M. Maurice Lévesque d'avoir publié récemment une traduction de Suétone. Déjà nous en avions plus d'une, et celle de La Harpe est digne d'éloges ; mais La Harpe, se croyant supérieur à l'historien qu'il traduit, prend avec lui d'étranges libertés. Tantôt il corrige ou plutôt il altère le sens des phrases latines, tantôt il supprime d'assez longs passages. Le nouveau traducteur l'emporte sur lui pour l'exactitude, et lui cède rarement pour la correction. Si l'on peut reprocher à M. Maurice Lévesque quelques expressions hasardées, quelques tournures inélégantes, quelques périodes péniblement construites, ces fautes, en petit nombre, aisées d'ailleurs à faire disparaître, ne diminuent point le mérite et l'utilité de son estimable travail.

Un autre M. Lévêque, le traducteur de Thucydide, vient de donner au public une Histoire critique de la République romaine. Elle commence à la fondation de Rome, et comprend même un abrégé de l'histoire de l'empire. Nous avons déjà beaucoup de livres sur les Romains, et, quoique cette production ne soit pas dépourvue de mérite, elle est loin d'offrir l'intérêt qui règne dans le rapide et brillant ouvrage de Vertot. Est-il besoin d'ajouter qu'il n'y faut pas chercher la profondeur d'idées, la hauteur de style, l'étendue de résultats que nous admirons dans le chef-d'œuvre de Montesquieu? L'on savait d'ailleurs depuis long-temps que les premiers siècles de Rome présentaient peu de certitude historique. A cet égard, M. Lévêque s'est donné la peine de prouver fort en détail ce qu'on avait prouvé avec concision, et ce dont personne ne doutait plus. Il y a, au contraire, dans son travail, une partie qui pourra sembler beaucoup trop neuve. L'écrivain déprime avec affectation le peuple dont il écrit l'histoire, et en particulier plusieurs Romains des plus illustres : les deux Brutus, par exemple, les deux Caton, Fabius Maximus et même Cicéron. Excepté ce qui concerne Caton l'ancien, les inculpations de M. Lévêque paraissent très-frivoles. Il a voulu, dit-on, *affaiblir l'enthousiasme qu'inspirent les Romains;* il a craint que cet enthousiasme ne fît naître le mépris et le dégoût des gouvernemens qui ne ressemblent pas à leur république. Certes, le motif est louable; mais il n'est pas suffisant pour calomnier des personnages dont la gloire est fondée sur des titres immortels, bien moins encore un peuple entier qui, sans doute, exagère l'amour des conquêtes, mais qui laisse partout sur ses traces l'empreinte ineffaçable de sa grandeur, et chez qui, depuis tant de siècles, les premiers hommes des premières nations modernes ont trouvé de sublimes modèles et de talens et de vertus.

Anquetil, en débutant dans la carrière his-

torique, avait attiré l'attention des lecteurs
par deux ouvrages intéressans et même assez
bien écrits, l'Esprit de la Ligue, et l'Intrigue
du Cabinet. Nous n'en pourrons dire autant
des productions de sa vieillesse; et d'abord
nous trouvons ici son Histoire universelle,
abrégé faible et vide du volumineux ouvrage
des gens de lettres anglais. L'entreprise ne va-
lait guère la peine d'être tentée. Rien ne serait
plus utile assurément qu'une bonne histoire
universelle. Nous n'entendons parler ici ni
d'un rassemblement indigeste des annales de
toutes les nations, ni d'une simple table des
matières; il ne s'agit même pas d'un beau discours oratoire, où tout roule sur une seule
idée religieuse, où, à travers quelques époques
marquées par des traits rapides, on cherche
toujours l'instruction en trouvant de l'éloquence, où l'on admire enfin sans apprendre.
Nous voudrions un ouvrage substantiel, sans
lacune et sans développement inutile, embras-
sant la série des siècles, et classant avec une
concision méthodique, mais exempte de sécheresse, tous les faits d'une importance réelle.
Un tel livre est difficile : il exige un grand talent
et une vie entière. Condillac n'a réussi qu'incomplétement dans une composition de ce
genre. Ne soyons pas surpris qu'Anquetil y ait

complétement échoué, en écrivant à la hâte, d'une main glacée par l'âge, et d'après un mauvais modèle.

' Parvenus à l'histoire moderne, nous regardons comme un devoir d'examiner attentivement l'ouvrage élémentaire composé par Thouret sur les révolutions successives du gouvernement français. Les quatre premiers livres présentent, dans un précis rapide, les recherches de l'abbé Dubos sur l'établissement des Francs dans les Gaules. Les huit derniers offrent l'analyse des Observations de Mably sur l'Histoire de France. On voit que le fonds n'appartient pas au rédacteur; mais une telle rédaction n'en suppose pas moins un rare mérite. Il est impossible de choisir avec plus de sagacité, de classer avec plus de méthode, d'exposer avec plus de clarté les idées principales des écrivains qu'il a suivis. La première partie est un peu conjecturale; la seconde est fondée sur des faits incontestables, et, durant les douze siècles écoulés depuis la conquête des Gaules par Clovis jusqu'à la fin du règne de Louis XIV, plusieurs époques dans chaque siècle fournissent des remarques importantes. Thouret explique, en abrégeant Mably, sans rien omettre d'essentiel, comment la constitution primitive des Français, libres même après la conquête,

fut altérée bientôt par l'ascendant des leudes
et des prêtres; comment s'établirent les justices
seigneuriales; comment furent créés les bénéfices militaires, qu'à cette époque il ne faut pas
confondre avec les fiefs; comment ces mêmes
bénéfices devinrent héréditaires sous Clotaire II;
comment enfin la force des leudes et la faiblesse des derniers rois Mérovingiens amenèrent une dynastie nouvelle, en concourant
à former l'autorité des maires du palais. Sous
les rois Carlovingiens, l'auteur signale des révolutions plus remarquables encore : Pepin,
moins religieux que politique, augmentant la
puissance du clergé pour garantir et consacrer
la sienne, tandis que les seigneurs, dans leurs
domaines, instituent la vassalité, premier
germe du gouvernement féodal qui va naître
au siècle suivant : Charlemagne, dont le règne
obtient à juste titre des regards prolongés avec
complaisance, rétablissant les champs de Mars
et les champs de Mai, rendant le pouvoir législatif à la nation, la distribuant en trois ordres,
mais sachant maintenir l'équilibre entre ces
divers élémens, bien convaincu que sa vaste
domination ne peut avoir de base solide que
la liberté publique : Louis-le-Débonnaire, maî-
trisé par les grands, humilié par les prêtres :
après lui, l'empire de Charlemagne divisé :

dans le royaume de France échu en partage à
Charles-le-Chauve, les bénéfices militaires
prenant tout à coup le nom de fiefs, changement qui marque dans notre histoire la véritable origine du gouvernement féodal : ces
faibles monarques, suivis d'héritiers plus faibles
encore : et, comme au déclin de la première
race, de nouveaux rois fainéans, laissant tour
à tour envahir le trône par Eudes, comte de
Paris, par Raoul, duc de Bourgogne, et par
Hugues Capet, qui le ravit pour toujours à la
maison régnante, et fonde la troisième dynastie. Le gouvernement féodal, accru sans cesse
depuis Charles-le-Chauve, et prévalant sur le
peuple, sur le clergé, sur la royauté même,
fut ensuite affaibli progressivement durant
deux siècles; sous Louis VI, par l'établissement des communes; sous Philippe-Auguste,
par l'admission des vassaux inférieurs et des
officiers royaux dans la cour des pairs, long-
temps composée des seuls grands vassaux; sous
Louis IX, par les réformes judiciaires qui dé-
truisirent au profit de la royauté l'influence des
justices seigneuriales; enfin, sous Philippe-le-
Bel, quand les seigneurs perdirent presqu'à
la fois le droit de guerre et le droit de battre
monnaie. Ce prince habile restreignait en
même temps le pouvoir du clergé, celui même

du souverain pontife. Il convoquait la nation,
non pour la rendre libre, ainsi qu'avait fait
Charlemagne, mais pour s'en servir contre les
grands. De là vinrent les états généraux, qui,
durant tout ce quatorzième siècle, firent pour
la liberté des efforts courageux, mais sans succès; efforts appréciés par Mably et Thouret,
après avoir été calomniés par l'ignorance ou la
servilité de presque tous nos historiens. Dans
le même siècle, naquit avec les lits de justice
l'autorité du parlement; revêtu d'abord du
droit d'enregistrement, bientôt devenu per-
manent, un peu plus tard se confondant avec
la cour des pairs, tantôt opposé par les rois à
la représentation nationale, tantôt chargé de
porter au pied du trône les doléances des provinces, et, par une suite du droit de remon-
trance, croyant ou voulant participer au pouvoir législatif. Mais on voit la puissance monar-
chique agrandie par Charles V, abandonnée à
l'étranger par Charles VI, reconquise par
Charles VII, rendue odieuse par les intrigues
de Louis XI, respectable par les vertus de
Louis XII, formidable par les armées perma-
nentes de François Ier., maintenue sous Henri II
malgré les persécutions religieuses, sous Charles IX malgré les crimes politiques, ébranlée
par la faiblesse de Henri III, raffermie par le

courage magnanime de Henri IV, briser enfin ses dernières limites sous le ministère inflexible de Richelieu; et, plus imposante encore après les dissensions ridicules de la Fronde, au milieu des victoires et des chefs-d'œuvre, s'accroître sans obstacle et sans mesure sous le règne pompeux de Louis XIV. Tel est en substance l'ouvrage de Thouret, ouvrage instructif et plein de sens, écrit comme ses discours de tribune, d'un style simple et même austère, mais concis, net et rapide. L'auteur le composa pour son fils, alors très-jeune, et qui, depuis, l'a rendu public. C'est à lui qu'il s'adresse toujours, et l'on est touché de voir avec quelle attention paternelle il le conduit par la main dans une route qu'il aplanit et qu'il éclaire. N'oublions pas que cette production est le dernier fruit de ses veilles. Voilà ce qu'il écrivait dans la prison, dont il n'est sorti que pour mourir. C'est au nom de la liberté, c'est comme ennemi du peuple, qu'il fut proscrit et frappé par une tyrannie sanguinaire, lorsqu'à peine il achevait un livre dont toutes les pages respirent et inspirent le respect pour les droits du peuple et l'ardent amour de la liberté.

Si nous avons analysé complétement le livre de Thouret, et parce qu'il a un mérite remarquable, et parce qu'il présente lui-même l'analyse du meilleur ouvrage de Mably, ce n'est pas une raison pour attacher beaucoup d'importance à des productions plus étendues, mais sans physionomie particulière. Nous sommes forcés de compter dans ce nombre et l'histoire de France d'Anquetil, et celle de M. Fantin Desodoards. Toutes les deux ne sont bien véritablement que de longs abrégés des énormes fatras que nous avons déjà sous ce titre. Mêmes développemens sur les choses inutiles ; même ignorance, ou même discrétion sur tout ce qu'il importerait de savoir ; même faiblesse et souvent plus de familiarité dans les formes du style ; même insouciance à l'égard des variations du gouvernement, des coutumes, des mœurs publiques ; même vague sur le caractère des personnages dont on raconte les actions, et que l'on ne voit point agir. Joinville, Froissart et surtout Philippe de Comines, dont le langage a plus ou moins vieilli, ont cependant plus de couleur, plus d'intérêt, que tous ces faiseurs de chroniques, dont le seul art est celui d'unir la sécheresse et la prolixité. Aucun des grands talens, immortel honneur de la France, ne s'occupa d'écrire notre histoire générale, si ce n'est Bossuet, qui en fit à la hâte des espèces de thèmes pour le dauphin, fils de Louis XIV. Ce n'est pas la

qu'il faut chercher le génie de cet illustre orateur. On sent combien de motifs comman-
daient aux auteurs ou les génuflexions continuelles devant le pouvoir, ou les réticences
fréquentes. Les plus sages et les plus habiles
ont dû préférer le silence absolu. De là ce préjugé long-temps établi sur le peu d'intérêt de
notre histoire générale, préjugé qui tombera
dès qu'elle sera dignement traitée. Mais ce n'est
pas à des écrivains vulgaires qu'est réservé
le succès d'une si haute entreprise. Rien de
plus difficile que de fondre en entier ce grand
ouvrage; rien de plus aisé que de mettre à
contribution des auteurs médiocres, pour faire
aussi mal ou plus mal qu'eux. Ici la gloire nationale nous interdit toute indulgence. Assez
de compilations surchargent nos bibliothéques,
sans nous enrichir d'une idée. Nous succédons
au dix-huitième siècle : il a ouvert des routes
nouvelles ; il faut savoir les parcourir, et,
comme les anciennes entraves n'existent plus
que pour ceux qui les ont dans l'esprit, comme,
en ces matières du moins, la borne où l'écrivain s'arrête n'est désormais autre chose que
la borne de son talent même, il est temps que
notre histoire générale soit écrite par des historiens.

On a traduit, il y a douze ans, l'histoire de

la confédération helvétique par Muller. Cet
écrivain, suisse de nation, vient d'être enlevé
à la littérature allemande, qui le regrette et
le célèbre à juste titre. Il commence son ouvrage à l'origine de la Suisse. Il entre même
dans quelques détails sur la première guerre
des Helvétiens contre la république romaine,
et décrit la défaite du consul Cassius par les
Tiguriens, un peu avant les victoires de Marius contre les Cimbres, leurs alliés. Les développemens se suivent sans intervalle, à partir
de la chute de l'empire romain, lorsque l'Europe, émancipée trop tôt, se recompose dans
la barbarie. Mais ils n'acquièrent beaucoup
d'intérêt qu'aux premières années du quatorzième siècle, à cette grande époque où les
Suisses, brisant le joug de l'Autriche, fondent
la liberté avec courage, et la maintiennent
avec sagesse, en formant par degrés leur confédération respectable. L'auteur, ou du moins son
traducteur, s'arrête au milieu du quinzième
siècle, avant cette autre époque non moins
brillante, où toutes les richesses et toutes les
forces de Charles-le-Téméraire se trouvèrent
insuffisantes contre les vertus d'un peuple
pasteur et guerrier. Cette histoire a pourtant
neuf volumes : car elle est pleine de recherches sur les origines des villes, et sur leurs

traditions particulières. Elle doit être spécialement chère aux Suisses , ce que nous disons
par éloge et non par reproche : quoique fort
érudite , elle n'est point sèche ; elle abonde
en réflexions toujours judicieuses , et quelquefois d'une grande portée. Quant à l'exécution générale , la manière de l'auteur est large
et grave ; la chaleur n'est pas sa qualité dominante ; mais il a souvent de la noblesse , et ,
dans ce qui concerne l'histoire naturelle de la
Suisse, partie traitée de main de maître , son
style s'élève à des formes majestueuses, dont
la trace est facilement aperçue dans la traduction. L'ouvrage est dédié à tous les confé-
dérés de la Suisse. Cette dédicace , que l'auteur
fait à ses pairs , n'est pas d'un ton subalterne :
on y remarque , comme en tout le reste du
livre , un profond sentiment de liberté , et ,
ce qui pourrait à l'analyse se trouver encore
la même chose , un grand respect pour le
genre humain. Nous sommes fâchés que le
traducteur ait cru devoir garder l'anonyme :
il mérite à la fois des remercîmens et des
louanges. Nous avons une autre histoire des
Suisses , composée plus récemment dans notre
langue : elle est de M. Mallet , connu depuis
long-temps par son histoire du Danemarck.
Les particularités relatives aux différentes

villes de la Suisse n'entrent point dans le plan
de l'auteur. Il s'attache uniquement à l'ensemble de la confédération helvétique. Tout l'espace que parcourt Muller, est ici renfermé
dans le premier tome. Trois autres volumes
contiennent les événemens écoulés depuis le
milieu du quinzième siècle, jusqu'au moment
où l'auteur écrit. C'est donc une histoire complète, mais peu détaillée. Le style en est sans
ornemens : toutefois elle se fait lire, et peut
satisfaire cette classe nombreuse de lecteurs à
qui des élémens suffisent. Quant aux hommes
qui font de l'histoire une étude, c'est l'ouvrage important de Muller qu'ils aimeront à
consulter.

L'histoire des républiques italiennes du
moyen âge offrait un sujet difficile. En le traitant, M. Simonde de Sismondi a rendu un véritable service à notre littérature. L'ouvrage commence à la fin du cinquième siècle, et s'arrête
un peu avant le milieu du quinzième : mais
son terme, ainsi que l'annonce l'introduction,
sera l'époque où, cent ans plus tard, la souve-
raineté de la Toscane deviendra le partage héré-
ditaire de la maison de Médicis. Les huit volumes que l'auteur a déjà publiés, présentent
l'histoire générale de l'Italie durant plus de neuf
siècles. En parcourant ce long espace, il dis-

tribue sans confusion les événemens écoulés dans une foule de cités célèbres ; événemens aussi nombreux que variés , et qu'il ne lui est pas toujours possible d'enchaîner ensemble. Il montre , dans les premiers âges , le gouvernement républicain reprenant à Rome quelque ombre d'existence , et cherchant à se maintenir à côté du pontificat ; Naples , Gaëte , Amalfi , Venise , Pise et Gênes , se formant en républiques ; et enfin l'affranchissement de toutes les villes italiennes vers les derniers temps du onzième siècle. Après ces origines mêlées de ténèbres , et pourtant développées par M. Sismondi avec autant d'érudition que de clarté , viennent des époques plus brillantes. La résistance des deux ligues lombardes aux empereurs Frédéric Barberousse et Frédéric II , inspire surtout un vif intérêt. En général , tout ce qui concerne les Guelfes et les Gibelins est soigné dans cette histoire ; et nulle part ne sont mieux retracées ces interminables guerres civiles qu'excita dans toute l'Italie la rivalité de l'empire et du sacerdoce. A l'ensemble de la composition , à l'esprit général , au caractère de plusieurs détails , l'auteur semble un élève de Muller , que d'ailleurs il vante beaucoup , peut-être même un peu trop , quel que soit le mérite de cet historien. Comme lui, M. Sis-

mondi joint une raison forte à des connaissances étendues ; mais il est plus inégal que Muller,
et ses écrits ont souvent de la sécheresse : ce
qui ne vient pourtant pas d'un excès de précision. Quelquefois, en récompense, il sait donner
de la couleur à son style : des traits nerveux,
des expressions brillantes, et de temps en temps
d'assez belles pages annoncent que la hauteur
de l'art d'écrire ne lui est point inaccessible.
Son livre, déjà très-recommandable, est digne
d'être perfectionné : en peu de temps il a obtenu deux éditions ; quelques efforts de plus lui
obtiendraient un rang assuré parmi les bons
livres.

L'Histoire de Laurent de Médicis, et l'Histoire
du pontificat de Léon X, toutes deux composées en anglais par Roscoë, ont été traduites
en français, la première par M. Thurot, la
seconde par M. Henry. Ces traductions nous
ont paru correctement écrites, et c'est, après
la fidélité, le seul mérite dont elles fussent
susceptibles ; car l'auteur lui-même, satisfait
d'instruire ses lecteurs, ne semble prétendre
ni à la chaleur ni à l'éclat. Le fond des ouvrages
est d'ailleurs aussi riche qu'intéressant. Fils de
Côme de Médicis, qui, simple citoyen de Florence, obtint le plus glorieux des titres, celui
de père de la patrie, Laurent fut surnommé le

Magnifique, et laissa un glorieux souvenir, bien moins pour avoir préparé la haute illustration où parvint depuis sa famille, que pour avoir noblement protégé les arts et les lettres. Comme son père, et avec plus de grandeur encore, il accueillit et Lascaris et Chalcondile, et tous ces Grecs réfugiés qui survivaient à l'empire d'Orient. Avec eux se rassemblaient les savans de l'Italie, entre autres cet Ange Politien, littérateur habile, érudit, laborieux, poëte élégant, et digne précepteur de Léon X. Ce fut encore dans ces jardins de Médicis, si renommés à la fin du quinzième siècle, que se formèrent, sous les yeux et par les bienfaits de Laurent-le-Magnifique, tant d'artistes plus ou moins célèbres, et à leur tête le plus puissant génie qui, chez les modernes, ait illustré les arts du dessin, Michel-Ange. L'un des fils de Laurent, Jean de Médicis, devenu souverain pontife sous le nom de Léon X, suivit l'exemple de son père et de son aïeul, encouragea tous les talens, sut apprécier et récompenser Raphaël, et n'eut pas une médiocre influence sur la splendeur du seizième siècle. A l'histoire de Laurent de Médicis est mêlée celle de la république de Florence ; à l'histoire du pontificat de Léon X, celle de l'Italie entière, celle encore des agitations politiques et religieu-

ses de l'Europe, spécialement des réformes de
Zuingle en Suisse, et de Luther en Allemagne.
Dans les deux ouvrages, toutefois ce qu'il y a
de plus curieux et de mieux traité, c'est la partie relative au progrès des lettres et des arts
en Italie, depuis l'époque de leur véritable
renaissance, au siècle du Dante, jusqu'à l'époque de leur plus grand éclat. Mais si les recherches sont précieuses, l'ordonnance, il faut en
convenir, laisse beaucoup à désirer : les faits se
succèdent, sans être liés entre eux, et l'ensemble est indigeste : les détails abondent, sura-
bondent, soit dans les chapitres, soit dans les
notes ; la plupart sont instructifs, mais on les
voudrait plus choisis et mieux fondus. Il se
pourrait que l'auteur n'eût point assez travaillé;
car le lecteur travaille lui-même, et trouve
d'excellens matériaux, plutôt que d'excellens
ouvrages. De belles pierres accumulées dans
un grand espace, fussent-elles rangées en ordre, et même taillées avec art, ne font pas
encore de beaux édifices.

Dans l'histoire de la guerre de trente ans,
Schiller a des formes plus larges, plus de précision, plus de méthode. En Allemagne, où
les ouvrages allemands sont appréciés un peu
haut, on n'a fait aucune difficulté de comparer cette histoire à celle de Charles-Quint,

composée par Robertson. Le parallèle nous
semble inadmissible. On ne retrouve pas dans
Schiller la plénitude, le profond savoir, la
marche égale et sûre du chef des historiens
anglais. Le sujet qu'a traité Robertson, quelque brillant qu'il soit, n'est pourtant pas supérieur au sujet choisi par l'auteur allemand. Le
dernier même nous semblerait préférable : une
étendue heureusement circonscrite, soit pour
le temps, soit pour les lieux ; une seule génération, une seule contrée, mais des puissances,
des nations s'armant de toutes parts ; un conquérant réformateur, et avec lui, ou après lui,
une foule d'éminens personnages, venant concourir ou s'opposer à ses projets ; des généraux
illustres, des ministres fameux, des négocia-
teurs habiles, mêlés diversement à cette vaste
action, dont les fils sont si variés, et dont
l'unité n'est jamais rompue ; une guerre désastreuse, et pourtant utile ; de grands résultats
politiques ; les progrès de l'art de combattre,
et ceux de l'art de pacifier ; après tant de ba-
tailles célèbres, le plus célèbre des traités, as-
surant en Allemagne l'équilibre des religions
rivales, donnant au droit public de l'Europe
une base nouvelle, et qui fut long-temps iné-
branlable : tel est le sujet que présente la guerre
de trente ans ; et, dans toute l'histoire, c'est

celui peut-être où un talent du premier ordre
unirait le mieux l'esprit philosophique des modernes et les belles formes de l'antiquité. Sans
avoir, à beaucoup près, atteint ce but, Schiller
a fait un ouvrage qui n'est point vulgaire. Il
peint bien Gustave-Adolphe, ainsi que Vals-
tein et Tilly : ses récits sont rapides, quelques-
uns même pleins de verve ; celui de la bataille
de Lutzen, par exemple, et plus encore celui
du siége de Magdebourg. La réputation et le
mérite de son livre le rendaient digne d'être
traduit : aussi en avons-nous deux traductions.
La première est anonyme ; elle a paru il y a
seize ans : on l'a imprimée à Berne, et l'on
pourrait bien l'y avoir faite ; car les locutions
bizarres dont elle fourmille, décèlent un étranger qui s'efforce d'écrire en français. C'est à
Paris, l'année dernière, que l'on a publié la
seconde : on la doit à M. de Chamfeu : la diction n'en est pas dépourvue d'élégance ; elle a
quelquefois de l'énergie.

Il serait à désirer que l'on eût aussi bien traduit l'Histoire d'Angleterre de madame Macaulai-Graham. Cette histoire embrasse les temps
écoulés depuis l'avénement de Jacques Ier. jusqu'à la révolution de 1688. La traduction s'arrête à la seconde année du protectorat de Crom-
wel. Sur cinq volumes, les trois derniers, qui

sont avoués par Guiraudet, offrent un assez grand nombre de termes impropres, et même d'incorrections évidentes. Les deux premiers, que l'on attribue à Mirabeau, ne sont guère moins défectueux; et, ce qu'il y a de plus remarquable, aucune forme de langage n'y révèle un homme de talent : soit que Mirabeau ait traduit cette partie de l'ouvrage avec une excessive rapidité, soit plutôt qu'il ne l'ait point traduite, et que, par un charlatanisme dont les exemples ne sont que trop multipliés, un écrivain médiocre, ou un libraire avide, ait spéculé sur un nom célèbre. Quoi qu'il en puisse être, on ne saurait contester un mérite réel à la production originale. Aussi connue par l'austérité de ses mœurs que par l'importance de ses travaux, madame Macaulai, loin de partager les haines personnelles de Clarendon, évite même la circonspection timide de Hume en cette partie délicate de l'histoire, et professe, sans les affaiblir, les énergiques théories de la liberté civile et politique. L'analyse fidèle des actes écrits du gouvernement, et des principaux débats parlementaires, en augmentant l'intérêt de son ouvrage, lui donne encore, aux yeux des lecteurs attentifs, une irrécusable authenticité. Ce n'est donc pas à tort qu'il a obtenu beaucoup de succès en Angleterre. Il n'en obtiendra pas

moins en France, lorsqu'au lieu d'une version
sèche, incorrecte et tronquée, nous en possé-
derons une traduction complète, et rédigée sans
négligence. . . . .

. . . .

Louis XIV, sa Cour et le Régent, tel est le
titre d'un ouvrage publié par Anquetil, il y
a peu d'années, et dont beaucoup de pages
se retrouvent, avec de légers changemens,
dans les derniers volumes de son Histoire de
France. L'auteur écrivait pour amuser sa vieillesse, ce qui réclame l'indulgence. On ne saurait pourtant dissimuler combien il est inférieur à son sujet, et l'on ne conçoit pas aisément qu'il ait cru pouvoir lutter contre une
des plus belles productions du génie de Voltaire. Il la cite quelquefois, mais toujours en
l'attribuant à M. de Francheville, soit qu'une
telle affectation lui ait paru plaisante, soit
qu'il ait ignoré, chose peu probable, qu'en publiant le siècle de Louis XIV, Voltaire se
cacha d'abord sous ce nom factice. Anquetil,
dans la seconde partie de son livre, est en
concurrence avec Duclos et Marmontel, dont
les talens auraient dû suffire pour intimider
le sien. Il ne faut chercher, en lisant son
ouvrage, ni des aperçus nouveaux, ni des
récits animés, ni un style brillant, ni même

une diction correcte : ce que l'on y trouve de mieux est tiré des Mémoires de Saint-Simon ; encore avouons-nous à regret que trop souvent l'auteur les gâte en évitant de les copier servilement.

Ces mémoires, restés long-temps manuscrits, mais dès lors connus de nos historiographes, et de quelques autres gens de lettres, n'ont été imprimés que dans les commencemens de la révolution, ainsi que les Mémoires secrets écrits par Duclos sur la fin du règne de Louis XIV, sur la régence et sur une partie du règne de Louis XV ; mais, Duclos étant mort il y a près de quarante ans, et Saint-Simon plus de trente ans avant Duclos, nous avons dû considérer les deux ouvrages comme antérieurs à notre époque, et c'est dans le préambule du chapitre que nous en avons dit quelques mots. C'est ici au contraire que nous parlerons des Mémoires sur la minorité de Louis XV, publiés, il y a huit ans, sous le nom de Massillon ; car ces mémoires, évidemment supposés, appartiennent au temps même où ils ont paru. Ils sont adressés à Louis XV, et d'après son ordre, suivant le texte d'une lettre improprement appelée préface. Il serait à désirer qu'une telle idée fût venue à ce prince ; elle lui eût fait honneur, et nous au-

rions un chef-d'œuvre de plus. Le prélat illustre, qui, dans la chaire, avait si bien instruit un enfant roi, sans doute en un récit
véridique n'eût pas moins utilement instruit
sa jeunesse, et le plus élégant des orateurs eût
encore été le plus élégant des historiens. Mais
le piége tendu à la curiosité publique n'est pas
difficile à reconnaître. En effet, quelles pensées
et quelles expressions ! Le duc d'Orléans se détermina pour la chambre de justice, *par la
seule raison que le duc de Noailles n'avait pas
voulu en démordre;* l'abbé Dubois avait été
*mis, par feu M. de Saint-Laurent, gouver-
neur du régent, alors duc de Chartres, pour
lui faire seulement des répétitions de latin;* et
trois lignes plus bas : *il lui faisait tous ses
thèmes, et faisait croire par-là des progrès,
qui dans le fond n'étaient qu'une tricherie;*
M. d'Arménonville *était friand de toute préva-
rication;* M. de Breteuil *était un de ceux dont
madame de Prie s'accommodait le mieux pour
les momens d'infidélité à l'égard de M. le
duc;* le roi d'Angleterre Georges Ier. *était véritablement un bon et brave gentilhomme;* une
princesse portugaise *avait un sang redoutable
et un soupçon de folie;* mademoiselle de Ver-
mandois *avait fait parler d'elle;* quant à la
fille de Stanislas, *on disait des choses admi-*

rables de ses qualités de corps et d'esprit;
madame de Prie voulait s'en *faire un appui*
plus solide que les faveurs de M. le duc; elle
fit nommer Vanchoux, *pour aller faire un*
dernier examen plus particulier de la personne
de la princesse; on se décida *malgré la du-*
chesse de Lorraine enragée de la préférence;
madame la duchesse *enragée osait presque vou-*
loir que l'on substituât mademoiselle de Cha-
rolois ou mademoiselle de Clermont; la duchesse d'Orléans *enrageait de voir la maison*
de Condé s'élever; madame de Prie *était-elle*
en état de lui faire connaître votre majesté, ce
qui eût dû être l'objet principal? Ni M. le duc,
ni elle, ne la connaissaient point; c'est la reine
d'Espagne *qui a songé à mettre votre majesté*
hors d'état d'avoir postérité; sa majesté *n'avait*
assurément aucune idée sur les devoirs du ma-
riage, le tempérament ne disait rien. Certes,
Massillon ne se fût jamais permis cet amas
d'incorrections, de trivialités, d'indécences.
Massillon n'eût pu écrire : *la compagnie de la*
Émilie, danseuse de l'Opéra, avec qui repo-
sait le duc d'Orléans, n'était pas naturelle-
ment celle en laquelle on devait disposer d'un
siége ecclésiastique; encore moins eût-il ajouté, de peur de n'être pas entendu : *la Émilie*
et ses charmes furent pris à témoin de la pa-

role qu'il venait de donner. Massillon eût senti
combien il était inconvenant à un prélat de
paraître si fort initié dans les secrets du
prince; à un vieillard, d'entretenir un jeune
roi d'anecdotes aussi scandaleuses qu'incertaines, et de les lui conter dans un pareil langage; Massillon n'eût point accusé le respectable abbé de Saint Pierre d'avoir composé *la
Polysynodie par un esprit d'adulation :* car il
est odieux et ridicule de compter parmi les flatteurs le plus indépendant des hommes de
lettres, et à l'occasion du livre même qui l'a-
vait fait exclure de l'Académie française, par
un esprit d'adulation pour l'ombre d'un roi.
En jetant des soupçons sur la conduite de l'abbesse de Chelles, Massillon n'eût pas dit : *Elle
était fille de M. le Régent, et c'en est assez.*
Ce n'est pas ainsi qu'il se fût exprimé sur le
neveu de Louis XIV, en s'adressant à Louis XV;
et dans tout son livre il eût jugé avec
moins de rigueur un prince distingué à beaucoup d'égards, à qui d'ailleurs il devait de la
reconnaissance, qui avait apprécié son mérite,
et par qui seul il était évêque, lui qui dès long-
temps aurait dû l'être, puisqu'à la mort de
Louis XIV il avait déjà cinquante-trois ans.
Après tant de preuves, et il nous serait facile
de les multiplier bien davantage, nous osons

affirmer que de tels mémoires ne sont pas de
l'éloquent évêque de Clermont. Mais de qui
sont-ils? Nous l'ignorons. L'éditeur cite avec
éloge, soit dans sa préface, soit dans ses notes, les Mémoires de Richelieu, qu'a rédigés
M. Soulavie : il annonce même une Histoire de
la révolution que doit rédiger M. Soulavie. De
tout cela il ne résulte aucune conséquence nécessaire ; et, sans vouloir accuser personne, il
nous suffit d'avoir disculpé Massillon. Ceux qui
ne voient en littérature que des affaires de librairie, se permettent, sinon des fraudes
pieuses, au moins des fraudes lucratives. Il est
vrai qu'en usurpant le nom d'un écrivain célèbre, ils ont soin de conserver leur propre
style. Mais il est un public assez nombreux
qui n'y regarde pas de si près ; les simples
se laissent tromper. Tous les jours encore les
prétendus Mémoires de Massillon sont cités
avec complaisance, et dans les journaux, et
même dans les livres. Ainsi, des faits hasardés,
des opinions plus hasardées encore, se forti-
fient d'une autorité qui n'existe pas; et si,
faute de réclamations suffisantes, l'ouvrage est
une fois admis comme authentique, il finit par
compromettre le nom même dont on a dérobé
l'appui. La gloire des grands écrivains fait une
partie essentielle de la gloire nationale, et

13

doit être défendue contre toute espèce d'outrages. Les calomnies volontaires et directes ne sauraient leur nuire : beaucoup d'exemples le démontrent. C'est sans le vouloir, mais plus sûrement, qu'un entrepreneur les calomnie, en leur imputant ses ouvrages.

Marmontel, en qualité d'historiographe, avait composé une Histoire de la Régence. On l'a publiée depuis sa mort. Dire qu'elle est supérieure à l'ouvrage d'Anquetil et aux Mémoires du faux Massillon, serait lui rendre une justice incomplète. Moins piquante que les Mémoires secrets de Duclos, elle est écrite d'un style plus noble et plus grave. Marmontel ne court point après les anecdotes, comme faisait son prédécesseur : il en est sobre, et les choisit avec circonspection. Ainsi que Duclos, il consulte beaucoup les Mémoires de Saint-Simon : il en copie même d'assez longs passages : ce que n'avait point fait Duclos. Tous deux professent une égale défiance pour cet écrivain passionné, non moins connu par ses opinions féodales et ses haines ardentes, que par son éloquence naturelle et l'extrême inégalité de son style. Tous deux pourtant le suivent pas à pas dans les détails secrets des événemens; ce qui est peut-être une inconséquence; car ses opinions et ses haines n'ont pas médiocrement influé sur la manière dont il a vu les objets. Duclos, ne s'attachant qu'à peindre les mœurs, comme il en convient lui-même, avait trop négligé ce qui concerne les finances. Marmontel y consacre deux longs chapitres. Dans le premier, remontant jusqu'à Colbert, il explique fort nettement les opérations de ses successeurs, Pont-Chartrain, Chamillard, Desmarets. Dans le second, sous le régent, il examine avec plus de détail encore l'administration du conseil de finance, ensuite celle de Law, et enfin celle de Lepelletier qui le remplaça. En traitant des affaires politiques, l'auteur répand beaucoup de clarté sur les intrigues du cardinal Albéroni. Pour les affaires intérieures, la partie relative au jansénisme et aux querelles ecclésiastiques est celle où il déploie le plus de talent. Il raconte aussi très-bien quelques événemens particuliers : la description de la peste de Marseille est d'une vérité sombre et terrible. Un défaut de l'ouvrage, à notre avis, c'est qu'à chaque chapitre on est obligé de rétrograder, de parcourir de nouveau des époques déjà parcourues, et de s'enfoncer très-loin dans le règne précédent. Ce n'est pas ainsi qu'est distribué le siècle de Louis XIV, chef-d'œuvre dont Marmontel a cru peut-être imiter le plan. Là, les vingt-quatre premiers chapitres con-

tiennent, selon l'ordre des temps, toute l'histoire
politique et militaire du règne. C'est dans les
quinze derniers que Voltaire examine successivement les divers objets qui auraient ralenti
sa marche ; et de l'ensemble il résulte autant
d'instruction que d'intérêt. D'ailleurs les réflexions que Voltaire entremêle à ses récits, sont
courtes et d'un grand sens : Marmontel a moins
de portée, va moins vite, et disserte quelquefois. Au reste, il est impartial envers ses personnages, et surtout envers le régent, dont il
est loin d'épargner les vices, mais dont il sait
apprécier les qualités et les talens. Il manifeste
des opinions dignes du dix-huitième siècle,
et montre partout une connaissance approfondie du sujet qu'il traite. A l'égard de sa
diction, elle est toujours correcte, souvent
d'une élégance remarquable. A tout considérer, cette Histoire de la Régence fait honneur
à Marmontel. Après l'avoir lue, on la relit ;
et, malgré quelques imperfections, elle figure
avec avantage parmi les titres littéraires de cet
estimable et laborieux académicien. . . . . . .
. . . .
. . . .

Les Mémoires du duc de Choiseul, ceux du
duc d'Aiguillon, ceux du comte de Maurepas,
sont des spéculations de librairie plutôt que

des monumens historiques; ils n'ont rien d'intéressant que leur titre, et rien n'y mérite
l'attention, si ce n'est quelques lettres, quelques pièces déjà connues depuis long-temps. A
la fin des Mémoires de Choiseul est imprimée
une comédie satirique : irrévérence à part, elle
pouvait être plaisante, et n'est qu'ennuyeuse.
Mais, malgré les assertions de l'éditeur, il ne paraît ni prouvé ni vraisemblable qu'il faille l'imputer au duc de Choiseul. En général, tous
ces mémoires, qui seraient importans si les
ministres à qui on les attribue les avaient
écrits ou dictés eux-mêmes, et s'ils avaient
voulu tout dire, n'ont évidemment aucune authenticité.. . . . .
. . . .
. . . .

C'était un sujet bien triste, mais bien instructif, que l'Histoire de l'anarchie de Pologne,
et du démembrement de cette république. Un
pareil tableau, tracé par Rulhière, est digne à
tous égards d'une haute attention. L'on ne
trouve point ici un compilateur d'anecdotes,
encore moins un compilateur de gazettes. C'est
un véritable historien, qui sait choisir et classer
les incidens, les resserrer, les étendre, les
faire ressortir, selon le degré de leur importance, et coordonner habilement toutes les

parties d'un vaste ensemble. A mesure que la série des faits l'exige ou le permet, il distribue dans son ouvrage, à la manière des historiens de l'antiquité, des notions détaillées sur l'origine et les mœurs des Polonais, des Moscovites, de la horde inhumaine des Zaporoves, des diverses hordes tartares; des Turcs, à qui deux siècles de conquêtes n'ont laissé qu'une faiblesse orgueilleuse, et les souvenirs d'une gloire éclipsée; des Monténégrins, qui bordent le golfe de Venise, et sont, comme les Russes, de race esclavonne; des Macédoniens, des Epirotes, des Grecs du Péloponnèse, et, parmi ces derniers, spécialement des Maniotes, qui, si près du joug ottoman, conservent encore la rudesse, le fier courage, et jusqu'à l'indépendance des Spartiates leurs ancêtres. Des liaisons intimes avec les chefs des différens partis polonais, l'aide des ministres et des ambassadeurs les mieux instruits des affaires de l'Europe, tous les genres de secours, notes diplomatiques, mémoires particuliers, lettres sans nombre, entretiens confidentiels, avaient mis l'auteur à portée de recueillir des éclaircissemens très-curieux, et d'assigner quelquefois avec précision les causes long-temps secrètes des événemens publics. C'est ainsi qu'en parlant de la correspondance établie durant quinze années entre Louis XV et le comte de Broglie, à l'insu du ministère français, il explique par quelle intrigue bizarre les agens de la cour de Versailles ont pu recevoir en même temps des ordres directement opposés, donnés au nom du même roi. Il ne jette pas moins de jour sur la conduite des cabinets qui déterminèrent le sort de la Pologne : il développe des caractères qui semblent d'une vérité frappante ; Catherine, dont l'ambition s'irrite par les voluptés, dévorant à la fois des yeux et la Turquie et la Pologne ; Frédéric, long-temps vainqueur rapide, désormais lent médiateur, n'usant ni ses soldats ni ses trésors où suffisent la force des circonstances et le poids de sa renommée, prince né pour les arts de la paix, au moins autant que pour la guerre, et sachant unir à tous les talens d'un général et d'un politique toutes les vertus que ne s'interdit pas le despotisme ; Marie-Thérèse, faisant prouver par de vieux diplômes les droits qu'elle s'assure avec l'épée ; son fils, l'empereur Joseph, impatient de régner, de réformer et d'envahir ; près d'eux le prince de Kaunitz fondant sa vieille réputation sur un traité qui jadis étonna l'Europe en réconciliant la France et l'Autriche, ministre laborieux, quoique frivole à l'excès, rusé sous l'air de l'indiscrétion, sincère dans sa vanité, faux sur tout le reste, adroit et heureux négociateur, à qui la malice des courtisans pardonnait quelque mérite en faveur de ses ridicules. Aux bornes de l'Europe, d'autres images se présentent : les agitations de Constantinople, l'indécision du divan, l'ineptie politique et militaire des grands vizirs ; les qualités inutiles du sultan Mustapha, trop bien intentionné pour ne pas sentir, mais trop ignorant pour guérir les maux d'une monarchie théocratique, où l'ignorance est un point de religion. Non loin de là, un descendant de Gengiskan, Crimguérai, qui, du sein de sa disgrâce, avait éclairé le sultan sur les projets de la Russie, apparaissant tout à coup à la tête de ses Tartares, est arrêté par une mort soudaine : tant la destinée sert bien Catherine. Au milieu de ces mouvemens, la Pologne, envahie par les armes russes, déchirée par les factions intérieures, préfère au joug étranger les caprices de sa liberté ombrageuse. On admire encore cette liberté sur des ruines, et ses derniers soutiens qui succombent : un vieillard octogénaire, le grand maréchal de Lithuanie, beau-frère du roi, mais tout entier à la patrie ; un prince de Radziwil, épuisant pour elle son immense fortune, bravant la persécu-

tion, la misère et la fuite; des hommes nouveaux, des parvenus à la gloire, Pulawski et
ses deux fils levant des troupes qui sont quelquefois victorieuses; deux prélats respectables,
Krasinski, évêque de Kaminiek, organisant
avec son frère une confédération puissante;
et l'évêque de Cracovie, Gaëtan Soltik, martyr intrépide, dévoué sans espoir à la cause
commune, n'ayant d'autre attente qu'un exil
en Sibérie, attente que le gouvernement russe
n'a pas trompée; enfin Mokranouski, plus brillant qu'eux tous, se trouvant partout où l'intérêt public l'appelle; aux diétines, aux armées, dans la diète; à Versailles, dans le cabinet
du duc de Choiseul; à Berlin, dans celui de
Frédéric; ardent, jeune, ayant tous les cou-
rages, comme aussi toutes les passions nobles, servant l'amour et l'honneur, mais avant
tout la liberté de son pays; héros des temps
chevaleresques, et républicain des temps antiques. On conçoit aisément que l'auteur comble
d'éloges des personnages si dignes du souvenir
reconnaissant de l'histoire. S'étonnera-t-on s'il
ne traite pas aussi bien ce Poniatouski, long-
temps obscur citoyen d'un état libre, amant
favori d'une princesse étrangère, couronné par
elle à force ouverte, lui vendant pour le nom
de roi la servitude publique et la sienne; et,

malgré son infatigable obéissance, ne parve-
nant à jouer sur le trône que le rôle d'un
courtisan disgracié? N'oublions pas un fait
notable. Cette histoire, austèrement véridique,
fut entreprise, il y a quarante ans, par ordre
de l'ancien gouvernement français; soit qu'on
puisse le louer d'avoir au moins voulu rendre
hommage aux droits d'un peuple allié qu'il
n'avait osé secourir; soit qu'il faille seulement
féliciter Rulhière d'avoir rempli sans molle complaisance les nobles devoirs d'un historien......

Au reste, quelques travaux que suppose
l'Histoire de l'Anarchie de Pologne, on a
lieu d'être surpris que Rulhière n'ait pu l'a-
chever en vingt-deux ans. Telle qu'elle est
néanmoins, c'est elle qui le maintiendra célèbre. Elle n'est pas seulement beaucoup
plus étendue que ses autres écrits; elle leur
est fort supérieure, et c'est à haute distance
qu'elle s'élève au-dessus de toutes les productions historiques publiées depuis vingt
ans en Europe. Peut-être à une révision scrupuleuse, Rulhière eût-il cru devoir abréger
les trois premiers livres, qui ne sont qu'une
introduction; mais il n'eût rien changé sans
doute aux trois suivans, où sont réunies tant
de beautés énergiques. C'est là qu'il accumule
sans confusion les principaux traits de son

grand tableau : en Russie, la fin languissante d'Élisabeth, les courtes folies de Pierre III, le prompt veuvage de Catherine; en Pologne, la longue agonie du roi Auguste, et celle même de son pouvoir, les outrages prodigués à Brulh, son ministre, les trames de Czartorinski, l'astuce habile de Keiserling, l'audace féroce de Repnine, et cette diète trop mémorable où Stanislas Poniatouski fut élu roi des Polonais par le sabre des Moscovites. Le reste est moins fort, sans être faible, et plusieurs morceaux sur les réclamations des dissidens, sur la guerre des Turcs, sur les confédérations polonaises, sont encore animés par un talent rare. L'auteur, dans les diverses parties que nous indiquons, approche quelquefois de Thucydide, dont il retrace les formes heureuses; et, si l'ouvrage entier se soutenait à ce degré de vigueur, après les chefs-d'œuvre de Voltaire, d'ailleurs conçus et exécutés dans une manière différente, nous cherchons en vain quelle histoire il serait possible de lui comparer, pour la beauté du plan, pour l'art de mettre en jeu les caractères, pour la chaleur et la grâce du style.

M. de Castéra, plus de dix ans avant la publication de l'ouvrage de Rulhière, avait fait paraître une histoire de l'impératrice de Russie, Catherine II. Un règne de trente-cinq ans, brillant à plusieurs égards, et presque toujours heureux, au moins dans l'acception vulgaire du mot, pouvait devenir l'objet des études d'un historien. Les déchiremens de la Pologne, l'imbécillité du divan, l'inaction léthargique de l'empire ottoman, qui semblait se résigner à sa ruine, ont bien facilité les succès militaires de cette souveraine. Il raconte avec une austère franchise l'étrange événement qui donna le trône à Catherine; et, quoiqu'il saisisse toutes les occasions de vanter le bien qu'elle a fait, celui même qu'elle a voulu paraître faire, il a semblé trop véridique. On pourrait soupçonner au contraire qu'il a souvent usé d'indulgence; mais les actions parlent d'elles-mêmes. On trouve d'amples détails dans l'ouvrage de M. de Castéra. Le style en est correct, naturel et grave; on y voudrait quelquefois plus de souplesse et plus d'énergie. Il y a de la rapidité dans les narrations, peut-être aussi des couleurs trop peu variées et trop peu distinctes dans la peinture des principaux caractères. Quoi qu'il en soit, c'est un livre fort estimable. Déjà bien fait en général, il mérite d'être perfectionné dans plusieurs parties. L'auteur est en état de sentir mieux que personne, et d'y ajouter aisément ce qu'une critique impartiale y peut avec raison désirer encore.

L'Histoire de Frédéric-Guillaume II, roi de
Prusse, offrait à M. de Ségur un cadre heureux
pour tracer le tableau politique de l'Europe
durant les dix années qui suivirent immédiatement la mort du grand Frédéric. Il avait fallu
tous les talens d'un prince aussi extraordinaire,
pour donner à un royaume tel que la Prusse,
cette influence prépondérante qui la faisait
intervenir successivement, et presque à la fois,
dans les révolutions de la Hollande, du Brabant, de la Pologne et de la France. Un précis
sur sa vie, et avant ce précis une courte introduction, font connaître autant que le peuvent des aperçus si rapides, l'état progressif de
l'électorat de Brandebourg, et du duché de
Prusse, érigé en royaume à la fin du dix-septième siècle. Bientôt M. de Ségur expose à
grands traits la situation des états de l'Europe
à l'avénement de Frédéric-Guillaume II au
trône de Prusse. Il peint avec plus de développemens le caractère du monarque, ses premières opérations, les espérances qu'il donne
et qu'il trompe. Viennent ensuite les événemens mémorables qui, tantôt par lui, tantôt
malgré lui, ont changé la face de l'Europe.
Toujours heureux dans ses transitions, l'auteur
sait unir avec beaucoup d'art les différens objets
qu'il embrasse. Ce qu'il dit sur les révolutions

du Brabant et de la Pologne, est curieux à lire et bien présenté. Ce qui concerne la révolution française, forme la plus grande partie du livre. Il faut l'avouer, en cette partie, les faits que raconte M. de Ségur, la manière dont il les expose, les sentimens qu'il manifeste, les jugemens qu'il lui plaît de porter, seraient susceptibles de très-longues discussions; mais elles seraient ici hors de place, et, la matière étant aussi délicate qu'importante, nous croyons à cet égard devoir nous interdire l'éloge et le blâme, afin de ne partager ni sur les choses ni sur les personnes la responsabilité de l'historien. Rendre justice à ses talens comme écrivain, nous suffira pour le moment, et c'est un devoir que nous aimons à remplir. La sagesse et la clarté font le principal mérite de son style, auquel on ne saurait reprocher ni l'excès de chaleur ni les ornemens ambitieux. Content de raconter nettement, l'auteur ne cherche point les effets : on sent qu'il veut instruire, et non remuer ses lecteurs. Sous le titre modeste de Mémoire sur la révolution de Hollande, son troisième volume est à lui seul un morceau d'histoire complet; c'est même une production très-remarquable. Elle est entièrement de Caillard, qui, après avoir rempli avec succès plusieurs missions diplomatiques, est mort, il

y a peu d'années, archiviste des relations ex-
térieures. Là se trouve racontée avec tous les
détails nécessaires cette révolution rapide par
laquelle, en 1787, le stathoudérat, soutenu des
armées prussiennes, triompha pour un moment du peuple batave. Il est aisé de voir combien l'auteur possède à fond sa matière. Sans
dépasser le sujet qu'il traite, il y jette à propos
des notions précises sur l'histoire antérieure
de la Hollande, sur ses lois constitutives, et
sur la lutte prolongée durant deux siècles entre
le pouvoir populaire et l'autorité stathoudé-
rienne. Il ne paie point à la puissance le tribut
des ménagemens pusillanimes : il ne dit pas de
ces demi-vérités qui sont aussi des demi-men-
songes : partout l'accent de la liberté se fait
entendre et résonne très-haut. Cet excellent
travail honorera toujours l'homme habile à qui
on le doit; et M. de Ségur s'est honoré lui-
même en le publiant à la suite de ses propres
travaux. Un esprit vulgaire eût essayé d'en
profiter, en le déguisant sous d'autres formes.
Il n'y a qu'un esprit très-distingué qui ait pu
consentir à l'adopter pleinement, sans craindre
la concurrence du mérite, ni même celle des
opinions.. . . . .
. . . . , ...
. . . .

CHAPITRE VI.

LES ROMANS.

Les plus anciens monumens de notre littérature sont des romans historiques, et même
des romans en vers. Le premier de tous, le
roman du Brut fut composé au milieu du
douzième siècle, sous le règne de Louis-le-
Jeune, à la cour d'Éléonore d'Aquitaine,
autrefois épouse de ce prince, alors duchesse
de Normandie, et depuis reine d'Angleterre.
Trente ans plus tard, sous le règne de Philippe-Auguste, fut écrit Tristan du Léonois,
le plus vieux de nos romans en prose, et le
plus joli des romans de la Table Ronde. A
leur série très-nombreuse succédèrent, au
treizième siècle, les romans des douze Pairs
de France. Les Amadis, qui sont d'origine
italienne ou espagnole, ne furent connus en
France que long-temps après, dans le cours
du seizième siècle. Des magiciens, des fées
agissent dans presque tous ces ouvrages. La
féerie nous vient des Arabes; on sait que la
magie est plus ancienne. Beaucoup d'autres
romans historiques sont étrangers à ces divi-

sions de bibliographie. On distingue entre eux
Gérard de Nevers et le Petit Jehan de Saintré,
productions aimables du règne de Charles VII,
et que Tressan, de nos jours, a su rajeunir
avec grâce. Sous le même Charles VII avaient
été publiées les Cent Nouvelles de la cour de
Bourgogne, ouvrage écrit sur le modèle du
Décaméron de Boccace, qui fut depuis mieux
imité dans l'Hectaméron de la reine de Na-
varre, sœur de François Ier. Déjà venait de
paraître, sous les auspices d'un cardinal, ce livre
ingénieux et bizarre où le curé Rabelais, qui
avait bien étudié son siècle, se fit pardonner la
raison par la bouffonnerie, et la liberté par la
licence. La Satire Ménippée, que Rapin, Pas-
serat et quelques autres composèrent contre
les chefs de la ligue, est, quant aux formes,
un roman historique où la fiction rend la vérité plus piquante et le ridicule plus saillant.
Dans l'âge suivant, à l'arrivée d'Anne d'Autriche en France, la littérature espagnole influa sur nos romans comme sur notre scène.
L'Astrée de d'Urfé, roman pastoral, dans le
goût de la Diane de Montemayor, obtint un
succès mémorable, et fut quelque temps le
type favori des productions de ce genre. Les
habitudes de la fronde amenèrent une autre
mode; des princes, des généraux combattaient

14

et changeaient de bannière à la voix des beautés
célèbres : en même temps l'amour des lettres
s'était répandu à la cour. Les belles strophes
de Malherbe, quelques vers heureux de Racan,
son élève, les premiers chefs-d'œuvre de Corneille, la pompe exagérée mais harmonieuse
de Balzac, le badinage maniéré mais ingénieux de Voiture, contribuaient à l'élégance
des mœurs en perfectionnant celle du langage.
Il fallait peindre ce mélange de galanterie,
d'héroïsme et de bel-esprit. De là, les romans
de la Calprenède et ceux de mademoiselle
Scudéri; mais on travestissait à la moderne
tous les héros de l'antiquité ; des sentimens fac-
tices prenaient la place des passions. Boileau le
sentit, et quelques traits de ridicule firent
tomber ces rapsodies ambitieuses où la nature
n'était pas moins défigurée que l'histoire. Au
temps même où l'on admirait Cassandre et
Cléopâtre, le coryphée trop fameux du genre
burlesque, Scarron, donnait son Roman comique. Des ridicules de province, des comédiens de campagne, des scènes d'auberge ou de
tripot, voilà ce qu'on y trouve : les incidens,
les personnages, le style, tout est ignoble et
grotesque; mais tout est vrai. Le livre amuse,
on le lit encore; il restera, tant le naturel sait
prêter d'agrémens aux tableaux qui en parais-

sent le moins susceptibles. Les Nouvelles de Scarron sont aujourd'hui presque oubliées. On a remarqué toutefois, et avec justice, que le fonds d'une belle scène de Tartufe est puisée dans la nouvelle qui a pour titre, *les Hypo-crites*. Perrault composa des contes de fées; mais ils ne sont que puérils : ceux d'Hamilton sont piquans, moins pourtant que ses Mé-moires de Grammont, ouvrage plein de sel, et que le genre austère de l'histoire cède volon-tiers au genre des romans. A cette époque brilla madame de La Fayette; sa Nouvelle de Zayde est attachante, mais trop chargée d'in-cidens : une composition simple, un intérêt doux, un style élégant et naturel, charment dans sa Princesse de Clèves, le meilleur roman qui eût paru jusqu'alors en France. A la fin du dix-septième siècle, et pour couronner ses tra-vaux, s'élève le chef-d'œuvre de Télémaque, livre que nous avons déjà placé à la tête des ouvrages de morale, et livre à part en toute classe, plein d'idées, d'images, de sentimens, partout modelé sur l'antique, partout respi-rant la poésie et la philosophie des Grecs, et qui semble écrit par Platon d'après une com-position d'Homère. On voit néanmoins que le siècle de nos grands poëtes a produit peu de romans célèbres : dans l'âge suivant, la liste en est nombreuse et variée. Le Don Quichotte espagnol, traduit depuis long-temps en français, restait encore un modèle unique. Le Sage fut notre Cervantes; il déploya dans Gilblas, et mieux que dans Turcaret même, les ressources d'un génie comique, le seul qui eût approché Molière, s'il n'eût trouvé l'abandon et l'oubli au lieu des encouragemens qu'il méritait. L'abbé Prévôt, qui serait beaucoup lu, s'il n'avait trop écrit, sut inventer et émouvoir dans Cléveland, dans le Doyen de Killerine, et surtout dans Manon Lescaut. Le même écrivain nous fit connaître le beau roman de Clarisse et les autres ouvrages de Richardson. Pour développer les pensées les plus secrètes de ses personnages, ce grand peintre de mœurs, le plus vrai qu'ait eu l'Angleterre, préférait au simple récit les formes d'une correspondance. Déjà, parmi nous, Montesquieu les avait employées dans les Lettres Persanes, production importante sous une apparence frivole, où la fable d'un roman sert de cadre à la satire, où la satire est une arme invincible que dirige la philosophie. Cette même raison supérieure, une satire moins forte et plus gaie, et tous les charmes de l'esprit le plus flexible qui fut jamais, ornent Zadig, Micromégas, le Huron, Candide, ingénieux délassemens de la vieillesse de Voltaire. Les premiers écrivains du siècle réunissaient des talens très-divers pour illustrer un même genre d'écrire. La Nouvelle Héloïse parut; et si Rousseau n'égala point l'auteur de Clarisse dans la composition générale et dans la peinture des caractères, il lui fut bien supérieur pour la richesse des détails, pour l'éloquence du style, comme aussi pour celle des passions. En seconde ligne, un peu loin de la première, se présentent Marivaux, moins maniéré peut-être dans ses romans que dans ses comédies, mesdames de Tencin, de Graffigny, Riccoboni, qui se firent apercevoir sur les traces de madame La Fayette; Duclos et Crébillon le fils, qui se plurent à peindre des mœurs dont l'existence est restée problématique; enfin Marmontel, dont le Bélisaire et les Contes moraux offrent des tableaux heureux, d'utiles préceptes, et le mérite d'un bon style. On a remarqué plus récemment les Liaisons dangereuses de Laclos et le Faublas de Louvet. En composant Numa Pompilius, Florian ne fit qu'augmenter le nombre des faibles copies de Télémaque; il fut plus heureux dans ses Nouvelles, et surtout dans les pastorales d'Estelle et de Galatée. Ces compositions aimables, quoiqu'un peu froides, eurent quelque temps la vogue; mais leur éclat pâlit bientôt devant les brillans ouvrages de M. Bernardin de Saint-Pierre.

Déjà, par les Études de la Nature, cet excellent écrivain s'était acquis une renommée légitime ; elle s'est beaucoup augmentée lorsqu'il a publié *Paul et Virginie* et *la Chaumière indienne*. Le premier de ces romans est un peu antérieur à l'époque où remontent nos observations : si nous en parlons ici, c'est uniquément pour rappeler le prodigieux succès qu'il obtint, et qu'il a toujours conservé. C'est peu d'avoir protégé sur nos théâtres lyriques deux copies trop peu dignes de leur modèle ; il a franchi les bornes de la France ; et partout il a réussi ; car il a su partout émouvoir. L'intérêt d'une fable charmante a réchauffé la tiédeur des traductions ; mais quel traducteur a pu rendre la couleur et la mélodie d'un pareil style ? La Chaumière indienne a paru trois ans après : ce petit livre honore et embellit les temps dont nous écrivons l'histoire littéraire ; il unit des vues philosophiques à tous les genres de mérite qui distinguent Paul et Virginie, il respire une raison aimable qui sent avec délicatesse, plaisante avec grâce, sourit même en s'attendrissant, ne prêche pas, mais persuade, et, toujours ferme avec douceur, reste inaccessible aux préjugés. Comme l'auteur peint tout ce dont il parle, Bénarès et les bords du Gange, et le temple de Jagrenat, si respecté des peuples de l'Inde! Comme il fait sentir le respect des Brames pour les Brames, et leur mépris pour le genre humain! Comme il met bien en contraste l'orgueil ignorant d'un grand-prêtre et la modestie éclairée d'un paria! Comme il est simple avec élégance, soit dans le récit des amours du paria, soit dans le tableau des divers aspects que présente, au milieu de la nuit, l'intérieur à demi silencieux d'une grande ville, soit dans le tableau plus doux d'une humble famille, heureuse sous le toit qui la couvre, au sein du champ qui suffit pour la nourrir! Il n'enfle point sa diction de ces épithètes descriptives tant prodiguées par ceux qui ne font que dénaturer la prose, en voulant y introduire ce qu'ils appellent de la poésie. Averti par une oreille délicate et savante, il ne confond pas non plus l'harmonie indépendante qui sied au langage ordinaire avec le rhythme poétique. Vous ne rencontrez pas, en le lisant, des vers de toute mesure, accumulés et marchant de suite, ce qu'ont affecté plusieurs écrivains modernes, entre autres Marmontel dans ses Incas, mais ce qu'ont toujours évité nos classiques, surtout ceux qui écrivaient également bien en vers et en prose, et qui sont restés doublement

modèles. Le talent de M. Bernardin de Saint-
Pierre se retrouve dans son *Voyage en Silésie*,
opuscule agréable, et dont il a orné l'une de nos
séances publiques; il se retrouve encore dans les
Arcades, joli roman que l'auteur aurait dû finir.
Il éclate avec pompe dans les belles pages de
morale, et dans les magnifiques descriptions
de ses *Études de la Nature* : mais, parmi ses
ouvrages, Paul et Virginie et la Chaumière
indienne touchent de près à la perfection continue, et doivent être placés, sans aucun doute,
au rang des chefs-d'œuvre de la langue. A le
considérer en général, harmonieux et pittores-
que, habile à choisir et à placer les mots, les
sons, les images, à saisir l'expression la plus
vraie du sentiment le plus intime, à s'élever
et à descendre avec la nature et comme elle,
il se rapproche de Fénélon et de J.-J. Rousseau. Formé par ces grands écrivains, sans les
imiter, il les rappelle; il est de la même école
ou plutôt de la même famille, on sent que leur
génie est parent du sien.

Le petit roman d'*Atala*, par M. de Châteaubriand, est du commencement de ce siècle : il
a fait du bruit; il est singulier pour la conception, pour la marche et pour le style; il exige
donc un article détaillé. Un sauvage américain,
de la nation des Natchès, a quitté son pays

pour venir en France. Après avoir été *galérien à Marseille*, il s'est transporté *à la cour de Louis XIV; il y a vu les tragédies de Racine; il a été l'hôte de Fénélon.* De retour en Amérique, il y vieillit tranquille, et c'est à l'âge de soixante et treize ans qu'il raconte une aventure de sa jeunesse à René l'Européen, qui vient s'établir chez les sauvages. Or voici cette aventure en substance. Chactas, *fils d'Outalissi, fils de Miscou*, étant pris par Sinaghan, *chef des Muscogulges et des Siminoles*, est reconnu pour Natché. Sinaghan lui dit : *Réjouistoi, tu seras brûlé au grand village;* à quoi il répond : *Voilà qui va bien.* Son âge et sa figure intéressent les femmes; elles lui apportent *de la sagamite, des jambons d'ours et des peaux de castor.* Il distingue une jeune chrétienne, qu'il prend d'abord pour *la vierge des dernières amours.* Il sait bientôt que c'est Atala, *fille de Sinaghan aux bracelets d'or. Nous nous rendons,* lui dit-elle, *à Apalachucla où tu seras brûlé.* Elle revient lui parler tous les soirs : elle était dans son cœur *comme le souvenir de la couche de ses pères.* Au temps où *l'éphémère sort des eaux, lorsqu'on entrait sur la grande savane Alachua,* Atala trouve moyen d'être seule avec le prisonnier; mais, par une étrange contradiction, Chactas, *qui désirait tant de dire* les choses du mystère à celle qu'il aimait déjà comme le soleil, voudrait maintenant *se jeter aux crocodiles de la fontaine*, plutôt que de rester *seul avec elle*. La *fille du désert* n'était pas moins *troublée* que lui; car *les génies de l'amour avaient dérobé les paroles* de Chactas et d'Atala. Chactas hésite à fuir, attendu qu'il *est sans patrie, et qu'aucun ami ne mettra un peu d'herbe sur son corps pour le garantir des mouches*. Atala devient fort tendre; mais elle est bientôt plus sévère. Chactas, désespéré, lui déclare qu'il ne fuira point, et *qu'elle le verra dans le cadre de feu*. A cette menace, Atala veut à son tour *se jeter aux crocodiles de la fontaine;* elle s'en abstient toutefois. Le lendemain, *la fille du pays des palmiers* conduit Chactas dans une forêt, où il contraint *cette biche altérée d'errer avec lui,* pendant que *le génie des airs secoue sa chevelure bleue, embaumée de la senteur des pins*. Déjà Chactas emportait Atala *au fond de toutes les forêts; rien ne pouvait la sauver qu'un miracle,* et ce miracle fut fait; elle dit un *Ave Maria :* des guerriers reprennent Chactas. Atala dédaigne de leur parler; *car elle ressemblait à une reine pour l'orgueil de la démarche et de la pensée*. Cinq nuits s'écoulent : enfin *l'on aperçoit Apalachucla, situé aux bords de la*

rivière Chatauché. On pare Chactas pour le
sacrifice ; *on lui met à la main une chichi-
koué.* Le conseil s'assemble, et décide, malgré
les réclamations de quelques femmes, que Chactas sera brûlé conformément à l'ancien usage.
Des jeux funèbres sont célébrés. *Le jongleur
invoque Michablou,* et raconte, entre autres
belles choses, *les guerres du grand lièvre contre
Matchimanitou,* génie du mal. Cependant le
supplice de Chactas est remis au lendemain ;
mais durant la nuit *une grande figure blanche*
rompt les liens du captif ; un des soldats croit
voir *l'esprit des ruines ;* c'est Atala. Chactas fuit
avec sa libératrice, *qui lui brode des mocas-
sines de peau de rat musqué avec du poil de
porc-épic.* Elle lui apprend de plus que sa mère
étant mariée à Sinaghan, lui dit : *Mon ventre
a conçu, j'ai connu un homme de la chair
blanche :* à quoi Sinaghan, qui est très-ma-
gnanime, répondit : *Puisque tu as été sincère,
je ne te couperai pas le nez et les oreilles.* Or,
cet homme de la chair blanche se nommait
Lopès : c'est le père d'Atala : c'est aussi le père
de Chactas. Tous deux se félicitent d'être frère
et sœur : Chactas n'en est que plus ardent ; la
chrétienne et pieuse Atala, loin d'être effarou-
chée de ce changement d'état, *n'opposait plus
qu'une faible résistance ;* mais un orage sur-

vient à propos, et les amans sont rencontrés
par le père Aubri et son chien. Ce père Aubri
est un missionnaire qui habite au milieu de
quelques sauvages convertis par ses prédica-
tions. Il est le *chef de la prière*, il est aussi
l'homme des anciens jours, il est de plus *le
vieux génie de la montagne*, il est encore le
serviteur du grand esprit, il n'en est pas moins
l'homme du rocher. Il emmène chez lui Chactas et Atala, leur donne à souper, à coucher,
et le lendemain leur dit la messe : de quoi
Chactas est fort ému, quoiqu'il juge à propos
de rester païen. Quelques jours s'écoulent à
peine, lorsqu'il survient une catastrophe assurément très-imprévue. Atala, d'après un ancien vœu de sa mère, se croit condamnée à
rester vierge; en conséquence elle s'empoi-
sonne. Le père Aubri eût tout arrangé, s'il eût
été informé à temps, comme il a soin de l'observer lui-même. Faute de cette précaution, il
ne peut que confesser Atala mourante, *qui voit
avec joie sa virginité dévorer sa vie*. Elle regrette pourtant de n'être point à Chactas.
Quelquefois j'aurais voulu, lui dit-elle, *que
la divinité se fût anéantie, pourvu que, ser-
rée dans tes bras, j'eusse roulé d'abîme en
abîme avec les débris de Dieu et du monde*.
Le récit des funérailles vient ensuite; enfin

l'auteur se met lui-même en scène, dans ce qu'il nomme un épilogue. Il trouve cette histoire parfaitement belle ; car le *Siminole*, qui la lui conta, *y mit la fleur du désert et la grâce de la cabane*. Il est temps de s'arrêter ; nous ne voulons pas déterminer avec une justesse rigoureuse le genre d'imagination dont cet ouvrage offre les symptômes ; mais nous avons peine à concevoir ce qu'il peut y avoir de moral dans un amour charnel et sauvage, auquel la religion vient mêler des sacremens très-graves, dont le mariage ne fait point partie ; quel intérêt peut résulter d'une fable incohérente, où des événemens qui restent vulgaires en dépit des formes les plus bizarres, ne sont ni amenés, ni motivés, ni liés entre eux, ni suspendus par aucun obstacle. Quant aux détails, on y sent l'affectation marquée d'imiter l'auteur de Paul et Virginie ; mais, pour lui ressembler, il faudrait, comme lui, décrire et peindre. Des noms accumulés de fleuves, d'animaux, d'arbres, de plantes, ne sont pas des descriptions ; des couleurs jetées pêle-mêle ne forment pas des tableaux. M. de Châteaubriand suit la poétique extraordinaire qu'il a développée dans son *Génie du christianisme*. Un jour, sans doute, on pourra juger ses compositions et son style d'après les principes de cette poétique nouvelle, qui ne saurait manquer d'être adoptée en France du moment qu'on y sera convenu d'oublier complétement la langue et les ouvrages des classiques.

De toutes les dames françaises qui ont cultivé la littérature, celle qui a produit le plus d'ouvrages, c'est assurément Mᵐᵉ. de Genlis. Avant la révolution, nous lui devions déjà quinze volumes; elle en a donné plus de vingt depuis cette époque. La plupart contiennent des romans qui sont estimables dans quelques parties, mais défectueux à plusieurs égards. On n'écrit pas toujours bien quand on veut toujours écrire : l'esprit et l'imagination ne sont pas constamment aux ordres de ceux même qui en ont le plus. Ainsi, dans *les Vœux téméraires*, les vertus de lady Clarendon, ses chagrins, le déchaînement de ses alliés, les froideurs de son époux long-temps abusé, la justice éclatante qu'il lui rend avant de mourir, le serment qu'elle grave sur le tombeau de cet époux chéri, produisent d'assez grands effets. L'intérêt se soutient encore au milieu des calomnies qu'occasione le séjour de l'héroïne en France; mais il se ralentit par de nouvelles amours, et s'anéantit par un dénoûment aussi triste que péniblement amené.

Dans *Alphonsine*, on est touché des malheurs
de Diana, plongée au fond d'un souterrain,
où elle fait naître, conserve, élève une fille
adorée. On excuse d'assez fortes invraisemblan-
ces rachetées par une émotion continue ; mais
l'émotion cesse quand Diana n'est plus captive ;
un nouveau roman commence et se traîne longuement, sans exciter même la curiosisé du
lecteur. Dans *les Mères rivales*, la marquise
d'Erneville offre sans doute un beau caractère.
Mais, sans rappeler des tracasseries provinciales
qui tiennent beaucoup d'espace et procurent peu
d'amusement, que dire de mademoiselle de Ros-
mond ? elle n'est point vicieuse, au moins dans
l'intention de l'auteur, et pourtant facile à
l'excès pour un homme qu'elle n'a jamais vu,
et qu'elle ne saurait épouser, puisqu'il est
marié : elle envoie secrètement le fruit de sa
faiblesse, à qui ? à l'épouse même de son amant !
Pour jouir injustement d'une renommée sans
tache, elle fait planer, durant dix-huit ans,
sur cette épouse vertueuse, un soupçon que
tout confirme, et au bout de dix-huit ans
elle en est quitte pour se faire religieuse, après
un aveu tardif qui ne rend point à sa victime
une jeunesse noyée de larmes, privée du bonheur domestique, incessamment tourmentée
par le désolant contraste d'une conduite irré-

prochable et d'une réputation flétrie. Nous ne
déciderons point si cette fois la dévotion peut
compenser l'immoralité. Quant au faible ouvrage qui a pour titre *Alphonse* ou *le Fils naturel*, nous y louerons la tendresse courageuse
et passionnée d'une mère, afin d'y pouvoir
louer quelque chose. En peignant de nouveau
Bélisaire, madame de Genlis a tiré de l'histoire plusieurs beaux traits du Vandale Gilimer,
qu'elle a rendu plus brillant que son personnage
principal; mais, on est obligé de l'avouer,
soit pour la composition, soit pour les détails,
soit pour la couleur et l'harmonie du style,
la supériorité de l'ancien Bélisaire est très-
marquée, surtout dans ce quinzième chapitre
qui valut jadis à Marmontel des anathèmes
frivoles, d'éphémères censures, et des éloges
que ratifiera la postérité. Dans *les Chevaliers
du Cygne*, on aime assez Olivier, son ami
fidèle Ysambart, la tendre et douce Béatrix,
duchesse de Clèves : mais le caractère et les
aventures cyniques d'Armfiède, princesse du
sang de Charlemagne, repoussent tout lecteur
qui a quelque respect pour les dames, pour
la décence et pour le goût. La jeune Clara,
le père Arsène ont de l'éclat dans *le Siége de
la Rochelle;* mais on est surpris que le fameux
commandant Lanoue soit resté dans l'ombre;

on n'est guère moins étonné d'entrevoir à peine le cardinal de Richelieu, à qui toutefois l'auteur accorde un cœur généreux et sensible, éloge étrange pour un tel ministre, et le seul qui fût resté neuf après tous les discours prononcés à l'Académie française par les récipiendaires et les directeurs, durant l'espace de cent cinquante ans. Il y a du beau dans le roman sur *Madame de la Vallière*, au moins ce qui fut dit textuellement par l'héroïne ; mais tout en louant Louis XIV sans mesure, l'auteur le représente comme un égoïste, tour à tour ardent ou glacé, forçant un cloître pour arracher à Dieu la maîtresse qu'il aime encore, et trop pieux pour lui disputer la maîtresse qu'il n'aime plus. Le sujet de *Madame de Maintenon* pouvait être traité de plus d'une manière ; l'auteur a choisi le genre sérieux. La visite de madame de Montespan sur le déclin de sa faveur, à madame de la Vallière, déjà religieuse aux Carmélites, offre une scène très-imposante. Sans être de la même force, d'autres détails sont remarquables ; mais, pour nous faire croire à la candeur de madame de Maintenon, il fallait la peindre autrement : elle ne parle qu'aux faiblesses du monarque ; soit qu'elle le flatte, soit qu'elle le gronde, tout semble manége et calcul ; et, quoique tant célébré, Louis XIV paraît

15

un vieillard dévot et blasé que subjugue avec art sa vieille gouvernante. Un roman fort joli d'un bout à l'autre, c'est *Mademoiselle de Clermont;* la brièveté en est le moindre mérite. Les caractères de la princesse, de son frère M. le duc, et de son amant le duc de Melun, sont tracés avec une vérité charmante. Là, ni incidens recherchés, ni déclamations prétendues religieuses; action simple, style naturel, narration animée, intérêt toujours croissant, voilà ce qu'on y trouve. On croirait lire un ouvrage posthume de madame de La Fayette; et s'il nous a été pénible, dans cet article, d'avoir à multiplier les critiques, il nous est doux de le terminer par cette louange.

Madame Cottin s'est acquis une réputation méritée. Son coup d'essai, *Claire d'Albe,* ne donnait toutefois que de médiocres espérances : la fable en est vulgaire et mal tissue; les détails n'en sont point heureux; on rencontre même dans les lettres d'une certaine Élise plusieurs traits inintelligibles pour le lecteur et pour l'auteur. C'est ce que Boileau nommait si bien du galimatias double. De Claire d'Albe à *Malvina* le progrès a lieu d'étonner; non que ce second ouvrage soit à beaucoup près exempt de défauts. M. Prior y paraît fort déplacé, quoiqu'il serve à l'action. Un prêtre catholique des

mœurs les plus graves, mais qui, malgré sa
piété, s'avise d'être amoureux et de se battre
au pistolet avec son rival, est un personnage
inadmissible. Edmont, tout passionné, tout
brillant qu'il est, Edmont lui-même laisse quelque chose à désirer. Il n'en est pas ainsi de
Malvina ; c'est à tous égards un des plus beaux
caractères que puissent offrir les romans modernes. Depuis l'inoculation de l'amour dans
la nouvelle Héloïse, il n'est point de situation
mieux conçue, mieux développée, plus pathétique en tous ses détails, que celle de Malvina s'introduisant déguisée dans le château
d'une famille qui la persécute, y devenant la
garde malade d'Edmont, son amant ; et là,
muette, impénétrable autant qu'active et vigi-
lante, l'arrachant à force de soins à la mort
qui semblait déjà le saisir. On n'est pas moins
attendri en lisant *Amélie Mansfield*. Ce qui
concerne le premier époux d'Amélie est, à la
vérité, peu attachant ; mais c'est comme l'a-
vant-scène du drame, et dès qu'Ernest a paru,
les émotions se succèdent avec un progrès rapide, jusqu'au jour où les deux amans sont ren-
fermés dans le même cercueil. On les aime et on
les regrette ; on plaint avec effroi madame de
Woldmar, mère d'Ernest et très-digne baronne allemande, qui laisse mourir de chagrin

son fils unique, de peur qu'il n'épouse Amélie, fille d'une haute naissance, mais veuve d'un mari qui avait le malheur de n'être pas né baron allemand. C'est avec beaucoup de force que l'auteur a peint cet orgueil barbare qui ne cesse d'être inflexible que par des maux irréparables, et se borne à gémir en vain sur les tombeaux qu'il a creusés. Le courage et la piété filiale de la jeune Élisabeth Potoski charment dans les *Exilés de Sibérie*, et les détails de ce petit roman historique respirent une simplicité touchante. Quant à *la Prise de Jéricho*, dont nous avons déjà parlé à l'occasion des Mélanges de littérature de M. Suard, nous n'en dirons ici qu'un mot; c'est un mauvais ouvrage dans un mauvais genre, un poëme qui n'est point en vers. Les prétendues aventures de la Juive Raab sont moins embellies que défigurées par un langage hermaphrodite qui se sépare de la prose sans pouvoir atteindre à la poésie. Ces formes lourdes et guindées nous semblent aussi déparer les commencemens de *Mathilde*, roman dont l'action se passe à la fin du douzième siècle, durant la croisade de Philippe-Auguste et de Richard-Cœur-de-Lion; mais bientôt l'auteur s'échauffe avec son sujet, la diction devient naturelle, alors l'intérêt commence, et quelquefois il acquiert une haute énergie. Philippe ne

paraît qu'un moment; Richard n'occupe guère
plus d'espace; Lusignan, roi de Jérusalem, est
fort maltraité; Montmorenci a beaucoup d'é-
clat; Saladin, sans être méconnaissable, est
inférieur à sa renommée; pour son frère,
Malek-Adhel, c'est le personnage d'élite; il est
bon, généreux, tendre, passionné, vaillant,
invincible: il unit au plus haut degré toutes
les qualités aimables et toutes les vertus chevaleresques. Mathilde, sœur de Richard, est
digne du héros musulman; son amour pour
Malek-Adhel est gradué, motivé avec art; on
est fortement ému, soit lorsque, seule avec lui
au milieu de l'ouragan du désert, elle attend la
mort qui les menace, soit lorsqu'elle accourt
sur un champ de bataille devenu l'autel, le lit
nuptial et le tombeau de son amant, qui expire
en invoquant le dieu de Mathilde. En général,
les effets tragiques dominent dans les productions de madame Cottin. Hors des scènes de
passion, son style se traîne, et l'on voit qu'elle ne
connaît point assez l'art d'écrire; mais elle fut
douée d'une sensibilité rare; elle sait peindre
l'amour, surtout l'amour entouré de malheurs;
elle ne prêche ni ne régente, et dans chacun
de ses bons romans l'héroïne est aussi tendre
qu'aimable; elle établit et soutient bien un
caractère qu'elle affectionne; elle compose enfin

sans timidité, mais sans audace, et l'on doit regretter cette dame, enlevée à la littérature dans un âge où son talent, déjà très-remarquable, pouvait encore se perfectionner.

Les romans de madame de Flahaut, aujourd'hui madame de Souza, se distinguent par une grâce qui leur est particulière. Dans *Adèle de Sénange*, rien de mieux dessiné que les trois principaux personnages, Adèle, le lord Sidenham, et le marquis de Sénange, modèle d'un vieillard aimable et d'un excellent mari. Dans *Émilie et Alphonse*, l'auteur peint avec vérité les grands airs du duc de Candale; mais si ce brillant homme de cour inspire fort peu d'intérêt, on en prend beaucoup en récompense aux chagrins de sa jeune épouse, et même au sort de l'espagnol Alphonse, malgré la bizarrerie de son caractère et de ses tragiques aventures; ces deux romans sont rédigés en forme de lettres. *Charles et Marie*, ainsi qu'*Eugène de Rothelin*, ont la forme simple et rapide d'un journal écrit à la hâte, à mesure que les événemens s'écoulent. Tout plaît dans Charles et Marie; les vertus de la bonne lady Seymour, la sensibilité ingénue de Marie, sa troisième fille, la tendresse passionnée de Charles Lenox, et même l'égarement de Philippe, qui a confondu avec l'a-

mour la douce amitié de Marie. Un père ami
intime et confident de son fils, un fils non
moins dévoué à son père qu'à sa maîtresse,
l'esprit supérieur de la maréchale d'Estouteville,
et encore plus le charme infini de sa petite-fille
Athénaïs, embellissent Eugène de Rothelin.
C'est, à notre avis, après Adèle de Sénange,
le meilleur ouvrage de madame de Flahaut, si
pourtant il faut choisir entre des productions
presque également agréables. Ces jolis romans
n'offrent pas, il est vrai, le développement des
grandes passions, on n'y doit pas chercher non
plus l'étude approfondie des travers de l'espèce
humaine; on est sûr au moins d'y trouver partout des aperçus très-fins sur la société, des
tableaux vrais et bien terminés, un style orné
avec mesure, la correction d'un bon livre et
l'aisance d'une conversation fleurie, l'usage du
monde, mais cet usage exquis et rare qui observe et ne s'exagère point les convenances;
des sentimens délicats, des tours ingénieux,
des expressions choisies, l'esprit qui ne dit
rien de vulgaire, et le goût qui ne dit rien de
trop.

Nous avons eu déjà plus d'une occasion de
rendre hommage aux talens de madame de
Staël; mais c'est dans le genre des romans
qu'ils se sont déployés avec le plus d'avantage.

Delphine et *Corinne* sont deux productions brillantes; toutefois, en leur payant un juste tribut d'éloges, nous estimons trop l'auteur pour dissimuler de justes critiques. Nous commencerons par Delphine. Il est dangereux d'attribuer à des personnages que l'on met en scène tous les genres de supériorité; c'est beaucoup promettre, et du moins faut-il être sûr de tenir parole. Léonce est au juste le premier homme qui existe; Delphine est précisément la première des femmes possibles, et c'est une chose tellement convenue, qu'eux-mêmes l'avouent de fort bonne grâce, l'un pour l'autre et chacun pour soi. Nous sommes bien fâchés de ne pouvoir adopter sur Léonce, ni son avis, ni celui de Delphine; mais, en conscience, il n'y a d'extraordinaire en lui que son amour-propre et son imperturbable personnalité. Il se résigne à tous les sacrifices qu'on lui prodigue; mais il s'abstient d'en faire, tant il se respecte. Tremblant devant les caquets qu'il appelle l'opinion, il se fâche quand Delphine est compromise, et c'est lui qui la compromet sans cesse. Abusé par des calomnies, il ne l'a point voulue pour épouse; désabusé, il la veut pour concubine. Bien plus, dans l'église où il vient de voir une victime de l'amour s'arracher au monde pour expier sa faiblesse, dans cette même église, où jadis il forma, devant Delphine au désespoir, un lien qui subsiste encore, il s'efforce d'arracher à celle dont il a causé l'infortune tout ce qu'il lui a laissé, l'honneur et le droit de ne point rougir. Delphine est aussi vaine que Léonce ; mais elle est du moins spirituelle et généreuse ; elle réfléchit peu sur sa conduite, mais sa bonté va plus loin que son imprudence, qui toutefois est excessive : elle comble de bienfaits sa rivale. Cette rivale meurt, Léonce est libre. Epousera-t-il Delphine ? Non ; ce n'est pas à quoi il songe. C'est le temps de notre révolution : la guerre vient d'éclater, les ennemis sont a Verdun ; Léonce les joint, afin de punir les Français, qui ont changé de gouvernement sans sa permission. Par malheur il est pris les armes à la main ; c'est son premier et unique exploit. Après d'inutiles efforts pour lui sauver la vie, Delphine lui donne la sienne. Dans la prison, sur le char funèbre, au lieu du supplice, elle l'accompagne, l'exhorte et meurt avec lui. Ce dénoûment est trop fort pour être pathétique ; mais la nullité de Léonce, qui n'est à tous égards qu'un héros passif, relève le courage actif et sans bornes de la véritable héroïne. Autour de cette figure principale sont habilement groupés d'autres personnages. L'auteur peint avec des couleurs aussi vives que variées cet égoïsme adroit et caressant , science de vivre de madame de Vermont; le sec bigotisme de sa fille , épouse de Léonce ; la dévotion pleine d'amour de Thérèse d'Ervins ; la sagesse modeste de mademoiselle d'Albémar , et la raison ferme de Lebensey. Dans chaque lettre, à chaque page , on trouve des idées fines ou profondes; mais nous ne saurions admettre le principe qui sert de base à tout l'ouvrage. Non, l'homme ne doit point braver l'opinion , la femme ne doit point s'y soumettre ; tous deux doivent l'examiner, se soumettre à l'opinion légitime, braver l'opinion corrompue. Le bien , le mal sont invariables : les convenances qui assujétissent les deux sexes diffèrent entre elles , comme les fonctions que la nature assigne à chacun des deux ; mais la nature ne condamne pas l'un au scandale et l'autre à l'hypocrisie ; elle leur donna la vertu pour les inspirer, la raison pour guider la vertu, et toutes les convenances s'arrêtent devant ces limites éternelles.

L'ensemble de Corinne est imposant, et dans ce livre un seul défaut nous paraît sensible. L'auteur y exige encore une admiration respectueuse, un culte même pour les deux principaux personnages. On ne doit comparer au-

cune femme à Corinne, aucun homme à
Oswald. L'incomparable Oswald n'est pourtant ni moins égoïste, ni moins borné que
l'incomparable Léonce. Lucile Edgermond,
jeune Anglaise, qui devient l'épouse d'Oswald,
vaut beaucoup mieux que son froid compatriote ; mais elle fixe rarement l'attention. Le
prince de Castel-Forte, le comte d'Erfeuil, l'un
Italien, l'autre Français, tous deux remarquables par des nuances bien saisies, ne sont
pourtant que des personnages accessoires ; Corinne seule anime tout le tableau ; elle émeut,
entraîne, subjugue ; c'est Delphine encore, mais
perfectionnée, mais indépendante, laissant à
ses facultés un plein essor ; exprimant, comme
elle les éprouve, les sentimens, qui la dominent,
et toujours doublement inspirée par le talent
et par l'amour. L'action est simple, ce qui est
partout un mérite, mais ici, plus qu'ailleurs,
puisque l'objet principal est la description de
l'Italie : et quelle description passionnée ! Au
milieu des cités pompeuses et des opulens paysages, c'est pour Oswald que son amante se
plaît à célébrer cette contrée deux fois classique, et long-temps peuplée de héros, où
l'héritage du génie des Grecs fut recueilli par
la victoire, et qui depuis retira l'Europe des
longues ténèbres du moyen âge. C'est avec lui

qu'elle se promène entre les prodiges antiques et les prodiges modernes, près de ces monumens debout encore, mais dont la grandeur égale à peine les débris des monumens renversés; dans ces palais, dans ces temples qui étalent les chefs-d'œuvre de la peinture et retentissent des chefs-d'œuvre de l'harmonie; et sous le plus beau ciel du monde, pour enflammer l'imagination, de tous côtés viennent s'unir à la puissance des arts la majesté d'une gloire lointaine, l'inspiration des souvenirs et l'éloquence des tombeaux. Ce n'est pas une idée vulgaire que celle de lier tous ces grands objets aux situations d'une ame ardente et mobile. Ainsi les couleurs sont variées : leur éclat éblouit d'abord, lorsque, triomphante au Capitole, heureuse d'un amour naissant et partagé, Corinne, enchantée du présent, sourit aux promesses de l'avenir. Bientôt les teintes pâlissent en même temps que son bonheur; mais leur mélancolie les rend plus douces, et, quand elle a perdu jusqu'à l'espoir, c'est encore avec un charme nouveau qu'elle reproduit les mêmes images, rembrunies de sa douleur et des pressentimens de sa mort prochaine. Il y a beaucoup de mérite dans le roman de Delphine : à notre avis, toutefois, Corinne a moins de défauts, plus de beautés, et des beautés d'un plus grand ordre.

Sans doute, on peut reprocher à ces deux ouvrages quelques pensées qui ne soutiendraient
pas l'examen, quelques expressions plutôt cher-
chées que trouvées. Mais qu'importent ces
taches légères? Tous deux sont riches de détails, tous deux étincellent de traits ingénieux
ou diversement énergiques, et garantissent à
madame de Staël un rang parmi les écrivains
qui font aujourd'hui le plus d'honneur à la littérature française.

Quelques ouvrages moins généralement connus que ceux dont nous venons de parler, n'ont
pourtant pas échappé à l'attention publique.
De ce nombre est le petit roman de *Primerose*,
par M. de Morel de Vindé : les aventures de
Primerose, fille du comte de Beaucaire, et de
son amant Gérardet, fils du duc de Valence,
y sont racontées avec agrément. Le duc Gérard,
qui veut toujours ménager des surprises, offre
un caractère plaisant et vrai; du fonds même
de ce caractère naît un dénoûment très-bien
filé. La composition est faible, mais amusante,
et le style n'est pas dépourvu de grâces. *Le*
Nègre comme il y a peu de Blancs, roman de
M. Lavallée, offre une action plus étendue
et des personnages plus intéressans; Itanoko,
par exemple, et la jeune Amélie, parmi les
noirs : parmi les blancs, Germance et son

amante Honorinc. L'auteur semble persuadé
qu'il est possible à un nègre d'avoir des vertus,
et que l'esclavage des noirs n'est pas tout-à-fait
de droit divin. Ces deux opinions, propagées
dans le dernier siècle, sont maintenant réfutées sans cesse en des journaux qui seront
peut-être immortels : il convient d'observer
entre eux et la raison une neutralité prudente,
mais sans négliger de rendre justice au talent
et aux intentions philantropiques de M. de Lavallée. Ses lettres d'un Mameluck encourent
un reproche qu'avaient déjà mérité les Lettres
turques de Saint-Foix et plusieurs productions
semblables, celui d'oser rappeler les formes
d'un chef-d'œuvre inimitable de Montesquieu.
Mais, quoiqu'à distance respectueuse des Per-
sans Usbek et Rica, le Mameluck Giesid n'en
montre pas moins beaucoup de gaîté, de sens
et d'esprit. Il est fâcheux que l'inépuisable
M. Pigault-le-Brun ne sache point se borner;
souvent il compile, souvent il n'invente que
trop. Cependant nous distinguerons dans la
longue liste de ses ouvrages, *la Folie espagnole, mon Oncle Thomas, M. Botte, l'Enfant duCarnaval*, et surtout *les Barons de
Felsheim*. Il est aisé d'y blâmer de nombreux
écarts, une imagination vagabonde, et qui risque tout, jusqu'au cynisme; mais il serait in-

juste de n'y pas louer des traits piquans, des boutades heureuses et des scènes d'un comique original. Dans *les Quatre Espagnols* de M, Montjoye, le caractère de l'ambassadeur Massaréna est assez fortement tracé, la tendre amitié de son fils don Carlos et du jeune Fernand est peinte aussi d'une manière touchante. *Le Manuscrit trouvé au mont Pausilipe*, autre roman du même auteur, ne vaut pas les Quatre Espagnols ; on y remarque toutefois le vieux jésuite Mendoza, personnage aimable et moral, savant distrait, mais ami attentif, et Gusman, scélérat dévot, qui figure très-bien dans la procession des flagellans, pour plaire à la petite comédienne Minirella, sa maîtresse. Au reste, c'est par l'intérêt de curiosité que se soutiennent les romans de M. Montjoye ; car la diction en est traînante et la composition chargée d'incidens. Mais il est plus d'un public., et celui qui, en ce genre d'écrire comme en tout autre, a besoin de trouver un plan sage embelli par les richesses du style, est assurément le moins nombreux.

Nous fâcherons peut-être ces lecteurs difficiles, en faisant ici mention des romans de M. Fiévée, le même qui, durant la révolution, donna sur de petits théâtres de petits drames qu'il croyait philosophiques, et depuis a pu-

blié de petites brochures dans un sens tout-à-
fait contraire, apparemment pour se réfuter, ce
qui paraissait inutile. Eh ! comment passer sous
silence *la Dot de Suzette* et *Frédéric*, lorsqu'en ses modestes préfaces, l'auteur de ces
deux romans affirme que le premier jouit d'un
prodigieux succès, et croit voir dans le second
les signes d'une immortalité probable? Sans
vouloir partager la responsabilité de ses opinions sur ce point, nous croyons que la Dot de
Suzette n'est pas dépourvue d'agrémens. Le caractère aimable de la jeune villageoise mariée
par madame de Senneterre, sa modération
dans l'état d'opulence où son mari est parvenu,
sa respectueuse reconnaisance envers sa bien-
faitrice tombée dans l'adversité, réchauffent
des aventures assez froides et terminées par un
dénoûment aussi facile à prévoir qu'il est brus-
quement amené : du reste, rien de plus mince
que les détails. L'auteur essaie bien de jeter
quelques ridicules sur les mœurs des nouveaux
Turcarets, et certes la matière est riche ; mais,
comme toute autre, elle n'est riche que pour
le talent. On parle de religion dans Frédéric
on y parle même de morale. Or, voici le fond
de l'ouvrage : la baronne Spouasi, satisfaite du
zèle et de la discrétion de Philippe, son valet
de chambre, a jugé à propos d'en faire son

amant. Philippe ne cesse pas d'être au service ;
il cumule seulement les deux fonctions. De ce
commerce noble et légitime, un fils naturel est
survenu ; c'est Frédéric. Il est élevé par son
père, qui lui forme l'esprit et le cœur, lui donne des conseils profonds pour réussir en bonne
compagnie, et lui révèle enfin sa naissance.
La baronne imite cet exemple, et bientôt
meurt comme une sainte : ce sont les termes de
l'auteur. Qu'il nous soit permis de borner là
notre analyse, sans faire connaître les relations
intimes de Frédéric avec une madame de Vi-
gnoral, avec une madame de Valmont, ni
même avec une Adèle, qu'il finit par épouser.
Ce roman est fort inégal : la classe distinguée
n'y parle guère son langage ; mais le valet de
chambre et son bâtard, qui sont les deux héros
du livre, ont toujours les mœurs et le ton qui
leur conviennent. A cet égard, M. Fiévée suit
avec scrupule les préceptes judicieux d'Horace
et de Boileau.

Il nous reste à jeter un coup d'œil sur quelques traductions des romans étrangers les plus
remarquables ; et d'abord l'époque nous présente deux traductions nouvelles de Don Quichotte. La première est de Florian, qui la publia vers la fin de sa vie, il y a dix-huit ans à
peu près : la seconde a paru l'année dernière :

elle est de M. du Bournial. On sait combien
l'ancienne version est rude, inélégante, incorrecte. Les morceaux de poésie surtout y sont
rendus avec une extrême négligence. Florian,
dans ces mêmes morceaux, a montré de l'esprit et du goût, et là, s'il abrége le texte, il est
digne d'éloges : car ces complaintes langoureu-
ses sont trop longues dans l'original. Par malheur il veut aussi raccourcir toutes les autres
parties de l'ouvrage ; or, souvent ce sont les
beautés qu'il abrége, c'est le génie qu'il supprime, et ce n'est point là de la précision. Il
attiédit la verve de Cervantes ; un comique
large et franc devient partout mince et discret.
On va jusqu'à regretter le vieux traducteur,
qui travestit quelquefois, mais qui, du moins,
ne mutile pas son modèle en voulant le perfectionner. M. du Bournial ne mérite aucun des
deux reproches : il est simple et n'est point tri-
vial ; il est surtout copiste fidèle ; il l'est au
point, qu'en plaçant le français à côté de l'espagnol, vous reconnaissez, dans la plupart des
phrases, la même marche, les mêmes con-
structions, les mêmes tours ; ce qui donne au
style du traducteur un peu de gêne et d'affectation. Nous permettra-t-il de lui donner un
conseil ? Comme on s'aperçoit trop aisément
qu'il n'a pas l'habitude d'écrire en vers, il de-

vrait s'adjoindre un coopérateur pour la traduction des stances. Aujourd'hui, plusieurs
jeunes gens d'un esprit orné font en ce genre
aussi bien et mieux que Florian ; cet établissement nous paraît indispensable. Après cela,
des corrections assez faciles, et même assez peu
nombreuses, suffiront pour assurer à M. du
Bournial l'honneur d'avoir dignement traduit
le chef-d'œuvre brillant, mais unique, de la
littérature espagnole.

On nous a transmis en langue française beaucoup de romans anglais composés dans ces derniers temps. Plusieurs se font lire avec intérêt,
et, dans ce nombre, il ne faut pas oublier *Simple
Histoire*, qu'on pourrait toutefois nommer
Longue Histoire : car elle tient l'espace de
quarante ans, et deux générations s'y succèdent. On aime dans *Saint-Clair des Isles*
l'esprit militaire et chevaleresque du héros
principal, le beau caractère de l'héroïne et
la variété des incidens. Nous avons entendu
vanter le *Caleb Williams* de M. Godwin, et
nous ne savons trop pourquoi. Tyrrel est
un misérable ; Falkland, que l'auteur prétend
doué de qualités sublimes, est assassin, calom-
niateur, persécuteur, le tout pour conserver
sa réputation. Le persécuté Caleb se conduit
souvent avec bassesse et malignité. De tous les

personnages, le plus humain, c'est Raimond, le chef des voleurs. Des déclamations contre les lois pénales d'Angleterre, contre les cours de justice, et même contre la société civile, sont les ornemens de ce livre un peu maussade et fort immoral. M. Godwin ose affirmer qu'il peint *les choses comme elles sont;* le fait nous semble au moins douteux. Ce qui ne l'est pas, c'est qu'il faut plaindre M. Godwin, puisqu'il a pu les voir ainsi. En général, il est à remarquer qu'en Angleterre, comme en France, ce sont des femmes qui figurent avec le plus de distinction parmi les romanciers modernes. On doit à miss Burney *Cécilia, Évélina, Camilla.* De ces productions agréables, dont nous avons d'assez bonnes traductions anonymes, la mieux composée est sans contredit la première. Cécilia est aimable, et l'on se plaît à la suivre chez ses trois tuteurs, dont les caractères, mis en contraste, fournissent tantôt des événemens qui attachent, tantôt des scènes qui divertissent. Un mérite égal, dans une manière toute différente, recommande *les Enfans de l'Abbaye,* joli roman de madame Roche; quelques touches lugubres y sont tempérées par des effets pleins de douceur. Amanda et son amant Mortimer ont de la grâce, et l'on doit savoir gré à M. Morellet de nous avoir fait connaître cette intéressante production. Sans pouvoir obtenir autant d'éloges, *le Polonais* de miss Porter n'est pourtant pas à négliger; il se soutient par le nom du jeune Sobieski, l'un de ces généreux fugitifs qui, à la dernière révolution de Pologne, après avoir versé leur sang pour être libres, ont quitté, non leur patrie, mais un territoire où elle n'était plus. Ici s'offrent à nos regards les quatre romans de madame Radcliffe : *les Mystères d'Udolphe;* le meilleur des quatre, et dont madame de Chastenay n'a pas affaibli les sombres beautés; *le Confessionnal des Pénitens noirs*, dont nous avons deux traductions estimables, l'une de madame Allart, l'autre de M. Morellet; *la Forêt*, que nous croyons digne de la seconde place; et *Julia*, qui nous paraît le plus faible de tous, quoi qu'en ait dit son traducteur anonyme. On trouve en ces divers ouvrages des caractères fortement prononcés, des situations terribles que l'auteur amène et accumule, au hasard de s'en tirer péniblement, de belles descriptions de l'Italie et du midi de la France, d'énergiques tableaux, de vrais coups de théâtre, et même quelques tons de Shakespeare, ce génie éminent anglais qui, depuis deux siècles, féconde encore dans sa patrie tous les champs de l'imagination. Ces romans, considérés dans leur ensemble, se rat-

tachent à une seule idée d'un grand sens. Partout le merveilleux domine ; dans les bois,
dans les châteaux, dans les cloîtres, on se croit
environné de revenans, de spectres, d'esprits
célestes ou infernaux ; la terreur croît, les prestiges s'entassent, l'apparence acquiert presque
de la certitude, et, quand le dénoûment arrive, tout s'explique par des causes naturelles.
Délivrer les esprits crédules du besoin de croire
aux prodiges, est un but très-philosophique ;
mais les plans n'ont pas l'étendue et la portée
dont ils étaient susceptibles. L'exécution en
serait tout à la fois plus originale et plus utile,
si le lecteur était forcé de rire des choses
mêmes qui lui ont fait peur. Tout ce qui blesse
la raison, tout ce qui tend à la dégrader, est
justiciable du ridicule : ses traits sont les plus
fortes armes contre les sottises importantes.
Horace l'a dit, et Voltaire l'a prouvé. Le genre
de madame Radcliffe exige des facultés moins
rares ; aussi n'a-t-elle pas manqué d'imitateurs.
Sa trace est facile à reconnaître dans le roman
médiocre et compliqué, qui a pour titre : *Ade-
line* ou *la Confession*, et dans *l'Abbaye de
Grasville*, ouvrage beaucoup moins vulgaire,
que madame Ducos a fort bien traduit. Si,
dans toutes ces productions, le merveilleux
n'est qu'apparent, dans *le Moine* de M. Lewis,

il est employé comme agent réel. On se souvient qu'en France, il y a trente ans, il plut
à l'illuminé Cazotte de composer une histo-
riette du Diable amoureux. Ici c'est encore le
diable qui, déguisé en jolie femme, séduit,
damne et mène en enfer un prédicateur célèbre.
On est surpris qu'une fable digne des couvens
du quinzième siécle, puisse aujourd'hui réussir
à Londres. Ce n'est pas que, dans l'exécution
du livre, on ne remarque de la vigueur et du
talent ; mais, quand le fonds est absurde, le
talent n'est pas employé, il est perdu. Ce
n'était pas sur de tels moyens que Richardson,
Fielding, Sterne et Goldsmith fondaient le
succès durable de ces romans aussi variés que
naturels, qui embellissent la littérature anglaise, et dont elle a droit de se glorifier.

Entre les romanciers allemands, il est juste
de commencer par M. Goëthe, dont le Werther
obtint autrefois, et conserve encore un succès
si général et si légitime. Nous voudrions en
dire autant de son *Alfred ;* mais la chose est
impossible : ce livre est trop long, quoique
abrégé par son traducteur. Comme intendant
des spectacles du duc de Saxe-Weimar, l'auteur a cru devoir prodiguer les observations
sur l'art dramatique, et même sur l'art du co-
médien ; la plupart sont communes ou minu-

tieuses. Tout ce qu'on peut remarquer avec
éloge, c'est que M. Goëthe ose admirer Racine
et Voltaire, et c'est beaucoup pour un Allemand; aussi son ami Schiller l'en a-t-il ver-
tement réprimandé. Du reste, une intrigue
bizarre et mal ourdie, une action tantôt traînante et tantôt précipitée, des incidens que
rien n'amène, des mystères que rien n'explique,
un personnage principal pour qui l'on veut inspirer de l'intérêt, et qui n'est qu'un ridicule
aventurier, d'autres personnages que le romancier jette au hasard dans sa fable, et dont
il se débarrasse par des maladies aiguës ou par
un suicide, pour faire arriver bon gré malgré
un dénoûment vulgaire et froid : tel est le roman d'Alfred, incohérent ouvrage où le talent
qui inspira Werther ne se laisse pas même
entrevoir. Dans *Claire et Éveling*, l'un des
romans de M. Auguste Lafontaine, il y a beaucoup de choses négligées et triviales, plusieurs
d'heureuses, quelques-unes d'une assez grande
force. Le tableau des infortunes d'un ministre
de village est l'objet du livre entier; il résulte
de ce tableau que les disputes, les haines, les
persécutions théologiques, ne sont pas plus
étrangères aux temples luthériens qu'aux églises
catholiques; ce qui n'est consolant pour personne, mais ce qui est instructif pour tout le

monde : car rien ne fait mieux sentir l'impos-
sibilité de niveler les opinions, et la nécessité de
recourir à la tolérance universelle. Les principes
de philantropie qui respirent dans cet ouvrage,
animent aussi les autres romans de M. Auguste
Lafontaine. Madame de Montolieu, connue
elle-même par le joli roman de Caroline de
Lichtfield, les a traduits pour la plupart, et c'est
un service qu'elle a rendu aux amateurs de ce
genre d'écrire. Qui n'a pas lu avec attendrisse-
ment les *Tableaux de famille* ! Qui ne s'est pas
intéressé au bon ministre Bemrode, à son excellente femme, à leur tendre fille Élisabeth,
à leur fille Mina, si sensible, si spirituelle, à
toute cette famille heureuse par l'amour et par
la vertu ! Entre les productions de l'auteur, il
n'en est peut-être aucune où l'on ne rencontre
des traits charmans ; mais il écrit sans cesse et
très-vite : c'est dire assez qu'il est inégal. Sterne
et Goldsmith paraissent avoir été ses modèles ;
et, s'il ne les atteint pas, il est du moins le
premier de leurs élèves. Dans l'*Homme singulier*, le chien, plus juste que le ministre, puisqu'il déchire avec ses dents l'ordre d'une dé-
tention arbitraire, est une idée fort ingénieuse ;
elle eût fait honneur à Sterne : mais Sterne en
eût tiré plus de parti. N'oublions pas de remarquer qu'en Allemagne, où l'on parle à tout pro-

pos de composition originale, l'imitation affec-
tée des formes anglaises n'est particulière, ni à
l'écrivain dont nous parlons, ni même aux
seuls romanciers. Nous dirons en quoi elle
consiste, où elle s'arrête, et combien le goût
allemand diffère du goût français, lorsque,
dans la suite de notre travail, l'ordre des matières nous présentera quelques traductions récentes des auteurs dramatiques étrangers.

Beaucoup de lecteurs trouveront que, dans
ce chapitre, nous avons cité trop d'ouvrages,
et nous sommes de leur avis. Beaucoup d'écrivains seront d'un avis contraire, et nous re-
procheront des omissions nombreuses ; mais
devions-nous parler de tous les romans originaux ou traduits qui ont paru durant l'époque,
spécialement depuis dix années ? Un volume
eût été trop peu pour en rendre compte, le seul
catalogue en serait immense, et trois ans ne
suffiraient pas pour les lire. En France, en Angleterre, en Allemagne, il existe pour les romans des manufactures établies, et dont les
produits annuels sont à peu près déterminés.
On sait, par exemple, combien M. Auguste
Lafontaine peut donner de volumes par an :
nous lui opposerions aisément plus d'un ate-
lier non moins actif que le sien, et, dans ce
genre de marchandise, le Strand de Londres

ne le céderait ni à notre Palais-Royal, ni à la
foire de Leipsick. Depuis la mort de l'abbé
Chiari, romancier très-fécond jadis, mais aujourd'hui très-inconnu, l'Italie entre pour fort
peu de chose dans ce commerce, qui est rarement celui des idées. En fait de livres inutiles,
la surabondance est plus pauvre que la disette
absolue; et cette surabondance, toujours croissante, devient un fléau pour notre littérature.
Dans toutes les classes, tout ce qui sait lire lit
des romans; nous voudrions ajouter seulement : tout ce qui sait écrire, en écrit; mais
l'émulation va beaucoup plus loin. Ce genre,
comme nous l'avons dit ailleurs, se rapproche
de l'histoire par le récit des événemens, de
l'épopée par une action fabuleuse en tout ou
partie, de la tragédie par les passions, de la
comédie par la peinture de la société; mais il
n'exige ni les recherches, l'examen profond,
l'exactitude méthodique de l'histoire, ni la
majestueuse ordonnance et les riches détails
de l'epopée; il ne présente pas l'extrême difficulté d'écrire en vers, surtout dans le style
élevé; il n'est point assujéti aux règles sévères de notre théâtre, souvent même il coûte
peu d'efforts à l'imagination. Quelle peine y
a-t-il à multiplier les incidens, lorsqu'en prenant toute liberté, soit pour la durée, soit

pour l'espace, on veut bien consentir encore
à négliger toute vraisemblance? Après la critique vulgaire, rien n'est plus facile qu'un
roman médiocre : aussi des hommes du monde,
qui ne sont pas en même temps des hommes
de lettres, des femmes aimables, qui ont négligé l'étude de l'orthographe pour donner plus
de temps à la composition, font et traduisent
des romans. Le but ordinaire de ce travail est
d'obtenir des succès de société ; par malheur,
en littérature, ils ne sont le plus souvent que
des ridicules, et un ridicule facile à prendre
n'est pourtant pas facile à perdre ; il reste quand
le roman est oublié. Ce n'est pas tout : tant
d'écrivains et d'écrits frivoles ont produit d'assez
graves inconvéniens ; ils ont ralenti d'une manière sensible le mouvement général des esprits vers des études importantes, et c'est avec
le dix-neuvième siècle que commence ce changement notable ; ils ont corrompu le style,
ils ont même altéré la langue. En vain des censeurs, plus malveillans qu'habiles, ont-ils
accusé d'un néologisme perpétuel les orateurs
qui ont le plus honoré la tribune française.
Sur quoi portaient ces reproches répétés à tant
de reprises, exagérés avec tant d'amertume?
Nous l'avons déjà remarqué, sur une vingtaine
de mots que des institutions nouvelles rendaient

presque tous nécessaires ; mais chez la plupart
des romanciers modernes, c'est dans le tableau
de la vie sociale, c'est dans le langage des
passions éprouvées par tous les hommes, que
viennent s'introduire en foule des locutions
inadmissibles, des tours anglais ou germaniques, des barbarismes nombreux et des so-
lécismes sans nombre. Il nous serait ici trop
facile d'accumuler à volonté les exemples qui
nous ont frappés à la lecture, et que nous avons
recueillis ; mais, quoiqu'une excessive gravité
nous paraisse déplacée dans la critique littéraire, notre but n'est pourtant pas d'éveiller
la gaîté maligne ; et le travail qui nous est
imposé, sans nous défendre la plaisanterie,
nous interdit au moins les détails burlesques.
D'autres réflexions se présentent. Pourquoi,
depuis ces dernières années, plusieurs romanciers semblent-ils se croire de la classe des
sermonaires? Pourquoi les surpassent-ils même
en rigorisme? En effet, Massillon et ses plus
dignes successeurs laissaient les disputes à la
Sorbonne et les anathèmes à l'Inquisition :
bornant désormais la prédication à la morale
évangélique, ils avaient agrandi leur art de
tout' ce qu'ils lui ôtaient d'inutile. Est-ce à
titre de compensation, et pour qu'il n'y ait
rien de perdu, que l'on veut aujourd'hui

reporter dans les romans la controverse et l'intolérance? Nous avons déjà parlé du merveilleux qui tient aux superstitions, et nous
croyons superflu d'y revenir; mais il en est
un autre qui n'est pourtant pas celui de l'épopée; c'est celui que Corneille appelle si bien
le merveilleux de la tragedie, et, par ce mot,
il veut dire un ensemble de personnages,
de caractères, de sentimens, d'événemens non
surnaturels, mais au-dessus de l'ordinaire. On
a tort de le prodiguer dans les romans; il
n'y est point à sa place : il lui faut la majesté
du cothurne, l'appareil imposant du théâtre,
le rhythme et les figures pressées de la poésie.
Quant aux romanciers, ce qui est le plus à la
portée de leur genre d'écrire, ce qui, pour
eux, est à la fois le plus agréable et le plus utile
à peindre, c'est la vie ordinaire; et si, en la
peignant, il leur est trop difficile d'atteindre
à la force comique de Gilblas, et si d'un autre
côté ce livre charmant laisse à désirer un intérêt plus vif et plus d'unité d'action, Fielding
leur présente un autre modèle dans le beau
roman de Tom-Jones. Jamais l'unité ne fut
plus complète : l'action se noue rapidement
et avec force, elle se dénoue graduellement et
avec mesure, sans lenteur et sans précipitation.
Toutes les figures sont en mouvement et en

contraste ; mais il n'y a ni ressorts forcés, ni couleurs tranchantes. L'amour est passionné, mais il n'a pas l'accent tragique ; les bonnes qualités de la jeunesse sont mêlées de défauts aimables ; le ridicule n'est point outré, la bon-homie s'y joint et le tempère ; la vertu n'est point exagérée, elle tient à l'imperfection hu-maine, au moins par l'erreur. Un hypocrite abuse long-temps l'homme le plus sage, et, ce qui est un trait de maître, entre tant de personnages, le seul qui soit pleinement vicieux, c'est l'hypocrite : on sent partout le monde réel. Loin de nous l'idée de prescrire une route ex-clusive ; mais, au milieu de tant de fausses routes, nous voulons seulement indiquer un chemin sûr ; il mène au double but d'instruire et de plaire ; et parmi les bons romans, les moins romanesques sont les meilleurs.

CHAPITRE VII.

LA POÉSIE ÉPIQUE.

Poëme héroïque, Poëme héroï-comique,
Imitations et Traductions en vers.

Nous avons examiné les diverses applications
de l'art d'écrire en prose : l'art d'écrire en vers,
bien plus difficile encore, n'est guère moins
varié. Dans cette carrière nouvelle, nous com-
mençons par l'épopée, qui, chez les Grecs, inventeurs des arts, précéda la poésie dramatique, et, comme elle, se divise en deux genres.
L'épopée héroïque étant la plus haute production du génie, il ne faut pas s'étonner si, durant l'espace de trois mille ans, parmi des tentatives sans nombre chez toutes les nations let-
trées, cinq ou six chefs-d'œuvre seulement ont
mérité l'admiration publique. A cet égard notre littérature ne fut long-temps remarquable
que par une fécondité stérile ; et quand, sous
le règne de Louis XIV, tous les genres de poésie florissaient en France avec tous les genres
de gloire, les satires de Boileau nous font trop

connaître les disgrâces multipliées des prétendus poëtes héroïques. Voltaire, dans le dix-
huitième siècle, vengea la nation du reproche
que lui prodiguaient les étrangers. La Henriade parut : sa conception ressent la jeunesse,
mais c'est la jeunesse d'un grand poëte ; et si
cet ouvrage ne peut être comparé aux vastes
compositions épiques de l'antiquité, si même il
est inférieur au poëme du Tasse pour tout ce
qui ne tient pas à la diction, il a pourtant sa
place marquée entre les épopées célèbres ; et,
dans la poésie élevée, c'est en notre langue,
après les tragédies de Racine, ce qui approche
le plus de la perfection. Thomas, placé dans le
premier rang des orateurs, mais non dans le
premier rang des poëtes, avait commencé un
poëme épique sur Pierre – le – Grand : la mort
surprit ce grand écrivain quand il pouvait être
long-temps encore l'un des soutiens de notre
poésie et l'honneur de notre éloquence. Les
fragmens étendus, ou plutôt les chants qui
nous restent de sa Pétréide, ne suffisent pas
pour nous faire juger de l'ensemble ; mais ils
présentent partout, sinon la facilité, l'élégance
et l'harmonie que l'on admire dans la Henriade, du moins cette gravité noble et cette
hauteur de pensées qui distinguent l'Éloge de
Marc-Aurèle et l'Essai sur les Éloges. Telle fut

17

parmi nous l'épopée héroïque jusqu'à la fin du dix-huitième siècle.

Dans les dernières années de cet âge illustre, Masson publia son poëme des *Helvétiens*. La lutte mémorable des Suisses contre Charles-le-Téméraire ; un peuple rustique et fier affermissant ses droits par les périls qu'il sait braver, par les obstacles qu'il sait vaincre ; la pauvreté libre triomphant de la richesse corruptrice et du pouvoir ambitieux : voilà des objets dignes de la poésie ; et ce grand exemple donné au monde méritait de retentir au milieu des siècles , célébré par la trompette épique. Si l'époque toutefois présentait des beautés imposantes que le poëte a su saisir, elle offrait aussi de nombreux écueils qu'il n'a pas su toujours éviter : il a cru que des événemens modernes repoussaient le merveilleux ; mais l'absence du merveilleux fait d'un poëme épique une histoire en vers. Ce n'est pas tout : quelques circonstances ont influé sur l'exécution de l'ouvrage. Masson , attaché depuis sa jeunesse au service militaire de la Russie , le quitta de la manière la plus honorable , lorsque l'empereur Paul Ier. déclara la guerre à la France ; mais presque tout son poëme avait été composé à Pétersbourg , et le séjour de Paris est nécessaire au talent le plus décidé, s'il veut bien écrire en vers français. Des habitudes septentrionales rendaient Masson trop facile sur la musique du langage : il pensait et colorait ses pensées par des images ; mais il oubliait qu'en blessant l'oreille, on ne satisfait complétement ni l'imagination ni l'esprit. Les noms suisses, d'ailleurs, étant surchargés de consonnes et difficiles à prononcer, contribuent encore à donner au poëme une âpreté qui en diminue beaucoup l'effet dans les endroits les plus estimables. On y trouve en abondance des idées fortes, généreuses, dignes d'un esprit mâle et d'une âme élévée : on y remarque souvent du nerf et de la franchise dans l'expression ; quelques narrations rapides, quelques discours pleins de verve, y brillent par intervalles ; mais, il faut en convenir, on y désire presque toujours la douceur, l'harmonie, l'élégance, tout ce qui fait le charme du style. Il est à regretter qu'une mort trop prompte ait enlevé à ses amis et à la littérature cet homme diversement recommandable. Il n'a pu retoucher à fond un poëme qui méritait, mais qui exigeait, d'heureuses corrections et des changemens nombreux.

Un écrivain distingué comme poëte et comme prosateur, M. de Fontanes, s'occupe depuis long-temps d'une épopée. Les connaisseurs ont déjà remarqué, parmi ses ouvrages,

le joli poëme du Verger , une traduction en
vers de l'Essai sur l'Homme , plus concise et
plus égale que celle de l'abbé Duresnel , et
surtout un excellent morceau élégiaque , intitulé , le Jour des Morts dans une Campagne.
Son poëme épique a pour titre *la Grèce sauvée ;* pour sujet , la ligne du Péloponèse victorieuse des armées et des flottes de Xerxès. Là ,
tout seconde un poëte : l'harmonie des noms
grecs et des noms asiatiques , la solennité de
l'époque , la renommée lointaine des héros ,
l'autorité de l'histoire , le charme et la magnificence de l'antique mythologie. Glover , il y a
soixante ans , traita ce beau sujet en Angleterre , sous le nom de *Léonidas* , et ce ne fut
pas sans succès. Il est à présumer que M. de
Fontanes réussira d'une manière plus éclatante.
Il a lu dans nos séances publiques plusieurs
fragmens de la Grèce sauvée. Un style harmonieux et correct , une précision nerveuse , une
versification savante sans recherche , embellissent ces fragmens , et , comme l'exigeait l'époque la plus brillante des républiques grecques ,
les vers respirent à la fois l'enthousiasme de la
poésie et celui de la liberté. Puisse ce grand
ouvrage arriver bientôt à son terme ! On a droit
d'espérer qu'il soutiendra cette gloire poétique léguée par Malherbe à ses successeurs, et

qui, de classique en classique, s'est conservée chez les Français durant deux siècles, toujours fidèlement recueillie, toujours enrichie
de nouveaux trésors.

Dans l'épopée héroï-comique, nous ne sommes pas contraints de nous borner à des espérances ; et déjà notre littérature possédait deux
chefs-d'œuvre en ce genre. Le froid Tassoni
fut effacé par Despréaux, qui, cette fois in-
dulgent, l'honora de quelques louanges ; et
quel que soit le génie de l'Arioste, Voltaire,
en luttant contre lui, s'est montré du moins
son égal. M. de Parny n'est pas indigne d'être
cité après ces modèles. Le pas que nous avons
à franchir semble peut-être un peu difficile ;
toutefois il n'est ici question que du mérite littéraire. Un zèle pieux, en se croyant obligé
d'être sévère, peut usurper le droit d'être injuste ; l'envie, pour user du même droit, emprunte le langage et le masque de l'hypocrisie.
Circonspects, mais appréciateurs du talent,
nous ne voulons scandaliser aucune conscience,
ni partager aucune injustice. Il y aurait une
réserve ridicule à ne pas nommer *la Guerre
des Dieux*, comme il y aurait une insigne mal-
veillance à nier les beautés qui brillent partout
dans ce poëme : il est soutenu d'un bout à l'autre par ce merveilleux si essentiel à l'épopée,

quoi qu'en ait dit Marmontel. Comment n'y
pas remarquer une composition originale, le
dramatique jeté sans cesse au milieu des récits,
l'art d'enchaîner les phrases poétiques, le naturel et pourtant la sévérité des formes dans cette
longue suite de vers de dix syllabes, d'autant
plus difficiles à bien tourner, qu'ils semblent
aisés aux plumes vulgaires! Comment n'y pas
louer surtout cette foule d'heureux détails, les
uns sur un ton élevé que n'avait pas encore essayé M. de Parny, les autres plus doux et respirant la mollesse de ces charmantes élégies
qui, dans une époque antérieure, avaient fondé si justement sa réputation! Ce poëte habile
et fécond nous a donné d'autres compositions
épiques. Ses *Rosecroix*, dont la fable est peut-
être un peu obscure, présentent une foule de
morceaux où se retrouve son talent accoutumé.
On sait avec quelle grâce naïve il a chanté les
amours des patriarches ; mais entre les poëmes
qu'il a composés depuis la Guerre des Dieux,
nous oserons décerner la palme à celui qui a
pour titre le *Paradis perdu*. Nous ne dissimu-
lerons pas néanmoins que des personnes austères, ou voulant le paraître, ont reproché à
l'auteur d'avoir voulu traiter gaîment un sujet
délicat et singulier que Milton, plus hardi
d'une autre manière, avait osé traiter sérieuse-

ment ; c'est sur quoi nous ne pouvons avoir un avis. Notre devoir est d'écarter avec respect des questions épineuses qui dépassent la littérature, de nous borner au seul point qui soit de notre compétence, et de reconnaître en M. de Parny l'un des talens les plus purs, les plus brillans et les plus flexibles dont puisse aujourd'hui s'honorer la poésie française.

La plupart des choses humaines pouvant être envisagées sous des aspects très différens, on ne doit pas être surpris que la conquête de Naples par Charles VIII ait semblé à M. Gudin le sujet d'un poëme héroï-comique. Il faut en convenir, l'importance de l'entreprise, les premiers exploits du chevalier Bayard, le nom de Bourbon, comte de Vendôme, une époque imposante où déjà l'Italie atteignait la hauteur des arts, tout paraissait appeler la véritable épopée. Alexandre VI et son terrible neveu, César Borgia, devaient même attrister l'imagination la plus riante. Toutefois l'odieux n'exclut pas le ridicule, et la couleur dominante peut souvent être au choix du peintre. Pour Charles VIII, Bayard, Vendôme et d'autres guerriers célébres, ils forment dans le poëme la partie vraiment héroïque. D'ailleurs Charlemagne et les douze pairs de France n'ont pas inspiré à l'Arioste une gravité inaltérable, et

personne n'y trouve à redire ; mais l'Arioste excellait dans tous les tons : aussi ne peut-on quitter son Roland furieux , et l'on est tenté de le
trouver trop court après avoir lu quarante-six
chants. *La Napliade* en a quarante ; que ne
produit-elle un effet semblable ! Par malheur
il n'en est pas tout-à-fait ainsi : non qu'elle soit
dépourvue de mérite , elle en a, sans doute ,
et de plus d'un genre ; les notes sont d'un homme instruit , et , ce qui vaut mieux encore ,
d'un homme éclairé. On en peut dire autant
du corps de l'ouvrage ; on y désirerait souvent,
il est vrai , plus de poésie de style , une versification plus soutenue, et même une plaisanterie
plus légère. Telle qu'il est, ce poëme figurerait
dans une littérature moins riche que la nôtre ;
s'il était corrigé avec soin , et surtout resserré
de moitié , il mériterait quelque réputation , et
pourrait obtenir un rang modeste , mais honorable.

Avant que le poëme des *Jeux de mains* fût
rendu public , on l'entendait quelquefois citer
comme la meilleure production poétique de
Rulhière. Il avait obtenu , à de nombreuses
lectures , un succès que l'impression n'a pas
confirmé. En composant de petits contes tournés d'une manière piquante , et surtout en
écrivant la jolie satire des Disputes , Rulhière

avait prouvé qu'à force d'esprit on peut s'approcher du talent ; mais pour un poëme d'action, le talent est indispensable. Que trouve-t-on dans le poëme de Rulhière? la composition la plus frèle ; une société brillante, se réunissant dans une maison de plaisance, et presque aussitôt répartant pour la ville, par une suite de quelques jeux de mains qui brouillent des amis regardés jusque là comme inséparables ; une Artémise, une Corinne, une Sylvie, un Dymas, et d'autres personnages que l'on voit passer devant soi, tels que des ombres chinoises ; un merveilleux triste et mince : le spectre de la peur apparaissant à la principale héroïne, sous les traits de l'abbesse de Bon-Secours ; quelques vers plutôt bien arrangés que bien faits, des images plutôt esquissées que rendues, des plaisanteries que l'on prendrait pour des énigmes, trois chants très-courts, mais encore plus vides, et plusieurs digressions dans un opuscule. On a regret au tourment que l'auteur se donne pour montrer une imagination qu'il n'a pas. Son ouvrage ressemble à ces camaïeux au pastel, où les traits d'un pinceau effacé laissent à peine entrevoir les contours des figures et même l'intention du peintre. Ne rappelons point ici le chef-d'œuvre du Lutrin. La Boucle de Cheveux enlevée pré-

sente des beautés d'un ordre moins inaccessible ; elle offre de plus un sujet à peu près du
même genre que le sujet essayé par Rulhière ;
mais, comme en ce joli poëme les incidens
sont ménagés avec art! comme le merveilleux
est bien choisi, bien assorti aux personnages
réels ! comme il anime et domine aisément
toute l'action ! Que d'images dans cette poésie
svelte et rapide, et pour ainsi dire aussi
aérienne que les sylphes légers qui protégent
Bélinde ! sur le fonds le plus stérile en apparence, voilà ce que sait produire un poëte.
Pope travaillait pour l'avenir, aussi travaillait-
il long-temps. Les poëmes de société permettent une exécution plus expéditive : on les
vante, on les croit même bons tant qu'ils restent
en portefeuille ; mais leur réputation finit d'ordinaire le jour où leur publicité commence.

Un poëme en six chants, composé par
M. Parceval de Grandmaison, sous le nom des
Amours épiques, n'est autre chose que l'imitation de six épisodes choisis dans les poëtes qui
ont illustré l'épopée. Ces sortes d'imitations
ne présentent pas autant de difficultés que les
traductions exactes ; elles exigent bien moins
encore le génie nécessaire pour inventer et
pour écrire les poëmes originaux : toutefois
elles ne sont pas à négliger quand elles offrent

quelques parties de talent. L'ouvrage dont nous parlons est de ce nombre ; mais les traductions de l'Énéide et du Paradis Perdu ont été publiées depuis ; et dans les deux principaux chants de son poëme, M. Parceval s'est trouvé en concurrence avec M. Delille, désavantage qu'il n'avait point cherché. Cependant la supériorité d'un maître ne doit pas fermer nos yeux au mérite d'un élève exercé dans la versification et dans l'art de peindre en poésie. C'est encore parmi les imitations qu'il faut placer l'*Achille à Scyros* de M. Luce de Lancival. L'auteur doit beaucoup à l'Achilléide de Stace ; mais il a lui-même inventé plusieurs incidens, et de nombreux détails lui appartiennent. Le style n'est pas exempt de recherche : le poëme offre peu d'action pour six chants, peut-être même est-il défectueux dans son ordonnance : mais on y trouve des traits ingénieux, d'agréables descriptions, des tirades bien versifiées. Quelques morceaux brillans distinguent aussi les *Poëmes Galliques* imités par M. Baour-Lormian. Dans ses vers, plus harmonieux qu'énergiques, M. Baour suit avec indépendance la prose anglaise de Macpherson, qui s'est jadis annoncé lui-même comme un simple traducteur d'Ossian, barde écossais du troisième siècle. Des écrivains anglais et allemands

placent Ossian sur la même ligne qu'Homère ;
cette opinion exagérée n'est guère admise parmi les littérateurs français. Ossian, quoique
sombre et monotone, a des beautés d'un ordre
peu commun ; mais cet Homère de l'Écosse
septentrionale est loin de soutenir la comparaison avec l'Homère de la Grèce.

Nous ne parlerons point des poëmes en
prose, quoiqu'il ait paru quelques ouvrages
sous cette dénomination ridicule ; elle était inconnue au dix-septième siècle. La Calprenède,
en copiant dans ses romans toutes les formes
usitées par les poëtes épiques, n'osa pourtant
croire qu'il pût trouver place dans un ordre
aussi élevé. Quant à l'immortel Fénélon, il
était à la fois trop modeste, trop ami du goût,
trop attaché aux doctrines de l'antiquité, trop
sensible à la véritable poésie, pour donner le
nom de poëme à son Télémaque. Lamotte,
homme de beaucoup d'esprit, mais qui n'avait
pas le sentiment des arts, fut le premier qui
mit au rang des épopées ce beau roman politique, apparemment pour se ménager à lui-
même le droit singulier de faire des tragédies
et des odes en prose. Par une contradiction
bizarre, Lamotte traduisit l'Iliade en vers, ou
plutôt il divisa en douze chants un ouvrage
aride, trop court pour une traduction, trop

lourd pour un sommaire de l'Iliade. Cette tentative malheureuse était loin de pouvoir encourager les traductions en vers ; car l'Iliade
de Lamotte fut plus décriée d'abord que la
Pharsale de Brébeuf, et bientôt plus oubliée
que l'Énéide de Ségrais. Vers le milieu du dernier siècle, l'abbé Duresnel, aidé par les conseils de Voltaire, intéressa l'attention publique
en naturalisant parmi nous deux poëmes de
Pope, l'Essai sur la Critique, et l'Essai sur
l'Homme. Long-temps après, un vrai poëte,
M. Delille, obtint et mérita la première place parmi nos traducteurs en vers. Il ouvrit en France
aux talens que le travail n'épouvante pas, une
carrière ouverte en Italie par Annibal Caro,
en Angleterre par Dryden ; carrière pénible,
étendue, honorable, que Pope, si riche de
son propre fonds, n'a pas dédaigné de parcourir. Les Géorgiques de Virgile fondèrent la réputation de leur élégant traducteur : nous le
retrouvons à l'époque actuelle traduisant deux
poëmes épiques, toujours digne de ses modèles
et de lui-même.

Pour la composition, pour le ton général,
pour les détails, rien ne ressemble moins à
l'Énéide que le Paradis Perdu. La perfection
de Virgile et l'inégalité de Milton opposaient
au traducteur des difficultés diversement ef-

frayantes; mais rien ne pouvait intimider un
écrivain qui a si profondément étudié les secrets de notre versification et les inépuisables
ressources de la langue poétique. Dans l'Énéide,
quelle foule de beautés à rendre présentaient
le sac de Troie; les amours de Didon, la des-
cente d'Énée aux enfers, ces trois chants célèbres, le modèle et le désespoir des poëtes
épiques! quelle foule de beautés encore semées, répandues, prodiguées dans les autres
chants! Le discours de Junon, la tempête sou-
levée par Éole et se calmant à la voix de Nep-
tune, l'épisode d'Andromaque, les jeux célébrés en Sicile, la cour d'Evandre, l'épisode
d'Euryale et Nisus, le conseil des dieux, les
harangues de Drancès et de Turnus, et les
combats imités d'Homère. La traduction de
tous ces brillans morceaux porte l'empreinte
plus ou moins marquée du talent de M. Delille:
on y trouve ce qui fait les poëtes, l'éloquence
des expressions, le choix des images, et le
charme puissant des beaux vers.

On savait depuis long-temps que M. Delille
traduisait l'Enéide; M. Gaston n'a pas craint de
tenter la même entreprise. Ce n'est point là
une audace vulgaire: avec M. Delille la lutte
est déjà honorable, et dans une occasion pareille on peut réussir encore sans vaincre,

sans laisser même la victoire indécise ; c'est ce qu'a prouvé M. Gaston. Il n'appartenait qu'à M. Delille de prouver pour la seconde fois que, dans une traduction française, on peut lutter contre Virgile : on sent néanmoins combien les armes sont d'une trempe inégale. Indépendante et sans articles, la langue latine vole quand la nôtre marche. D'ailleurs les vers hexamètres, inégaux entre eux, excèdent toujours nos vers alexandrins, et quelquefois de quatre ou cinq syllabes. Sans rabaisser le mérite éclatant de la traduction de l'Énéide, on osera donc faire observer que M. Delille a souvent diminué la force du sens en augmentant beaucoup le nombre des vers. Ce défaut, que tant de qualités rachètent, mais que l'on ne saurait toutefois dissimuler, aura sans doute frappé M. Becquey, auteur d'une traduction récemment publiée des quatre premiers livres de l'Énéide. Son travail est digne d'attention, ses vers ont dû lui coûter beaucoup de peine ; car M. Becquey ne paraphrase point, il traduit, et même avec une extrême exactitude : mais, s'il rend le sens tout entier, quelquefois les expressions littérales de Virgile, s'il est presque toujours correct, s'il n'est jamais surabondant ; nous ignorons comment il arrive que l'on cherche en vain chez lui l'élégance, l'harmonié,

la couleur de son admirable modèle. En traduisant le plus parfait des poëtes anciens, il a
souvent démontré qu'il est possible d'être à la
fois très-fidèle et très-peu ressemblant.

M. Delille semble avoir réuni tous les suffrages dans sa traduction du *Paradis Perdu*.
Non-seulement on y a distingué de célèbres
morceaux rendus avec un talent consommé,
le début, par exemple, et cette invocation majestueuse à laquelle on peut assigner le premier
rang parmi les invocations épiques, le conseil
tenu par les démons, les énergiques discours
de Satan, le chant si pur et si vanté des amours
d'Adam et Ève, et la touchante apostrophe du
poëte à cette lumière éternelle qui ne brillait
plus pour lui ; mais on a reconnu encore que
les bizarreries semées en foule dans l'original,
étaient adoucies avec art, ou supprimées dans
la copie. Aussi, nombre de lecteurs éclairés
regardent-ils la traduction du Paradis Perdu
comme supérieure en général à celle de l'É-
néide. Si leur sentiment est fondé, cette supériorité vient sans doute de ce qu'il est plus
facile d'embellir Milton, quand il n'est pas
sublime, que d'égaler constamment les beautés
de Virgile, dont c'est déjà beaucoup d'approcher. Quoi qu'il en soit, ces deux ouvrages
soutiennent avec honneur la renommée de

M. Delille. Que d'autres lui reprochent d'avoir négligé tel mot, d'avoir modifié telle image, qu'ils veuillent lui enseigner le latin, l'anglais, et le ramener impérieusement à la traduction littérale, système vicieux en prose et ridicule en vers, nous ne suivrons pas leur exemple. Copier servilement des formes étrangères, c'est travestir à la fois sa propre langue et l'auteur que l'on interprète ; ce n'est pas traduire, c'est calomnier. Voulez-vous faire un portrait ressemblant ? saisissez la physionomie. Voulez-vous rendre fidèlement un classique, en conservant toutes ses pensées ? écrivez, s'il est possible, comme il eût écrit dans votre langue ; car ce n'est point le mot, c'est le génie qu'il faut traduire.

Durant le cours de l'époque littéraire que nous parcourons, deux traductions en vers de la Jérusalem Délivrée ont été publiées successivement. Quoiqu'en thèse générale on doive traduire les poëtes en vers, elles sont loin d'avoir éclipsé l'élégante version en prose donnée autrefois par M. Lebrun. L'auteur eut la modestie de cacher son nom ; mais, comme il ne cachait pas son talent, elle obtint l'honneur remarquable d'être attribuée à J.-J. Rousseau. Des deux traductions en vers qui ont paru depuis, on doit la première à M. Baour-Lormian. Le style en est harmonieux, mais un peu faible, et l'auteur aujourd'hui doit sentir lui-même combien son ouvrage a besoin d'être perfectionné. La seconde, plus travaillée, mais moins facile, est peu conforme au génie du Tasse. Le plus fleuri des poëtes de l'Europe moderne y est souvent rendu avec une séche-resse aussi étrangère à ses défauts qu'à ses qualités. Cette traduction est de M. Clément, le même qui jadis a publié de nombreux volumes contre Voltaire, Saint-Lambert et M. Delille. Nous ne déciderons pas s'il a bien fait; mais nous croyons pouvoir affirmer qu'il eût mieux fait encore de les étudier et d'écrire comme eux.

Il est un poëme cyclique dont la marche n'est pas aussi régulière que celle de l'épopée, mais qui du moins en offre toutes les formes de style, et souvent la composition. Nous vou-lons parler des métamorphoses d'Ovide, l'un des plus beaux monumens de la poésie latine. M. de Saint-Ange, dont le talent spécial est de traduire, a su rendre en vers français tous les détails de cet immense ouvrage, et presque toujours avec une fidélité scrupuleuse que la prose pourrait à peine égaler. Pour se faire une juste idée de l'entreprise, il faut apprécier le brillant chef-d'œuvre d'Ovide. Quelle richesse

dans ces tableaux qui se succèdent et se font
valoir par des contrastes perpétuels ! Quelle
variété rapide dans ces narrations qui s'enchaî-
nent par un fil imperceptible et développent
si clairement tout le système de la théologie
païenne ! Que de génie, ou plutôt, que de
sortes de génie dans le poëte ! Tantôt il décrit
le palais du Soleil avec la magnificence d'Homère ; tantôt il raconte avec une gaîté maligne
les avantures galantes, les ruses, les larcins
même des habitans de l'Olympe : ce qui a fait
soupçonner à Leibnitz que le but constant du
poëte était de tourner en ridicule le paga-
nisme et ses dieux passionnés, faits à l'imitation des hommes. Sans cesse en concurrence
avec Virgile, Ovide ne lui est pas toujours
inférieur, et lui oppose assez fréquemment
des beautés plutôt différentes qu'inégales.
Moins austère et plus harmonieux que Lucrèce, il expose aussi fidèlement que lui les
principes des écoles philosophiques. Enfin, dans
la fable de Mirrha, dans les plaintes d'Hécube,
dans la dispute des armes d'Achille, on lui
trouve le mouvement, le pathétique, l'éloquence des tragiques grecs dont il avait suivi
les traces dans sa Médée, si belle au témoignage
de Quintilien, mais qui par malheur n'est point
arrivée jusqu'à nous. M. de Saint-Ange a rempli

la tâche pénible qu'il s'étoit imposée. Or, il
fallait, pour la remplir, imiter la souplesse
d'Ovide, et prendre comme lui tous les tons
que permet la poésie noble ; il fallait encore
se tenir en garde contre Ovide lui-même : car
il est séduisant jusque dans ses défauts, et
les ornemens qu'il prodigue ne seraient pas
tous admis par un goût sévère. Ce n'est pourtant pas de la recherche que l'on serait en droit
de reprocher à M. de Saint-Ange ; ce serait
peut-être l'excès contraire. Mais, si des mots,
des tours familiers déparent quelquefois l'élégance de sa diction, si même il lui arrive de
corriger des abus d'esprit par un naturel trop
facile et trop simple, on doit, suivant le conseil
d'Horace, excuser des fautes peu nombreuses
dans un long ouvrage où d'ailleurs les beautés
abondent. C'est ainsi qu'a pensé le public ; aussi
la traduction des Métamorphoses d'Ovide a-t-
elle obtenu par degrés un succès qui s'accroît
chaque jour et que le temps doit augmenter
encore. Elle vient immédiatement après les
belles traductions de M. Delille : elle en approche, et restera dans notre langue comme un des
bons ouvrages poétiques de la fin du dix-
huitième siècle. C'est le fruit de trente ans d'é-
tude ; c'est le produit d'un talent aussi labo-

rieux qu'estimable, et qui mérite à la fois des éloges et des récompenses.

Ici nous nous garderons bien de négliger une remarque importante : voilà trois célèbres traductions en vers de trois grands poëtes ; c'est plus que n'en présenterait toute autre époque de la littérature française, plus même que n'en pourraient offrir toutes les époques prises ensemble. Et certes ce n'est pas faute de tentatives, elles ont toujours été nombreuses ; mais, jusqu'à M. Delille et à M. de Saint-Ange, aucune épopée n'avait été dignement traduite en vers français. Des tributs moins considérables ont encore augmenté nos richesses. Lebrun a lu, dans nos séances publiques, deux chants de son poëme inédit ayant pour titre, *les Veillées du Parnasse :* ils présentent deux épisodes de Virgile : Euryale et Nisus, dans l'Énéide, Aristée, dans les Géorgiques : Aristée, où Virgile, terminant un poëme didactique, atteignait déjà la haute épopée. Les chants de Lebrun ne sont pas des imitations, ce sont des traductions fidèles, et son talent s'y trouve partout. Plusieurs beaux morceaux de Lucain, embellis par l'élégante versification de M. Legouvé, ont fait désirer que le même traducteur nous donnât la Pharsale entière. Si elle ne peut être mise au rang des chefs-d'œuvre épiques, si l'on peut en perfectionner quelques parties, en abréger quelques détails, on y reconnaît cependant la main d'un homme supérieur, et les traits de génie n'y sont point rares, éloge qu'il est rare de mériter. Nous devons à M. Ginguené un ouvrage estimable, et qui sera publié dans les Mémoires de la classe de littérature ancienne : c'est la traduction en vers d'un poëme latin, très-varié, très-brillant, parfaitement écrit, *Thétis et Pélée*. Catulle, en cet ouvrage, s'élève au rang des grands poëtes. Le seul Virgile a porté plus loin l'harmonie des vers : il a d'ailleurs des obligations à Catulle, et de beaux mouvemens d'Ariadne se retrouvent dans les discours passionnés de Didon. Au milieu de cet empressement à faire passer dans notre poésie les beautés épiques de toutes les nations, et surtout de l'antiquité, nous concevons que l'on doit être surpris de ne pas entendre parler des poëmes d'Homère. Plusieurs fragmens de l'Iliade ont été plutôt essayés que rendus ; mais des essais trop faibles ne sont dignes d'aucune mention. Homère parmi nous n'a point eu le même bonheur que Virgile. Rochefort, malgré son style traînant et diffus, est encore le plus supportable de ses traducteurs en vers. La traduction en prose de M. Bitaubé a beau-

coup de naturel et d'élégance : elle se fait lire
avec un extrême intérêt ; mais elle est en
prose, et quelle prose peut rendre une telle
poésie? Il serait digne du gouvernement d'encourager quelque jeune talent, déjà remarquable par un style harmonieux et noble, à
traduire en vers l'Iliade, et, s'il est possible,
l'Odyssée. La France doit rendre un éclatant
hommage au génie qui chanta, qui peignit
le mieux l'héroïsme, au poëte qui n'eut point
de maître, et qui eut pour élèves tous les
grands poëtes.

CHAPITRE VIII.

LA POÉSIE DIDACTIQUE.

Dans la poésie didactique, Lucrèce et Virgile, chez les Romains, nous ont laissé des modèles presque également admirables, mais distingués entre eux par des caractères différens. Lucrèce expose une doctrine, la philosophie d'Épicure; Virgile enseigne un art, celui des cultivateurs. Chez les modernes, c'est encore un art qu'enseigne Boileau dans ce chef-d'œuvre qui ne produit pas des poëtes, mais qui les forme et les inspire. Pope et Voltaire exposent une doctrine, l'un dans l'Essai sur l'homme, l'autre dans le poëme sur la Loi naturelle. Du même genre est le poëme de la Religion, par Racine le fils, ouvrage du second ordre, où brillent des beautés du premier, au point que des yeux éclairés ont cru reconnaître à quelques touches admirables la main de l'auteur d'Athalie, comme on voit luire des coups de pinceau de Raphaël dans les tableaux de ses élèves.

M. Delille, en composant autrefois le poëme

des Jardins, avait suivi les traces de Virgile et de Boileau. Il les suit encore dans l'*Homme des Champs*. Les poëmes de *la Pitié* et de *l'Imagination* se rapprochent des formes didactiques de Lucrèce, non pour le style, mais pour la composition générale. Quant aux détails de ces trois poëmes, ils appartiennent presque toujours au genre descriptif, invention moderne sur laquelle nous hasarderons bientôt quelques réflexions. En obtenant beaucoup de succès, l'Homme des champs a essuyé beaucoup de critiques : il en est de trop sévères, d'autres qui semblent judicieuses. Ce qui a surpris bien des lecteurs, et ce qui peut décourager ceux qui auraient du goût pour la vie champêtre, c'est que, pour devenir un homme des champs dans le sens du poëte, il faut commencer par avoir une opulence très-peu commune au sein des villes. Il ne paraît pas que, dans les Géorgiques, Virgile se soit fort occupé des grands propriétaires ; et, quoiqu'il dédie son poëme à Mécène, et qu'il invoque après son début la divinité d'Auguste, ce n'est pourtant pas à l'empereur, ni à son favori, qu'il veut enseigner l'agriculture. Le poëme de la Pitié, malgré des tirades brillantes, est, de tous les ouvrages de M. Delille, celui dont le succès a été le plus contesté ; mais le poëme de l'Imagination a

réuni tous les suffrages. On sait par cœur les
vers éloquens sur J.-J. Rousseau, l'hymne à la
beauté, l'épisode touchant de la sœur grise,
l'épisode si célèbre des catacombes, et dix morceaux qui portent le cachet de la même supériorité. Là, plus inégal que dans le poëme des
Jardins, M. Delille nous y paraît aussi plus riche, et nous croyons pouvoir placer ce bel ouvrage au premier rang de ses compositions originales. L'auteur y déploie, comme partout, le
genre de talent qui lui est propre, celui d'exceller dans le difficile : les détails les plus techniques ne peuvent résister à son art. Sont–ils
minutieux, il leur donne de l'importance ;
sont–ils arides, il les féconde ; sont-ils bas, il
les ennoblit. Une idée paraît-elle impossible à
rendre, c'est là précisément qu'il triomphe, et
tous les obstacles s'aplanissent devant les idées
du poëte.

Après tant d'éloges, quelque scepticisme nous
sera permis. Le scepticisme, souvent nécessaire
en philosophie, n'est pas toujours inutile en
littérature. M. Delille s'est fait admirer par les
formes d'une versification savante et variée
avec un art infini : usant même de beaucoup
de libertés dans les ouvrages qu'il a fait paraître
durant l'époque actuelle, il se permet jusqu'aux enjambemens que Malherbe avait ban-

nis des vers français. Racine a constamment observé la règle posée par Malherbe. Boileau,
peu content de s'y soumettre, a cru devoir la
consacrer dans son Art Poétique comme un
perfectionnement remarquable, et parmi les
titres de gloire du vieux fondateur de notre
poésie. M. Delille a pensé autrement; il prodigue aussi les coupes singulières et les effets
d'harmonie imitative. Aux enjambemens près,
qu'il est difficile d'admettre, tout est bien là,
sauf l'excès. Mais, puisque M. Delille est le chef
d'une école, puisque son exemple fait autorité,
les principes d'une saine critique nous ordon-
nent d'élever ici plusieurs questions que nous
soumettons à son expérience éclairée. En s'oc-
cupant trop de l'harmonie particulière, ne
nuit-on pas à l'harmonie générale? On emploie
les coupes extraordinaires pour éviter la monotonie de notre versification; mais si on les emploie souvent, ne court-on pas le risque de tomber dans une autre monotonie d'autant plus
répréhensible, qu'elle est recherchée? Ne blâme-
t-on pas ces compositeurs qui négligent la mélodie pour étaler leur science musicale? Voit-
on que, dans ses tableaux d'histoire, Raphaël
fasse ressortir les muscles de ses personnages
pour montrer qu'il sait dessiner? Et, sans nous
écarter de la poésie, toutes les coupes de vers

ne se trouvent-elles pas dans les ouvrages de Racine et de Boileau? Les coupes hardies s'y laissent à peine entrevoir. Pourquoi? Cela ne vient-il pas de ce qu'elles y sont toujours à leur place et distribuées avec une sage économie? Pour faire dire, voilà un beau travail, il faut être habile sans doute. Ne faut-il pas l'être encore davantage pour faire croire qu'il n'y a point de travail? Les plus savans efforts de l'art surpasseront-ils jamais ce naturel admirable qui caractérise les poëtes du dix-septième siècle, et que Voltaire avait conservé? Nous n'affirmons rien; nous craignons de nous tromper; nous proposons seulement des doutes que M. Delille peut résoudre. Appliquées à des ouvrages tels que les siens, les critiques fondées sont de quelque utilité pour ses éleves, sans rien diminuer de sa gloire; mais elles doivent être circonspectes et mêlées d'hommages. Nous l'avons dit, nous le répétons avec plaisir : il a pris rang parmi les classiques.

Quoique Lebrun n'ait point publié, quoique même il n'ait point achevé son poëme de *la Nature*, nous croyons devoir faire mention de cet important ouvrage, dont quelques fragmens ont paru dans les dernières années du dix-huitième siècle. Le poëme de Lebrun ressemble à celui de Lucrèce par le genre, par le ti-

tre et par le talent; il en diffère beaucoup par
les opinions et par le plan général. La vie
champêtre, la liberté, le génie et l'amour,
tels sont les quatre chants du poëme français.
Voilà sans doute une division brillante : il faudrait connaître l'ensemble de l'ouvrage pour
juger si elle s'accorde avec l'unité nécessaire à
toute composition poétique ; mais on peut du
moins apprécier les fragmens insérés, du vivant de l'auteur, dans quelques feuilles périodiques. Les connaisseurs n'ont pas oublié de
très-beaux vers sur Voltaire à Ferney ; une élégante et sombre tirade sur la Saint-Barthélemi;
une tirade plus considérable et très-philosophique sur les consolations que peut offrir la soli-
tude champêtre aux courtisans disgraciés ; une
troisième encore supérieure sur la chaîne des
êtres, en remontant par degrés d'un infini à
l'autre ; enfin, une profession de foi, pure de
superstition, mais pure aussi d'athéïsme et
vraiment religieuse ; car le poëte y présente
l'existence de Dieu, non pas seulement comme
un dogme utile au maintien des sociétés, mais
comme un principe d'action nécessaire à l'ordre éternel. Des quatre chants de ce poëme,
un seul est complet, le chant du génie, et ceux
d'entre nous qui l'ont entendu lire tout entier,
ne craignent pas de garantir qu'il suffirait pour

assurer la gloire poétique de Lebrun. Il nous
reste à faire une remarque essentielle. L'auteur,
peu docile au goût dominant, s'est rigoureusement abstenu du genre descriptif, mis à la
mode en France par Saint-Lambert, lorsqu'il
publia le seul ouvrage peut-être où ce genre
soit à sa place, l'élégant poëme des Saisons.

Dans les deux littératures anciennes, les descriptions faisaient partie de tous les genres de
poésie et même de tous les genres d'écrire ; mais
aucun Grec, aucun Romain célèbre ne composa de poëme uniquement descriptif. Ce genre
inventé dans les colléges par les poëtes latins
modernes, embelli par les Anglais, usé par les
Allemands, était inconnu parmi nous aux maîtres de la poésie, avant Saint-Lambert et
M. Delille. Toutefois, dans les ouvrages de ces
deux poëtes justement renommés, les défauts
essentiels au genre sont rachetés par les beautés nombreuses qui appartiennent à leur génie.
Les productions de leurs élèves n'ont pas souvent mérité la même louange. Sans doute,
M. Castel, dans le poëme *des Fleurs ;* M. La-
lane, en deux petits poëmes, *les Oiseaux de la
Ferme*, et *le Potager ;* M. Michaud, dans *le
Printemps d'un proscrit*, ont fait preuve de
quelque talent pour écrire en vers ; mais savent-ils changer de ton ? Savent-ils animer la

nature? et les continuelles descriptions qu'ils accumulent avec complaisance, ne fatiguent-elles pas un peu l'attention du lecteur le plus favorablement disposé? Il est un ouvrage plus étendu et dont le mérite poétique est encore plus remarquable, le poëme de *la Navigation* par M. Esménard. Un tel sujet traité en huit chants, fournissait une ample matière aux descriptions. Aussi surabondent-elles; mais, quand les objets restent les mêmes, comment varier les formes du langage? On doit rendre justice à quelques morceaux brillans, à celui, par exemple, où l'auteur décrit ces canaux de navigation, monumens de l'industrie batave. Cependant, des vers bien tournés, des tirades sonores, ne font point disparaître la monotonie, défaut radical de ce long poëme. Le style en est grave, et même un peu trop; il a presque toujours de l'harmonie, souvent de l'élégance, mais rarement de la chaleur, et presque jamais de la précision. Voyez comme le mélange heureux des préceptes, des descriptions, des épisodes, comme les tons variés, les détails rapides font le charme continu des Géorgiques! Il ne fut donné qu'à Virgile d'atteindre à la perfection; mais on peut du moins étudier chez lui les formes sévères de la composition didactique, ainsi qu'il étudia lui-même dans Homère

les formes brillantes et majestueuses de l'é-
popée.

C'était un sujet vraiment didactique, c'était
même un très-beau sujet que l'astronomie. Manilius le traita durant la plus brillante époque
de la littérature latine ; mais il était loin d'a-
voir le génie de Lucrèce, et son poëme n'est
guère aujourd'hui qu'un monument curieux de
la science astronomique au siècle d'Auguste.
Le poëme de *l'Astronomie*, publié il y a six
ans par M. Gudin, est beaucoup plus court
que celui de Manilius. La matière est bien dis-
tribuée dans les trois chants qui le composent.
L'auteur a suivi, marqué, consacré les pas de
Copernic, de Galilée, de Kepler, de Descartes, d'Huygens, de Cassini, de Newton,
d'Herschel. Il n'a pas même oublié des astro-
nomes plus modernes, qui n'ont fait qu'exposer longuement les découvertes du génie. Enfin, c'est l'ouvrage d'un esprit cultivé, sage,
ami de toutes les lumières. Nous voudrions
pouvoir ajouter que c'est aussi l'ouvrage d'un
poëte. M. Chènedollé, dans *le Génie de l'Homme*,
a développé moins de philosophie, mais plus de
talent poétique. Des quatre chants de son poëme, le premier seul est relatif à l'astronomie.
On y trouve d'assez beaux vers sur la lune ; ils
n'égalent pourtant pas le superbe morceau de

Lemière, et quelquefois ils le rappellent. Le troisième chant, qui a pour objet la nature de l'homme, est terminé par un épisode un peu surchargé de détails, mais où les beautés compensent les défauts. Ainsi, depuis le dix-huitième siècle, et spécialement depuis Voltaire, la poésie française a parlé le langage des philosophes, et même a pénétré dans le domaine des sciences physiques. Actuellement encore les trois règnes de la nature sont l'objet des travaux d'un poëte, et l'on peut compter sur un bel ouvrage : car le sujet est admirable, et le poëte est M. Delille.

Si décrire est aujourd'hui fort en usage dans notre poésie, attendu qu'il est plus difficile de peindre ; traduire et retraduire encore n'est pas moins à la mode, car inventer est un don trèsrare. Durant la période que nous parcourons, on a publié deux nouvelles traductions en vers des Géorgiques de Virgile : l'une est de M. Raux, l'autre est de M. Cournand, professeur au collége de France. Elles paraissent tendre également à une fidélité scrupuleuse, et c'est un genre de mérite qu'il serait injuste de leur contester. Mais ce mérite n'est pas tout ; et la fidélité ne produit pas toujours la ressemblance, ainsi que nous l'avons déjà remarqué.

19

Rien de plus louable sans doute que de pareilles tentatives ; elles prouvent du moins l'étude approfondie des grands classiques. Il est beau d'ailleurs de ne pas craindre une rivalité dangereuse, et nous ne prétendons pas décourager l'émulation. Mais, comme on doit être juste envers tout le monde, nous sommes forcés de le dire : pour le style, la versification, le talent poétique, les deux essais que nous indiquons sont bien loin de pouvoir entrer en concurrence avec la traduction immortelle qui les a précédés, et qui suffit à notre littérature.

Nous venions de terminer ce chapitre, quand le nouveau poëme de M. Delille a paru : il est composé sur un plan très-vaste, et divisé en huit chants, dont quelques-uns ont une étendue considérable. La lumière et le feu, l'air, l'eau, la terre font le sujet des quatre premiers : les trois suivans sont consacrés aux minéraux, aux végétaux, au physique des animaux : leur morale et l'analyse de l'homme forment la matière du dernier. En suivant les traces de Buffon, l'auteur adopte un grand nombre d'idées de cet éloquent naturaliste. Elles étaient belles, et sont embellies. La marche du poëte diffère en tout de celle de Lucrèce. Nous ne préten-

dons pas en faire un reproche à M. Delille, qui
lui-même n'aurait dû reprocher à Lucrèce ni
sa physique admise par les anciens, ni sa hardiesse philosophique applaudie de Virgile, ni
le goût supérieur dont il a fait preuve en se bornant à exposer en beaux vers la théorie générale d'un système du monde. M. Delille est en-
tré dans les détails des sciences naturelles, et
même avec un succès qui agrandit notre poésie ; peut-être aussi en dépasse-t-il les bornes,
qui sont celles du beau. Il se permet quelquefois des vers hérissés de termes d'école et qui
semblent purement techniques : d'autres détails le ramènent à ce genre descriptif, infini
dans les objets qu'il embrasse, mais très-limité
dans ses formes, et dont le vice radical ne saurait plus être contesté, puisqu'il a pu résister
enfin à toute l'habileté de M. Delille. C'est ce
que prouvent quelques endroits de son poëme,
qui, dans ce genre, toutefois, présente plusieurs
morceaux de maître : la charmante description
du colibri, par exemple, et, dans une manière
plus large, les descriptions du chien, du cheval,
de l'âne, cet humble et laborieux serviteur,
dont le nom ne fut pas dédaigné par la muse
héroïque du chantre d'Achille. Mais l'auteur
ne décrit pas seulement : il est peintre, car il

est poëte. Il sait rendre les grands effets de la
nature, l'éruption d'un volcan, les désastres
causés par un hiver rigoureux, les ravages d'une
contagion. Après avoir peint un ouragan,
voyez avec quel art il rattache à cette peinture
effrayante un épisode qui la fait valoir encore,
la destruction de l'armée de Cambyse. Obser-
vez comme, à l'occasion de l'aurore boréale, il
interprète un phénomène par une fiction ingénieuse et dans le vrai goût de l'antiquité. Nous
négligeons un épisode de Thompson, que M. De-
lile a traduit comme il sait traduire. Mais qui
pourrait oublier un autre épisode aussi noble
que touchant, celui des mines de Florence, de
cet asile souterrain, où deux chefs de partis
contraires sont réunis, réconciliés et désabusés
de l'ambition par l'infortune? Voilà des narrations animées, des tableaux vivans : là M. Delille est tout entier. Nous ne tenterons pas d'expliquer pourquoi d'amères censures lui sont
aujourd'hui prodiguées par ceux mêmes qui naguère lui prodiguaient des louanges exclusives.
Plus justes, plus soigneux de la gloire nationale, fondée en si grande partie sur les monumens littéraires, nous rendons hommage à ce
talent inépuisable qui, bravant la délicatesse
outrée de notre langue poétique, a su vaincre

ses dédains et la dompter pour l'enrichir ; dont les défauts brillans sont et seront trop imités, mais dont les beautés, presque sans nombre, auront trop peu d'imitateurs ; à qui nous devons huit poëmes ; qui fut célèbre à son début ; qui écrit depuis quarante ans, mais qui n'a fatigué que l'envie, et dont le nom restera fameux.

CHAPITRE IX.

POÉSIE LYRIQUE.

Divers petits genres de Poésie.

La poésie lyrique fut parmi nous la première qui ait obtenu des succès confirmés par le temps. On sait quelle influence elle eut, entre les mains de Malherbe, et sur notre poésie entière, et même sur la langue française. C'est en ce genre que furent composés les premiers essais de Racine. Depuis, et dans la plénitude de son génie, deux fois, à l'imitation des Grecs, il fit entendre la poésie lyrique au milieu de la tragédie; et, comme il lui était réservé de parvenir toujours au sommet de l'art, les chœurs d'Esther et d'Athalie sont encore les plus beaux chants de la lyre moderne. Douze ou quinze odes pleines de verve, et deux ou trois belles cantates, ont placé J.-B. Rousseau parmi nos grands poëtes. Entre lui et Lebrun, nul ne mérite, dans le genre de l'ode, une réputation brillante et durable. Quelques stances ingénieuses, éparses dans le recueil de Lamotte, quelques strophes pompeuses de Lefranc,

quelques traits élevés de Thomas, de Malfilâtre, de Gilbert, ont obtenu de légitimes
éloges : mais il faut composer des ouvrages
soutenus, imposans, nombreux, pour être
justement placé parmi les maîtres de la lyre.

Une ode sur le tremblement de terre de Lis-
bonne annonça les talens de Lebrun. Son ode
à Voltaire, en faveur de la petite-nièce de
Corneille, est à la fois un bon ouvrage et une
bonne action. Buffon, son illustre ami, lui
inspira deux odes éloquentes, et dont la dernière est un chef-d'œuvre. Durant l'époque dont
nous présentons le tableau littéraire, il a lu,
dans nos séances publiques, sa belle ode sur
l'enthousiasme ; et cette autre, non moins
belle, où parvenu à la vieillesse, il remonte
jusqu'à son enfance, repasse en vers brillans sa
vie entière, et se promet, à l'exemple d'Horace
et de Malherbe, une immortelle renommée.
Entre les nombreux hommages qu'il a rendus à la
liberté, on distingue le chant qu'il composa sur
le combat et l'incendie du vaisseau nommé *le
Vengeur*. Naguère il a célébré dignement cette
mémorable campagne où tant de succès furent
couronnés par la prise de Vienne et la victoire
d'Austerlitz. Il avait plus d'un ton, sans doute.
Il est élégant et fleuri dans son ode sur les paysages ; mais, presque toujours, c'est Pindare

qu'il aime à suivre, et dont il atteint souvent
la hauteur. S'il en est aussi près qu'Horace, on
ne voit pas qu'il sache, comme le poëte latin,
détendre les cordes de la lyre, mêler le plaisir
à la philosophie, chanter Lydie, Glycère et
l'amour, et surpasser Anacréon. Selon le judicieux Quintilien, Eschyle eut tant d'élévation, qu'il porta cette qualité jusqu'au défaut.
On en pourrait dire autant de Lebrun : mais
s'il est permis de lui reprocher le luxe et l'abus
des figures, l'audace outrée des expressions,
et trop de penchant à marier des mots qui ne
voulaient pas s'allier ensemble, l'envie seule
oserait lui contester une étude approfondie de
la langue poétique, une harmonie savante, et
ce beau désordre essentiel au genre qu'il a spécialement cultivé. Aussi, quoiqu'il ait excellé
dans l'épigramme, quoiqu'il ait répandu des
beautés remarquables en des poëmes que, par
malheur, il n'a point achevés, il devra surtout à ses odes l'immortalité qu'il s'est promise;
et, dût cette justice rendue à sa mémoire étonner quelques préventions contemporaines, il
sera dans la postérité l'un des trois grands lyriques français.

C'est ici que nous parlerons d'une traduction
en vers des poésies d'Horace, ouvrage considérable, publié par M. Daru. Parmi les poëtes

anciens, Horace est peut-être le plus difficile
à bien traduire en vers français. Ce n'est pas
seulement un poëte lyrique : on trouve en ses
écrits la perfection dans plusieurs genres, et,
dans chaque genre, tous les tons qu'il peut comporter. Panégyriste habile, railleur socratique,
philosophe aimable, critique supérieur, homme
de plaisir, homme de cour et toujours libre,
Horace se permet jusqu'au cynisme, la seule
chose en ce grand poëte qu'il soit facile et dé-
fendu d'imiter. Comment égaler sa précision
sublime, profonde ou piquante ? Comment le
suivre dans sa course, lorsqu'il franchit les in-
termédiaires, et va d'idée en idée par des nuances fugitives, par des mouvemens rapides,
quelquefois par des transitions soudaines ? Son
traducteur, doué d'un très-bon esprit, n'ac-
cepterait pas de louanges exagérées. Nous n'o-
sons pas dire, et nous ne croyons pas qu'il ait
vaincu toutes les difficultés d'une telle entreprise : il en est peut-être d'insurmontables ; il
en est plusieurs qu'il a surmontées. C'est dans
les satires et dans les épîtres qu'il nous semble
avoir le mieux saisi les beautés d'Horace ; mais
partout il a déployé les ressources d'un talent
exercé, partout cette facilité qu'il faut avoir
pour oser écrire, et dont il faut se défier pour
bien écrire, cette clarté sans laquelle il n'y a

point de style, et cette correction continue,
qualité rare, et cependant nécessaire, du moins
si l'on veut acquérir une réputation qui soit
admise par les gens de lettres.

Plusieurs genres de petits poëmes nous présentent des noms que nous avons déjà vu figurer en d'autres parties de la littérature, ou que
nous verrons bientôt reparaître avec éclat dans
la poésie dramatique. Quelques épîtres de
M. Ducis ont embelli nos séances ; on y reconnaît l'indépendance qui lui est propre, la
libre imagination d'un poëte peintre, et jusqu'à l'empreinte vigoureuse d'un génie tragique. Une épître de M. de Fontanès à M. Boisjolin, sur les paysages, se fait remarquer par
une manière large et de très-heureux détails.
Les lecteurs ont accueilli les *Souvenirs*, la *Mélancolie*, le *Mérite des femmes*, productions
brillantes, publiées successivement par M. Legouvé. Il serait difficile de porter plus loin l'élégance du style et la mélodie de la versification.
D'ingénieux apologues de M. Arnault ont obtenu, à juste titre, les applaudissemens d'un
nombreux auditoire. Entre plusieurs que nous
pourrions citer, qui ne se rappelle cette belle
fable du *Chêne et des Buissons*, l'un des meilleurs ouvrages que l'on ait composés dans ce
genre après La Fontaine ! C'est aussi avec succès

que M. Ginguené s'est mis au rang de nos fabulistes : plusieurs de ses apologues ont été publiés dans la Revue ou dans le Mercure de
France. Il en est beaucoup qui n'ont point
paru. La plupart sont contés avec une précision
piquante ; quelques-uns ont un grand sens. En
un genre que notre inimitable La Fontaine n'a
pas rendu moins difficile, l'esprit et l'enjouement de M. Andrieux ont animé des narrations
charmantes, parmi lesquelles le conte excellent du *Meunier .Sans-Souci* nous semble mériter la première place. Enfin, l'ouvrage qui a
fait connaître M. Raynouard, *Socrate au
temple d'Aglaure,* unit la sagesse du style à
la richesse de l'ordonnance ; et nos suffrages
unanimes, en lui décernant un prix de poésie,
n'ont fait que prévenir les suffrages publics.
Au reste, en ces diverses compositions si res-
serrées dans leur cadre, on voit, ainsi que dans
les grands poëmes et les bons ouvrages en prose
de l'époque actuelle, briller et dominer partout
les opinions d'une saine philosophie, cachet
profond du dix-huitième siècle, et marque
certaine de l'influence qu'il conservera, sinon
sur tous les esprits, du moins sur tous les esprits
distingués.

On peut associer à cet éloge les discours en
vers de M. Millevoye et de M. Victorin Favre.

Le premier, deux années de suite, a remporté le prix de poésie. Doué d'un sens droit, d'un goût pur et d'une oreille délicate, il développe un vrai talent dans un âge où d'heureuses dispositions seraient déjà dignes de louanges. Le second, plus jeune encore, n'a pas autant d'égalité dans le style; mais son imagination est rapide, et ses idées ont souvent de l'éclat. Deux fois en concurrence avec M. Millevoye, la première année il a mérité l'accessit. Ses progrès ont été sensibles l'année suivante, et nous avons même regretté de ne pouvoir lui décerner un second prix. Mais ce regret n'a pas été long; les fonds du prix ont été faits par M. de Champagny, alors ministre de l'intérieur. Dans ce dernier concours, M. Bruguières du Gard s'est distingué par une pièce de vers très-bien écrite, et que nous avons cru devoir honorer d'une mention. M. Millevoye, le même dont nous venons de parler, vient de donner au public un recueil de ses poésies. Il est dans ce recueil un nouvel ouvrage qui mérite beaucoup d'estime à plusieurs égards : c'est un petit poëme intitulé *Belzunce*, ou *la Peste de Marseille*. On y désirerait plus de variété, une ordonnance plus imposante, des épisodes plus touchans et mieux conçus : mais on y trouve de la gravité, de l'élégance, de l'harmonie, d'énergiques tableaux. La poésie d'ailleurs exerce le plus beau de ses droits lorsqu'elle chante les héros de l'humanité. De ce nombre est assurément Belzunce, qui, dans les plus terribles circonstances, remplit avec un zèle sans bornes les devoirs sacrés de l'épiscopat. N'oublions pas que le respectable évêque de Marseille obtint, dans le dernier siècle, les hommages poétiques de Pope et de Voltaire; car les philosophes savent louer les ministres de la religion, quand les ministres de la religion savent pratiquer la vertu.

On a remarqué des pensées fines, des traits piquans, des vers bien tournés dans les satires et les épîtres attribuées à M. de Frenilly, mais imprimées sans nom d'auteur. Les épigrammes de M. Pons de Verdun, recueillies en un petit volume, n'ont pas obtenu moins de succès. Presque toutes dans le genre du conte, elles sont gaies, sans être offensantes, seul éloge impossible à donner aux épigrammes de M. Lebrun, qui, dans ce genre, eut bien peu d'égaux, et ne fut inférieur à aucun modèle. Dans la poésie légère, genre aimable, mais où l'on est aisément médiocre, il n'est permis de citer que ceux qui excellent. Les réputations y sont rarement durables. Pavillon, La Fare et cent autres ont disparu : Chaulieu, Gentil-Bernard

surnageront, grâces à quelques pièces charmantes. Vers la fin du dix-huitième siècle, au
naturel orné de Gresset, à la grâce exquise de
Voltaire, Dorat fit succéder une afféterie qui
fut depuis trop imitée. Plusieurs, dans ces derniers temps, ont cru devoir y joindre les calembours, esprit faux et subalterne, au-dessous duquel il n'y a rien, mais qui suffit à certains lecteurs. Heureusement il existe encore
en France un public de choix, qui sait apprécier l'esprit véritable, et qui a besoin de
le trouver : c'est de ce public qu'il faut satisfaire la délicatesse. C'est pour lui que
M. de Boufflers et M. de Parny, conservant
le seul ton convenable à la poésie légère, y
maintiennent encore cette politesse élégante qui
fait le charme des écrits, comme elle fait celui
de la société.

Quelques traducteurs en vers méritent d'être
cités. L'un d'eux, M. Boisjolin, doit même
être compté parmi nos talens les plus purs. Sa
traduction de *la Forêt de Windsor* est un des
bons ouvrages de l'époque. Toutes les beautés
de Pope y sont rendues ; la copie n'est pas inférieure à l'original, et nous ne craignons pas de
le dire, un poëte en état d'écrire ainsi jouirait
d'une réputation étendue, s'il avait produit
davantage. M. Tissot a voulu enrichir notre

poésie des Bucoliques de Virgile. Plusieurs
avaient échoué dans cette tentative, et Gresset
plus complétement que tout autre. Une foule
de passages qu'il semblait impossible de rendre
avec grâce, ont paru céder aux efforts du nouveau traducteur : et son travail, perfectionné
comme il vient de l'être, et comme il peut
l'être encore, ne sera pas indigne d'être consulté par les élèves des écoles publiques. Nous
croyons cependant qu'il a réussi bien davantage
à traduire les *Baisers de Jean Second.* Là,
surtout, M. Tissot est remarquable par une
versification toujours facile, et qui n'est jamais
négligée. Les dispositions qu'annonce M. Mollevaut, réclament des encouragemens littéraires.
Il a traduit en vers toutes les élégies que nous
a laissées Tibulle, et qui sont restées les modèles du genre. Nous n'affirmerons pas que le
traducteur ait pleinement réussi dans son entreprise : mais sa jeunesse doit donner beaucoup d'espérance. Plus ses talens se formeront,
plus il sentira combien il doit travailler encore
pour atteindre à cette poésie élégante, harmonieuse et tendre, pleine de mollesse et d'abandon, supérieure aux meilleurs vers de Quinault, égale au style charmant de la Bérénice
de Racine.

Nous avons déjà remarqué que la plupart

des bons romans de l'époqu eont été composés
par des dames. Il en est aussi quelques-unes à
qui nous devons des vers agréables. Les noms
de madame de Beauharnais et de madame de
Bourdic rappellent des succès mérités dans la
poésie. En marchant sur leurs traces, madame
de Beaufort s'est placée près d'elles. Un discours
sur *les Divisions des gens de lettres*, et plus
encore une *Épître aux Femmes*, honorent l'esprit et la raison de madame Constance de Salm.
Qui pourrait oublier madame Verdier, si connue par une idylle charmante sur *la Fontaine de Vaucluse!* Il y a beaucoup de traits
heureux dans le recueil des poésies de madame
Dufresnoy, surtout dans ses Élégies, où elle
semble avoir pris M. de Parny pour modèle.
C'est déjà une preuve de goût. Les pièces inti-
tulées *le Serment, l'Abandon*, d'autres encore,
offrent des preuves de talent. On ne peut citer
avec un intérêt médiocre les six Élégies que
madame Babois a publiées sur la mort de sa
fille. Le style en est constamment pur, la versification d'une douceur exquise; cette poésie
vient du cœur, et du cœur d'une mère. Ce
sont des chants de douleur, un objet adoré les
remplit; toutes les idées sont de tendres souvenirs, et tous les vers sont des larmes. Nous
sommes donc loin de partager l'opinion de

quelques hommes difficiles, qui croient devoir
interdire aux femmes la culture de la poésie et
des lettres. L'hôtel de Rambouillet eut des travers dont Molière fit justice; mais ce n'est pas
le talent qu'il prétendit tourner en ridicule.
L'ennemi de toute affectation aurait aimé le
naturel élégant de la Princesse de Clèves. Deux
femmes célèbres furent injustes envers Racine.
Elles eurent grand tort, aussi-bien que Fontenelle, lorsque, dans une misérable épigramme,
il dénigrait à la fois Esther et Athalie : ses
Éloges et son Histoire des Oracles n'en sont
pas moins au rang de nos meilleurs livres.
Ainsi, malgré des jugemens hasardés, madame
de Sévigné reste le modèle du genre épistolaire; et, pour expier sans doute le mauvais
sonnet contre Phèdre, madame Deshoulières
nous a laissé trois idylles pleines de grâce et
de sensibilité. Blâmons des préventions particulières que rien n'excuse; mais ne les com-
battons point par des préventions générales qui
seraient encore moins excusables. Aujourd'hui,
plus que jamais, on doit applaudir aux femmes
qui aiment et qui cultivent la littérature. Que
par le charme des écrits et des entretiens, elles
exercent sur les mœurs une utile influence.
Elles sont douées d'une imagination souple et

facile, d'une extrême délicatesse dans la manière de sentir. Ne leur contestons pas la faculté d'écrire comme elles sentent, et le droit d'être inspirées comme elles inspirent.

CHAPITRE X.

LA TRAGÉDIE.

Les deux genres de la poésie dramatique sont plus importans et plus étendus dans notre littérature, que tous les autres genres de poésie pris ensemble. La seule tragédie présente trois modèles illustres. Corneille eut un génie sublime : il sut créer ; il est grand. Racine eut un talent admirable : il sut embellir ; il est parfait. Voltaire eut un esprit supérieur : il étendit les routes de l'art ; il est vaste. Après ces noms classiques, d'autres noms peuvent être cités avec honneur. Crébillon, Thomas Corneille, Lafosse, Guimond de la Touche, Lefranc, Lemière, de Belloi, Laharpe, ont obtenu des succès mérités. Mais les obstacles nombreux dont la carrière est semée, arrêtèrent souvent et les maîtres et les élèves ; et, pour nous borner aux premiers, les cris envieux qu'à travers le bruit de sa gloire Voltaire entendit durant soixante ans, s'élèvent encore sur sa tombe. Avant Voltaire, une cabale puissante et trop célèbre détermina Racine à briser sa lyre. Avant Racine, d'indignes rivaux, osant être jaloux du fondateur de notre scène, outragèrent cet homme éloquent et profond dont le génie influa sur tous les génies de son siècle. L'art du dénigrement s'est perfectionné chez les censeurs de profession ; mais les moyens sont restés les mêmes. On opposait autrefois Sophocle à Corneille, Corneille à Racine, Corneille et Racine à Voltaire. Aujourd'hui, grâces à la richesse toujours croissante de notre théâtre, l'envie, toujours plus riche, oppose à chaque réputation contemporaine toutes les renommées consacrées, à chaque ouvrage tous les chefs-d'œuvre de la scène, à chaque année deux siècles d'une gloire incontestable sans doute, mais qui, chaque année, fut contestée. Le dénigrement est facile, la vraie critique ne l'est pas. C'est elle que nous avons tâché de prendre pour guide. Par elle, nous continuerons à nous abstenir d'une censure amère qui peut offenser et ne peut instruire, et d'une louange exagérée, indigne de plaire à des hommes dignes de louanges.

Un poëte célèbre, M. Ducis, fixera nos premiers regards. Le succès d'Hamlet le fit connaître, il y a déjà quarante années. Le succès de Roméo et Juliette attira sur lui l'attention publique, et le théâtre retentissait encore des

applaudissemens donnés aux scènes fameuses
d'OEdipe chez Admète, quand M. Ducis obtint
l'honneur mémorable de remplacer Voltaire à
l'Académie française. On doit comprendre dans
la même époque le roi Léar et Macbeth, qui
suivirent immédiatement OEdipe. *Othello*, la
cinquième tragédie que M. Ducis ait imitée de
Shakespeare, appartient à l'époque actuelle.
Cette pièce a paru sur la scène avec deux catastrophes différentes. Il faut en convenir, le
dénoûment heureux que M. Ducis a cru devoir préférer, paraît contraire au ton général
de l'ouvrage, et plus encore au caractère d'O-
thello. D'un autre côté, le premier dénoûment
semblait trop dur. On ne s'accoutumait pas à
voir le jaloux Othello tuer Hédelmone, après
une longue explication. Ce n'est pas ainsi
qu'Orosmane, dans l'accès de sa jalousie, im-
mole une amante adorée ; et Voltaire, en adoptant la catastrophe de la pièce anglaise, s'était
bien gardé d'en imiter les incidens, la couleur
et l'exécution. Mais Zaïre est le plus intéressant des chefs-d'œuvre. En laissant cette belle,
tragédie à la place élevée qu'elle occupe, soyons
justes pour l'ouvrage de M. Ducis. La terreur
y est fortement soutenue ; on y trouve des
scènes profondes, des effets nouveaux, d'énergiques détails ; on remarque surtout les beaux

vers où la sombre tyrannie du gouvernement de
Venise est peinte avec une vérité si effrayante.
En composant la tragédie d'*Abufar*, M. Ducis
n'a suivi d'autre guide que son imagination, et
son imagination l'a bien conduit. Quelle fidélité
dans le tableau des mœurs arabes! quelle chaleur
impétueuse dans la passion de Pharan! combien Saléma est touchante! quel intérêt dans
les situations! quelle brillante originalité dans
le style! Là, plus richement que partout ailleurs, M. Ducis a déployé l'étendue de son talent poétique. Trois de ses anciens ouvrages
ont reparu sur la scène avec des changemens
considérables, *OEdipe*, *Macbeth* et *Hamlet*.
OEdipe n'est plus chez Admète : il est à Colone,
ainsi que dans la pièce de Sophocle, et la double
action a disparu. Peut-être l'unité n'est-elle pas
encore assez complète; Thésée peut-être est
trop occupé de son jeune fils Hippolyte, que
le spectateur ne voit point, et l'idée de refaire
dans un songe tout le récit de Théramène ne
paraît pas des plus heureuses. Mais le public a
vivement senti comme autrefois les beautés
répandues en foule dans les rôles d'OEdipe,
d'Antigone et de Polynice, et ces beautés sont
du premier ordre. Il en est d'égales dans Macbeth : le rôle principal en est rempli; le rôle
de Frédégonde en offre aussi beaucoup, et l'au-

teur l'a enrichi, durant l'époque actuelle, de cette terrible scène de somnambulisme qu'il n'avait osé tenter autrefois. Le rôle intéressant du jeune Malcolme est également nouveau dans la pièce, et nous croyons qu'elle est aujourd'hui, dans son ensemble, la meilleure tragédie de M. Ducis. Malgré les changemens, Hamlet pourrait essuyer plus de reproches. L'amour du héros pour Ophélie est tiède et dépourvu d'effet; son délire est plus sombre qu'imposant, et l'on est en droit de trouver un peu monotone une frénésie qui dure quatre actes; mais on ne doit qu'admirer lorsqu'on entend le prince danois, tenant en main l'urne funèbre où sont renfermées les cendres de son père, interroger une mère criminelle. Voilà un dialogue pathétique, des traits de maître, une scène vraiment supérieure, et il faut bien qu'elle le soit, puisque, malgré l'identité des situations, elle n'est point éclipsée par la superbe scène de Sémiramis et de Ninias. Il est donc juste de reconnaître en M. Ducis un des plus grands talens qui nous restent. Il serait possible de désirer qu'il fût plus régulier dans ses plans; mais ses plans sont toujours animés par d'énergiques peintures et de vigoureux détails. S'il imite souvent les compositions étrangères, aux beautés qu'il emprunte; il ajoute des beau-

tés égales. Imiter ainsi, c'est inventer. Aucun
poëte n'a mieux approfondi les sentimens de la
nature ; chez aucun la tendresse filiale ne parle
de plus près au cœur d'un père : il fait couler
de vertueuses larmes ; il fait jouer avec force le
ressort puissant de la terreur, et dans la partie
essentielle de la tragédie, dans l'art d'émouvoir, c'est un véritable modèle, que le siècle
qui commence et qui se félicite de le posséder
encore, présente à la postérité.

Il y a dix-sept ans, M. Arnault, très-jeune
alors, fit représenter sa première tragédie de
Marius à Minturnes. Le caractère fortement
tracé du héros, des traits énergiques, la belle
scène du Cimbre, la simplicité de l'action, la
noblesse élevée du style, assurèrent à l'ouvrage
un brillant succès. M. Arnault, l'année suivante, ne craignit point d'essayer un sujet
d'une excessive difficulté, celui de *Lucrèce.*
L'auteur a trop étudié son art pour ne pas condamner lui-même aujourd'hui l'amour de Lucrèce pour Sextus, et certes, dans une tragédie
pareille, il ne sacrifierait plus à cet esprit de
galanterie que Voltaire a signalé tant de fois
comme le vice radical de notre ancien théâtre.
Le délire simulé de Brutus, sous la tyrannie
de Tarquin, porte un caractère bien autrement tragique. Ce n'était pas une entreprise

vulgaire que de peindre ce vieux fondateur de
la plus illustre des républiques, cachant tout
l'avenir de Rome dans les replis de son âme
profonde, et jouissant avec délices d'un avilis-
sement passager qui assure la liberté de sa
patrie. Cette conception forte et neuve mérite
de rester au théâtre, et M. Arnault ne saurait
apporter trop de soins à perfectionner l'ouvrage où il a su l'exécuter. La tragédie de *Cincinnatus* présente, pour ainsi dire, l'âge d'or
de la république romaine ; et, ce qui est bien
honorable pour l'auteur, cette pièce, où
triomphe une liberté sage qui n'est autre chose
que l'empire des bonnes lois, fut composée
dans le temps horrible où triomphait parmi
nous un despotisme sanguinaire, paré du nom
de liberté. Dans *Oscar*, l'amour furieux et jaloux, l'amour vraiment tragique, est aux prises
avec l'amitié. L'énergie des passions s'y déploie, et la scène de Dermid et de Fillan est
remarquable par des traits du plus beau dialogue. Mais de tous les ouvrages de l'auteur,
celui qui a le plus complétement réussi, sans
en excepter Marius, c'est la tragédie des *Vénitiens*. Et comment ne pas rendre justice aux
scènes touchantes de Blanche et de Montcassin,
aux nobles développemens du rôle de Cappello,
surtout à l'effet d'un cinquième acte, aussi

original que tragique ! En général, M. Arnault cherche toujours et trouve souvent des idées nouvelles ; ses compositions lui appartiennent ; son style est nourri de pensées ; il est dans la force de l'âge, et ce qu'il a fait garantit ce qu'il est en état de faire encore. Il convient peut-être à des censeurs bassement jaloux de vouloir obscurcir tout succès auquel ils ne sauraient prétendre ; mais il est de l'honneur des gens de lettres, il est même de l'intérêt du public de prêter aux vrais talens un appui nécessaire à leur dignité comme à leurs progrès.

Peu de temps après le Marius de M. Arnault, parut la tragédie de la *Mort d'Abel*, composée par M. Legouvé. Cette heureuse imitation de Gessner ne pouvait manquer d'obtenir un grand succès. On y remarque à la fois la couleur aimable du rôle d'Abel, la couleur sombre et tragique du rôle de Caïn, l'extrême simplicité du plan, l'élégante pureté de la diction, beaucoup de beautés et peu de défauts. La tragédie d'*Épicharis et Néron* n'a pas eu moins d'éclat au théâtre. Ce n'est point ici le Néron naissant de Britannicus, un tyran qui va choisir entre le crime et la vertu : c'est Néron tout entier, dans la perfection de sa tyrannie, et par-là même dans une situation moins dramatique. Mais les rôles d'Epicharis et du célèbre

Lucain jettent de l'intérêt dans la pièce, et la terreur est portée au plus haut point dans la catastrophe. Loin de son palais qu'il a déserté, Néron, réfugié dans un humble asile, y reçoit sans cesse, et coup sur coup, des nouvelles de plus en plus effrayantes, jusqu'au moment où il se tue pour échapper à la mort des esclaves. L'agonie dure un acte entier : c'est beaucoup, mais l'horreur que le personnage inspire soutient l'attention des spectateurs ; ils jouissent de la longueur même de ses remords et de ses tourmens ; c'est Néron qui meurt. Après avoir peint dans *Fabius* l'austérité des armées romaines, et cette discipline inflexible qui lui soumit trente nations, M. Legouvé, remontant jusqu'à ces tragiques familles dont les crimes et les malheurs retentissent depuis vingt siècles sur toutes les scènes, a traité dans *Étéocle et Polynice* un sujet désigné par Boileau comme indigne de l'épopée, et qui peut-être n'est guère plus convenable au théâtre. Racine, il est vrai, l'avait choisi, mais dans sa jeunesse, quand il n'était pas Racine encore, et qu'il n'avait pas approfondi le grand art qui lui doit sa perfection. M. Legouvé n'a pas craint des difficultés qu'il a su franchir en partie ; il a distingué par des nuances bien saisies les deux personnages principaux, quoiqu'ils soient à peu près également odieux. Une action sagement conduite, et des scènes fortement dialoguées, rendent sa pièce recommandable. En faisant paraître OEdipe, dans les deux derniers actes, comme on le voit intervenir dans les Phéniciennes d'Euripide, il a trouvé le moyen de répandre quelque intérêt sur un sujet ingrat, et plus terrible que tragique. Le même poëte, essayant la tragédie moderne, n'a pas cru que le sujet de la *Mort de Henri IV* fût impossible à traiter. Sa pièce a réussi, mais elle a essuyé de nombreuses critiques. On a surtout reproché à l'auteur d'avoir trop légèrement impliqué dans l'assassinat de Henri IV le duc d'Epernon, la cour d'Espagne, et jusqu'à la reine Marie de Médicis. Les réponses de M. Legouvé sont dignes d'examen. A-t-il outre-passé toutefois les priviléges du théâtre, au moins à l'égard de Marie? Qu'il nous soit permis de laisser la difficulté indécise. En pénétrant au cœur de l'ouvrage, ne serait-on pas obligé d'avouer que le personnage de Henri IV exigeait une touche plus ferme et plus franche? Des querelles de ménage, pour être conformes à la vérité historique, atteignent-elles la hauteur de la tragédie et d'un héros consacré par de si chers souvenirs? On pouvait agiter ces

question; avec la politesse qui devrait toujours distinguer des écrivains français, et la
mesure convenable, en jugeant les productions d'un homme de mérite : mais il fallait
en même temps savoir apprécier l'habileté
dont l'auteur a fait preuve, soit dans l'action
générale, soit dans les diverses parties de son
ouvrage; les ressources qu'il a déployées dans
les scènes difficiles; les morceaux éloquens
qu'il a semés dans le beau rôle de Sully ; enfin,
cette versification mélodieuse que nous avons
déjà remarquée dans ses petits poëmes, et que,
loin des illusions du théâtre, les lecteurs aiment à retrouver encore dans les tragédies
qu'il a publiées.

Plusieurs années avant les temps dont nous
traçons le tableau littéraire, M. Lemercier,
touchant à l'extrême jeunesse et presque à l'enfance, avait essayé le genre tragique. Il y a
quinze ans, ces essais renouvelés promirent
davantage; on entrevit même dans *le Lévite
d'Éphraïm* quelques lueurs d'un beau talent
qui se révéla bientôt, et brilla de tout son éclat
dans la tragédie d'*Agamemnon*. Là, nul inci-
dent inutile ; la marche est à la fois rapide et
sage, Eschyle et Sénèque sont imités, mais avec
indépendance. Le caractère artificieux et profond d'Égisthe, les agitations de Clytemnestre

qui résiste avec foiblesse et succombe à l'ascendant du crime, le rôle naïf d'Oreste ado-
lescent, et bien plus encore les scènes pleines
de verve de la prophétesse Cassandre, ont déterminé les suffrages publics en faveur de cette
pièce, regardée par les connaisseurs comme
un des ouvrages qui ont le plus honoré la
scène tragique à la fin du dix-huitième siècle.
Depuis, et même dans *Ophis,* qui d'ailleurs
est loin d'être sans beautés, M. Lemercier
semble inférieur à lui-même. Il vient de faire
imprimer une tragédie non représentée. Son
héros principal est *Baudoin,* comte de Flan-
dre, celui qui, durant les croisades de Philippe-Auguste, osa fonder à Constantinople
l'éphémère empire des Latins. Il y a de grands
traits dans cet ouvrage, moins, il est vrai, dans
les rôles de Baudoin et de son épouse, que
dans ceux du Vénitien Dandolo, et d'Athana-
sie, sainte et prophétesse. Cette Cassandre chrétienne et la pièce entière produiraient peut-
être au théâtre un effet imposant et religieux,
si d'habiles acteurs étaient secondés par un
auditoire attentif. Elle contient pourtant des
choses hasardées ; l'auteur s'en permet dans
presque toutes ses productions. Il faut tout
dire : on lui reproche d'avoir contracté des habitudes de style que les spectateurs et les lec-

teurs ne sauraient prendre aussi vîte que lui.
A force de vouloir être neuf, il a, dit-on,
dans le choix des mots et des tournures une
recherche plus pénible qu'originale. Nul n'est
plus en état que M. Lemercier de peser ces
observations, et d'y faire droit, s'il y trouve
quelque justesse. Doué d'un esprit étendu,
brillant et facile, il n'a qu'à redevenir naturel, assuré qu'il lui est impossible d'être vulgaire. A ce prix, de nouveaux succès l'atten-
dent, et la scène française doit compter sur
lui, puisqu'il a fait Agamemnon.

Bien différent, en ce point, du poëte dont
nous venons de parler, c'est dans la matu-
rité de l'âge que M. Raynouard a donné sa
première et jusqu'à présent sa seule tragédie
connue, *les Templiers*. En traitant l'histoire
moderne après Voltaire et quelques autres, il
ne pouvait choisir un sujet qui fût plus heureux. Non-seulement il faisait justice d'un
grand abus du pouvoir, ce qui plaît toujours
aux hommes rassemblés, mais il célébrait
des victimes révérées encore en Europe par des
sociétés nombreuses : il rendait hommage aux
vertus d'un ordre qui s'est survécu à lui-même
par une influence toujours cachée, mais toujours puissante et prolongée jusqu'à nos jours;
du moins, s'il faut en croire des historiens

accrédités, d'illustres philosophes, et spécialement Condorcet. La tragédie de M. Raynouard a excité de vifs applaudissemens et
des censures non moins vives. Mais des critiques passionnés, qu'irrite l'approbation générale, n'ont pu servir ni l'auteur ni l'art. Pour
reprendre utilement les défauts, on doit sentir
les beautés et les faire sentir. La marche de
la pièce est quelquefois un peu lente, mais
elle n'offre point d'écart. Le style n'est pas
exempt de sécheresse, mais il est presque toujours correct ; il n'abonde pas en tours poétiques, il est plein de pensées énergiques et
saines : on désirerait quelquefois plus d'élégance, jamais plus de force et de précision.
Si la scène de Ligneville et les formes du
récit rappellent des pièces déjà connues sur
la scène tragique, on ne peut contester à l'auteur un trait superbe de ce même récit, et,
dans les différens actes, plusieurs traits d'un
dialogue nerveux et rapide, des tirades animées, beaucoup de chaleur et de mouvement.
On a généralement senti l'inutilité du rôle de
la reine ; celui du chancelier n'est guère plus
utile, et c'était bien assez d'un ministre persécuteur. Il serait même à souhaiter que le
personnage intéressant du connétable fût lié
plus intimement à l'action. En regardant de

près Philippe-le-Bel, il faut bien le dire encore, à travers des touches indécises, on cherche, sans la trouver, la physionomie de ce prince remarquable, qui distingua si bien le temps où il devait braver la cour de Rome, et le temps où il pouvait la gouverner en l'invoquant; qui sut calculer tout son règne; qui, despotique et populaire, fit à la fois du bien et du mal, non par inclination, mais par intérêt, et ne choisit des vertus et des vices que ce qui pouvait lui être utile. Mais quelle dignité imposante, et souvent quelle noble éloquence dans les discours du grand-maître! Quelle heureuse idée que celle du jeune Marigni, associé secrètement à ces templiers dont son père a juré la ruine, osant prendre leur défense au fort du péril, révélant son secret quand il ne peut plus que partager leur infortune, se dévouant pour eux, mourant avec eux, et commençant, par cet héroïque sacrifice, le châtiment de son père coupable! Voilà un personnage bien inventé jeté au milieu de l'action; voilà des incidens qui produisent un intérêt puissant sur tous les cœurs, parce qu'il est fondé sur la morale; et cette belle conception tragique, la partie la plus recommandable de l'ouvrage, suffirait seule pour justifier l'éclatant succès qu'il a obtenu dans sa nouveauté.

21

Nous avons à parler encore de trois pièces, puisqu'elles ont réussi d'une manière marquée: l'*Abdélasis* de M. de Murville, représenté pour la première fois, il y a seize ans, et remis au théâtre l'année dernière, tient plus du roman que de la tragédie. Le quatrième acte offre cependant des situations fortes, trop fortes même pour l'ensemble de la pièce; mais on peut, et par conséquent on doit louer dans cet ouvrage la pureté de la diction, la douceur et l'harmonie des vers. Ces qualités sont au moins aussi remarquables dans le *Joseph* de M. Baour-Lormian. Une froide intrigue d'amour, une froide conspiration, déparent, il est vrai, cette tragédie. Joseph ne doit être occupé que de son père et de sa famille; Siméon n'a pas besoin de conspirer pour être odieux. Mais le petit rôle de Benjamin respire la candeur la plus aimable; l'entretien de cet enfant avec Joseph est d'un intérêt plein de charme, et cette scène bien conçue, bien écrite, supérieurement jouée, n'a pas contribué médiocrement au succès de la pièce entière. Une scène entre Joseph et Siméon mérite aussi d'être distinguée. Au reste, ce sujet a toujours réussi. On voit, par une lettre de madame de Maintenon, que le Joseph de l'abbé Genest, représenté à la cour, en concurrence avec le chef-d'œuvre d'Athalie, le fit

tomber pour la seconde fois, long-temps après
la mort de Racine. Il ne faut pas trop s'en étonner : les courtisans n'étaient point assez connaisseurs pour apprécier les beautés sévères
d'Athalie. Joseph présente une fable heureuse,
pathétique, facile à suivre, facile même à traiter. La pièce est faite dans la Genèse, et mieux
que dans toutes les tragédies composées, soit
pour le collège, soit pour le théâtre. Lorsqu'on
veut tirer un sujet de la Bible, les petites inventions modernes ne peuvent que nuire à la vérité
du ton général. Le vrai talent consiste à tout
emprunter du modèle. C'est ce qu'a senti parfaitement, et ce qu'a fait deux fois notre immortel Racine. Ce grand poëte avait trop de
goût pour allier des couleurs disparates, et trop
de véritable génie pour inventer mal à propos.

L'*Artaxerce* de M. Delrieu vient d'obtenir aux
représentations un succès que la publication de
la pièce a diminué, mais qui n'en est pas moins
légitime à beaucoup d'égards. C'est une imitation d'un célèbre opéra de Métastase. Quelques
scènes de fadeur, regardées en Italie comme
nécessaires au genre du drame lyrique, ont été
supprimées avec raison par l'auteur français. Il
est fâcheux qu'en récompense il ait ajouté deux
premiers actes aussi froids qu'inutiles, qui servent d'introduction à la tragédie, ou plutôt

qui forment eux-mêmes une tragédie préliminaire. Jamais la duplicité ne fut si évidente,
et jamais elle ne fut moins excusable ; car le
sujet, tel qu'il est traité dans la pièce originale
et dans les trois derniers actes de la copie,
offre des incidens plus multipliés qu'aucun des
chefs-d'œuvre de la scène française, inférieure
toutefois à la scène grecque pour la simplicité
des compositions. Artaxerce n'est pas d'un effet
médiocre. Les rôles de l'ambitieux Artaban et
de son vertueux fils Arbace, offrent un contraste aussi frappant que bien soutenu ; et, ce
qui vaut mieux encore, du jeu de ces deux caractères naissent les principales situations, entre autres la scène du jugement, et la scène non
moins belle qui dénoue la pièce. Le ressort est
des plus tragiques, et cette conception de maître honore le génie de Métastase. M. Delrieu
a risqué de légers changemens, dont quelques-
uns sont heureux. Qu'Arbace arrache des mains
de son père le glaive teint du sang de Xerxès,
voilà qui est noble et bien trouvé. Qu'à l'exemple de Cléopâtre, dans Rodogune, Artaban
boive le poison qu'il avait préparé pour un
autre usage : voilà qui est conforme aux mœurs
de ce personnage atrocement intrépide. Mais
qu'Artaxerce porte l'amitié jusqu'à tirer secrètement de prison Arbace, condamné par son

propre père, comme assassin du père d'Artaxerce, voilà qui dépasse toutes les convenances. C'est d'ailleurs faire d'Artaban un cons-
pirateur maladroit, qui se laisse gagner de
vitesse, et ne sait pas même prendre ses me-
sures pour sauver un fils qu'il a condamné à
mort, et qu'il prétend couronner. Le poëte
italien joint au mérite de l'invention le mérite
non moins rare d'un style aussi noble qu'harmonieux. Pourquoi M. Delrieu ne l'a-t-il pas
imité en tout? Pourquoi sommes-nous contraints d'avouer que sa pièce est écrite avec une
extrême sécheresse? Cependant à la suite de
cette tragédie, il a publié des notes où l'on apprend qu'il est fort supérieur à Métastase. Un
jour il aura quelque peine à relire ces notes
étranges : peut-être même aura-t-il le bon esprit de les supprimer, quand l'étude lui aura
fait sentir qu'on ne doit ni gâter, ni surtout
dénigrer les modèles, et que, pour s'assurer des
louanges durables, il faut les mériter et les
attendre.

Les tragédies les plus remarquables de ces
vingt dernières années se distinguent par une
action simple, souvent réduite aux seuls personnages qui lui sont nécessaires, dégagée de
cette foule de confidens aussi fastidieux qu'inutiles, de ces épisodes qui ne font que retarder

la marche des événemens et distraire l'attention
des spectateurs ; de ces fadeurs érotiques si anciennes sur notre théâtre, introduites, par la
tyrannie de l'usage, au milieu de quelques chefs-
d'œuvre, prodiguées par les prétendus élèves
de Racine, frequentes dans les sombres tragédies de Crébillon, signalées par Voltaire, et
désormais bannies de la scène comme indignes
de la gravité du cothurne. Le caractère philosophique, imprimé par ce grand homme à la
tragédie, s'est également conservé dans le choix
de quelques sujets et dans la manière de les
traiter. C'est encore à l'exemple de Voltaire
que l'on a tenté les diverses routes de l'histoire
moderne. On ne s'est pas même borné, comme
lui, à des époques générales ; on a retracé des
événemens mémorables, on a exposé les excès
du fanatisme et les abus du pouvoir avec cette
vérité sévère qui convient à la tragédie historique. Nous avions déjà des modèles de cette
vérité dans plusieurs pièces tirées de l'histoire
ancienne ; mais, il faut l'avouer, l'histoire moderne est bien plus difficile à traiter au théâtre.
C'est peu que les mœurs en soient moins poétiques : une religion tout autrement grave que
le polythéisme, en voulant former un pouvoir
séparé du pouvoir civil, ou, pour mieux dire,
un pouvoir suprême, en agissant sur l'univer-

salité des choses humaines, n'aime pourtant pas
à figurer avec elles sur la scène qui les représente. Comment donc traverser le moyen âge,
rempli, durant cinq siècles, des guerres du sacerdoce et de l'empire ? Comment peindre le
seizième siècle, où, depuis Louis XII jusqu'à Henri IV, depuis Jules II jusqu'à Sixte-
Quint, l'Europe entière est agitée par des religions rivales et par les discordes sanglantes
qu'elles n'ont cessé de produire ? Pour les monarques, pour les ministres, ils ont été vertueux ou méchans. Ne faut-il pas les faire
parler, les faire agir comme ils ont parlé,
comme ils ont agi ? Contredira-t-on tous les
historiens, pour flatter la mémoire d'un mauvais prince ? Mais quelle estime obtiendront
des ouvrages faits dans cet esprit ? Ne produira-
t-on sur la scène que les personnages consacrés
par la vénération publique ? Mais, sans parler
des contrastes si indispensables dans les ouvrages dramatiques, de quelque genre qu'ils
soient, c'est vouloir écarter de la tragédie non-
seulement ce qu'il y a de plus moral, mais ce
qu'il y a de plus tragique ; le spectacle de la
vertu courageuse aux prises avec le crime puissant. Si l'on eût jadis observé ces ménagemens
étranges, nous n'aurions pas la Mort de Pompée,
Rodogune, Héraclius, Nicomède, Britannicus

Athalie, Mérope et Mahomet. Que peint la
tragédie ? des passions. Quelles passions ? celles
des hommes qui furent à la tête des états. Que
résulte-t-il de ces passions ? des crimes et des
malheurs. De là découlent la terreur et la piété :
hors de là , point de tragédie. Elle fut telle chez
les Grecs, telle parmi nous, telle en Angleterre : sa nature ne saurait changer ; mais l'esprit du dernier siècle et les progrès de la raison
humaine ont encore augmenté l'importance du
plus grave des genres de poésie. Il faut donc,
pour le bien traiter , surtout aujourd'hui, réunir beaucoup de choses dont la réunion n'est
pourtant pas facile : le talent d'écrire en vers
avec une dignité simple, énergique et touchante, l'étude continuelle du cœur humain ,
une connaissance profonde de l'histoire, de
la morale, de la politique, la haine des préjugés, l'amour de la vérité , le désir inaltérable
et le droit de servir sa cause.

CHAPITRE XI.

LA COMÉDIE.

Corneille, qui créa parmi nous tout l'art dramatique, a laissé un modèle dans la haute comédie. En effet, si l'on peut reprocher plusieurs défauts à la pièce du *Menteur*, du moins le caractère principal est-il admirablement traité. Un génie non moins étonnant, Molière, à qui nul philosophe n'est supérieur, à qui nul poëte comique n'est égal, porta tous les genres de comédie à leur perfection. Loin de lui, à des intervalles plus ou moins grands, se font remarquer ses successeurs. On aimera toujours la gaîté ingénieuse et brillante de Regnard, la finesse originale de Dufresny, l'habileté de Destouches, la force comique de Lesage, qui seul atteignit presque Molière dans le chef-d'œuvre de Turcaret. Plus tard, Piron et Gresset, par deux beaux ouvrages, soutinrent la comédie dans son éclat. Mais de leur temps même, on la vit mélancolique avec Lachaussée, minaudière avec Marivaux. Cés défauts réussirent, ou plutôt passèrent, grâce aux qua-

lités qui les rachetaient. On négligea cette
remarque, et les défauts furent contagieux,
bientôt même exagérés. Lachaussée n'avait été
qu'attendrissant, on devint sombre; et le style
précieux de Marivaux fut surpassé par un jargon
ridicule. Telle était parmi nous la comédie,
il y a trente ou quarante ans. Bien peu d'auteurs surent éviter à la fois deux écueils également dangereux.

M. Cailhava, qui doit être compté dans ce
très-petit nombre, a continué de rester fidèle
aux principes de la vraie comédie. C'est dans
le commencement de l'époque actuelle qu'il
a fait représenter les *Ménechmes grecs*. C'était
une tentative assez hardie, que d'offrir de nouveau sur la scène un sujet traité par Regnard
avec la verve inépuisable qui distingue les productions de ce charmant poëte comique. M. Cailhava, néanmoins, a complétement réussi, en
suivant de plus près les traces de Plaute, quant
à l'action, mais en refondant presque tous les
caractères de la pièce latine. Le public s'est
empressé de rendre justice à la peinture piquante des mœurs de la Grèce, à la vérité des
situations, au naturel du dialogue, au mérite
rare d'une gaîté franche qui ne dégénère pas
en bouffonnerie. Les connaisseurs ont retrouvé
dans cet ouvrage le mérite qu'ils avaient senti

dans le Tuteur dupé, comédie qui a fondé
la réputation de l'auteur, et qui tient son
rang parmi les bonnes pièces d'intrigue composées durant le cours du dernier siècle.
M. Laujon, l'un des meilleurs chansonniers
français, d'ailleurs avantageusement connu par
les opéras d'Églé, de Silvie, d'Isméne et Ismé-
nias, et plus encore par la jolie comédie lyrique de l'Amoureux de quinze ans, a mérité
sur la scène française un succès flatteur. Sa
petite comédie du *Couvent* brille de cette fraî-
cheur, et, pour ainsi dire, de cette jeunesse
d'esprit qui le fait remarquer encore. Il s'est
toujours occupé depuis, il s'occupe aujourd'hui
même de nouveaux ouvrages, et le public sourit avec bienveillance à l'heureux enjouement
d'un vieillard qui a conservé l'habitude d'être
aimé, en ne perdant pas celle d'être aimable.
Quand M. Laya donna au théâtre sa comédie
de l'*Ami des lois*, déjà l'anarchie menaçante
allait se perdre dans cette tyrannie qui fut
exercée au nom du peuple ; mais le talent lui-
même a besoin de beaucoup de temps pour
bien écrire, et surtout pour bien écrire en
vers français ; la pièce paraît avoir été composée trop vite. Quoi qu'il en soit, l'auteur y fit
preuve d'une noble audace, et de ce genre d'é-
loquence qu'une noble audace est sûre de don-

ner. Aussi l'Ami des lois fut-il accueilli par la
faveur publique; car, en ce genre, un nombreux
auditoire applaudit toujours au courage dont il
ne court point les risques. Peu de temps après,
M. François (de Neufchâteau) attira sur lui
une honorable persécution, en répandant des
idées saines et vraiment philosophiques dans
sa comédie de *Paméla*. Cette pièce obtint
à juste titre un succès qui s'est constamment
soutenu ; elle intéresse vivement les spectateurs ; elle est conduite avec art, elle est de
plus très-bien versifiée : c'est, comme on sait,
une imitation de Goldoni, qui lui-même avait
imité le beau roman de Richardson. Mais si la
forme de l'ouvrage et l'ordonnance de ses diverses parties appartiennent à l'auteur italien,
les détails ont été bien embellis par l'auteur
français. Toujours égal à Goldoni pour la composition des scènes, M. François lui est toujours supérieur pour l'exécution. Voilà comme
il est difficile et comme il est bon d'imiter.

Ici, nous trouvons à la fois trois poëtes
comiques dignes d'une attention spéciale. Le
plus jeune des trois, M. Andrieux, s'était fait
connaître avant les deux autres ; mais puisque
les ouvrages de Fabre d'Églantine se présentent les premiers dans les temps que nous
parcourons, c'est par lui que nous allons com-

mencer. Fabre, alors âgé de plus de trente
ans, donna, sans aucun succès, deux grandes
comédies en vers. Il fut dénigré d'abord ; et,
ce qui est pire, il était à peu près oublié,
quand le *Philinte de Molière* parut. Moins on
avait espéré de l'auteur, et plus le succès de
sa nouvelle comédie fut éclatant. Si l'on en
croit J.-J. Rousseau, dans sa lettre sur les
spectacles, le Philinte du Misanthrope n'est
pas seulement un homme poli, c'est un égoïste.
Il n'est pas sûr que cette remarque ait beaucoup de justesse ; et Molière, en traçant le caractère d'un personnage, ne proposait point
d'énigme à deviner. Mais tel est l'ascendant
des écrivains supérieurs ; quelques mots hasardés par l'auteur d'Émile ont fait concevoir une
belle comédie. Laharpe trouve un excès de
vanité dans l'idée même de la pièce ; Laharpe
aurait dû mieux s'y connaître, et le reproche
est injuste. L'auteur ne fait pas un nouveau
Misanthrope, comme d'autres ont fait un nouveau Tartufe ; il se donne pour imitateur ; il
adopte les principaux personnages de Molière ;
il se met à sa suite, et non pas en concurrence avec lui. Comment Laharpe ne l'a-t-il
pas senti ? Pourquoi veut-il affaiblir les éloges
qu'il est forcé de donner à la comédie du
Philinte ? On devine aisément ses motifs. Elle

avait deux grands torts à ses yeux ; c'était l'ouvrage d'un de ses comtemporains , et cet ouvrage avait réussi. Le style en est plein de
défauts , sans doute : quelquefois énergique ,
il est plus souvent dur , incorrect et bizarre.
Mais si la pièce était bien écrite , après les
chefs-d'œuvre de Molière , toujours seul sur
le trône où l'a placé son génie , quelle haute
comédie serait comparable au Philinte ? Depuis
cent années , la scène comique offre-t-elle un
rôle aussi brillant , aussi noble , aussi bien
soutenu que le personnage d'Alceste ? N'est-
ce pas une situation fortement conçue que
celle de Philinte puni de son égoïsme par la
fraude même qu'il tolérait si paisiblement
quand il n'y voyait que le mal d'autrui ? La plénitude et la simplicité de la fable annoncent-elles
un esprit vulgaire ? Le même genre de mérite
brille encore , mais d'un moindre éclat , dans
les autres productions de Fabre d'Églantine.
Le *Convalescent de qualité* abonde en 'force
comique. L'*Intrigue épistolaire ,* dont les incidens et les détails ne prouvent pas un goût
difficile , offre en récompense un dialogue rapide , une gaîté continue , qui rachètent bien
des défauts , du moins à la représentation. La
comédie des *Précepteurs,* ouvrage posthume,
et que l'auteur ne croyait point avoir achevé;

présente une conception philosophique et des
scènes originales. Ces diverses productions sont
également déparées par un mauvais style. Il y
a plus : Fabre affectait cette diction singulière,
et l'avait réduite en système ; il écrivait d'ailleurs très-vite, secret infaillible pour mal
écrire. Mais on ne saurait lui contester une
imagination féconde, de l'art dans les compositions, de la vigueur dans la peinture des
caractères ; et malgré tout ce qu'on peut lui
reprocher, les critiques équitables placeront
toujours l'auteur du Philinte de Molière parmi
nos vrais poëtes comiques.

On a vu paraître, dans la même époque, une
comédie célèbre de Colin d'Harleville ; et déjà
ce poëte avait affermi sa réputation par trois
succès. L'*Inconstant*, son premier ouvrage,
offrait, quant au fond du sujet, quelques rapports avec l'Irrésolu. Mais si la pièce de Destouches n'est pas aussi faible d'intrigue que celle
de Colin, si les personnages accessoires y sont
beaucoup moins négligés, il s'en faut bien que
le personnage principal y soit peint d'aussi
vives couleurs. L'Inconstant n'est pas seulement très-comique, il est encore très-aimable ;
et ce rôle, un des mieux conçus qu'il y ait au
théâtre, est en même temps, pour le style, ce
que l'auteur a produit de plus brillant. L'*Opti-*

miste et les *Châteaux en Espagne* étincellent
de traits charmans ; l'auteur y a prodigué ces
détails heureux dont il savait enrichir ses ouvrages : mais on y désirerait dans les situations
plus de cette force comique, mérite éminent
des pièces de caractère, et que les deux sujets
semblaient appeler. Ce fut alors que Fabre
d'Églantine se mit en concurrence ouverte
avec Colin d'Harleville. D'abord, sous le titre
du *Présomptueux*, il refit les Châteaux en Espagne, et la lutte ne lui fut point avantageuse.
Bientôt, dans la préface du Philinte de Molière, préface indigne d'une telle pièce, il se
permit d'attaquer, sans aucune mesure, et la
comédie de l'Optimiste, et jusqu'aux intentions
morales de l'auteur. A cette hostilité, si convenable aux détracteurs par état, mais si étrange
de la part d'un homme de mérite, Colin répondit, comme les vrais talens peuvent seuls répondre, par un excellent ouvrage. Plusieurs
qualités manquaient à ses premières productions : rien ne manque au *Vieux Célibataire ;* le
caractère principal est supérieurement dessiné;
l'artificieuse gouvernante est d'une vérité parfaite ; chacun des personnages accessoires est ce
qu'il devait être ; l'intérêt, la force comique
animent les différentes situations ; le style est
élégant, le dialogue ingénieux et vif, l'effet

général complet. Enfin le Vieux célibataire occupe un rang élevé parmi les comédies du dix-
huitième siècle, et, sans contredit, la première
place entre les comédies de Colin d'Harleville.
Les ouvrages que l'auteur a composés depuis,
sont loin de mériter autant d'éloges. Toutefois,
dans les *Mœurs du jour*, son talent se réveille
encore, mais à de longs intervalles. Son style,
d'ailleurs plein de naturel et de grâce, s'affai-
blissait depuis quelque temps par une manière
expéditive, et qui n'était pas exempte d'incor-
rection; ses vers, souvent dépourvus de césure,
ne conservaient plus, des formes de notre poésie,
que la rime et le nombre des syllabes. Nous
faisons cette remarque pour les jeunes gens,
qui ne l'imitent que trop en ce point, le seul
où il soit aisé de l'atteindre, et plus aisé de le
surpasser. Les maladies, et les chagrins par qui
les maladies deviennent incurables, nous l'ont
enlevé trop tôt; le sort dont il ne jouissait pas,
mais dont il était digne, un sort heureux l'aurait conservé sans doute à l'amitié qui le regrette, et à la scène française qu'il aurait pu
long-temps honorer.

Si quelque poëte comique devait se croire
un rival à craindre pour Colin d'Harleville,
c'est assurément M. Andrieux; mais il a préféré
d'être ou plutôt de rester son ami; car il l'était

presque dès l'enfance ; il l'a constamment aidé
de ses conseils, de ses talens même, au point
d'écrire une scène entière de l'Optimiste, et ce
n'est pas la moins bien écrite. M. Andrieux,
dans son coup d'essai, la petite pièce d'*Anaximandre*, s'était distingué de très-bonne heure
par cette diction pure, élégante et facile qu'il a
toujours conservée. *Les Étourdis* firent sa réputation : ce fut à bien juste titre ; et, depuis
les Folies amoureuses, il serait peut-être impossible de citer une seule comédie en trois
actes qui réunisse, au même degré que les
Étourdis, le charme d'une versification brillante, la gaîté du dialogue, l'originalité des caractères, et la piquante variété des situations.
Plus récemment, dans une petite pièce agréable et morale, et lorsque des clameurs violentes
s'élevaient contre la philosophie, M. Andrieux
s'est honoré lui-même en sachant honorer la
mémoire du Philosophe Helvétius. Dans le
Souper d'Auteuil, c'est à Molière qu'il rend
hommage ; une intrigue légère, mais intéressante, anime la pièce, égayée souvent par les
distractions du bon La Fontaine, et par les
saillies plaisantes de Lulli. Le ton de cet ouvrage,
et du précédent, et le choix heureux des sujets,
devraient éclairer quelques auteurs modernes,
qui, n'ayant pas étudié les convenances du

théâtre, y présentent des écrivains médiocres
comme des talens supérieurs, ou, ce qui est
pire encore, y travestissent, sans le vouloir,
des hommes supérieurs en hommes médiocres,
et vont jusqu'à leur prêter l'ignoble esprit des
calembours. Dans la comédie en cinq actes
intitulée *le Trésor*, M. Andrieux n'a point dé-
généré. Une scène de vente a paru surtout fortement comique ; elle ne surpasse pas néanmoins la première scène écrite en vers excellens, et l'une des plus belles expositions que
puisse offrir notre théâtre. Les qualités distinctives du talent de M. Andrieux sont la finesse et
le badinage élégant. Chez les Grecs, Thalie
était à la fois Muse et Grâce ; c'est un avis
donné aux poëtes comiques, et personne ne
l'a mieux entendu que M. Andrieux. Il ne
court point après les détails agréables, mais il
les trouve à volonté ; toujours plaisant, jamais
bouffon ; toujours ingénieux, jamais bel-esprit.
Il a composé des comédies qui ne sont pas connues encore ; on doit souhaiter qu'il les donne
bientôt, et qu'il en compose de nouvelles ; il
faut des productions telles que les siennes pour
maintenir au théâtre la pureté de la langue et
du goût.

Un digne ami des deux poëtes qui viennent
de fixer notre attention, M. Picard, les a suivis

d'assez près dans la carrière. Vingt-cinq comédies qu'il a fait représenter avant l'âge de quarante ans, prouvent son extrême facilité. Toutes ne sont pas d'une égale force, et l'habitude de composer rapidement peut même avoir influé sur l'exécution du plus grand nombre. Beaucoup ont réussi cependant, et leur succès n'est point usurpé; car elles présentent toujours des idées originales, des peintures vraies, des ridicules bien saisis. A la tête de ses comédies en vers, nous croyons devoir placer *Médiocre et Rampant, le Mari ambitieux*, et surtout *les Amis de Collége*, pièce moins importante que les deux autres, du moins quant au fond du sujet, mais plus remarquable par le mérite d'une versification soignée. Ses meilleures comédies en prose nous paraissent être *le Contrat d'union, la Petite Ville* et *les Marionnettes*, ouvrage frivole en apparence, mais en effet très-philosophique. Il faut ajouter à cette liste, déjà considérable, deux petites pièces fort jolies, *les Ricochets* et *M. Musard*. Nous l'avons assez fait entendre, en général les vers de l'auteur sont peu travaillés. Dans sa prose même, d'ailleurs si naturelle et si rapide, on voudrait trouver moins rarement de ces mots forts qui dessinent une scène, ou qui peignent un caractère, et dont

Turcaret offre le modèle. On pourrait aussi lui reprocher d'aimer trop à faire justice des ridicules subalternes, et d'épargner les classes élevées, chez qui pourtant les ridicules ne sont pas plus rares que les vices. Ce n'était pas la pratique de Molière ; il est vrai que son génie n'était resserré par aucune entrave. Au reste, la gaîté, l'invention, l'art d'observer, l'intention prononcée de corriger les mœurs, et le talent difficile de bien développer le but moral sans refroidir la comédie ; telles sont les qualités essentielles d'un auteur comique, et M. Picard les réunit. Aujourd'hui donc qu'il voit sa réputation établie et ses talens récompensés, s'il parvient à moins produire en travaillant davantage, on peut lui garantir, sans trop de hardiesse, des succès encore supérieurs à ceux qu'il a justement obtenus.

Nous serons courts en parlant de Demoustier, car nous ne pouvons risquer son éloge. Il a donné trois comédies en vers, *Alceste à la campagne*, *le Conciliateur*, et *les Femmes*. La première est complétement oubliée, et l'on n'a plus rien à dire sur cette faible suite du Misanthrope ; les deux dernières, grâce au jeu des acteurs, sont encore écoutées au théâtre, plutôt avec indulgence qu'avec plaisir. On estime l'exposition du Conciliateur ; mais une fable

obscure et mal tissue, de fades madrigaux, de
froides épigrammes, des rôles sans effets, des
scènes inutiles, déparent le reste de la pièce.
La comédie des Femmes a les mêmes défauts,
et mérite des reproches plus graves. Quel est le
sujet de cet ouvrage? Un jeune homme entouré
de cinq ou six femmes qui sont aux petits soins
pour lui, qui viennent le regarder dormir, et
qui lui font tour à tour de tendres déclara-
tions : son oncle, séducteur de profession, survient, reconnaît deux ou trois femmes qu'il a
trompées, et s'explique avec elles en les persif-
flant. Est-ce bien dans la bonne compagnie
que Demoustier avait observé ces mœurs singulières? Quant au style, jamais il n'est naturel, quoiqu'il soit toujours facile, et souvent
même beaucoup trop. L'auteur a de l'esprit
sans doute, mais rarement celui qu'il faut
avoir. Il fait sans cesse des portraits; mais il ne
peint pas, il enlumine : heureusement il est le
dernier qui ait voulu conserver au théâtre un
genre insipide et faux, que plusieurs beaux-
esprits du dix-huitième siècle avaient pris mal à
propos pour la comédie.

Un sujet agréable et des scènes intéressantes
ont fait réussir *la Belle Fermière*, ouvrage de
mademoiselle Candeille. Ce n'est pas sans succès que Flins a donné sa *Jeune Hôtesse*, imitée

de Goldoni. Cependant, malgré quelques vers
bien tournés, on sent que l'auteur français n'a
pas toujours assez d'esprit pour le besoin qu'il
a d'en montrer. La petite pièce à tiroir qu'il
avait donnée au commencement de la révolution, sous le nom du *Réveil d'Épiménide,* était
plus ingénieuse et mieux écrite. Chéron, mort
préfet de la Vienne, nous a laissé une comédie de caractère, intitulée *le Tartufe de
mœurs.* Quand elle fut représentée, d'abord
sous le titre plus modeste de l'*Homme à sentimens,* l'auteur négligea d'avertir que sa pièce
était une copie de l'École de la médisance, comédie célèbre de M. Shéridan, et la meilleure
qui ait paru en Angleterre depuis Congrève et
Fielding. En donnant Paméla, M. François
avait cru devoir manifester les obligations qu'il
avait à Goldoni; cette fois pourtant la copie
était bien supérieure à l'original. Ici M. Shéridan est loin d'être égalé par son copiste: la
pièce française est en vers; mais la prose nerveuse et concise de l'auteur anglais vaut mieux
que des vers traînans et vides. Chéron a sup-
primé, il est vrai, quelques hardiesses; mais il
attiédit les effets comiques; il énerve la vigueur
des scènes, il décolore les détails, et tous les
bons mots disparaissent; car il n'y a plus de
bons mots où il n'y a plus de précision. Cette

imitation faible a pourtant réussi ; en effet les situations restent, et l'empreinte originale est si forte, qu'elle perce encore à travers les voiles d'un style vague et d'un dialogue insignifiant. Comment l'auteur, qui, sous d'autres rapports, était un homme de beaucoup de mérite, a-t-il rappelé, dans le nouveau titre de sa pièce, le chef-d'œuvre de tous les théâtres comiques, Tartufe? Un Anglais n'avait pas eu cette imprudence : un Français, au lieu de provoquer le parallèle, aurait dû le fuir avec une crainte respectueuse ; et l'écrivain dont nous parlons, doué d'une raison très-saine, était plus en état que personne de sentir les dangers d'une concurrence impossible à soutenir, même pour les talens du premier ordre.

On ne doit pas oublier ici les ouvrages de M. Duval. La petite pièce des *Héritiers* et celle des *Projets de mariage* annonçaient un auteur comique. Sa manière a paru perfectionnée dans la Jeunesse de Charles II, improprement nommée *la Jeunesse de Henri V*. Ce singulier sujet avait déjà tenté l'auteur ingénieux du Tableau de Paris ; mais M. Mercier avait écrit à l'anglaise, avec une liberté qui excédait de beaucoup les bornes prescrites au théâtre français. M. Duval a mérité par d'heureux efforts le succès dont jouit sa pièce. En traitant de nouveau le sujet, il lui a donné de la décence, mais sans lui ôter du comique ; sa fable est conduite avec art, l'intérêt croît de scène en scène, et, ce qui vaut encore mieux dans une comédie, l'ouvrage est gai d'un bout à l'autre. En lisant *le Tyran domestique*, il est permis d'y blâmer une versification pénible ; il est juste d'y louer quelques développemens du caractère principal, et surtout la marche de la pièce. C'est là que réussit toujours M. Duval. Estimable dans plusieurs parties de l'art, il est habile dans une partie importante, la combinaison du plan.

Deux petites comédies de M. Roger, *le Tableau* et *l'Avocat*, sont dignes de louanges à un autre égard ; la seconde est encore une imitation de Goldoni. Toutes deux sont faibles d'intrigue, mais remarquables par un style correct et par une versification facile.

L'auteur de la tragédie d'Agamemnon, M. Lemercier, s'est essayé plusieurs fois dans le genre de la comédie. L'idée de son *Pinto* est singulière. Présenter sous le point de vue comique, et dans la partie secrète, une de ces révolutions qui changent les états, telle est l'intention de l'auteur. Peut-être l'événement choisi ne s'y prêtait pas beaucoup. Le Portugal délivré de ses oppresseurs avec tant de courage et d'activité; une révolution durable et complétement faite en quelques heures; une seule victime, Vasconcellos; la multitude agissante, et soudain le calme rendu à cette multitude redevenue corps de nation : tout cela ne paraissait guère susceptible de ridicule. La duchesse de Bragance, qui parut si digne du trône que son époux lui dut en partie; le brave Alméida, véritable chef de l'entreprise, et qui, bien plus que Pinto, en détermina le succès; le cardinal de Richelieu la favorisant de loin, non pour servir la nation portugaise, mais pour affaiblir la monarchie espagnole; des noms, des caractères, des motifs, des résultats d'un tel ordre, étaient dignes de la tragédie. Aussi, dans l'ouvrage dont nous parlons, la scène où Pinto vient rassurer les conjurés saisis d'une terreur panique, et donne le signal de l'attaque, est de beaucoup la meilleure, précisément parce qu'elle est tragique : elle est tragique parce qu'elle est essentielle au sujet. En ces derniers temps, le même écrivain, dans sa comédie de *Plaute*, a imité quelques scènes de Plaute lui-même. Mais une conception ingénieuse, et qui appartient à M. Lemercier, c'est de représenter le poëte comique conduisant une intrigue réelle, faisant agir des personnages, et les peignant à mesure qu'ils agissent. L'esclave

d'un meunier fonde la comédie latine. Le mérite de cette peinture originale n'a point échappé
à l'attention des connaisseurs. Plus récemment
encore, une action simple, un intérêt doux,
des vers naturels, le talent d'une actrice charmante, ont fait applaudir l'*Assemblée de Famille*, comédie en cinq actes de M. Ribouté.
Il n'y a de force ni dans l'intrigue, ni dans le
comique, ni dans le style ; mais c'est un premier ouvrage, et le brillant succès qu'il a obtenu doit encourager l'auteur à marcher hardi-
ment dans une carrière où ses premiers pas ont
été si heureux.

Le ton faux et maniéré qui défigura long-
temps la comédie, a cessé d'être en honneur
durant cette époque. Tous les auteurs que nous
avons nommés, tous, excepté Demoustier,
ont contribué plus ou moins à ramener le goût
égaré loin de sa route. Trois poëtes, cependant, M. Andrieux, Colin d'Harleville et
Fabre d'Églantine, ont exercé à cet égard une
influence spéciale. Nous nommons ici M. Andrieux en première ligne, et cela est juste ; il
a écrit avant les deux autres, comme nous
l'avons déjà remarqué. Ses Etourdis sont même
antérieurs à l'année mémorable qui est notre
point de départ. Il est assez difficile de concevoir comment et pourquoi l'on avait introduit

sur la scène comique tant de madrigaux en
dialogue, tant de recherche dans les pensées,
tant d'affectation dans les termes. La comédie
peint la société; il y a plus : dans les pièces
infectées de ce jargon que nous avons dû blâmer sans réserve, on a voulu peindre la société
choisie; on ne pouvait la représenter sous des
couleurs plus infidèles. C'est par le naturel des
pensées et des expressions que brille l'esprit
véritable, surtout quand il est cultivé. Le ton
de l'hôtel de Rambouillet, si en vogue à Paris et
à la cour sous la régence d'Anne d'Autriche,
fut relégué dans les provinces dès que Molière
eut donné sa comédie des Précieuses. Sous
Louis XIV, et long - temps après lui, le bon
esprit de la société fut perfectionné sans cesse,
et le bel - esprit, en paraissant sur la scène,
devait appartenir aux caricatures. Les tentatives en sens contraire ne peuvent abuser les
spectateurs d'un goût délicat. Certains discours
que Marivaux, Boissy, Dorat, et autres, font
tenir aux personnages les plus intéressans de
leurs pièces, seraient d'un effet très-comique
dans la bouche d'un marquis ridicule ou d'une
soubrette déguisée : il est à présumer que ces
écrivains trouveront désormais peu d'imitateurs. Le changement qui s'est opéré ne tient
pas seulement aux efforts de plusieurs talens

réunis : ce galimatias précieux qui séduisait jadis une partie du public, ne serait aujourd'hui ni compris, ni supporté. Les mœurs sont devenues plus fortes, et ce n'est point par l'excès d'ornemens que le goût pourrait de nouveau se corrompre. L'idée que nous indiquons sera développée dans les considérations générales qui termineront cet ouvrage. En un mot, la comédie a regagné des qualités qu'elle avait perdues, le naturel et la gaîté ; il lui reste à regagner encore la profondeur dans le choix des sujets et la hardiesse dans l'exécution. L'essentiel est de peindre les mœurs : le mieux possible est de les corriger, ou, dans un sens plus juste et pourtant plus étendu, de les refaire par la vérité des peintures et l'énergie du ridicule. C'est l'art suprême ; mais il est si difficile, qu'à peine a-t-il été pratiqué depuis le maître de la scène comique.

CHAPITRE XII.

LE DRAME, LES DEUX SCÈNES LYRIQUES.

Coup d'œil sur les moyens de soutenir l'art dramatique.

Malgré quelques scènes attendrissantes répandues de loin en loin dans les comédies que Térence a imitées de Ménandre et d'Apollodore, on peut affirmer que les anciens, sévères sur les limites des genres, ignorèrent toujours ce que parmi nous on est convenu d'appeler drame. On en peut dire autant des Italiens, qui refirent tous les arts chez les modernes. Les Espagnols, les Anglais, Lopès de Véga, Shakespeare, mêlèrent les deux genres dramatiques dans chacun des deux. Des Espagnols nous vint la tragi-comédie, dont l'action n'était pas toujours héroïque : témoin le Clitandre de Corneille. Depuis le Cid et le Menteur, les limites de la tragédie et de la comédie furent respectées durant plus d'un siècle : enfin la satiété des chefs-d'œuvre fit chercher de nouvelles formes, et les deux genres furent mêlés encore, attendu qu'il est plus facile de tout confondre que d'inventer. Lachaussée, talent estimable, mais qui manquait tout à la fois d'élévation et de gaîté, fit des comédies larmoyantes, que l'abbé Desfontaines voulait appeler *Romanédies :* là commence le drame. C'est un drame que le Sidney de Gresset, ouvrage plus fort de style, mais plus faible de conception que les pièces de Lachaussée. Nanine et l'Enfant prodigue tiennent de près à cette famille ; l'Écossaise en fait partie : c'est là le chef-d'œuvre du genre. Le Père de famille de Diderot n'est guère moins digne d'éloges. Il y a beaucoup d'effet dans le Philosophe sans le savoir, de Sedaine. Le mérite si rare d'une versification toujours élégante place à un rang élevé la Mélanie de Laharpe, la mieux conçue, la mieux exécutée, la meilleure à tous égards des productions de cet écrivain.

En donnant, au commencement de l'époque actuelle, le drame intitulé *la Mère coupable,* ou *l'autre Tartufe,* Beaumarchais commit, avant Chéron, la faute que nous venons de remarquer dans le chapitre précédent, et dont le premier exemple fut donné par Dorat, à la tête d'une pièce aujourd'hui inconnue, les Prôneurs ou le Tartufe littéraire. Lorsque Beaumarchais fit représenter l'Autre Tartufe, on sentit l'inconvenance de ce titre ambitieux, et le nom de la Mère coupable a prévalu. Quant à l'ouvrage, il est d'un grand effet; les caractères y sont fortement dessinés, l'action rapide, l'intérêt puissant. Cette pièce énergique et neuve, où tout appartient à l'auteur, vaut bien mieux que son Eugénie; et l'on y voit partout les traces de ce talent original qu'il avait diversement déployé, soit dans son Barbier de Séville et dans plusieurs parties de son Figaro, soit dans les éloquens mémoires qui fondèrent sa célébrité. Cet écrivain remarquable est plein de mauvais goût sans doute, mais il est en même temps plein d'esprit, de verve et d'imagination. Il avait jeté sur la société des regards étendus et profonds. Une vie orageuse avait mis son caractère à l'épreuve; et, malgré ses nombreux ennemis, il doit laisser un honorable souvenir fondé sur des ouvrages très-distingués, comme aussi sur le noble usage qu'il fit de sa fortune, en élevant avec tant de frais un monument immortel à la gloire de Voltaire, et par conséquent à la gloire nationale.

Après la Mère coupable, quelques autres drames ont obtenu des succès plus ou moins brillans. Le public a été fortement ému aux représentations des *Victimes cloîtrées,* ouvrage de M. Monvel, auteur de l'intéressante comédie de l'Amant Bourru, d'une foule de productions agréables, et l'un des plus grands acteurs qui aient brillé sur la scène française. C'est encore M. Monvel qui a composé avec M. Duval un drame intitulé *la Jeunesse du duc de Richelieu*, ouvrage dont le sujet pathétique est puisé dans les mémoires de ce courtisan plus fameux qu'illustre. M. Bouilly a cru pouvoir consacrer au théâtre un trait de bienfaisance, ou peut-être une erreur de l'abbé de l'Épée. L'événement célébré par l'auteur a causé deux procès. Le premier jugément a été cassé par un jugement contraire : quant à la pièce, elle a été vivement applaudie, car elle est touchante, et cela suffit au tribunal des spectateurs. C'est à des tribunaux plus graves qu'appartiennent les discussions juridiques.

Le théâtre allemand, non moins irrégulier que le théâtre anglais, est beaucoup moins riche en beautés énergiques et profondes : il en offre néanmoins plusieurs dans les pièces de M. Goëthe, de Lessing, de Klopstok. Déjà nous avions en français douze volumes de pièces allemandes. Les partisans de ces singuliers ouvrages ont fait depuis vingt ans de nouvelles tentatives pour en inspirer le goût au public de France. On a traduit Schiller entier ; mais

23

on ne s'est point borné à ce travail utile ; on a transporté sur notre scène son drame extravagant des Voleurs ; il a réussi même, et un tel succès n'a pu que nuire à l'art dramatique. Les drames de M. Kotzebue, bien inférieur encore à Schiller, n'ont pas été dédaignés. Qui ne connaît la vogue assez longue de *Misanthropie et Repentir !* Il faut le dire cependant, ces pièces vulgaires, où la familiarité basse est prise pour la naïveté, une morale rebattue et fastidieuse pour la philosophie, le bavardage sentimental pour l'éloquence passionnée, rappellent et ne surpassent point les mélodrames qui figurent convenablement sur nos théâtres subalternes. Qu'il nous soit donc permis de donner peu d'importance à ces productions germaniques, et de passer à deux ouvrages originaux, plus dignes de nous arrêter, quoiqu'ils ne semblent pas destinés à la représentation.

M. de La Cretelle a publié, dans le recueil de ses œuvres, un drame intitulé *le Fils naturel.* La pièce que Diderot avait composée sous le même titre, est loin d'égaler le Père de famille. Le sujet semble avoir été mieux conçu par M. de La Cretelle. La noble énergie de plusieurs caractères et la force des situations produisent des scènes éloquentes ; peut-être

même cet ouvrage ne serait-il pas d'un effet
vulgaire au théâtre, si l'auteur le resserrait de
moitié, et pouvait l'assujettir aux formes ré-
gulières de la scène française. M. Bernardin de
Saint-Pierre vient de faire imprimer un drame
dont le sujet est *la Mort de Socrate.* Les derniers momens d'un sage opprimé n'ont rien qui
soit fort théâtral ; mais c'est un admirable sujet
d'étude. Les traditions des élèves de Socrate et
de l'école académique sont habilement fondues
dans quatorze scènes. L'imagination brillante
et le rare talent de l'auteur embellissent tout
l'ouvrage. C'est dans ce goût et de ce style que
Platon lui-même aurait pu l'écrire, s'il avait
écrit en français.

Quinaut, vrai fondateur de la scène lyrique,
y transporta le merveilleux de la mythologie
ancienne et de la féerie moderne. Il mérita, par
un style plein de grâce et de correction, l'honneur d'être nommé à la suite des grands poëtes
de son siècle. Après lui, Fontenelle, Lamotte,
Labruère, et surtout Bernard, cultivèrent
avec succès le genre que l'auteur d'Armide avait
porté à sa perfection. Quelques opéras repré-
sentés durant notre époque peuvent encore
obtenir des places parmi les productions littéraires. Celui de tous qui nous paraît le plus
digne d'éloges, soit pour la composition, soit

pour le style, est l'*Adrien* de M. Hoffman,
puisque les tragédies lyriques de M. Guillard
sont d'une époque antérieure. Le *Trajan* de
M. Esménard offre assez souvent des vers bien
tournés, plusieurs même qui en rappellent d'autres mieux tournés encore ; mais l'action ne
marche point, et l'intérêt se fait chercher dans
cet opéra beau pour les yeux. On ne peut adres-
ser le même reproche à *la Vestale* de M. Jouy.
Cette pièce, écrite avec pureté, composée avec
art, soutenue d'ailleurs par un sujet heureusement choisi, présente au second acte et partout un intérêt vif et des situations vraiment
dramatiques. *Sapho*, représentée sur un autre
théâtre, appartient toutefois au même genre,
et ne saurait être oubliée. On doit cet ouvrage
à madame Constance de Salm. Une femme qui
cultive avec succès la poésie française, avait
le droit de chanter une femme dont les fragmens lyriques sont comptés entre les beaux
monumens de la poésie grecque.

Sous la régence du duc d'Orléans, lorsque
la gaîté française éclatait dans les écrits et même
dans les actions, le Vaudeville, si ancien parmi
nous, prenant des formes dramatiques, s'établit
modestement au préau de la foire. Le théâtre où
il parvint à se maintenir, non sans beaucoup de
difficultés, fut appelé l'Opéra-Comique. Lesage

et Piron ne dédaignèrent pas de contribuer à
ses succès. Panard suivit ces hommes célèbres;
Favard et ensuite M. Laujon vinrent plus tard.
Quand l'Opéra-Comique, réuni à la Comédie
Italienne, fut mis au rang des grands théâtres,
tous deux l'ornèrent encore, l'un par quelques
jolies pièces tirées des Contes Moraux de Marmontel ou des contes charmans de Voltaire;
l'autre par l'Amoureux de quinze ans, intéressant ouvrage dont nous avons déjà saisi l'occasion de faire l'éloge. Marmontel enrichit cette
scène lyrique de petites comédies agréablement
versifiées. Sedaine, qui ne savait pas écrire,
mais qui savait peindre, y présenta des tableaux
variés et nombreux. D'Hèle s'y fit remarquer
par l'art de nouer et de dénouer une intrigue
comique. Dans les Trois Fermiers et dans Blaise
et Babet, M. Monvel peignit avec une ingénieuse naïveté les mœurs et les passions villageoises. Nina et Camille de M. Marsollier dû-
rent leurs succès à des situations pathétiques.
Le ton de la comédie noble distingua Euphrosine et Stratonice de M. Hoffman, ouvrages
conçus, écrits avec sagesse, et dignes d'être
embellis par la superbe musique de M. Méhul.
Durant notre époque, les trois derniers écrivains que nous venons de nommer, ont mérité
de nouveaux applaudissemens par des produc-

tions nouvelles, et M. Duval, auteur du *Prisonnier*, s'est placé près d'eux. Depuis long-
temps le vaudeville ne reparut plus sur cette
scène, qui lui doit son origine. Il y a vingt-cinq
ans, M. Piis et M. Barré l'y rétablirent avec
assez d'éclat. La Veillée villageoise, les Ven-
dangeurs, les Amours d'été, offrent des tableaux pleins de vérité et d'agrément. Toutefois
le vaudeville a cédé l'opéra-comique aux comédies mêlées d'ariettes. Il est aujourd'hui en
possession de plusieurs théâtres d'un ordre inférieur, et dont le répertoire n'entre pas dans
le cadre où nous sommes contraints de nous
renfermer.

C'est avec plaisir que nous avons rendu justice à des auteurs estimables. Nous apprécions
des ouvrages qui ont exigé beaucoup d'esprit
ou beaucoup de sensibilité; mais l'intérêt de
l'art nous ordonne en même temps de rappeler
une opinion de Voltaire dont l'autorité ne saurait être invoquée trop souvent en matière de
goût. Ce conservateur des saines théories, ce
modèle successeur des modèles, craignit pour
le théâtre national le succès naissant des comédies mêlées d'ariettes. Il sentit que l'habitude
d'écouter, d'accueillir, de composer des pièces
sans développemens, nuirait aux productions
plus sévères où doit se trouver une étude ap-

profondie de l'art dramatique. Il prévit que le
nouveau genre serait bientôt maître des théâtres
de province, pépinière des théâtres de Paris,
que les chanteurs se multiplieraient, mais que
les acteurs deviendraient rares, et que l'espoir
d'un succès facile enleverait à la déclamation
des talens qui auraient soutenu l'éclat de la scène
française. Comme un tel objet lui semblait intéressant pour notre gloire littéraire, il en parle
dans plusieurs ouvrages, il y revient dans une
foule de lettres ; et, depuis la mort de ce grand
poëte, une expérience de trente ans n'a que
trop vérifié ses conjectures.

Encouragés par son exemple, nous termi-
nerons la partie relative aux ouvrages dramatiques par des observations qui ne sont pas
sans importance. Le gouvernement a suppri-
mé dans Paris quelques tréteaux qui corrom-
paient à la fois les mœurs et le goût. On a senti
généralement la sagesse de cette mesure indispensable. Le Théâtre Français maintenant réclame une attention éclairée. Les chefs-d'œuvre de la scène existent ; mais les moyens d'exécution ne suffisent plus. Un grand acteur reste
à la tragédie. Dans les deux genres, dans la comédie surtout, le public applaudit encore à
quelques talens précieux, mais qui sont déjà
clair-semés. Plusieurs vieillissent ; quelques-uns

songent à la retraite, et l'on entrevoit peu d'espérances prochaines, après des pertes si nombreuses et si faiblement réparées. Il semble donc nécessaire que l'école de déclamation soit dans une activité plus sensible. Ce n'est rien encore : il est surtout essentiel que le goût de la tragédie et de la comédie soit ranimé par des moyens efficaces sur les différens théâtres de France. Une vogue momentanée, des applaudissemens de commande, des réputations de journaux, ne suffisent pas pour donner du talent à des acteurs, à des actrices qui n'en sauraient même acquérir ; mais c'est assez pour les faire recevoir. Des places ne sont plus vacantes, et pourtant ne sont pas remplies. Autrefois dix grands talens paraissaient ensemble sur la scène française. Où s'étaient-ils formés ? sur les théâtres de province. Ces théâtres étaient de véritables écoles ; car on n'y cultivait que les genres importans, et ces écoles nombreuses maintenaient dans Paris la déclamation théâtrale à ce haut degré de perfection qu'elle avait atteint. Pour y remonter, il faut reprendre la même route. Nous avons donné quelque étendue à cet article ; mais les lecteurs éclairés ne regarderont pas comme étranger à la littérature un objet lié si intimement à l'art dramatique.

Quant à cet art considéré en lui-même, veut-on qu'il se soutienne? Veut-on même qu'il fasse des progrès? Il faut lui donner beaucoup de latitude. Ecrire en ayant peur de soi, reculer devant sa pensée, chercher, non ce qu'il y a de mieux, mais ce qu'il y a de plus sûr à dire, travailler pour exprimer faiblement ce qu'on a senti avec force; après tout cela, redouter encore et les obstacles certains et les délations probables, au moins de la part de ces écrivains subalternes qui nuiraient gratuitement, quand ils ne nuiraient pas pour vivre, c'est un tourment qu'il est impossible de supporter long-temps, et le silence absolu vaut mieux. Dans un tel état de choses, les talens se tairaient; il y aurait toujours beaucoup d'ouvrages, mais des ouvrages d'écoliers; le théâtre serait sans éclat, et ce n'est point à la vraie littérature qu'il faudrait imputer cette décadence. Le cercle des idées ne sera jamais, ni trop étroit pour la médiocrité, ni trop étendu pour le génie. Des esprits timides, abusant d'un peu d'influence, interdiront-ils à la tragédie les grands intérêts et les passions politiques; à la comédie, le droit d'apercevoir et de peindre les travers de la ville et de la cour? Des élégies dialoguées, des farces insignifiantes, voilà ce qui restera pour les deux genres. Est-ce bien là ce

qu'il faut aux Français du dix-neuvième siècle?
De tels spectacles seront-ils dignes de la gloire
nationale dont le gouvernement est le déposi-
taire et le soutien? Si notre théâtre, sous
Louis XIV, n'avait pas joui d'une liberté qui
lui est nécessaire, nous aurions Campistron et
Dancourt, mais non pas Corneille et Molière.
Telles sont les réflexions que nous croyons devoir énoncer avec une respectueuse confiance.
Il n'est pas de genre d'écrire auquel on ne
puisse les appliquer; mais elles intéressent plus
directement le théâtre, partie éminente de notre littérature, qui a perfectionné tant d'autres parties, et qui, plus que tout le reste, a
rendu notre langue classique chez les diverses
nations de l'Europe.

RAPPORT

SUR

LE GRAND PRIX

DE LITTÉRATURE.

DOUZIEME

GRAND PRIX

DE PREMIÈRE CLASSE,

A l'Auteur du meilleur Ouvrage de littérature qui réunira au plus haut degré la nouveauté des idées, le talent de la composition, et l'élégance du style (*).

~~~~~~

La classe a vu avec surprise l'Examen critique des Historiens d'Alexandre, par M. de Sainte-Croix, désigné comme digne du prix de littérature. Le gouvernement a institué des prix décennaux pour chacun des principaux genres dont se compose la littérature en général. L'histoire est loin d'avoir été négligée, puisque, indépendamment du prix d'histoire, on a fondé un prix de biographie. La classe n'a donc pu partager l'opinion du jury sur la nature des ouvrages qui doivent concourir pour le prix de littérature proprement dite. Il est question, sans doute, des grands ouvrages de poétique, de

(*) Cet article, adopté sans aucun changement par la classe de littérature française, a été rédigé par M. Chénier.

rhétorique, de critique littéraire, tels que le
Traité des Études, de Rollin; les Élémens de
Littérature, de Marmontel; et, dans un ordre
supérieur, l'Essai sur les Eloges, de Thomas.
L'ouvrage de M. de Sainte-Croix n'est point de
ce genre. Il n'était dans l'origine qu'un Mémoire sur les Historiens d'Alexandre. C'est
sous cette forme qu'il parut il y a quarante ans,
après avoir obtenu un prix à l'Académie des
inscriptions et belles-lettres. Il est devenu depuis un très-gros livre : l'auteur l'a divisé en six
sections. La première traite des anciens historiens, de ceux même qui sont antérieurs à l'é-
poque d'Alexandre, ou qui n'ont jamais parlé
de lui : elle se termine par quelques détails sur
les traditions orientales relatives à ce conquérant. La seconde et la troisième embrassent son
histoire entière, d'après les récits de Diodore,
d'Arrien, de Plutarque, parmi les Grecs; de
Quinte-Curce et de Justin, parmi les Latins. Il
s'agit, dans la quatrième, du témoignage de
l'Écriture et des écrivains juifs sur Alexandre.
La cinquième et la sixième sont consacrées,
l'une à la chronologie, l'autre à la géographie
de ses historiens; le livre est complété par un
appendice sur les historiens du moyen âge. Si
cet examen critique n'est pas considéré comme
une dissertation trop longue, c'est une histoire,

et, si l'on veut même, une histoire raisonnée
d'Alexandre, quoiqu'on y trouve plus d'érudition que de critique, et beaucoup moins d'i-
dées que de citations. Mais, en lui supposant
tout le mérite que l'on y désire trop souvent,
la classe pense qu'il ne saurait concourir à aucun égard pour le prix de littérature. Est-il digne de concourir pour le prix de biographie?
c'est à une autre classe qu'il appartient de discuter cette question.

Si le choix fait par le jury semble singulier,
on est forcé de remarquer dans son rapport un
oubli bien plus étrange. Il n'y est pas dit un
mot du Lycée de Laharpe : c'est assurément
un ouvrage de littérature, et le plus considérable en son genre que l'on ait encore écrit en
français. Très-distingué par son mérite, il l'est
aussi par un succès d'éclat; et des motifs que
nous aurons l'occasion d'indiquer en l'analy-
sant, le font jouir d'une réputation supérieure
à son mérite même. Le silence du jury semble
donc inexplicable; on ne saurait y soupçonner
une inadvertance, puisqu'elle aurait duré dix-
huit mois. Tout l'ouvrage a été publié durant
l'époque déterminée par le décret; et, si le
fait avait paru douteux aux membres du
jury, une minute, un coup d'œil, la date des
premiers volumes, leur suffisaient pour le vé-

rifier. D'un autre côté, il est difficile de concevoir qu'on ait écarté ce livre comme trop défectueux ; que, bien loin de le juger digne du
prix, on n'ait pas même cru devoir l'honorer
d'une mention. La crainte d'avoir à blâmer
quelques parties de l'ouvrage a-t-elle pu motiver le silence absolu ? Non, sans doute. On
blâme certaines parties jusque dans les chefs-
d'œuvre, et dans les chefs-d'œuvre en tout
genre ; dans le Paradis perdu, dans la Jérusalem délivrée, peut-être dans l'Énéide ; dans les
plus belles tragédies de Corneille, et dans quelques tragédies de Racine ; dans le Télémaque,
dans l'Émile, dans l'Esprit des Lois. Des productions très inférieures, quoique dignes encore de beaucoup d'estime, ne sauraient donc
prétendre à des éloges sans restriction. Les
meilleurs ouvrages donnent matière à de nombreuses critiques ; mais les seuls bons ouvrages peuvent résister aux critiques sévères ;
ajoutons qu'eux seuls les méritent. Le dernier décret relatif aux prix décennaux nous
trace la route que nous devons suivre. C'est
donc avec une scrupuleuse franchise que nous
allons examiner le Lycée de Laharpe, n'ayant
aucun besoin d'affaiblir ce que nous croyons la
vérité, puisque le résultat de notre examen sera
de réclamer, en faveur de cette production im-

portante, une justice que l'on a négligé de lui rendre.

Analyse du Lycée de Laharpe.

LITTÉRATURE ANCIENNE.

Des seize volumes qui composent le Lycée de Laharpe, les trois premiers seulement sont consacrés aux deux littératures de la Grèce et de Rome. Après une faible introduction sur l'art d'écrire, ou plutôt sur quelques idées élémentaires qui en font partie, l'auteur développe et commente la Poétique d'Aristote, presque toujours d'après Batteux, qu'il suit avec une extrême confiance. Boileau, guide plus sûr, le dirige dans l'analyse du Traité du Sublime de Longin. Laharpe compare ensuite les langues anciennes à la langue française. Ce chapitre, peut-être hors de sa place, contient des remarques fort judicieuses; mais il éclaircit trop peu de questions, et, sans être sévère, on pourrait y désirer plus de méthode et de profondeur.

Le quatrième chapitre embrasse tous les grands poëmes de l'antiquité. D'abord, en des considérations générales sur l'épopée, l'auteur réfute avec beaucoup de sens plusieurs paradoxes de La Motte. Il examine ensuite l'Iliade,

24

et paye à cette brillante création du génie d'Homère le tribut d'admiration qu'elle mérite. Il est moins juste envers l'Odyssée, dont il exagère les défauts, et dont il ne sent pas les beautés aussi-bien qu'Horace. Il indique une partie de celles de l'Énéide, et n'oublie d'ailleurs ni les reproches trop justes que l'on a faits au héros de Virgile, ni ceux que l'on a prodigués à la composition des six derniers livres de son poëme. Malgré quelques bonnes réflexions, il faut l'avouer, l'article est sec, insuffisant, peu digne du chef-d'œuvre qui en est l'objet. L'article de Lucain vaut beaucoup mieux, il est même très-bien rédigé. Seulement on est surpris qu'après avoir à peine accordé neuf ou dix pages à l'examen de l'Énéide, l'auteur en consacre vingt-cinq à la Pharsale, dont il traduit en vers de très-longs passages. Il s'exprime, à l'égard de Stace, avec une supériorité que M. Luce de Lancival a trouvée beaucoup trop dédaigneuse. Quoi qu'il en soit, les deux pages qui concernent Stace et Silius Italicus, ne font connaître ni la marche ni les détails de leurs ouvrages. Dans la dernière section du chapitre, Laharpe analyse tour à tour ce qui nous reste d'Hésiode, les Métamorphoses d'Ovide, le poëme de Lucrèce, celui de Manilius, et n'analyse point les Géorgiques.

L'art dramatique chez les anciens remplit
les deux chapitres suivans. L'Essai sur les Tragiques grecs, ouvrage de la jeunesse de Laharpe, se trouve ici avec des changemens heureux; mais il serait à désirer que l'auteur eût
corrigé davantage les Imitations en vers qu'il a
cru devoir y mêler. Elles semblent fort inférieures à ses imitations de la Pharsale, soit qu'il
les ait moins travaillées, soit qu'on approche
plus aisément de Lucain que de Sophocle et
d'Euripide. Au reste, c'est avec un goût éclairé
qu'il apprécie le génie et les ouvrages d'Eschyle
et de ses deux illustres successeurs. Plus court
et non moins judicieux dans l'Examen des Tragédies de Sénèque, sans négliger leurs beautés,
il signale leurs nombreux défauts. De même,
en passant au genre de la comédie, il énonce
sur Aristophane, sur Plaute, sur Térence, des
opinions qui depuis long-temps étaient admises
chez tous les vrais littérateurs. Il dit un mot
de Ménandre, et cite en partie l'éloge qu'en
fait Plutarque; il aurait pu y joindre l'éloge
plus remarquable encore qu'en fait Quintilien :
mais il eût mieux valu traduire en vers quelques-uns des fragmens qui nous sont restés de
ce célèbre poëte comique. Il y en a de précieux ; et Laharpe les eût très-bien rendus,
car ils sont du genre tempéré, celui qui con-

venait le mieux à son talent, témoin les vers
de Mélanie.

Il lui était difficile au contraire d'atteindre à
la poésie élevée, et l'on en voit plus d'une
preuve, lorsque, dans les derniers chapitres
de ce premier livre, il examine successivement
l'ode, l'églogue, la fable, la satire, l'épître et
l'élégie chez les anciens. Il essaie de traduire
en vers le début de l'ode que Pindare adresse
au roi Hiéron; mais ce début est dithyrambi-
que, et l'on sait que Laharpe n'excellait pas
dans le dithyrambe. Il n'est ni plus heureux ni
plus fidèle en imitant quelques odes d'Horace,
et la première élégie de Tibulle. Comme critique, il mérite presque toujours des louanges :
et si nous sommes contraints d'avouer que son
article sur la poésie pastorale est un peu vide,
nous nous empressons d'ajouter qu'en traitant
des autres genres, il est beaucoup plus instructif. Sur les trois satiriques latins, par exemple,
et sur ces poëtes plus doux qui ont fait soupirer
l'élégie, ses jugemens paraissent incontestables.
Ils nous sont transmis, il est vrai, depuis leurs
contemporains; mais, s'il les répète après beaucoup d'autres, beaucoup d'autres les répéte-
ront après lui.

Le second livre a pour objet l'art oratoire,
que Laharpe appelle l'éloquence, en confon-

dant deux idées très-distinctes, puisque l'éloquence peut se trouver et se trouve en effet
hors des orateurs, dans quelques philosophes,
tels que Platon et J.-J. Rousseau, dans les
grands historiens de l'antiquité, dans les grands
poëtes de toutes les nations. Laharpe a négligé ou plutôt écarté la Rhétorique d'Aristote;
mais il analyse avec beaucoup de soin les Institutions Oratoires de Quintilien, livre excellent dont il fait sentir tout le mérite. Il ne
donne pas moins d'attention aux trois ouvrages
que Cicéron a composés sur la rhétorique. Des
préceptes il en vient aux exemples, et rend
compte des discours de Démosthène, particulièrement des Philippiques et de l'Oraison
pour la Couronne. Il n'oublie pas la harangue
d'Eschine, harangue si belle, et pourtant si inférieure à la réponse de Démosthène. Le plus
fécond et le plus varié des orateurs, Cicéron,
l'occupe long-temps. Le critique examine tour
à tour les Verrines, les Catilinaires, les Discours pour Muréna, pour le poëte Archias,
pour le tribun Sextius, et cette Milonienne,
admirable en toutes ses parties. Il traduit aussi
quelques fragmens de ces discours contre Antoine, où Cicéron, trop accusé de timidité par
des écrivains modernes, fit éclater à tant de
reprises un courage qu'il paya de sa vie. L'ar-

ticle est terminé par une apologie du Discours
pour Marcellus. Le dictateur César était juge
exclusif en cette cause, et Cicéron lui prodigue
des louanges que le critique veut justifier ; mais
on a lieu de s'étonner que Laharpe oublie
complétement un autre discours bien supérieur, plus digne d'un vieillard consulaire et
du père de la patrie, le discours prononcé devant le même dictateur, pour la défense de
Ligarius, discours animé, rapide, inspiré, le
plus pathétique et le plus entraînant peut-être
que nous ait laissé l'antique éloquence.

Dans un appendice que l'auteur avait lu aux
Écoles Normales, il s'étend de nouveau sur Démosthène et sur Cicéron. Il y soutient aussi,
contre l'avis de plusieurs personnes éclairées,
que, vers la fin du moyen âge, l'érudition a
plutôt accéléré que retardé les progrès des langues et des littératures modernes. A l'appui de
son opinion, il a raison de citer comme érudits
le Dante, Pétrarque et Bocace ; mais il n'a pas
raison d'ajouter ces lignes étranges : « On sait
» qu'ils florissaient tous trois au quatorzième
» siècle, au temps de la prise de Constantino-
» ple, quand tout ce qui restait des lettres an-
» ciennes reflua vers l'Italie. » On ne sait rien
de tout cela sans doute. On sait au contraire
que Mahomet II prit Constantinople en 1453,

par conséquent au milieu du quinzième siècle,
et non pas au quatorzième : on sait de plus que
Pétrarque et Bocace étaient morts près de
quatre-vingts ans avant cette époque : on sait
encore que la mort du Dante lui est antérieure
de plus de cent trente ans. Voilà beaucoup de
méprises en peu d'espace ; et, puisqu'il s'agit
d'érudition, peut-être le suffrage de l'auteur a
d'autant plus de poids qu'il est plus désinté-
ressé ; mais on peut manquer à la chronologie,
et ne pas blesser les règles du goût ; cet appendice en fournit la preuve. Un dernier chapitre
est consacré aux deux Pline, et les fait très-bien
connaître. A considérer l'ensemble, malgré des
omissions entre lesquelles nous n'avons remarqué que les principales, malgré les erreurs singulières que nous avons relevées à regret, ce
second livre est fort estimable ; et c'est ce qu'il
y a de plus judicieux, de plus substantiel, de
mieux fait, à tous égards, dans le cours de littérature ancienne.

Le troisième livre concerne l'histoire, la philosophie et la *littérature mêlée*. C'est l'expression même de l'auteur. Les premiers noms qui
paraissent, sont ceux d'Hérodote et de Thucydide ; mais on voit avec peine que des historiens d'un tel ordre n'aient inspiré que deux
pages insignifiantes. L'article de Xénophon

n'est pas meilleur : celui de Plutarque est sans caractère ; il n'y a pas d'article pour Arrien, l'un des principaux historiens d'Alexandre, et le nom de Polybe est à peine prononcé. Le critique est moins superficiel sur les historiens latins. Il apprécie avec justesse Salluste et Tite-Live ; et son style, qui n'est d'ordinaire qu'abondant, clair et correct, prend de la couleur et de l'énergie dans quelques lignes sur Tacite ; mais on cherche en vain un article sur les Commentaires de César, et cette omission n'est pas facile à concevoir de la part d'un littérateur qui veut bien placer Quinte-Curce entre les historiens du premier ordre, et qui d'ailleurs n'oublie ni Justin, ni Florus, ni Cornelius-Nepos, ni Suétone, historiens si éloignés du rang de César. L'appendice où l'auteur compare les formes des historiens anciens et celles des historiens modernes, pouvait et devait être beaucoup plus approfondi. Disons plus : les questions qu'il présentait n'y sont pas traitées, et la traduction de quelques belles harangues latines est tout ce qu'on peut y remarquer d'intéressant.

Trois philosophes seulement ont des articles étendus ; Platon parmi les Grecs, Cicéron et Sénèque entre les Latins. L'article de Platon fatigue de temps en temps, et peut-être ne tenait-il qu'à l'auteur d'y être un peu moins

grave. On lit avec beaucoup plus de plaisir l'a-
nalyse des ouvrages philosophiques de Cicéron,
soit que Laharpe l'ait soignée davantage,
soit que des rêveries pompeuses et des subtilités scolastiques ne puissent attacher le lecteur, autant qu'une philosophie sans sophis-
mes et sans mystères. Le critique attaque dans
Sénèque l'homme public, l'homme privé,
l'écrivain, le philosophe. Tout l'article est un
violent plaidoyer, et ce plaidoyer tient deux
cents pages, où Laharpe a mis dans chaque
ligne l'accent de la haine personnelle ; Sénèque n'était pourtant pas son contemporain,
mais Diderot l'était. Il venait de publier l'Essai
sur la vie et les écrits de Sénèque ; aussi
Laharpe ne l'a-t-il pas moins maltraité que
Sénèque lui-même. Il se permet, en le ré-
futant, les mots d'*impudence* et de *mensonge;*
et, comme Naigeon était l'ami et l'éditeur
de Diderot, Naigeon a sa part des injures
que Laharpe distribue avec une prodigalité
déplorable. Le court chapitre de la *littérature
mêlée* n'a rien qui puisse nous arrêter. On y
remarque à peine quelques notions incom-
plètes sur les romans grecs et latins, ou du
moins sur Daphnis et Chloé, sur l'Ane d'Or,
et un article assez vulgaire sur Lucien, qui
pouvait en fournir un très-piquant. Tel est le

cours de littérature ancienne. Nous avons
rendu justice au mérite continu du second livre. Le reste est fort inégal : il y a beaucoup
à reprendre, et beaucoup à louer.

LITTÉRATURE FRANÇAISE.

Dix-septième siècle.

La littérature française, durant le dix-septième siècle, est l'objet de la seconde partie,
qui s'ouvre par une introduction sur l'*État
des Lettres en Europe, depuis la fin du siècle
qui a suivi celui d'Auguste, jusqu'au règne
de Louis XIV*. Cette introduction, sans être
aussi riche qu'elle pourrait l'être, est pourtant bien supérieure à celle du cours de littérature ancienne ; mais, à une certaine époque l'auteur y a jeté des déclamations qui en
ralentissent la marche, et dont un goût délicat
n'est pas moins blessé qu'une raison sévère.
Dans le premier chapitre, après quelques pages
sur les commencemens de notre littérature,
l'auteur examine assez rapidement Clément
Marot, dont le badinage élégant et naïf n'a
pas vieilli ; Ronsard, qui après lui voulut en
vain refaire la langue ; Malherbe, qui sut la
polir ; Racan et Maynard, élèves de Malherbe,
mais restés inférieurs à leur maître ; quelques

beaux-esprits qui vinrent ensuite, tels que
Voiture, Sarrazin, Benserade; et enfin la
troupe nombreuse, mais infortunée, des poëtes
épiques du dix-septième siècle. Ce chapitre est
judicieux, et même plusieurs choses y doivent
être spécialement remarquées. Il y a bien du
goût, par exemple, dans les observations relatives à Ronsard, et plus encore dans celles qui
regardent le P. Lemoine, versificateur au-
dacieux et bizarre, dont les éditeurs des Annales poétiques avaient prétendu faire un grand
poëte.

Le second chapitre est considérable : on y
retrouve sur nos vieux auteurs tragiques des
notions déjà rassemblées dans beaucoup de
livres, et ensuite un grand nombre de critiques sur les tragédies de Pierre Corneille. Ces
critiques feraient plus de plaisir sans un commentaire qui leur est fort supérieur, et dont elles
forment elles-mêmes un commentaire. Le chapitre, encore plus étendu, sur les tragédies de
Racine, est digne de beaucoup d'éloges : c'est,
à tous égards, un excellent travail. Le résumé
sur Corneille et Racine offre encore de très-
bonnes réflexions, mais l'auteur est partial ; ce
n'est pas en faveur de Corneille ; et, comme
il ne sait pas douter, quelquefois il croit résoudre les questions qu'il tranche. Les autres

poëtes tragiques du dix-septième siècle sont examinés à leur tour, mais avec moins de développemens ; et si tout n'est pas également soigné dans ce chapitre, les analyses du Venceslas de Rotrou, de l'Absalon de Duché, du Manlius de Lafosse, ont un mérite remarquable.

Le chapitre sur Molière ne vaut pas celui sur Racine ; il est moins plein qu'il n'est long, et contient beaucoup d'idées communes, de temps en temps même des idées fausses sur des points de quelque importance. Presque tout l'article du Misanthrope est employé à réfuter une opinion de J.-J. Rousseau. Si l'on en croit ce philosophe éloquent, mais chagrin, Molière a eu tort de donner *un personnage ridicule* à un homme de bien tel qu'Alceste. Laharpe, comme il le dit lui-même, *argumente en forme* contre Rousseau. Il croit l'argumentation nécessaire, et cela pour prouver que Molière a eu raison de rendre Alceste ridicule. Mais est-il bien sûr que Molière ait eu cette intention ? Dans les scènes avec l'homme au sonnet, *avec les bons amis de cour*, avec Arsinoé, le ridicule est-il bien du côté d'Alceste ? On rit de ses boutades, sans doute ; mais est-ce à ses dépens que l'on rit ? On peut le trouver exagéré ; mais l'élévation de son caractère, de son

èsprit, de son langage, la sincérité de sa passion, la fermeté avec laquelle il en triomphe,
n'excluent-elles pas tout ridicule? L'apologie
n'eût-elle pas choqué Molière, au moins autant
que la critique? Et Montausier, charmé qu'on
voulût bien le reconnaître dans le personnage
du Misanthrope, n'avait-il pas mieux entendu
la pièce que Laharpe?

Dans l'examen des auteurs comiques, contemporains ou successeurs de Molière, Regnard, ce poëte plein d'esprit, de sel et de
gaîté, tient la place éminente qui lui est due.
Laharpe est un peu abondant sur Boursault, un
peu succinct sur Dufresny, et n'accorde qu'une
page à Dancourt. Il donne quelque attention
à la Mère Coquette, de Quinault, comédie
où d'assez jolis détails annonçaient un talent
qui, depuis, s'est développé dans un autre
genre. Ce même Quinault remplit à lui seul
le chapitre relatif à l'Opéra. Le critique y développe presque toujours l'opinion de Voltaire
sur ce poëte ingénieux et naturel; mais il la
développe avec art. Comme il veut louer, il
a soin d'écarter les fadeurs qu'il pourrait trouver en grand nombre, et rassemble très-bien
les morceaux d'élite. En terminant ce chapitre
agréable à lire, il apprécie en peu de pages
les opéras de Fontenelle, ouvrages dépourvus

de talent poétique, mais qui jouirent d'une
réputation qu'ils ont depuis très-justement
perdue.

Si, à l'égard de Quinault, Laharpe s'est
montré complaisant, en récompense il est
très-sévère à l'égard de J.-B. Rousseau. Ce
n'est pas qu'il méconnaisse les grandes beautés
que ce poëte illustre a semées dans ses Odes
et dans ses Cantates; mais il multiplie les critiques de détail, et ce chapitre avait excité
de vives réclamations, même lorsqu'il n'était
encore qu'un article de journal. En le lisant
néanmoins d'un œil attentif, on sent que, pour
le fond des choses, Laharpe a trop souvent
raison. Il n'en est pas de même pour la forme;
et l'on peut surtout lui reprocher de s'être
arrêté avec affectation sur les Épîtres et les
Allégories, ouvrages pénibles, bizarres, dès
long-temps repoussés par les connaisseurs, et,
sous plus d'un point de vue, trop peu dignes
d'un poëte du premier ordre, pour mériter un
examen détaillé. Dans le chapitre sur Boileau,
Laharpe ne partage pas les préventions que
Fontenelle et beaucoup d'autres étaient parvenus à répandre contre *le Maître en l'art d'é-
crire*; il réfute même très-vivement un écrivain pseudonyme, qui prétendit les renouveler, lorsque l'Académie de Nîmes couronna

l'Éloge de Boileau, composé par M. Daunou. Il rend justice à cet éloge, qui, dès-lors très-estimable et maintenant perfectionné, forme le discours préliminaire de la dernière édition des Œuvres de Boileau ; mais si Laharpe reproduit les opinions du panégyriste, il est bien loin de l'égaler, soit pour le choix et la distribution des idées, soit pour la concision, l'harmonie et les belles formes du style. Le chapitre sur La Fontaine donne lieu à une observation du même genre. Les détails en sont de bon goût ; mais on les voudrait plus piquans : on y trouve rarement des défauts, mais les beautés n'y sont pas moins rares ; et le lecteur se rappelle sans cesse un Éloge de La Fontaine, où Champfort a mieux exprimé des pensées plus ingénieuses, et rassemblé plus d'idées en moins d'espace.

Vergier, conteur faible, et Sénecé, qui eut un peu plus de talent, fournissent quelques pages au critique. Enfin, dans le chapitre sur l'Idylle et sur la Poésie légère, on distingue les articles qui concernent Segrais, madame Deshoulières et Chaulieu. Là se termine le premier livre où la *Poésie* tient à elle seule trois volumes assez considérables. Un seul volume renferme le second livre, et suffit à tous les genres d'écrire en prose. Quoique la prose ait en effet moins fortement contribué que la

poésie à la gloire littéraire du dix-septième
siècle, l'énorme différence que l'auteur semble
y reconnaître est exagérée. Il a plutôt suivi
son penchant, qu'il n'a songé à établir une proportion convenable entre les diverses matières
distribuées dans son ouvrage. Quatre chapitres
forment le second livre. L'art oratoire, que
Laharpe appelle toujours l'*Éloquence*, se présente en première ligne après la Poésie. En
appréciant tour à tour Pélisson, Bossuet, Fléchier, Massillon, l'auteur, selon son habitude,
transcrit de fort beaux morceaux. Il y ajoute
de saines réflexions ; mais combien, dans l'Essai sur les Éloges, ces mêmes articles sont-ils
plus courts, plus brillans et plus instructifs ? Le
chapitre de l'Histoire est d'une stérilité affli-
geante. Rien de plus nul que l'article sur Mé-
zeray, si ce n'est pourtant l'article sur Vertot.
Saint-Réal, qui porta plus d'une fois le roman
dans l'Histoire, amène du moins quelques observations judicieuses. Bossuet, comme historien, n'obtient de l'auteur qu'une demi-page.
L'article de Fleuri est beaucoup moins écour-
té, sans être beaucoup meilleur. Le cardinal
de Retz tient ici plus d'espace qu'eux tous : ses
Mémoires y sont vantés à très-juste titre ; mais
on s'étonne qu'un livre aussi amusant n'ait pu
inspirer qu'une aussi triste analyse.

Dans le chapitre de la *Philosophie*, ce qu'il y a de plus faible est la section de *Métaphysique*. L'article de Descartes est insignifiant; il paraît fait d'après les notes d'un éloge célèbre de ce philosophe, et non d'après la lecture de ses ouvrages. L'article de Mallebranche n'est rien du tout; car Thomas n'avait pas fait l'éloge de Mallebranche. Ce qu'il y a d'étrange, c'est que Pascal, qui, certes, méritait un examen prolongé, n'est pour ainsi dire qu'entrevu. Après avoir lu ce qui le concerne, on cherche l'article de Pascal. Celui de Bayle est plus soigné, quoique bien superficiel encore. L'Analyse du Traité de Fénélon sur l'existence de Dieu laisse peu de choses à désirer. L'on trouve dans la section de *Morale* des observations fort sensées sur le Télémaque et sur quelques autres ouvrages de ce même Fénélon, sur les Caractères de La Bruyère, et sur le livre où La Rochefoucauld a peut-être calomnié la nature humaine. L'article de Saint-Évremond prouve que l'auteur avait lu d'un œil attentif cet écrivain, qu'on ne lit plus guère. *La Littérature mélée* occupe le dernier chapitre, où les romans de madame de La Fayette et les ouvrages d'Hamilton sont appréciés avec justesse. En parlant de madame de Sévigné, l'auteur cherche plus l'effet qu'il ne le trouve. Il n'y a rien

25

sur madame de Maintenon, dont les Lettres élé-
gantes et curieuses ne méritaient pas cet oubli.

LITTÉRATURE FRANÇAISE.

Dix-huitième siècle.

La troisième partie est consacrée au dix-huitième siècle, et tient neuf volumes. Encore
l'éditeur regrette-t-il beaucoup que Laharpe
n'ait pas eu le temps de la compléter. Toutefois, les quatre ou cinq premiers méritent seuls
quelque examen. Le long chapitre sur la Henriade est excellent, et fait grand honneur au
critique. On ne pouvait réfuter avec plus de
force et de sagacité les jugemens passionnés des
Fréron, des La Beaumelle, des Clément; et jamais on n'a mieux apprécié ce beau poëme,
inférieur pour la composition générale aux
épopées héroïques de l'Italie et de l'Angleterre,
mais supérieur à ces mêmes épopées pour le
goût, l'élégance, l'éclat du style, et supérieur
à tous les poëmes connus pour la philosophie
tolérante, humaine, et souvent sublime, qui
embellit ses brillans détails.

Le critique est beaucoup trop sévère à l'é-
gard du Poëme de Fontenoy. Si ce poëme est
surchargé de noms propres, on n'en trouvait
point assez à Versailles, lorsqu'on en trouvait

trop à Paris ; et Voltaire s'est vu contraint de
céder à des considérations sans nombre. Il n'a
fait qu'une gazette élégante, soit : mais, dans
les gazettes d'un tel ordre, on reconnaît encore
un grand poëte. Laharpe ne rend pas même
une justice complète au Poëme de la Loi naturelle. Que l'Essai sur l'Homme soit plus étendu, plus travaillé, cela est incontestable : mais
Pope, dans son ouvrage, développe une thèse
métaphysique empruntée à Shaftesbury, qui
l'avait empruntée à Leibnitz. Voltaire consacre le sien à la morale éternelle ; il y expose en
vers harmonieux les vérités qui réunissent les
écoles, et non les subtilités qui les divisent.
Ici, par une transition fort brusque, se présente un poëme plus considérable, mais qui
assurément n'a rien de grave. Laharpe est loin
de convenir que Voltaire s'y soit montré l'égal
de l'Arioste. Peu satisfait d'en blâmer l'ensemble, et surtout la conception, plein d'une rigueur plus édifiante qu'équitable, il s'efforce
d'en rabaisser les beautés poétiques, sans oser
pourtant les contester. Il se souvient, il se re-
pent de l'avoir autrefois célébré dans son Éloge
de Voltaire. Il l'avait beaucoup loué sans doute,
et même en phrases de très-mauvais goût : c'est
là ce dont il aurait dû se repentir. Quant au
Poëme de la Guerre de Genève, Laharpe le repousse avec une âpreté d'expressions que le

goût penche à condamner, mais que la justice
absout. Ce n'est qu'à de longs intervalles qu'on
peut reconnaître un moment Voltaire dans
cette production doublement indigne de lui.
Sa conscience a lutté contre sa haine. En atta-
quant le génie malheureux, son propre génie
s'est senti glacé.

Racine le fils, habile élève du plus grand
maître, vient ensuite. Les beautés austères et
souvent élevées de son Poëme de la Religion
sont très-bien appréciées par le critique. Le
cardinal de Bernis, qui, après avoir fait des
poésies badines, et même des poésies galantes,
nous a donné un nouveau Poëme de la Religion, reçoit ici fort peu de louanges. Bernard
n'en obtient pas assez. Laharpe rend justice à
Gresset, dont la facilité fut si brillante; à Malfilâtre, enlevé trop tôt à la poésie française, et
qui s'était formé sur le goût antique; au style
harmonieux, noble et soutenu de Saint-Lambert, dans l'élégant Poëme des Saisons; à quelques détails bien terminés qui embellissent le
trop long Poëme que Rosset a composé sur
l'Agriculture; aux parties estimables du Poëme
de la Peinture, ouvrage qui honore Lemierre,
et qui restera, malgré de nombreux défauts,
parce qu'il renferme aussi des beautés nombreuses, et plusieurs d'un assez grand ordre.
Laharpe s'exprime un peu durement sur les

Fastes du même Lemierre. Ce poëme, il est vrai, n'est heureux ni pour le plan, ni pour la diction; mais, avec une partialité répréhensible, Laharpe en cite exclusivement les deux plus mauvais vers, et ne fait qu'indiquer le beau morceau sur le clair de lune, lui qui transcrit plus de douze mille vers dans son Cours de Littérature. Le faible Poëme de Dorat, sur la Déclamation théâtrale, est jugé comme il devait l'être; et même, en examinant les mois de Roucher, Laharpe est rigoureux sans être injuste : mais les formes de son langage violent toutes les convenances. Comment ce poëme qu'il déchire l'arrête-t-il plus long-temps que vingt autres poëmes ensemble? Quel plaisir trouve-t-il à prolonger, durant cent quarante pages, non-seulement des chicanes minutieuses, mais les plus ignobles injures? Comment les mots *déraison*, *délire*, *absurdité*, *niaiserie*, *bétise*, tombent-ils à chaque instant de sa plume? Ce ton convient-il à la vraie critique? Est-ce là le style de Quintilien?

Nous aimons à retrouver un littérateur instruit et plein de goût dans les deux volumes suivans, que remplit l'examen raisonné des tragédies de Voltaire. Les analyses de Zaïre, d'Alzire, de Mérope, de Tancrède, sont par-

ticulièrement remarquables. Dans l'analyse de
Mahomet, peut-être Laharpe n'a-t-il bien saisi
ni quelques intentions de Voltaire, ni même
une observation très-fine de J.-J. Rousseau;
mais nous avons ici trop de choses à louer pour
insister sur de légers reproches. Un excellent
ton de critique, des réflexions instructives sur
l'art tragique, sur la poésie, sur la langue
française, quelquefois même des discussions
approfondies, recommandent ces deux volumes. Si l'on y réunissait l'Examen de la Henriade et l'Examen des tragédies de Racine, on
formerait un ouvrage classique, et cet ouvrage
aurait bien peu de fautes. On pourrait même y
joindre ce qui commence l'onzième volume;
la critique du théâtre de Crébillon. Les formes
de cette critique n'ont rien qui blesse la décence, et le fond n'en est pas trop sévère. L'auteur n'est que juste envers un poëte doué de
quelque génie, mais inégal, incorrect, et qu'il
est difficile de lire, malgré les louanges dont
le comblèrent l'ignorance et l'envie, tant que
Voltaire occupa la scène tragique, et les fatigua
de sa gloire.

Plusieurs tragédies d'auteurs moins célèbres
sont encore analysées avec soin; l'Inès de La
Motte, par exemple, la Didon de Le Franc,
l'Iphigénie en Tauride de Guymond de La

Touche, le Gustave de Piron, et même le
Guillaume Tell de Lemierre, pièce que le critique désigne comme la meilleure du poëte
après Hypermnestre. Dans l'article relatif à
Dubelloy, si Laharpe a raison de relever les
défauts du Siége de Calais et de Gaston et
Bayard, d'un autre côté il paraît trop peu sentir le mérite de Gabrielle de Vergy, dont le
cinquième acte est intolérable, il est vrai,
mais dont les quatre premiers actes présentent
des situations du plus vif intérêt, et quelques
détails fort pathétiques. Les huit premières sections du chapitre de la comédie embrassent
Destouches, Piron, Gresset, Le Sage, Marivaux, Boissy, La Chaussée, Voltaire, Diderot, Saurin, vingt autres; et, par une dispro-
portion singulière, la neuvième section, plus
longue à elle seule que tout le reste, ne comprend que Fabre d'Églantine et Beaumarchais.
L'auteur juge Beaumarchais avec bienveillance, parle de ses Mémoires encore plus que
de ses pièces de théâtre, et s'étend même sur
sa vie. Fabre est, au contraire, fort maltraité :
il faut bien louer son Philinte ; mais, après des
louanges sobres et succinctes, Laharpe se dé-
dommage par de longues injures sur l'Intrigue
épistolaire, et sur les Précepteurs. En examinant tout ce chapitre, on n'y voit rien d'appro-

fondi. Le Glorieux y est proclamé la première
comédie du siècle. Turcaret, que Laharpe
croit pourtant louer beaucoup, Turcaret, la
seule comédie où l'on ait presque atteint Molière, y descend au niveau des pièces du second ordre, après l'Homme du jour, et tout
à côté du Mariage fait et rompu. Ce jugement
n'est pas du nombre des opinions que l'auteur
répète, et ne sera guère répété.

En général, toutes les fois que Laharpe traite
du genre de la comédie, il ne s'élève pas au-
dessus des critiques médiocres; mais il tombe
au-dessous d'eux dans le douzième volume,
où, sauf un article sur les tragédies de Marmontel, il n'est question que de l'opéra et de
l'opéra comique au dix-huitième siècle, à commencer par Danchet, et à finir par Anseaume.
On voit que le volume est incomplet : il a
toutefois près de six cents pages. Le volume
suivant offre la même surabondance. Le critique y réfute, en cent pages, des erreurs de
La Motte, de Fontenelle et de Trublet, erreurs
déjà réfutées cent fois, et qui méritaient à
peine un souvenir de quelques lignes; il examine ensuite non moins prolixement les Odes
de La Motte, celles de Lefranc, celles de Voltaire, et de plusieurs autres poëtes. En passant à l'Épître, il analyse avec un peu d'hu-

meur les Discours philosophiques de Voltaire :
enfin, l'éditeur nous avertit que Laharpe n'a
pas eu le temps de traiter de la satire, de la
fable, de l'élégie, de l'idylle, des poésies légères durant le dix-huitième siècle ; et, dans
la crainte apparemment que le volume ne paraisse trop court, le complaisant éditeur le
grossit de cinq ou six fragmens qui ne se lient
pas entre eux, qui se lient moins encore à l'ouvrage, et qui sont loin de l'embellir.

Dans ce qui concerne les orateurs, on remarque une sortie outrageante contre Linguet,
et une critique détaillée des Sermons de l'abbé
Poule, prédicateur qui a mérité beaucoup de
réputation, malgré les défauts qu'on peut lui
reprocher. Laharpe l'avait jadis fort célébré
dans le Mercure ; c'est une faute dont il s'ac-
cuse, et qu'il répare amplement. Il s'étend
peu sur les ouvrages de Thomas, rabaisse une
grande partie de l'Éloge de Descartes, et se
hâte de rendre justice à l'Eloge de Marc-Aurèle,
en y remarquant néanmoins des beautés qui ne
sont pas les plus grandes, et des taches qui
sont encore des beautés. *Le temps le presse*,
dit-il, le temps ne lui permet de citer que la
péroraison de ce chef-d'œuvre : et les sermons
d'un seul prédicateur lui ont fourni cent trente
pages d'extraits ou d'observations ! A peine

accorde-t-il quinze lignes à l'Essai sur les Éloges,
tant ce critique abondant sait être concis,
quand il faut louer ses contemporains!

Le chapitre sur l'histoire n'existe pas. L'éditeur y substitue deux fragmens de Laharpe : l'un
sur une traduction de Salluste, par le président
de Brosse; l'autre sur l'Histoire de la décadence de l'Empire romain, par Gibbon. Le
chapitre des romans n'est qu'une dissertation
fort incomplète sur les principaux romans des
nations modernes. Il est suivi de nouveaux
fragmens sur un roman de Duclos, sur l'Amadis de Gaule, traduit par Tressan, sur les
Incas de Marmontel, sur le Gonsalve de Cor-
doue, de Florian. D'autres fragmens encore,
mais sans liaison et sans importance, forment
les prétendus chapitres de la littérature mêlée
et de la littérature étrangère. On y trouve la
vie de Nicolo Franco à côté du Paradis perdu
de Milton. Ces articles, faits à la hâte, auraient
dû rester dans les journaux pour lesquels ils
avaient été composés. Le quatorzième volume
est terminé par un double appendice sur le
Calendrier républicain et sur la Langue révo-
lutionnaire, morceaux où le talent de l'auteur
est remplacé par une extrême violence.

Cette violence éclate avec plus de fureur
dans les deux derniers volumes; ils ont pour

objet la philosophie du dix-huitième siècle, et
sont divisés en deux livres; le premier sur les
philosophes, le second sur les sophistes. Parmi
les philosophes, l'auteur veut bien placer Fontenelle, Montesquieu, Buffon, Condillac, Duclos, Vauvenargues et même d'Alembert. Le
meilleur article est celui de Vauvenargues;
c'était le plus facile à faire. L'article de Fontenelle est loin d'être assez piquant; mais le goût
sain du critique s'y fait du moins remarquer.
L'article de Montesquieu semble fait par un
homme qui avait entendu parler de l'Esprit des
Lois. Quelques éloges vagues du style de Buffon
composent ce qu'il y a de littéraire dans son
article. On y parle de l'Histoire naturelle, mais
sans caractériser aucune des parties de cet immense ouvrage, ni la Théorie de la terre, ni
l'Histoire des quadrupèdes, ni celle des oiseaux, ni celle des minéraux, ni même cette
belle Histoire de l'Homme qui suffirait pour
immortaliser Buffon, ni ces discours généraux
si admirés et si dignes de l'être, ni ces époques
de la Nature, où l'écrivain sublime a si fort
embelli les rêves du physicien romancier. Du
reste, Laharpe s'occupe à prouver par de longs
raisonnemens, et même par de petites anecdotes, que Buffon était l'ennemi déclaré des
philosophes du dernier siècle; ce que l'on peut

croire aisément, sans être obligé d'en conclure que leurs opinions n'étaient pas les siennes. L'auteur loue beaucoup Condillac; mais on voit qu'il ne le connaît point assez. Un extrait et d'amples citations de l'Origine des connaissances humaines, ouvrage de la jeunesse de ce philosophe, tiennent les trois quarts de son article. Le beau Traité des sensations n'y est guère qu'indiqué. L'auteur passe ensuite aux quatre premiers volumes du Cours d'études; il s'arrête un moment à l'Art d'écrire, dont il cite un excellent passage, mais il y néglige des théories neuves qu'il aurait dù apprécier, et des critiques littéraires qu'il aurait eu le droit de relever. Que dans un article aussi étendu, l'on ait complétement oublié d'importans écrits de Condillac, tels que la Langue des calculs, un ouvrage sur l'économie politique, et jusqu'au Traité des systèmes, il y a déjà de quoi s'étonner; mais, ce qui est à peine concevable, sa Grammaire générale et sa Logique n'y sont pas même nommées. Ce sont pourtant les deux ouvrages qui, avec le Traité des sensations, font ses plus beaux titres de gloire. A la fin de ce premier livre, un court fragment sur les économistes achève de prouver combien l'auteur était étranger aux sciences morales et politiques.

Que dirons-nous du second livre, qui tient un volume et demi? A la tête des sophistes est placé Toussaint, auteur d'un ouvrage aujour-d'hui presque inconnu, et qui a pour titre *les Mœurs*. La longue exhumation qu'en fait Laharpe était au moins inutile. L'obscur Toussaint est fort maltraité; moins pourtant qu'Helvétius et Diderot, ceux de tous les écrivains qui ont le plus échauffé la bile irritable du critique. Il s'épuise contre eux en déclamations amères; et ne ménage plus guère J.-J. Rousseau dans un article, d'ailleurs très-court et tout-à-fait superficiel. Après avoir cité quelques phrases de Rousseau, Laharpe s'écrie : Quel style! exclamation toute simple en parlant d'un tel écrivain, quand elle est admirative, mais qui est ici dérisoire, et qui par-là même devient plaisante. Il est heureux que Laharpe n'ait pas eu le temps d'examiner dans le même esprit les écrits philosophiques de Voltaire. Déjà l'on est assez fâché pour Laharpe des outrages qu'il ose se permettre contre la mémoire d'un grand homme dont il a été le panégyriste; qui lui-même avait prêté à Laharpe un si utile appui, quand Laharpe faisait de bons ouvrages, et quand d'autres hommes, non contens de les décrier dans leurs journaux, fermaient le théâtre à Mélanie, et provoquaient

des censures religieuses contre l'Éloge de Fénélon.

Ces mêmes hommes sont devenus les ardens
panégyristes de Laharpe, quand il a cru devoir accumuler les palinodies, les confessions,
les professions de foi, et surtout les impréca-
tions contre ce qu'il appelait le *philosophisme.*
Le croira-t-on? Dans le gros volume sur les
drames lyriques, en parlant du théâtre de la
Foire, il veut que Piron soit aussi un sophiste.
Il poursuit la philosophie du dix-huitième siècle
jusque dans Arlequin-Deucalion. C'est pourtant
à ces attaques sans mesure, et toujours déplacées (car où pourrait être leur place dans un
ouvrage de ce genre?) que ce même ouvrage
doit les louanges exagérées dont le comblent
des écrivains de parti; mais ce qui lui vaut
leur faveur, est précisément ce qui le décrédite
auprès des juges éclairés, dont l'opinion, conforme aux lois invariables de la raison, de la
décence et du goût, triomphe des résistances
accidentelles, et devient tôt ou tard l'opinion
publique. Toutefois un tiers de l'ouvrage ne
suffit pas pour faire condamner l'ouvrage entier. Faisons ce qu'aurait dû faire un sage éditeur. Regardons comme non avenus les cinq
derniers volumes du Lycée de Laharpe; ou-
blions-les, pour nous rappeler ce qu'il y a de

bon dans le Cours de littérature ancienne,
particulièrement tout le second livre, et ce
qu'il y a d'excellent dans les sept ou huit premiers volumes du Cours de littérature française.
Si l'auteur, aigri dans sa vieillesse, n'écrivait
plus qu'en colère, et s'est condamné à la haine,
il faut le plaindre; il a dû souffrir. Si, dans ses
jugemens sur les écrivains dont il était ou dont
il croyait être le rival, il a donné trop d'exemples d'une partialité répréhensible, en reconnaissant ses défauts, on doit leur opposer son
mérite; et l'on n'a le droit de blâmer ses injus-
tices, qu'en restant juste à son égard.

CONCLUSION.

Le Lycée de Laharpe est-il le meilleur ouvrage de littérature qui ait paru durant l'é-
poque déterminée par le décret? A notre
avis, aucun ne peut le contre-balancer, soit
pour l'importance et l'étendue de l'entreprise,
soit pour le mérite de l'exécution. Mais les termes du décret n'en sont pas moins effrayans à
l'égard de cet ouvrage même. Il s'agit de réunir au plus haut degré la nouveauté des idées,
le talent de la composition, et l'élégance du
style. Quant à la nouveauté des idées, il faut en
convenir, c'est un mérite que l'on chercherait
en vain dans l'ouvrage de Laharpe. Ici toute-

fois se présente une considération générale. La réunion de la justesse et de l'originalité, si rare en tous les genres d'écrire, l'est particulièrement dans la critique littéraire. Les Élémens de Littérature de Marmontel, et les Essais de Diderot sur l'art dramatique, offrent des idées neuves, quelquefois ingénieuses, mais souvent aussi très-hasardées, ou tout-à-fait inadmissibles ; et ces écrits n'ont laissé qu'une réputation équivoque. Rollin, dans son Traité des Etudes, retrace partout des idées connues, mais jamais il n'offense un goût sévère : fidèle aux préceptes de Cicéron et de Quintilien, il se contente de les exposer en rhéteur habile ; et son ouvrage est resté. Voltaire est peut-être le seul qui, en fait de critique, ait su être neuf sans être faux. Toute la portée de son esprit se retrouve dans son goût ; il étend un art lorsqu'il l'examine, et sa littérature est celle du génie. Si Laharpe est loin de cette hauteur, on doit au moins lui savoir gré de n'avoir corrompu par aucun alliage la pureté des saines doctrines. Il développe, ainsi que Rollin, des principes à l'épreuve, et, pour ainsi dire, classiques. Il n'en forme pas un traité, mais il les distribue avec méthode. Il en fait un grand nombre d'applications, et, quand il ne juge pas ses contemporains, presque toutes sont judicieuses. Le talent de la

composition n'est pas étranger à son Cours de
Littérature. Sans y faire preuve d'une grande
force de conception, il y suit un vaste plan,
qu'il n'embrouille pas, et qu'il sait remplir.
Pour le style, excepté dans les derniers volumes, qui, à tous égards, ont peu de valeur, il
a souvent de l'élégance, non toutefois cette
élégance exquise, fruit d'un talent supérieur et
d'un grand travail, mais celle qui tient au naturel des tours, à la clarté des expressions, au
soin constant de repousser le néologisme et
toute espèce d'affectation. L'ouvrage est imposant dans son ensemble; et s'il a beaucoup de
défauts, plusieurs qualités les rachètent. Un
jour on fera mieux peut-être. Nous le désirons,
nous l'espérons; mais alors même il sera juste
de lui payer un tribut d'estime. Enfin l'art d'é-
crire est si difficile, qu'en laissant les productions du premier ordre à la place éminente qui
leur appartient, les rangs qui viennent ensuite,
et même à distance respectueuse, sont encore
des rangs élevés.

La classe pense que le Lycée de Laharpe est
digne du prix de littérature.

F I N.

TABLE

DES CHAPITRES.

Pages.

Introduction. 2

Chapitre premier. — Grammaire; Art de penser;
Analyse de l'entendement. 25

Chapitre ii. — Morale, Politique et Législation. . 59

Chapitre iii. — Rhétorique; Critique littéraire. . 96

Chapitre iv. — Art oratoire. 125

Chapitre v. — L'Histoire. 142

Chapitre vi. — Les Romans. 208

Chapitre vii. — La Poésie épique. *Poëme héroïque,
Poëme héroï-comique; Imitations et Traductions
en vers.* 256

Chapitre viii. — La Poésie didactique. 280

Chapitre ix. — Poésie lyrique. Divers petits genres
de Poésie. 294

Chapitre x. — La Tragédie. 307

Chapitre xi. — La Comédie. 329

Chapitre xii. — Le Drame; les deux scènes lyriques.
*Coup d'œil sur les moyens de soutenir l'art dra-
matique.* 350

Douzième grand Prix de première classe à l'auteur
du meilleur ouvrage de littérature qui réunira au
plus haut degré la nouveauté des idées, le talent
de la composition, et l'élégance du style. . . . 565

FIN DE LA TABLE.

TABLE ALPHABÉTIQUE

Des Auteurs anciens et modernes, nationaux et étrangers, mentionnés dans cet ouvrage.

AGUESSEAU (d'). Orateur célèbre, dont les ouvrages ont éclairé la législation civile, 74. — La noblesse, l'harmonie, une élégance continue, mais peu animée, caractérisent ses nombreux discours, 134.

ALEMBERT (d'). Dans ses Morceaux choisis de Tacite, il est sec, précis en géomètre et non en grand écrivain, souvent infidèle au texte, et plus souvent au génie de l'auteur, 162.

ALLART (Mme.). Éloge de sa traduction du Confessionnal des Pénitens noirs, 245.

ANDRIEUX (M.). Poëte distingué dans le conte, xvij.—Et dans le genre comique, xx. — Son esprit et son enjouement ont animé des narrations charmantes, 299. — Sa comédie d'Anaximandre se distingue par une diction pure, élégante et facile, 338. — Les Étourdis ont fondé sa réputation; mérite de cette pièce, *ibid.* — Il a honoré la mémoire d'Helvétius et celle de Molière; mention du Souper d'Auteuil, et de la comédie du Trésor; qualités distinctives du talent de l'auteur, *ibid* et *suiv.* — Il a contribué à ramener dans la comédie le goût égaré loin de sa route, 347.

ANQUETIL. L'Esprit de la Ligue et l'Intrigue du Cabinet, ouvrages intéressans et bien écrits, 170. — Il a complètement échoué dans son travail sur l'Histoire Universelle, 171. — Son Histoire de France, production sans physionomie, long abrégé d'énormes fatras, 176 et *suiv.* — Défauts de son ouvrage intitulé : Louis XIV, sa Cour et le Régent, 188 et *suiv.*

ARNAUD (l'abbé). Ses divers ouvrages sur la littérature et sur la musique attirent et captivent l'attention la plus difficile, 105 et *suiv.*

ARNAULD (le docteur). A fait avec Nicole la Logique de Port-Royal; éloge de ce livre, 41.

ARNAULT (M.). Ses travaux sur des objets d'instruction publique, xj. — Poëte distingué dans l'apologue, xvij. — Et dans la poésie dramatique, xviij. — Éloge de ses apologues, 298. — Considéré comme tragique; examen de ses pièces de théâtre, 312 et *suiv.*

BABOIS (Mme.) Ses Élégies sur la mort de sa fille, remarquables par un style pur, une versification d'une douceur exquise, et une poésie qui vient du cœur, 304.

BACON. A découvert un nouveau monde dans les sciences, 25. — A montré des chemins nouveaux, et signalé tous les écueils, 40.

BALZAC. A donné à la prose française du nombre et de la gravité, 125.

BAOUR-LORMIAN (M.). Mentionné comme poëte dramatique, xix. — Quelques morceaux brillans distinguent ses Poëmes Galliques, 267. — Sa traduction en vers de la Jérusalem délivrée est d'un style harmonieux, mais faible, et a grand besoin d'être perfectionnée, 274. — Sa tragédie de Joseph, bien écrite d'ailleurs, pèche par une froide intrigue d'amour et une froide conspiration, 322 et *suiv.*

BARBÉ-MARBOIS (M.). Ses travaux dans les diverses parties de l'économie politique, v. — Talent exercé, et nourri de connaissances profondes sur tout ce qui tient aux finances, 79.

Barnave. Loué comme orateur, viij.

Barré (M.). L'un des restaurateurs du Vaudeville en France, 358.

Batteux. Son Cours de Belles-Lettres n'offre ni assez d'instruction ni assez d'intérêt, 96.

Bausset (M. de). Sa Vie de Fénélon, xiij.

Beaufort (Mme. de). S'est distinguée par des vers agréables, 304.

Beaumarchais. Auteur distingué dans le drame, xxj. — Ses Mémoires dans l'affaire de Goëzman ont un mérite éminent et varié, quoique déparés par quelques traits de mauvais goût, 135. — A déployé un talent original dans ses diverses compositions; qualités et défauts de cet auteur, 352. — Sa Mère Coupable, pièce énergique et neuve, *ibid.*

Beauvais, Évêque de Senez. Ses Oraisons funèbres et ses Sermons, vij. — A prouvé qu'on pouvait réussir à la cour, même en faisant son devoir; car il s'en faut bien qu'il y ait prêché en courtisan, 127. — A su se borner à la partie morale de la religion, et n'a traité que rarement le dogme, *ibid et suiv.* — A prévu et annoncé une révolution prochaine, que Louis XV lui-même entrevoyait malgré les prestiges du trône, 130. — Hardi dans la chaire de Versailles, il a paru timide dans l'assemblée constituante, *ibid.* — Depuis Bossuet et Massillon, nul orateur n'a mieux saisi que lui le ton noble et persuasif qui convient à l'éloquence de la chaire, 131.

Beauzée. Sa Grammaire générale et raisonnée, ouvrage neuf, utile, mais d'un style sec et diffus, 27. — Le système qu'il a inventé pour notre langue est ingénieux, mais compliqué, 29. — Sa traduction de Salluste, inférieure à celles qui l'ont précédée, 160.

Becquey (M.). Dans sa traduction des quatre premiers livres de l'Énéide, a démontré qu'il est possible d'être à la fois très-fidèle et très-peu ressemblant, 271.

Bergasse (M.). Éloquent orateur et habile écrivain, a, dans une cause d'adultère, approfondi une question de morale publique, 136.

Bexon (M.). Éloge de son livre sur la Sûreté publique et particulière, 84.

Bitaubé. Sa traduction d'Homère se fait lire avec intérêt; mais elle est en prose, 278.

Blair (M.). Professeur à Édimbourg. Son Cours de Rhétorique, ouvrage digne d'une haute estime, et parfaitement conçu, 102. — Il est toujours juste envers les écrivains français, 103.

Bodin. Son Traité de la République a fourni des idées à Montesquieu, 73.

Boileau. Son Art poétique, chef-d'œuvre qui ne produit pas des poëtes, mais qui les forme et les inspire, 280.

Bois-Guilbert. Sa Dîme royale, écrite sous la dictée du maréchal Vauban, a jeté quelques lumières sur l'économie publique, 73.

Boisjolin (M.). L'un des talens les plus purs parmi nos traducteurs en vers; éloge de sa Forêt de Windsor, 302.

Boismont (l'abbé de). Élégant écrivain, mais orateur maniéré et froid, 126.

Boissy-d'Anglas (M.). Loué comme orateur, ix.

Bonald (M. de). Sa Théorie du pouvoir civil et religieux n'est démontrée ni par le raisonnement, ni par l'histoire, 90. — Sa Législation primitive a pour but de faire envisager comme des productions du génie toutes les gothiques institutions, et d'amener l'Europe au plus haut degré d'intolérance politique et religieuse, 92.

—Sa diction sèche et ses décisions tranchantes ne parviendront pas à dégoûter l'Europe des écrits de Voltaire et de Montesquieu, *ibid.*

Bonnet (Charles). Ses ouvrages sont remarquables par une sagacité profonde qui dégénère souvent en subtilité, 42.

Bossuet. A, dans ses Oraisons Funèbres, porté l'éloquence à une hauteur inconnue avant et après lui, 125. — Ses émules comme sermonnaire, 126. — Dans son Discours sur l'Histoire Universelle, a allié les vues religieuses d'un pontife aux formes d'un grand orateur, 143.

Bossut. Son Histoire des Mathématiques, xiij.

Boufflers (M. de). Cité comme panégyriste académique, xj. — L'Honneur de la Poésie érotique, xvij et 3o2.

Bougeant (le P.). Éloge de son Histoire du Traité de Westphalie, 144.

Bouilly (M.). Cité comme auteur dramatique, xxj. — Son drame de l'Abbé de l'Épée, pièce touchante, 353.

Bourdaloue. Sa réputation est exagérée à tous égards, 101. — Placé comme sermonnaire à côté de Bossuet, et plus vanté que lu, 126.

Bourguignon (M.). Éloge de ses écrits sur la Magistrature et sur les moyens de perfectionner l'institution du Jury, 83.

Bournial (M. du). Sa traduction du roman de Don-Quichotte, appréciée, 242.

Brantôme. N'a droit d'obtenir place que parmi les compilateurs d'anecdotes, 143.

Brosses (le président de). Sa Formation mécanique des Langues a jeté quelque jour sur les obscurités étymologiques, 27. — Sa traduction de Salluste n'est digne d'aucun éloge ; sa Vie du même historien, curieuse par des recherches d'érudition, est déparée par un mauvais style et par une critique vulgaire, 16o.

Bruguières du Gard (M.). Jeune lauréat, cité honorablement, 3oo.

Buffier. Quoique jésuite, s'est permis quelque philosophie dans sa Logique et dans sa Métaphysique, 41.

Burney (miss). Figure avec distinction parmi les romanciers modernes ; Cécilia est la meilleure de ses productions, 244.

Butet (M.). Sa Lexicographie et sa Lexicologie appréciées : on lui reproche d'avoir supposé l'existence de la langue philosophique, et d'avoir voulu assujettir la grammaire à la marche rigoureuse des sciences physiques et mathématiques, 37 et *suiv.*

Cabanis. A soumis la médecine à l'analyse de l'entendement, iij. — Examen de ses Mémoires sur les Rapports du physique et du moral de l'homme ; il y a réuni avec succès l'analyse de l'entendement à la physiologie transcendante, et l'art d'écrire à toutes les deux, 51 et *suiv.*

Cailhava. Ses Études sur Molière, vj. — Ses Ménechmes grecs, pièce bien conduite, xx. — Son Traité sur l'Art de la Comédie et son livre spécialement consacré à Molière, sont deux ouvrages propres à former le goût des jeunes écrivains qui entrent dans la carrière comique, 107 et *suiv.* — Éloge de ses Ménechmes grecs et de son Tuteur, 33o et *suiv.*

Caillard. Son Mémoire sur la Révolution de Hollande est une production très-remarquable et qui l'honore, 2o6.

Cambacérès (M.). Loué comme orateur, ix.

Camus. Cité comme habile jurisconsulte, viij.

CANDEILLE (Mlle.). Ce qui a fait réussir sa Belle Fermière , 342.

CANTWEL. Sa traduction de la Rhétorique de Blair , inférieure à celle de Prévost , 102.

CASTEL (M.). Digne d'éloges dans la poésie didactique , xvij. — Son poëme des Plantes apprécié , 286.

CASTÉRA (M.). Son Histoire du règne de Catherine , xij. — Cet ouvrage , fort estimable et bien fait en général , mérite d'être perfectionné dans plusieurs parties , 203 et *suiv.*.

CAZALÈS. Loué comme orateur , viij.

CHAMFORT. Ses Études et Commentaires sur La Fontaine , vj. — On y reconnaît la piquante finesse qui caractérisait ses écrits et ses entretiens , 112. — Ses titres comme poëte et comme prosateur , *ibid.* et *suiv.* — Injures dont les compilateurs de calomnies ont honoré sa mémoire , 114.

CHAMPFEU (M. de). Sa traduction de l'Histoire de la Guerre de trente ans , par Schiller , ne manque ni d'élégance ni d'énergie , 186.

CHAPELIER. Loué comme orateur , viij.

CHARRON. Disciple de Montaigne ; jugement sur son Traité de la Sagesse , 60.

CHASTENAY (Mme. Victorine de). Éloge de sa traduction des Mystères d'Udolphe , 245.

CHATEAUBRIAND (M.). Son roman d'Atala , singulier pour la marche et pour le style ; critique détaillée de cet ouvrage , xv, 216 et *suiv.* — Poétique extraordinaire suivie par l'auteur , 221.

CHEMINAIS. Sermonnaire touchant , mais faible , 126.

CHÈNEDOLLÉ (M.). Idée de son poëme du Génie de l'Homme , où il a développé moins de philosophie que de talent poétique , 288.

CHÉNIER (M. J.). Mentionné comme auteur dramatique , xix.

CHÉRON. Son Tartufe de Mœurs , copie de Shéridan , inférieure à l'original , 343 et *suiv.*

CHIARI (l'abbé). Romancier italien , jadis très-fécond , aujourd'hui très-inconnu , 251.

CLÉMENT de Dijon. A traduit le Tasse avec une sécheresse aussi étrangère à ses défauts qu'à ses qualités , 274.

COCHIN. Orateur célèbre , estimable pour la sagesse et la clarté , mais inférieur à d'Aguesseau comme écrivain , 134.

COLLIN D'HARLEVILLE. A enrichi la haute comédie , xx. — Son Inconstant est un des rôles les mieux conçus qu'il y ait au théâtre , 335. — L'Optimiste et les Châteaux en Espagne étincellent de traits charmans , mais ils manquent de force comique , 336. — Rien ne manque à son Vieux Célibataire , *ibid.* — Dans les Mœurs du Jour , son talent ne se réveille qu'à de longs intervalles , 337.

COMINES (Philippe de). Historien nourri dans les intrigues des cours , a peint avec quelque profondeur le sombre et dissimulé Louis XI , 142.

CONDILLAC. Fondateur d'une école de philosophie , iij. — Sa Grammaire générale , chef-d'œuvre d'analyse , livre précis et clair , bien écrit et bien conçu , 27 et *suiv.* — Sa Logique , l'une des plus courtes et la plus substantielle que l'on ait jamais écrite , 42. — Sa Théorie des Sensations est son meilleur ouvrage , *ibid.* — Dans son Cours d'Histoire ancienne et moderne , il a faiblement soutenu sa renommée si légitime à d'autres titres , 145.

CONDORCET. Son Plan d'instruction publique , cité , viij. — Son Esquisse des Progrès de l'esprit humain , xiij. — Écrivain célèbre comme savant et comme philosophe , 62.

CONDORCET (Mme.). Éloge de sa traduction de la Théorie des sentimens moraux, d'Adam Smith, et de ses Lettres sur la Sympathie,
64 et *suiv*.

CORNEILLE (P.). Éloge de ses Discours sur la Tragédie, et des divers
Examens qu'il a faits de ses pièces, 97. — Tous les tons de la haute
éloquence se trouvent dans ses tragédies, 125.

COTTIN (Mme.). Son coup d'essai, Claire-d'Albe, ne donnait que de
médiocres espérances, 216. — Sa Malvina est un des plus beaux caractères que puissent offrir les romans modernes, 227. — Amélie de
Mansfield attache et intéresse, *ibid*. — Les Exilés de Sibérie respirent une simplicité touchante, 228. — La Prise de Jéricho, mauvais
ouvrage dans un mauvais genre, 106 et 228. — Éloge de Mathilde, *ibid*.
— Qualités de l'auteur, et regrets exprimés sur sa perte, 229 et *suiv*.

COURNAND. Sa traduction des Géorgiques, tentative louable, mais
malheureuse, 289.

COURT-DE-GÉBELIN. A jeté quelque jour sur les obscurités étymologiques, 27.

CRÉBILLON fils. Dans ses romans, s'est plu à peindre des mœurs dont
l'existence est restée problématique, 213.

CUVIER (M.). Cité comme panégyriste académique, xj.

DARU (M.). Traducteur élégant d'Horace, xvij. — C'est dans les Satires et les Épîtres qu'il en a le mieux saisi les beautés, 296 et *suiv*.

DAUNOU (M.). Son plan d'instruction publique, cité, viij. — Son
Discours sur Boileau, et l'édition qu'il a donnée des œuvres de ce
poëte, 383.

DEGÉRANDO (M.). A recherché les rapports des Signes et de l'Art de
penser, iij. — Analyse de son Mémoire à ce sujet, 43 et *suiv*.

DELILLE (l'abbé). Classique; sa fécondité, sa richesse de style
dans la poésie didactique, xvj et *suiv*. — Vrai poëte, a obtenu et mérité la première place parmi nos traducteurs en vers, 269. — Toujours digne de ses modèles et de lui-même, *ibid*. — A profondément
étudié les secrets de notre versification et les inépuisables ressources
de la langue poétique, 270. — Mérite éclatant de sa traduction de
l'Enéide; observation critique à ce sujet, 271. — Il a réuni tous les
suffrages dans celle du Paradis perdu, 272. — Dans ses Jardins et
dans l'Homme des Champs, a suivi les traces de Virgile et de Boileau;
observations sur le dernier de ces poëmes, 281. — Celui de la Pitié
n'a eu qu'un succès contesté; mais celui de l'Imagination a réuni tous
les suffrages, *ibid*. — Considéré comme chef d'une école, 282 et *suiv*.
— Examen de son poëme des Trois Règnes de la Nature; hommage
rendu au talent de l'auteur, qui a enrichi la langue poétique, et qui,
pendant quarante ans qu'il a écrit, n'a encore fatigué que l'envie,
289 et *suiv*.

DELRIEU (M.). Examen critique de sa tragédie d'Artaxerce, pièce
écrite avec une extrême sécheresse, et beaucoup trop vantée par son
auteur, qui aurait dû mériter et attendre les louanges qu'il se donne, 323 et *suiv*.

DEMOUSTIER. Défauts de ses comédies : il n'a point observé les mœurs
de la bonne compagnie; son style n'est jamais naturel et est beaucoup trop facile; il a souvent de l'esprit, mais rarement celui qu'il
faut avoir, 341 et *suiv*.

DESCARTES. A fondé parmi nous la saine logique, 41.

Deshoulières (Mme.). A laissé trois idylles pleines de grâce et de sensibilité, 305.

Desrenaudes (M.). Sa traduction de la Vie d'Agricola mérite des éloges ; mais son style a peut-être plus de recherche que de nerf et de coloris, 162.

D'Hèle. S'est fait remarquer sur la scène lyrique par l'art de nouer et de dénouer une intrigue, 357.

Diderot. Ses Considérations sur le Drame contiennent des paradoxes, 97. — Son Père de Famille, drame digne d'éloges, 351.

Domergue. A cultivé avec succès la Grammaire générale et particulière, iij. — Services qu'il a rendus à cette science, 28 et suiv.

Dotteville. Succès mérité qu'a eu sa traduction de Salluste, 160. — Sa traduction complète de Tacite offre beaucoup de choses estimables, entre autres la Vie de cet historien et des Abrégés supplémentaires, 162.

Dubos (l'abbé). Son livre sur la Poésie et la Peinture se distingue par des aperçus ingénieux et féconds, 97. — Éloge de son Histoire de la Ligue de Cambrai, 144.

Ducis. Poète distingué dans l'Épitre, xvij.—Et dans la Tragédie, xviij. — On reconnaît dans ses Épitres l'indépendance qui lui est propre, la libre imagination d'un poëte peintre, et jusqu'à l'empreinte vigoureuse d'un génie tragique, 298. — Examen de ses Pièces de théâtre, 308 et suiv. — Aucun poëte n'a mieux approfondi les sentimens de la nature ; c'est un véritable modèle dans l'art d'émouvoir, 312.

Duclos. Éloge de ses Remarques sur la Grammaire de Port-Royal, 27. — Écrivain piquant et peintre ingénieux des mœurs, 61.—Son Histoire de Louis XI est le récit, mais non le tableau du règne, 145.— Ses Mémoires secrets se rapprochent davantage de la trempe de son esprit, plus fin que profond, 146. — S'est plu à peindre, dans ses romans, des mœurs dont l'existence est restée problématique, 213.

Ducos (Mme.). Éloge de sa Traduction de l'Abbaye de Grasville, 246.

Dufrenoy (Mme.). Son recueil de Poésies offre beaucoup de traits heureux et des preuves de talent, 304.

Dumarsais. Son Traité des Tropes est le meilleur livre qui existe sur la partie figurée du langage, 27. — Quoique philosophe, il a mis peu d'idées dans sa Logique, 41.

Dumoulin. Le plus éclairé des jurisconsultes français ; a contribué au perfectionnement de notre législation, 73.

Dupaty (le président). S'est honoré par ses talens et ses écrits sur la législation pénale, 75. — Son éloquent plaidoyer pour trois innocens condamnés à la roue, fit reconnaître les violens abus de la procédure criminelle, 135.

Dupont de Nemours (M.). Ses travaux dans les diverses parties de l'économie politique, v. — Éloge de son écrit sur la Banque, 79.

Dupuis. Son Origine des Cultes, xiij.

Dureau de la Malle. Sa traduction de Salluste est la meilleure, mais elle pourrait encore gagner du côté de la couleur et de l'énergie, 160. — Dans celle de Tacite, il surpasse presque toujours ses devanciers : il s'attache aux idées, aux images, aux expressions de son modèle, 163 et suiv. — Annonce de sa traduction posthume de Tite-Live, comme devant tenir le premier rang parmi ses ouvrages, 166.

Duresnel (l'abbé). A naturalisé parmi nous deux poëmes de Pope, 269.

Du al (M.). Auteur de comédies estimables, xx. — A réussi dans l'opéra-comique, xxj. — Sa Jeunesse de Henri IV, ainsi nommée improprement, ouvrage bien conduit, intéressant et gai d'un bout à l'autre, 344. — Son Tyran domestique, péniblement versifié, 345. — Estimable dans plusieurs parties de l'art, il est habile dans la combinaison du plan, *ibid*. — Son drame sur la Jeunesse de Richelieu, 353. — Son opéra-comique du Prisonnier, 358.

ESMÉNARD. A réussi dans la poésie didactique, xvij. — Et dans les opéras, xxj. — Son poëme de la Navigation offre des morceaux brillans; mais la monotonie en est le défaut radical, 287. — Son opéra de Trajan, beau pour les yeux; l'action ne marche point, et l'intérêt s'y fait rechercher, 356.

ESTIENNE (Robert). Sa Grammaire française, 25.

ESTIENNE (Henri). Ses traités relatifs à notre langue, 25.

FABRE (M. Victorin). Jeune poëte qui a mérité une honorable distinction, xviij. — Son imagination est rapide, et ses idées ont souvent de l'éclat, 300.

FABRE D'ÉGLANTINE. A enrichi la haute comédie, xx. — Succès éclatant de son Philinte; il ne manque à cette pièce que d'être bien écrite, 333 et *suiv*. — Mention du Convalescent de qualité, de l'Intrigue épistolaire et des Précepteurs, 334. — L'auteur, malgré ses défauts, doit être placé parmi nos vrais poëtes comiques, 335. — Ses hostilités contre Collin-d'Harleville : sa Préface du Philinte, indigne d'une telle pièce, 336.

FANTIN-DESODOARDS (M.). Son Histoire de France, production sans physionomie, long abrégé d'énormes fatras, 176 et *suiv*.

FÉNÉLON. Son Télémaque, chef-d'œuvre à qui nul ouvrage de morale ne peut être comparé, 61. — Ses Dialogues Sur l'Éloquence, et sa Lettre à l'Académie française, ouvrages exquis en littérature, 97. — Son Télémaque, partout modelé sur l'antique, partout respirant la poésie et la philosophie des Grecs, semble écrit par Platon d'après une composition d'Homère, 211 et *suiv*. — Ce n'est pas lui qui lui a donné le nom de poëme, 268.

FEUILLET (M.). Analyse de son Mémoire sur l'Émulation, présentée comme base de l'éducation vraiment sociale, 65 et *suiv*. — Esprit exercé, écrivain sage, et qui, sur les matières importantes, est complétement au niveau des lumières contemporaines, 67.

FIELDING. Son beau roman de Tom-Jones est un modèle offert aux romanciers, on y sent partout le monde réel, 254.

FIÉVÉE (M.). Ses petits Drames prétendus philosophiques, auxquels ont succédé de petites brochures dans un sens tout-à-fait contraire, 239. — Sa Dot de Suzette, non dépourvue d'agrémens, 240. — Son Frédéric, roman fort inégal, où les valets seuls ont les mœurs et le ton qui leur conviennent, 241.

FLAHAUT (Mme. de). Ses romans se distinguent par une grâce qui leur est particulière, 230. — Adèle de Sénange et Eugène de Rothelin, considérés comme ses meilleurs ouvrages; l'esprit n'y dit rien de vulgaire, et le goût n'y dit rien de trop, 231.

FLÉCHIER. Sans être le rival de Bossuet dans ses Oraisons funèbres, a montré quelquefois du génie, et a déployé toujours une rare habileté dans la distribution des parties oratoires, la construction des périodes, le choix et l'arrangement des mots, 125 et *suiv*.

FLEURY (l'abbé). Éloge de son petit ouvrage sur le Choix des Études, 96.

FLINS. Dans sa Jeune Hôtesse, il n'a pas toujours assez d'esprit pour le besoin qu'il a d'en montrer, 342. — Son Réveil d'Épiménide, pièce plus ingénieuse et mieux écrite, 343.

FLORIAN. Son Numa Pompilius, faible copie de Télémaque, 213. — Ses Nouvelles et ses Pastorales, compositions aimables quoiqu'un peu froides, *ibid*. — Examen critique de sa traduction de Don-Quichotte, 231 et *suiv*.

FONTANES (M. de). Écrivain distingué comme poëte et comme prosateur, xvj. — S'occupe d'un poëme épique de la Grèce sauvée; idée de cet ouvrage, 259. — Éloge de son poëme du Verger, et de sa traduction de l'Essai sur l'Homme, de Pope, 260. — Éloge de son Épitre sur les Paysages, 298.

FONTENELLE. Ses Éloges et son Histoire des Oracles sont au rang de nos meilleurs livres, 305.

FORBONNAIS. Ses écrits ont répandu des clartés nouvelles sur le revenu public et sur l'administration, 75.

FOURCROY. Habile chimiste, xiv.

FRANÇAIS de Nantes (M.). Loué comme orateur, ix.

FRANÇOIS de Neufchâteau (M.). C..é comme panégyriste académique, xj. — Sa Paméla, copie de Goldoni, supérieure à l'original, xx. — Cette pièce, très-bien écrite, contient des idées saines et vraiment philosophiques, 332.

FRÉNILLY (M. de). On remarque des pensées fines, des traits piquans et des vers bien tournés dans ses Satires et ses Épitres, 301.

GAILLARD. Un style diffus dépare les écrits de cet historien, très-éclairé d'ailleurs, et trop peu apprécié, 146.

GALLOIS (M.). Éloge de sa traduction de l'ouvrage de Filangieri sur la Science de la Législation, 93.

GANILH (M.). Ses travaux dans les diverses parties de l'économie politique, v. — Son Essai sur le Revenu public, livre utile où l'auteur se rapproche beaucoup, dans les principes, des philosophes de l'école écossaise, 82.

GARAT (M.). Professeur de haute philosophie; son imagination brillante a rendu la raison lumineuse, iij. — Loué comme orateur, ix. — Et pour son éloquence académique, x. — Mérite de son Discours placé en tête de la dernière édition du Dictionnaire de l'Académie française, 36. — Aperçu de son Cours Normal sur l'Analyse de l'Entendement humain, où la supériorité d'esprit est renforcée par la supériorité de talens, 54 et *suiv*.

GARNIER (M.). A publié sur l'économie politique des écrits dignes d'estime, mais a renouvelé un peu tard plusieurs opinions décréditées par les résultats de l'examen, 79. — Éloge de sa traduction du traité de Smith sur la Richesse des Nations, 94.

GASTON (Hyacinthe). Sa traduction de l'Énéide, appréciée; il a soutenu avec Delille une lutte inégale, 270 et *suiv*.

GENLIS (Mme. de). Ses romans, estimables dans quelques parties, mais défectueux à plusieurs égards; examen détaillé à ce sujet, 222 et *suiv*. — Éloge particulier de celui de Mademoiselle de Clermont sous les rapports du style, de la narration et de l'intérêt, 226.

GERBIER. Orateur célèbre, a laissé d'imposans souvenirs; trente ans de succès attestent sa supériorité; ses Mémoires imprimés ne donnent de lui qu'une idée incomplète, 134.

GILBERT. Ses poésies lyriques offrent quelques traits élevés, 295.

GINGUENÉ. Son travail sur la Littérature italienne, vj. — Il doit être compté parmi nos critiques les plus instruits et les plus sages, 114. — Éloge de ses Rapports sur les travaux de l'Institut, 115. — A traduit en vers Thétis et Pélée, poëme de Catulle, 278. — S'est mis avec succès au rang de nos fabulistes, 299.

GIRARD (l'abbé). A perfectionné l'étude de la langue par ses Synonymes français, 26.

GODWIN (M.). Son roman de Caleb Williams, vanté on ne sait trop pourquoi, 243.

GOETHE. Romancier allemand; succès général et légitime de son Werther; critique de son Alfred, ouvrage incohérent, 247.

GRESSET. Son Sidney est un drame, plus fort de style, mais plus faible de conception que les pièces de La Chaussée, 351.

GRÉTRY. Mérite de ses compositions musicales, xiv.

GUDIN. Son poëme sur la Conquête de Naples demandait plus de poésie, plus de style, une versification plus soutenue, une plaisanterie plus légère; il est trop long de moitié, 263 et suiv. — Son poëme de l'Astronomie bien distribué; ouvrage d'un esprit sage et cultivé, mais non d'un poëte, 288.

GUILLARD. Cité comme auteur d'opéras, xxj.

GUIRAUDET. Sa traduction des OEuvres de Machiavel, supérieure à toutes celles qui l'ont précédée, 92. — Défauts de sa traduction de l'Histoire d'Angleterre de Mme. Macaulai-Graham, 187.

HAMILTON. Ses Mémoires de Grammont, ouvrage plein de sel, que le genre austère de l'histoire cède volontiers au genre des romans, 211.

HARRINGTON. A effacé, dans son Océana, l'Utopie de Thomas Morus, 93.

HARRIS. Auteur anglais; mérite de son Hermès; traduction de cet ouvrage, 32.

HELVÉTIUS. Hardi dans ses conceptions, animé dans son style; ses ouvrages offrent des paradoxes à côté d'utiles vérités; il a concouru aux progrès de l'analyse et de l'entendement, 42.

HÉNAULT (le président). Son Abrégé chronologique de l'Histoire de France, ouvrage utile, rédigé sur un plan neuf et bien conçu, 144.

HENRY (M.). Éloge de sa traduction de l'Histoire du Pontificat de Léon X, de Roscoë, 182.

HÉRODOTE. Le plus ancien des historiens grecs, surnommé le chantre et l'Homère de l'Histoire; narrateur fleuri et conteur agréable; mis en parallèle avec Thucydide; traductions diverses de ses ouvrages, 148 à 155.

HOBBES. Substantiel, profond et concis dans son Traité de la Nature humaine, et plus encore dans sa logique, appelée Calcul, 40.

HOFFMAN (M.). Cité comme auteur d'opéras, xxj. — Adrien, digne d'éloges pour la composition et le style, 356. — Euphrosine et Stratonice se distinguent par le ton de la comédie noble, 357.

HOMÈRE. N'a point eu parmi nous le même bonheur que Virgile; traductions de ses poëmes, 278.

HORACE. Poëte latin, dont les écrits offrent la perfection dans plusieurs genres, et dans chaque genre tous les tons qu'il peut comporter; traduction de ses poésies en vers français, 296 et suiv.

JOUY (M. DE). A réussi dans les opéras, xxj. — Éloge de sa Vestale, 356.

KOTZEBUE (M.). Ses drames, transportés sur notre scène, ont eu quelque vogue, 354.

LA BLÉTERIE (l'abbé de). La Vie d'Agricola est l'article le plus estimé de son travail sur Tacite, 162.

LA BOÉTIE. Son Discours sur la Servitude volontaire, 73.

LABRUYÈRE. Qualités qui distinguent ses Caractères, 60.

LACÉPÈDE (M.). Considéré comme continuateur de Buffon, xiv.

LACHALOTAIS. Énergie des Mémoires que ce magistrat a publiés pendant sa captivité; il a déployé une raison courageuse en dénonçant les constitutions des Jésuites, 134.

LACLOS (CHAUDERLOS DE). Son roman des Liaisons dangereuses, 213.

LACRETELLE (M.) aîné. Son Discours sur la Nature des Peines infamantes, v. — Jurisconsulte éclairé qui a appliqué la philosophie à la législation; notice de ses divers ouvrages, 86 et suiv. — Examen critique de ses deux écrits sur l'Éloquence de la Chaire et sur l'Éloquence Judiciaire, 101. — Ses Mémoires pour le comte de Sanois redoublèrent l'horreur générale contre les détentions arbitraires, 135. — Son drame du Fils Naturel, sujet mieux conçu que celui de Diderot, 354.

LA FAYETTE (Mme. de). Ses romans de Zaide et de la Princesse de Clèves se distinguent par une composition simple, un intérêt doux, un style élégant et naturel, 211.

LAFONTAINE (M. AUGUSTE). Romancier allemand; tous ses ouvrages respirent les principes de philanthropie; on y rencontre des traits charmans, mais il est inégal, 248 et suiv.

LAHARPE. Son Éloge de Racine et ses Commentaires sur ce poète, vj. — Son Cours de Littérature et sa Correspondance Russe; qualités et défauts de ce littérateur, ibid et suiv. — A obtenu et mérité beaucoup de renommée dans la critique littéraire; a bien jugé les anciens et les auteurs qui l'ont précédé, mais s'est montré partial à l'égard des auteurs contemporains, 116. — Ennemi acharné de la philosophie du dix-huitième siècle, dont il était autrefois partisan; n'a pas compris Helvétius qu'il a cru réfuter, 117. — Dans sa Correspondance Russe, il a sacrifié tous les écrivains de son siècle à une seule idole, à lui-même : preuves à l'appui de cette assertion, ibid et suiv. — Ses plaisanteries lourdes et indécentes contre Voltaire, 119. — Ouvrages qui soutiendront sa réputation, malgré tout ce qu'il a fait pour la compromettre et même pour la détruire, 121. — Sa traduction de Suétone est digne d'éloges; mais, se croyant supérieur à son auteur, il a pris avec lui d'étranges libertés, 167 et suiv. — Mélanie est la mieux conçue, la mieux exécutée et la meilleure de ses productions dramatiques, 351. — Son Lycée, l'ouvrage de littérature le plus considérable en son genre que l'on ait encore écrit en français, distingué par son mérite et par un succès d'éclat, 367. — Analyse raisonnée de cet ouvrage; son mérite et ses défauts, 369 et suiv. — Jugé digne du prix de littérature, 401.

LALANNE (M.). Ses petits poèmes du Potager et des Oiseaux de la Ferme, appréciés, 286.

LAMOIGNON. Ses Arrêtés ont éclairé la Législation civile, 74.

LAMOTHE-LE-VAYER. S'est montré philosophe dans son ouvrage sur la Vertu des Païens, 60.

LAMOTTE-HOUDART. Fut le premier qui mit au rang des épopées le beau roman politique de Fénélon, 268. — Sa traduction de l'Iliade en vers, tentative malheureuse justement décriée, *ibid.* — Quelques stances ingénieuses sont éparses dans son Recueil lyrique, 294.

LANCELOT. Sa Grammaire générale est parmi nous le point de départ de la science, 25.

LANGUET (HUBERT). Son Traité célèbre de la Puissance légitime du prince sur le peuple, et du peuple sur le prince, 73.

LARCHER. Traducteur d'Hérodote; a remplacé, dans sa nouvelle édition, les opinions philosophiques qui se trouvaient dans la première, par des opinions absolument contraires; réflexions à ce sujet, 148 et *suiv.*

LA ROCHEFOUCAULD (le duc de). Misanthrope dont les Maximes se soutiennent par leur brièveté pleine de sens, 360.

LAROMIGUIÈRE (M.). Cultive avec succès l'analyse intellectuelle; éloge de ses Mémoires imprimés dans le Recueil de l'Institut, sur les mots *Idée* et *Analyse des Sensations*, 45.

LAUJON. L'un de nos meilleurs chansonniers; Éloge de ses divers Opéras, et de sa petite comédie du Couvent, xx et 331. — Son Amoureux de Quinze Ans, 357.

LAVALLÉE (M.). A montré du talent et des intentions philanthropiques dans son Roman le Nègre comme il y a peu de Blancs; 237. — Ses Lettres d'un Mameluck ont le tort de rappeler les formes d'un chef-d'œuvre inimitable de Montesquieu, 238.

LAVOISIER. Chimiste habile, xiv.

LAYA (M.). Sa comédie de l'Ami des Lois, composée trop à la hâte; il y a fait preuve d'une noble audace, 331.

LEBRUN, duc de Plaisance (M.). Ses travaux en économie politique, v. — Talent exercé et nourri de connaissances profondes sur tout ce qui tient aux finances, 78 et *suiv.* — Son élégante version de la Jérusalem délivrée, attribuée à J.-J. Rousseau, 273.

LE BRUN (ÉCOUCHARD). Il est sans émule dans le genre de l'ode, xvij. — A traduit avec talent deux épisodes de Virgile, dans son poëme inédit des Veillées du Parnasse, 277. — Idée de son poëme de la Nature; mention de divers fragmens, et remarques à ce sujet, 284 et *suiv.* — Éloge de ses Odes, qui le placent à côté des grands lyriques français; qualités et défauts de cet auteur, auquel on ne peut contester une harmonie savante et une étude approfondie de la langue poétique, 295 et *suiv.* — Il a excellé dans l'épigramme, 296. — Et ne fut, dans ce genre, inférieur à aucun modèle, 301.

LEFRANC DE POMPIGNAN. Ses Odes offrent quelques strophes pompeuses, 294.

LÉGOUVÉ. Poëte distingué dans le genre grave et philosophique, xviij. — Et dans la poésie dramatique, *ibid.* — A traduit élégamment plusieurs beaux morceaux de Lucain, 277. — Dans ses poëmes des Souvenirs, de la Mélancolie et du Mérite des Femmes, a porté très-haut l'élégance du style et la mélodie de la versification, 298. — Considéré comme poëte tragique; examen de ses pièces de théâtre, 314 et *suiv.*

LEMARE (M.). Son Cours théorique et pratique de la Langue Française, joint à un mérite réel, et à une saine littérature, des formes grossières et tranchantes, 33 et *suiv.*

LEMERCIER (M.). Poëte distingué dans la poésie dramatique, xix. — Sa pièce d'Agamemnon est un des ouvrages qui ont le plus honoré la scène tragique à la fin du dix-huitième siècle, 317. — Depuis, l'auteur s'est montré inférieur à lui-même, 318 et *suiv.* — Ses essais dans le genre de la comédie : idée de Pinto et de Plaute, 345 et *suiv.*

LESAGE. A déployé dans Gilblas les ressources d'un génie comique, le seul qui eût approché Molière, si, au lieu des encouragemens qu'il méritait, il n'eût trouvé l'abandon et l'oubli, 212. — Ce livre charmant laisse à désirer un intérêt plus vif, et plus d'unité d'action, 254.

LÉVÊQUE. Sa traduction de Thucydide, la seule qui jusqu'à présent soit digne de quelque attention, 151. — Mérite de son travail sur cet historien, 155. — Dans son Histoire critique de la République Romaine, il a déprimé avec affectation le peuple dont il écrit l'histoire, 168 et *suiv.*

LÉVESQUE (Maurice). Sa traduction de Suétone; mérite et utilité de son estimable travail, 167 et *suiv.*

LEWIS (M.). Romancier Anglais, a présenté dans le Moine une fable digne des couvens du quinzième siècle, 246 et *suiv.*

L'HOSPITAL (le chancelier de). C'est à lui que remontent parmi nous les sciences politiques, 72.

LINCENDES. Prélat célèbre du temps de Louis XIII, par ses Sermons et ses Oraisons funèbres; il avait entrevu l'éloquence de la chaire, 125.

LINGUET. Cité comme orateur pour son Mémoire dans l'affaire du comte de Morangiez, ouvrage exempt de la recherche et du faux esprit dont l'auteur a fourni depuis tant d'exemples, 135.

LOUVET (J.-B.). Son roman de Faublas, 213.

LUCE DE LANCIVAL. Son poëme d'Achille à Scyros doit être distingué de la foule, xvj. — Il offre peu d'action, et le style n'est pas exempt de recherche, 267.

LUCRÈCE. Poëte Latin; modèle admirable dans la poésie didactique, 280.

MABLY (l'abbé de). A ajouté peu d'idées à la science du droit public, mais l'a servie par une foule d'écrits estimables, 75. — Ses Observations sur l'Histoire de France. ouvrage lumineux et nécessaire à tous ceux qui veulent étudier à fond la marche du gouvernement français, 145.

MACAULAI-GRAHAM (Mme.). Son Histoire d'Angleterre a obtenu beaucoup de succès; défauts de la traduction qui en a été faite, 186 et *suiv.*

MAINE-BIRAN (M.). Son ouvrage de l'Influence de l'habitude sur la faculté de penser, honorablement cité, 45.

MALEBRANCHE. A donné dans un spiritualisme inaccessible à la raison humaine, 41.

MALFILATRE. Ses Poésies lyriques offrent quelques traits élevés, 295.

MALLET. Son Histoire des Suisses est complète, mais peu détaillée, et le style est sans ornemens, 180.

MARIVAUX. Moins maniéré dans ses romans que dans ses comédies, 213.

MARMONTEL. Son ouvrage intitulé Leçons de Grammaire est l'une de ses meilleures productions. iij. — Il contient une suite d'observations fines ou profondes sur plusieurs des élémens de notre langue, *ibid* et 35. — Son livre de la Logique, inférieur aux idées actuelles, 46. — Sa Métaphysique porte le même caractère, 47. — Son Bélisaire; ses Leçons d'un père à ses enfans, espèce de traité méthodique de morale, 61. — Un goût sévère repousse ses paradoxes en littérature, 97.—Son Histoire de la Régence, écrite d'un style noble et grave, 194.—Son Bélisaire et ses Contes moraux offrent des tableaux heureux, d'utiles préceptes, et le mérite d'un bon style, 213.—Il a enrichi la scène lyrique de petites comédies agréablement versifiées, 357.

MARSOLLIER. Auteur d'opéras comiques agréables, xxj.—Qui ont dû leurs succès à des situations pathétiques, 357.

MASCARON. S'est rapproché de l'éloquence de la chaire, 125.

MASSILLON. Célèbre prédicateur, l'un des plus beaux modèles que nous présentent l'éloquence et l'art d'écrire, 126.—Les Mémoires sur la minorité de Louis XV, publiés sous son nom, sont évidemment supposés, 189 et suiv.—A borné la prédication à la morale évangélique, 254.

MASSON. Ses Helvétiens, tentative estimable, mais défectueuse, xix et 258.

MAURY (M. l'abbé). Son Traité sur l'éloquence de la chaire, apprécié, vj.—Loué comme orateur, viij.—A établi l'extrême supériorité des grands prédicateurs français sur ceux de l'Angleterre et du reste de l'Europe, 100.—Un peu sévère pour Fléchier, il n'est pas complétement juste à l'égard de Massillon, ibid.—Éloge de ses Panégyriques de saint Louis et de saint Augustin, 131 et suiv.

MELON. Secrétaire du régent; ses ouvrages sur le Crédit public, 74.

MERLIN de Douai. Cité comme habile jurisconsulte, viij.—Ses travaux législatifs, et son Répertoire de Jurisprudence, 83.

MÉZERAI. Historien de la Monarchie française, a du nerf et de l'originalité dans sa diction; l'emporte sur Daniel et, à beaucoup d'égards, sur Véli et ses continuateurs, 143.

MICHAUD (M.). Son poëme, le Printemps d'un Proscrit, apprécié, 286.

MILLEVOYE. Poëte remarquable par l'élégance de son style, xviij.—Doué d'un sens droit et d'un goût pur, 299.—Jugement sur le recueil de ses poésies; éloge particulier du poëme de Belzunce, 300.

MILLOT (l'abbé). Dans ses divers Élémens d'Histoire, est court, impartial et sage, mais décoloré, timide et médiocrement instructif, 146.

MILTON. Traduction de son Paradis perdu, par Delille, 272 et suiv.

MIRABEAU. Loué comme orateur, viij.—Notice des ouvrages qui ont fondé et qui garantissent la réputation de cet énergique écrivain, 76.—Ses Discours aux états-généraux, cités comme ses meilleurs ouvrages, et comme de beaux monumens de l'éloquence tribunitienne; ses travaux à l'assemblée constituante, 137 et suiv.—Considéré comme écrivain et comme orateur, 139 et suiv.—Son Histoire de la Monarchie prussienne serait à peine citée si elle n'était de lui, 147.—Défectuosités de la traduction de l'Histoire d'Angleterre de madame Macaulai-Graham, qu'on lui attribue, 187.

MOLIÈRE. Sa préface du Tartufe, et plusieurs scènes de l'Impromptu de Versailles, démontrent seules combien il excellait dans la théorie de l'art qu'il a porté à la perfection, 97.

MOLLEVAUT (M.). Sa traduction des Élégies de Tibulle réclame des encouragemens, 303.

MONCLAR. Avocat général au parlement d'Aix, a déployé une raison courageuse en dénonçant les constitutions des Jésuites, 134.

MONTAIGNE. Jugement sur ses Essais, 60.

MONTESQUIEU. Son Esprit des Lois, livre semé de quelques erreurs, mais celle de toutes les productions philosophiques qui doit le plus long-temps influer sur les destinées de l'espèce humaine, 74. — Son Histoire de la grandeur et de la décadence des Romains, 145. — Regrets sur la perte de son Histoire de Louis XI, *ibid.* — Une traduction de Tacite est la seule qui eût été digne de lui, 161. — Ses Lettres persanes, production importante sous une apparence frivole, 212.

MONTJOYE (M.). Ses romans se soutiennent par l'intérêt de curiosité; la diction en est traînante, et la composition chargée d'incidens, 239.

MONTOLIEU (Mme. de). Éloge de ses traductions des romans d'Auguste Lafontaine, 249.

MONVEL. Distingué comme auteur et comme acteur, xxj. — Les Victimes cloîtrées et l'Amant bourru, pièces intéressantes, 352 et *suiv.* — Dans ses opéras comiques, a peint avec une ingénieuse naïveté les mœurs et les passions villageoises, 357.

MOREL DE VINDÉ. Son roman de Primerose, composition faible, mais amusante, dont le style n'est pas dépourvu de grâces, 237.

MORELLET. Son Éloge de Marmontel, cité, xj. — Mérite de sa traduction des Enfans de l'Abbaye, 244. — Et du Confessionnal des Pénitens noirs, 245.

MULLER. Auteur allemand. Son Histoire de la Confédération helvétique, ouvrage important; le traducteur anonyme mérite des remercimens et des louanges, 178 et *suiv.*

MURVILLE (M.). Mentionné comme auteur dramatique, xix. — Son Abdélazis, remarquable par le style, tient plus du roman que de la tragédie, 322.

NAIGEON. Son travail sur la philosophie ancienne et moderne, xiij.

NECKER. Ses écrits et ses discussions avec Calonne ont répandu des clartés nouvelles sur le revenu public et sur l'administration, 76.

NECKER (Mme.). Examen critique de ses Mélanges, qui décèlent une femme de sens et d'esprit, accoutumée à la lecture des bons livres, et plus encore à la conversation des hommes supérieurs, 106 et *suiv.*

NICOLE. A fait avec Arnauld la Logique de Port-Royal; éloge de ce livre, 41. — Ses Essais de Morale, encore estimés, mais peu lus, 60.

OLIVET (d'). Son Traité sur la Prosodie a perfectionné l'étude de la langue, 26.

ORLEANS (le père d'). Considéré comme historien, 144.

OSSIAN. Cet Homère de l'Écosse septentrionale est loin de soutenir la comparaison avec l'Homère de la Grèce; traductions de ses poëmes, 267 et *suiv.*

OVIDE. Ses Métamorphoses, l'un des plus beaux monumens de la poésie latine; examen de ce brillant chef-d'œuvre, 274 et *suiv.* — Sa traduction par Saint-Ange, *ibid.*

PALISSOT. Ses Études et Commentaires sur Corneille et Voltaire, vj. — Éloge de ses Mémoires de Littérature, *ibid* et 110. — Écrivain élégant et plein de goût, il s'est montré injuste à l'égard de quelques écrivains illustres dont il eût mérité d'être l'ami, 111.

PARNY. Considéré comme un de nos meilleurs poëtes, xvj. — L'honneur de la poésie érotique, xvij. — Mérite littéraire de la Guerre des Dieux et de ses autres compositions épiques, 261 et *suiv.* — Il maintient encore dans la poésie légère cette politesse élégante, charme des écrits et de la société , 302.

Parseval de Grandmaison (M.). Ses amours épiques offrent quelques parties de talent; on voit que l'auteur est exercé dans la versification et dans l'art de peindre en poésie, xvj et 266.

Pascal. Fut très-éloquent, et de plus d'une manière , dans un immortel écrit polémique , où les formes oratoires ne sont point admises , 104.

Pastoret (M.). Son livre sur la Théorie des Lois pénales , production intéressante sous l'aspect littéraire et philosophique , v, 84 et suiv.

Patru. A banni du barreau français le mauvais goût et la barbarie ; mais son style n'a d'autre qualité que la correction , 133.

Pélisson. S'est élevé jusqu'à l'éloquence dans ses Plaidoyers pour le surintendant Fouquet, 134. — Dans son ouvrage sur la Conquête de la Franche-Comté, s'est montré moins historien que panégyriste , 143.

Péréfixe. Historien de Henri IV , grave et digne de confiance , 143.

Perreau. Ses élémens de Législation sont d'un écrivain sage et d'un bon citoyen, v et 83.

Perrot-d'Ablancourt. Sa traduction de Thucydide est inexacte , incomplète et dans un style tout-à-fait contraire au génie de l'original, 152.

Picard (M.). Auteur comique ; qualités qui le distinguent, xx. — A fait vingt-cinq comédies, dont beaucoup ont réussi, et qui présentent toujours des idées originales , des peintures vraies, des ridicules bien saisis, 340. — Ses meilleures pièces tant en vers qu'en prose , ibid. et suiv. — Réunit les qualités essentielles d'un auteur comique , 341.

Pigault-le-Brun (M.). Romancier inépuisable et ne sachant point se borner, 238. — Ceux de ses ouvrages qui méritent une distinction , ibid. — On y peut blâmer de nombreux écarts et une imagination vagabonde ; mais on y doit louer des traits piquans, des boutades heureuses et des scènes d'un comique original, 239.

Piis (M.). L'un des restaurateurs du Vaudeville en France , 358.

Pons (M.) de Verdun. Mérite de ses Épigrammes, 301.

Pope. Mérite de son poëme de la Boucle de Cheveux enlevée , 266. — Traductions de son Essai sur l'Homme et de l'Essai sur la Critique , 260 et 269. — Et de sa Forêt de Windsor , 302.

Portalis. Loué comme orateur, ix. — Comme panégyriste, xj.

Porter (Miss). Son roman, le Polonais, n'est point à négliger , 244.

Poule (l'abbé), habile orateur, abondant, pompeux, mais prolixe et sans variété, 101 et 126.

Prévost (M.) Professeur de philosophie à Genève; sa traduction de la Rhétorique de Blair, regardée comme la meilleure , 102.

Prévot (l'abbé) serait beaucoup lu s'il n'avait trop écrit; ses romans et ses traductions, 212.

Quinault, vrai fondateur de la scène lyrique, a mérité l'honneur d'être nommé à la suite des grands poëtes de son siècle , 355.

Racine (Jean). Ses Préfaces seules démontrent combien il excellait dans la théorie de l'art qu'il a porté à sa perfection , 97. — Ses chœurs d'Esther et d'Athalie sont encore les plus beaux chants de la lyre moderne, 294.

27

Racine (Louis). Ses Réflexions sur la Poésie respirent le sentiment approfondi des beautés antiques, 97. — Son poëme de la Religion, ouvrage du second ordre où brillent des beautés du premier, 280.

Radcliffe (Mme.). Examen de ses divers romans, parmi lesquels les Mystères d'Udolphe tiennent la première place ; qualités et défauts de cet auteur, 245 et *suiv*.

Raux. Sa Traduction des Géorgiques, tentative louable, mais malheureuse, 289.

Raynal (l'abbé). Son Histoire philosophique des Deux-Indes, livre célèbre qui tient sa place entre les monumens de la philosophie moderne ; on y remarque des beautés nombreuses et un majestueux ensemble ; mais l'enflure y est trop souvent à côté de la sécheresse, 146 et *suiv*.

Raynouard (M.). Poëte distingué dans le genre grave et philosophique, xviij. — Et dans la poésie dramatique, xix. — Son Socrate au Temple d'Aglaure, unit la sagesse du style à la richesse de l'ordonnance, 299. — Critique raisonnée de sa tragédie des Templiers, beautés et défauts de cet ouvrage, 319 et *suiv*.

Regnault de Saint-Jean d'Angély (M.). Loué comme orateur, viij.

Regnier-Desmarais. Sa Grammaire française, quoique imparfaite, a répandu des lumières, 26.

Retz (le cardinal de). Historien digne de la Fronde, unit comme elle le grave au comique ; rappelle la manière brillante et ferme de Salluste, 143.

Ribouté (M.) Son Assemblée de Famille n'a de force ni dans l'intrigue, ni dans le comique, ni dans le style, et pourtant elle a réussi, 347.

Richardson. Grand peintre de mœurs, le plus vrai qu'ait eu l'Angleterre, 212.

Rivarol. Dans son Discours sur la Langue Française, il est verbeux, obscur et superficiel : on sent un homme de beaucoup d'esprit qui veut enseigner ce qu'il aurait besoin d'apprendre, 36.

Roche (Mme. Régina). Ses Enfans de l'Abbaye, joli roman, 244.

Rochefort. Malgré son style trainant et diffus, est encore le plus supportable des traducteurs en vers d'Homère, 278.

Roedérer (M.). Ses travaux dans les diverses parties de l'Économie politique, v. — Auteurs de quelques bonnes dissertations, 79.

Roger (M.). Auteur de quelques essais estimables dans le genre comique, xxj. — Ses comédies, le Tableau et l'Avocat, faibles d'intrigue, mais remarquables par un style correct et par une versification facile, 345.

Rollin. Son Traité des Études est un de nos meilleurs livres élémentaires, 96. Simple, élégant et facile dans son Histoire Ancienne, on lui reproche des réflexions puériles et une crédulité trop complaisante, 144.

Roscoë. Auteur anglais des Histoires de Laurent de Médicis et du Pontificat de Léon X ; le fonds de ces ouvrages est aussi riche qu'intéressant, 182. — Les recherches de l'auteur sont précieuses, mais l'ordonnance laisse beaucoup à désirer ; ce sont de belles pierres, taillées avec art, mais qui ne font pas encore de beaux édifices, 184.

Roucher. Sa traduction de la Richesse des Nations de Smith offre des obscurités et de fréquentes incorrections, 94.

Rousseau (J.-B.) Douze ou quinze Odes pleines de verve, et deux ou trois belles Cantates l'ont placé parmi nos grands poëtes, 294.

Rousseau (J.-J.). Son Emile, chef-d'œuvre de philosophie morale, 61. — Son Contrat Social, où il a développé de hautes vérités qui, avant lui, n'avaient été qu'entrevues, 74. — Mérite de sa traduction du premier livre de l'Histoire de Tacite, 161. — Sa Nouvelle Héloïse se distingue par la richesse des détails, l'éloquence du style et celle des passions, 213.

Rulhière. Son Histoire de Pologne porte l'empreinte d'un talent très-éclatant, xij. — Son Histoire de la Révolution qui fit monter Catherine II sur le trône de Russie, quoique très-courte, est digne de beaucoup de louanges, 147. — Analyse de son Histoire de l'Anarchie de Pologne, qui, bien qu'imparfaite, maintiendra la gloire de son auteur, 197 et *suiv*. — Examen critique de son poëme des Jeux de Mains, dont la réputation a fini avec sa publicité, 264 et *suiv*.

Saint-Ange. Habile et laborieux interprète d'Ovide, xvj. — Mérite de sa traduction des Métamorphoses, 274 et *suiv*.

Saint-Lambert. Son Eloge comme poëte, comme philosophe et moraliste, iv. — Idée générale de son Catéchisme universel, dont la doctrine n'a d'autre base que la nature de l'homme et d'autre but que son bonheur, 69 et *suiv*. — Hommage par lui rendu à la mémoire des hommes illustres dont il avait été l'élève et l'ami, 72. — Son excellent poëme des Saisons est peut-être le seul ouvrage où le genre descriptif soit à sa place, 286.

Saint-Pierre (l'abbé de). Nombreuses questions politiques qu'il a discutées; homme vertueux, puni pour n'avoir point flatté l'ombre de Louis XIV, 74.

Saint-Pierre (Bernardin de). Sa Chaumière Indienne, le plus moral et le plus court des romans, xv. — Son éloge comme écrivain, *ibid*. — Son roman de Paul et Virginie, remarquable par l'intérêt d'une fable charmante, par la couleur et la mélodie du style, 214. — Sa Chaumière unit des vues philosophiques à tous ces genres de mérite, *ibid*. — Ces deux ouvrages placés au rang des chefs-d'œuvre de la langue, 216. — Auteur d'un drame sur la Mort de Socrate, 355.

Saint-Réal. A porté plus d'une fois le roman dans l'histoire; a acquis une renommée durable par son élégant récit de la Conjuration de Venise, 143.

Saint-Simon (le duc de). Ses Mémoires se font remarquer par la franchise du style et par de curieux détails, 144.

Sainte-Croix (de). Examen de son ouvrage sur les Historiens d'Alexandre; style correct, mais prolixe; critique peu judicieuse; traits amers contre les conquérans, les républiques et les philosophes, 155 et *suiv*. — Cet ouvrage offre plus d'érudition que de critique, et beaucoup moins d'idées que de citations, 365 et *suiv*.

Salluste. Historien latin; éloge de ses narrations et de ses harangues, diversement appréciées à Rome; regrets sur la perte de sa grande histoire; traductions diverses de ses ouvrages, 159 et *suiv*.

Salm (Mme. Constance de). Son Epître aux femmes et son Discours sur les divisions des gens de lettres, honorent son esprit et sa raison, 304. — Eloge de sa pièce de Sapho, 356.

Saurin. Sermonnaire protestant, orateur grave, mais négligé, 126.

Say (M. J.-B.) Ses travaux en économie politique, v. — De tous les livres composés sur cette science, le Traité qu'il a publié est le plus complet et le plus instructif, 80 et *suiv*.

Scarron. Jugement sur son Roman Comique et sur ses Nouvelles, 210.

Schiller (M.). Auteur allemand ; son Histoire de la Guerre de trente ans, appréciée, traductions qui en ont été faites, 184 et *suiv.* — Son drame extravagant des Voleurs, transporté sur notre scène, n'a pu que nuire à l'art dramatique, 354.

Sédaine. Son Philosophe sans le savoir ; drame qui a beaucoup d'effet, 351. — Ne savait pas écrire, mais savait peindre ; a présenté sur la scène lyrique des tableaux variés et nombreux, 357.

Ségur (M. de). Son Tableau politique de l'Europe, cité, xij. — La sagesse et la clarté font le principal mérite de son style ; il sait unir avec beaucoup d'art les différens objets qu'il embrasse, 205 et *suiv.*

Servan. Avocat général ; ses écrits sur la législation pénale, 75. — Son plaidoyer pour une femme protestante est, parmi nous, le plus beau modèle de l'éloquence judiciaire, 134.

Sévigné (Mme.). Reste parmi nous le modèle du genre épistolaire, 305.

Seyssel. Historien de Louis XII, peu digne de son héros, 142. — Sa traduction de Thucydide, complétement oubliée, 151.

Sicard (M.) A cultivé avec succès la grammaire générale et particulière, iij. — A clairement exposé les théories de ses prédécesseurs, 30. — Réfutation de quelques censures auxquelles ont donné lieu ses Elémens de Grammaire générale, 31 et *suiv.*

Sieyes (M.) Habileté de sa dialectique, v. — L'Essai sur les Priviléges, première production où ses talens s'annoncèrent par éclat, 76. — Autres écrits, remarquables par la hauteur et l'étendue des conceptions, et qui ont fait avancer la science de l'organisation sociale, *ibid.. et suiv.*

Siméone Loué comme orateur, ix.

Simond de Sismondi. A rendu un véritable service à notre littérature en traitant l'Histoire des Républiques italiennes ; il joint une raison forte à des connaissances étendues, mais il est inégal, et son livre est digne d'être perfectionné, 180 et *suiv.*

Soulavie. Auteur des Mémoires de Richelieu, ainsi que de l'ouvrage attribué à Massillon, sur la minorité de Louis XV, 193.

Stael (Mme. de). Son ouvrage sur l'Influence des Passions, beau sujet traité d'une manière brillante, mais où l'esprit de parti se laisse apercevoir, 62 et *suiv.* — C'est dans le genre des romans que ses talens se sont déployés avec le plus d'avantage, 231. — Examen critique de Delphine ; ce roman offre beaucoup d'idées fines ou profondes ; mais on ne saurait admettre le principe qui lui sert de base, 232 et *suiv.* —Corinne a moins de défauts, plus de beautés, et des beautés d'un plus grand ordre, 234 et *suiv.* — L'auteur est un des écrivains qui font le plus d'honneur à notre littérature, 237.

Suard (M.). Ses discours académiques, x. — Ses mélanges de littérature, recueil digne d'une attention particulière, réunissent la politesse du style, la finesse des observations, et le sentiment éclairé des arts, 104 et *suiv.* — Jugement sur son Histoire du Théâtre Français., 105.

Suétone. Historien latin ; ne peint ni les hommes ni les choses ; son style manque de nerf et de chaleur ; sa vérité froide et impassible donne néanmoins une physionomie particulière et de l'autorité à son histoire ; traductions diverses qui en ont été faites, 167 et *suiv.*

SULLY. A jeté quelques lumières sur l'économie publique, 73. — Historien de Henri IV, grave et digne de confiance, 143.

TACITE. Historien latin, le plus grand peintre de l'antiquité : diverses traductions qui ont été faites de ses ouvrages, 161 et *suiv.* — Son livre est un tribunal où sont jugés en dernier ressort les opprimés et les oppresseurs ; dans cet historien des peuples et des princes, chaque ligne est le châtiment des crimes, ou la récompense des vertus, 166.

TALLEYRAND (M. Maurice). Son plan d'instruction publique considéré comme monument de gloire littéraire, viij.

TARGET. Cité comme habile jurisconsulte, viij. — Emule de Gerbier, 135.

TASSE (le). Traductions diverses de sa Jérusalem délivrée, 275.

THOMAS. Cité pour son éloquence académique, x. — Digne appréciateur de l'honnête et du beau, 89. — Son Essai sur les Eloges, le meilleur écrit français sur l'art oratoire, est aussi celui qui porte la plus belle empreinte du caractère et du talent de l'auteur, 98. — Fragmens qui nous restent de sa Pétréide, 257. — Ses poésies offrent quelques traits élevés, 295.

THOURET. Cité comme habile jurisconsulte, viij. — Mérite de son Précis sur l'Histoire de France, xij. — Examen détaillé de cet ouvrage élémentaire, instructif, plein de sens, écrit d'un style simple et même austère, mais concis et rapide, 171 et *suiv.*

THUCYDIDE. Historien grec, d'un style concis et nerveux, unissant l'austérité d'un philosophe à l'audace élevée d'un grand citoyen ; peintre des choses et des hommes ; son parallèle avec Hérodote ; diverses traductions de ses ouvrages, 151 et *suiv.*

THUROT (M.) Traducteur distingué de l'Hermès d'Harris, a justement apprécié les travaux de ce philosophe, 32. — Eloge de sa traduction de l'Histoire de Laurent de Médicis, de Roscoë, 182.

TISSOT (M.). A traduit avec succès les Bucoliques de Virgile, et mieux encore les Baisers de Jean Second, 303.

TRACY (M. de). A rassemblé les trois sciences (Idéologie, Grammaire et Logique) liées dans un corps d'ouvrage, comme elles le sont dans la nature, iij. — Ses Élémens d'Idéologie sont un beau monument de philosophie rationnelle ; analyse de cet ouvrage, 48 et *suiv.*

TREILHARD. Cité comme habile jurisconsulte, viij. — Emule de Gerbier, 135.

TRONCHET. Cité comme habile jurisconsulte, viij.

TURGOT. Ses écrits ont répandu des clartés nouvelles sur le revenu public et sur l'administration, 76.

VERDIER (Mme.). Éloge de ses talens poétiques, 304.

VERGNIAUX. Loué comme orateur, viij.

VERTOT (l'abbé de). S'est fait une réputation solide et étendue, en écrivant l'Histoire de quelques Révolutions célèbres, 144.

VIRGILE. Traductions diverses de l'Énéide, 270 et *suiv.* — Modèle admirable dans la poésie didactique, 280. — Traductions des Géorgiques, 289. — Et des Bucoliques, 303.

VOLNEY. Éloge de ses Voyages, xiij. — Ses Ruines, *ibid.* — Son écrit sur la Simplification des langues orientales, et son Projet d'un alphabet unique, considérés sous les rapports de la politique et de la science, 38 et *suiv.* — Idée générale de son ouvrage sur la Loi

Naturelle, remarquable par les idées, le style et la propriété des expressions, 67 et *suiv.* — On lui attribue le Supplément à l'Hérodote de Larcher, petit mémoire important par son objet et par le mérite d'une excellente rédaction, 150.

VOLTAIRE. Commentateur de Beccaria, 65. — Véritable arbitre du goût et le plus grand littérateur de l'Europe moderne, 97 et *suiv.* — Proclamé par Blair, le chef des historiens du dernier siècle; le plus moral et le plus religieux des poëtes tragiques, 104.—Son Commentaire sur Corneille est au-dessus de toute comparaison; mais on y entrevoit quelquefois des erreurs mêlées aux leçons d'un grand maître, 109. — Ses écrits en faveur des Calas et de Sirven, appréciés, 134. — Son Charles XII, son Essai sur les Mœurs, et son Siècle de Louis XIV, monumens immortels qui ne lui laissent aucun rival entre les historiens modernes, 145. — Ses Romans, ingénieux délassemens de sa vieillesse, 212. — La conception de sa Henriade ressent la jeunesse d'un grand poëte; place qu'elle occupe entre les épopées célèbres et dans la poésie élevée, 257. — S'est montré l'égal de l'Arioste dans sa Pucelle, 261. — Nanine et l'Enfant Prodigue tiennent de près au genre du drame; l'Écossaise en fait partie, et c'est le chef-d'œuvre du genre, 351.

FIN.

CATALOGUE DES LIVRES BROCHÉS,

Nouveaux et autres, qui se trouvent chez MARADAN, *Libraire, à Paris, rue des Marais, nº 16, près la rue des Petits-Augustins, faubourg Saint-Germain.*

OUVRAGES NOUVEAUX.

HISTOIRE DE CROMWELL, d'après les mémoires du temps et les recueils parlementaires; par M Villemain. 2 vol in-8º; de l'imprimerie de Firmin Didot.   12 fr.

Cette histoire manquait à notre littérature : il appartenait au jeune et brillant écrivain, qui a su analyser avec tant de finesse, et peindre avec tant d'énergie le génie de *Montesquieu*, de remplir cette lacune; mais M. Villemain, par une sagesse bien rare dans notre temps, ne s'est point borné aux ressources de son talent : il a préparé, par une étude profonde, et par les recherches les plus laborieuses et les plus exactes, les matériaux de sa composition ; aussi est-elle également solide et brillante : si sa narration est partout semée de pensées frappantes, et enrichie de vives peintures, partout aussi elle est appuyée sur les autorités les plus sûres : l'historien a consulté les mémoires les plus authentiques, et une grande connaissance de la langue anglaise est la clef qui lui a ouvert toutes les sources, tous les trésors où il a puisé; cet ouvrage est le fruit d'un travail de cinq années : l'auteur ne s'est point piqué de cette *folle vitesse* condamnée par *Despréaux;* et c'est ce qui imprime à son livre le caractère d'une longue durée : les Anglais, eux-mêmes, apprendront à y mieux connaître *Cromwell,* qui nulle part n'a été peint avec autant d'exactitude et de force; le style de cette histoire n'a pas été moins travaillé que le fond même ; il est d'une pureté classique, plein de précision et de vivacité, souvent hardi avec bonheur, toujours élégant sans affectation, et simple sans faiblesse. Cette histoire de *Cromwell* place M. *Villemain* au rang des premiers écrivains de notre époque.

ESSAI HISTORIQUE SUR LE RÈGNE DE CHARLES II; par Jules Berthevin, pouvant faire suite à l'Histoire de Cromwell. 1 vol. in-8º. br.   6 fr.

On a écrit depuis long-temps les règnes de Charles Ier et de Jacques II, si fertiles en catastrophes; et Cromwell vient d'avoir un historien. Le règne de Charles II manquait encore à la littérature. L'auteur de l'ouvrage que nous annonçons n'a fait que l'esquisser à grands traits; on regrette, en le lisant, qu'une plume aussi exercée que la sienne semble avoir craint d'entreprendre une grande histoire. On verra, par l'essai qu'il nous donne de cette époque, qu'elle n'est pas aussi dépourvue de faits qu'on paraît le croire communément; et ces faits tirent même un certain prix de la cir-

1

constance. Les événemens qui précédèrent et ceux qui suivirent la restauration en Angleterre, quoique différens, sous une infinité de rapports, de ceux dont nous avons été les témoins, peuvent cependant donner lieu à établir entre eux une sorte de parallèle qui n'est pas sans intérêt.

MÉMOIRES SECRETS SUR L'ÉTABLISSEMENT DE LA MAISON DE BOUR-BON EN ESPAGNE, extraits de la correspondance du marquis de Louville, gentilhomme de la chambre de Philippe V, et chef de sa maison française. 2 vol in-8°.   12 fr.

Peu de Mémoires sont plus curieux que ceux-ci : les circonstances qui ont accompagné l'établissement de la maison de Bourbon en Espagne, ne pouvaient être connues de personne autant que du marquis de *Louville* ; et ces circonstances sont très-piquantes et très-instructives ; le marquis de *Louville* n'était pas seulement un homme de la cour très-adroit et très-avisé, mais un politique subtil et un rusé diplomate : à l'avantage d'être placé aux premières loges pour bien observer, il joignait une grande habitude des affaires du monde, et un genre d'esprit moitié sérieux, moitié comique, qui imprime à tout ce qu'il touche et à tout ce qu'il écrit un certain caractère d'originalité très-attachant. La publication de ses *Mémoires* a été un véritable présent fait aux curieux d'anecdotes politiques ; et qui est-ce qui n'a pas ce genre de curiosité ?

DE L'ÉQUILIBRE DU POUVOIR EN EUROPE, traduit de l'anglais de M. Gould Francis Leckie, par W. 1 vol. in-8°. 6 fr.

Toutes les conditions d'un véritable ouvrage de politique se rencontrent dans cet écrit : on sent, on voit partout qu'une profonde connaissance de l'histoire moderne, soutenue de tous les souvenirs de l'antiquité, sert de base aux pensées de l'auteur et d'appui à ses raisonnemens ; son livre, qui respire l'amour du bien public, est à la fois instructif et attachant : il a obtenu, à juste titre, les honneurs de la traduction, si souvent prodigués aujourd'hui à des pauvretés, que pour notre gloire, comme pour celle de la littérature anglaise, nous devrions laisser dans l'île qui les voit éclore : M. Francis Leckie honore son pays ; et l'ouvrage qu'il vient de publier appartient à toute l'Europe, puisque cet ouvrage a pour objet la félicité de tous les peuples qui la composent.

TABLEAU DE LA CONSTITUTION DU ROYAUME D'ANGLETERRE ; par *Georges Custance*, trad. de l'anglais sur la troisième édition. 1 vol. in-8.   6 fr.

L'auteur de ce tableau y expose dans le jour le plus clair tous les ressorts de la grande machine du gouvernement représentatif, les rapports des trois pouvoirs et les fonctions de chacun dans sa sphère d'action ; la conduite des affaires dans les assemblées législatives ; les règles de l'élection, et les conditions de l'éligibilité ; les prérogatives et les devoirs du pouvoir exécutif ; les droits de la nation, et les moyens qui lui en assurent la jouissance ; enfin toutes les lois relatives à la couronne, au parlement et au peuple. Il en fait voir l'origine et les raisons, en remontant toujours du fait au droit. Ce manuel politique que M. Custance a offert à ses compatriotes, renferme des instructions qui peuvent être profitables dans tous les pays, et chez nous, peut-être, plus que partout ailleurs. Comme société politique, nous avons avec les Anglais une origine commune, leur exemple peut être mis à profit; et les leçons de l'expérience ont des résultats avantageux, tandis que les innovations sont presque toujours désastreuses. En résumé, cet ouvrage est digne d'être lu et médité par les publicistes, les législateurs et les fonctionnaires publics de tous les ordres.

Du GOUVERNEMENT, des mœurs et des conditions en France avant la révolution, avec le caractère des principaux personnages du règne de Louis XVI; par M. *Senac de Meilhan*, ancien intendant de Valenciennes. 1 vol. in-8.
3 fr.

Il est permis de considérer la révolution française comme un procès dont les écrivains des deux partis ont fourni les pièces. Dans celui de l'opposition, le travail de M. Sénac de Meilhan mérite d'être distingué. S'il paraît ne s'être pas toujours exprimé sans partialité sur les événemens et leurs causes, il faut convenir, au moins, que son livre offre des connaissances réelles de l'ancienne administration et des usages qui tenaient lieu de droit civil en France. On y trouvera encore des détails très-piquans et pour la plupart inconnus. La première édition de cet ouvrage, faite à Hambourg, eut un succès prodigieux. Des notes aussi curieuses que le texte même accompagnent la nouvelle édition que nous offrons au public.

GOUVERNEMENT (du) représentatif et de l'état de la France; par M. F. Guizot, in-8°.   2 fr.

ANNALES LITTÉRAIRES ou Choix chronologique des principaux articles de littérature insérés par M. Dussault dans le journal des Débats, depuis 1800 jusqu'à 1817 inclusivement; recueillis et publiés par l'auteur des Mémoires historiques sur Louis XVII. 4 gros vol. in-8°.   28 fr.

Ce livre a obtenu le suffrage de tous les critiques : il n'y en a aucun qui n'en ait parlé avec éloge, et qui ne l'ait recommandé aux amis des lettres; tous l'ont présenté comme étant une suite naturelle des correspondances de *La Harpe* et du *baron de Grimm* : il constitue, en effet, une partie intégrante de notre histoire littéraire, et doit être placé dans les bibliothèques au nombre des Mémoires de la littérature française : presque tous les auteurs de notre temps y sont appréciés avec goût et justice; le nombre des articles qu'il renferme est de plus de 300; et celui des écrivains, tant anciens que modernes, jugés dans ce répertoire, s'élève à peu près au double; l'époque qu'il retrace, a un caractère particulier, très-digne d'observation, et qui établit une différence essentielle entre ce livre et tous les autres du même genre : le combat du bon goût et des bonnes doctrines contre la barbarie et les faux systèmes, y est plus marqué et plus sensible; on ne peut se passer de ce recueil, si l'on veut se faire une idée juste de l'état de notre littérature, depuis le commencement de ce siècle; il remplit aussi les

lacunes trop nombreuses qui se trouvent dans les *cours de littérature* les plus renommés, relativement aux grands écrivains de l'antiquité, et sous ce rapport surtout, il est, en quelque sorte, indispensable à la jeunesse : l'extrême variété qui résulte de la multitude des sujets en rend la lecture agréable et même amusante ; et
l'ordre chronologique qui y règne, ajoute l'intérêt historique à celui
de l'instruction littéraire ; l'auteur donne l'exemple avec le précepte : son style est partout de bon goût ; sa diction est sage, pure,
élégante, quelquefois pleine de chaleur et d'élévation; son discours
préliminaire, présenté sous la forme d'une *lettre à l'éditeur*, a
été proclamé un chef-d'œuvre par nos critiques les plus éclairés.

Poésies diverses de *Marie-Joseph De Chénier*. — La Bata-
 viade. — Poëme sur les principes des arts. — Discours en
 vers. — Epitres. — Elégies. — Odes. — Imitations d'Ossian. — Traduction de l'art poétique d'Horace, etc. etc.
 Recueil contenant plusieurs pièces qui n'ont point encore
 été publiées. 1 vol. in-8. 6 fr.

Quelques-unes de ces poésies ont été imprimées à Bruxelles sur
des copies informes, dérobées aux héritiers de M. J. Chénier : nous
en donnons une édition plus correcte, plus complète, et augmentée
de fragmens que les éditeurs étrangers ne possédaient pas. — Parmi
les pièces qui n'ont jamais été publiées, on remarquera l'Essai sur la
satire, les Discours en vers sur les entraves de la littérature et sur la
raison ; le commencement d'un poëme sur la Nature, le conte intitulé *la Lettre de Cachet*, des imitations de Lucrèce et de Virgile,
et l'élégie ayant pour titre *la Promenade*. — A ces différens morceaux, on a joint la meilleure partie des poésies que l'auteur, lui-
même, avait fait imprimer de son vivant, et qui ont été universelle-
ment admirées. Ainsi ce recueil, joint aux deux volumes de prose
qui l'ont précédé, complète, autant que possible, les œuvres diverses de M. J. Chénier, qui fut, sans contredit, l'un de nos
meilleurs littérateurs, et celui des poëtes modernes qui rappelle le
mieux l'école de Voltaire.

Tableau historique de l'Etat et des progrès de la littérature
 française, depuis 1789 ; par *M. Marie-Joseph de Chénier*.
 Troisième édition, augmentée d'une table alphabétique
 des auteurs anciens et modernes, nationaux et étrangers,
 mentionnés dans cet ouvrage. 1 vol. in-8. 6 fr.

Le mérite de cet ouvrage est généralement senti et reconnu.
Tous les savans et les littérateurs qui ont marqué dans le dix-huitième siècle, et particulièrement depuis 1789, y sont appréciés
avec une franchise et une impartialité dignes d'éloges. Sous ce
point de vue, c'est un supplément nécessaire au Cours de littérature de La Harpe, qui s'est arrêté à peu près à cette époque. Une
analyse raisonnée et critique de ce Cours, par M. Chénier, rend de
plus son ouvrage très-recommandable à toutes les classes de lecteurs,
et plus spécialement à ceux qui, se destinant à la carrière des lettres, sentent le besoin de former leur jugement en éclairant leur
goût.

FRAGMENS DU COURS DE LITTÉRATURE, fait à l'Athénée de Paris, en 1806 et 1807 ; par *M. J. de Chénier*, suivis d'autres morceaux littéraires du même auteur. 1 vol. in-8. 5 fr.

Une introduction au cours de littérature : trois discours, sur les anciens romans français, sur les anciens fabliaux, sur les progrès des connaissances en Europe, et de l'enseignement public en France : deux fragmens, l'un sur les poëtes, et l'autre sur les historiens français jusqu'à Louis XII : deux analyses des tragédies de Mahomet, par M. de Voltaire, et d'Œdipe à Colonne par M. Ducis : une notice très-développée sur la puissance temporelle des papes, ouvrage traduit de l'espagnol : enfin, le célèbre dialogue sur les orateurs, traduit du latin de Tacite : tels sont les morceaux publiés dans ce volume, et dont la plupart sont inédits. Ils ne peuvent qu'ajouter à la réputation de l'auteur ; ils font regretter du moins, qu'il n'ait pu terminer le monument imposant qu'il projetait d'élever à la littérature française, et dont son introduction peut être considérée comme le frontispice.

THÉATRE de M. J. de Chenier. 3 vol. in-8°. portrait. 20 fr.

ŒUVRES COMPLÈTES d'André Chénier. 1 vol. in-8e. 6 fr.

OBSERVATIONS CRITIQUES sur l'ouvrage intitulé : le Génie du Christianisme ; par *M. de Chateaubriand*, pour faire suite au Tableau de la Littérature française ; par *M. J. de Chénier*. 1 vol. in-8. 4 fr.

Ce recueil se compose d'un rapport de M. le comte Daru, sur le Génie du Christianisme, fait par ordre de la classe de la langue et de la littérature française, à l'Institut ; des opinions émises par MM. les comte de Regnaud de St.-Jean-d'Angely, Lacretelle, Morellet, Sicard et Lemercier sur le même ouvrage ; et des extraits des procès verbaux de la classe, relatifs à cette discussion, qui eut lieu en 1811. Ces divers morceaux n'avaient jamais été publiés ; et, quoiqu'ils dussent faire partie des mémoires de l'institut, ils paraissent avoir été frappés de proscription à leur naissance, et destinés à périr, par un de ces retours assez ordinaires dans les gouvernemens qui ne reposent pas sur des bases inébranlables. Les critiques distingués, constitués juges de l'ouvrage de M. de Châteaubriand, ont porté, dans cet examen, une louable impartialité ; et la publication de leurs opinions ne peut que tourner au profit de la saine littérature et du bon goût ; elle complète d'ailleurs le rapport général qui fut fait à la même époque, par M. J. de Chénier.

LITTÉRATURE (de la) considérée dans ses rapports avec les institutions sociales ; par *mad. de Staël* ; troisième édit., revue et corrigée 2 vol. in-8. 10 fr.

Lorsque ce livre parut pour la première fois, en 1800, on s'étonna qu'une composition si mâle et si forte fût sortie de la plume d'une femme, quelque idée que Mme. Staël eût d'ailleurs donnée de son talent par d'autres ouvrages déjà célèbres. Deux éditions se succédèrent rapidement, et elles étaient depuis long-temps épuisées.

La réimpression de ce livre ingénieux et remarquable devenait donc nécessaire ; nous l'avons orné de deux dissertations littéraires et critiques, qu'un de nos premiers écrivains consacra, lors de son apparition, à cette production distinguée, et auxquelles l'auteur a répondu dans les notes et dans la préface de la seconde édition qui a servi de modèle à celle-ci. Ainsi les lecteurs auront, tout à la fois, sous les yeux et les objections et les réponses, et l'attaque et la défense : spectacle qui, comme l'a dit un de nos *célèbres critiques*, (*Journal des Débats du 14 mai 1818*) présente autant d'intérêt que ce rapprochement a d'utilité. Une observation qui n'a pas échappé aux bons esprits, et que nous croyons utile de rappeler, c'est que l'ouvrage de Mme. Staël offre plus d'un trait de ressemblance avec le *Génie du Christianisme*, par M. de Châteaubriand, l'un des écrivains qui ont paru avec le plus d'éclat depuis le commencement de ce siècle.

INFLUENCE (de l') DES PASSIONS sur le bonheur des individus et des nations ; par *mad. de Staël*, nouv. édit., revue et corrigée. 1 vol. in-8.   5 fr.

DE LA LITTÉRATURE DES NÈGRES, ou recherches sur les facultés intellectuelles, sur les qualités morales et la littérature des Nègres ; par M. *Grégoire*. 1 vol. in-8.   4 fr.

Avocat généreux d'une grande famille déshéritée par le préjugé ou l'intérêt personnel des autres familles qui se sont partagé le globe, M. Grégoire, en défendant les Nègres contre l'oppression européenne, ne s'est pas borné à marcher sur les traces des Francklin et des Bernardin de St.-Pierre ; il prouve jusqu'à l'évidence, par un livre, fruit de ses longues recherches, que les noirs n'ont point été exclus du plus bel apanage de l'homme, nous voulons dire l'intelligence raisonnée et les notions morales qui en sont le fruit. Après que les docteurs Gall, Blumembach et Cuvier lui ont servi physiologiquement à fonder cette vérité, il la prouve par le fait, à l'aide de notices biographiques où figurent des érudits de couleur dont les noms ne déshonoreraient pas une littérature continentale. On peut dire que cette production est aussi intéressante par la nature de son sujet, que louable par l'esprit philantropique qui l'a dictée.

COMMENTAIRE SUR LE THÉATRE DE VOLTAIRE, par *M. de La Harpe ;* imprimé d'après le manuscrit autographe de ce célèbre critique, et approprié aux différentes éditions de ce théâtre. Recueilli et publié par ***. 1 vol. in-8. 6 fr.

L'éditeur de cet ouvrage est déjà connu avantageusement des gens de goût par une excellente édition des Commentaires de Voltaire sur le théâtre de Corneille. On sait que La Harpe, dans son Lycée, n'a offert, pour ainsi dire, que la discussion morale des pièces de théâtre de Voltaire ; le Commentaire actuel en est la dissertation grammaticale et technique. C'est une des pièces intéressantes, recueillies à Ferney. Il fut écrit par l'auteur en marge d'un exemplaire de l'édition publiée à Genève par les Cramer en 1756, et Voltaire a mis son paraphe au bas de chaque remarque. On y reconnaît partout le goût, les principes littéraires, la doctrine de La Harpe, et ce tour particulier de style qui le caractérise. Ce Commentaire est d'une très-grande utilité pour les étudians, pour les jeunes littérateurs, pour les étrangers qui s'appliquent à l'étude de notre langue, et d'un agrément général pour tout le monde. Il est tout à la fois le complément de la partie classique des ouvrages de La Harpe, et du théâtre de Voltaire.

PLAIDOYER SUR QUATRE ESPÈCES DE FLEURS, précédé d'un Discours sur les avantages de ces sortes d'exercices, dans l'enseignement des lettres, et suivi de quelques poésies françaises et latines, et autres pièces; par M. l'abbé *Moussaud*. 1 vol. in-8.   5 fr.

DISCOURS et Dissertations littéraires sur différens sujets; par M. l'abbé *Moussaud*, 1 vol. in-8.   5 fr.

DE L'ESPRIT DES RELIGIONS; par *Alexis Dumesnil*. Deuxième édition. 1 vol. in-8.   5 fr.

Cet ouvrage qui a mérité les éloges d'un de nos plus célèbres critiques, est remarquable par un respect plein de franchise pour la religion chrétienne; l'auteur a prouvé qu'avec des intentions fermes et droites, il est permis de porter un regard philosophique sur les matières religieuses, sans ébranler les doctrines. Telle a été l'opinion de nos premiers écrivains, et M. Alexis Dumesnil, dans le livre que nous annonçons, et qui se recommande par la fermeté de son style, s'est montré digne de marcher sur leurs traces.

RÈGNE (le) de Louis XI; considéré comme une des principales époques de la monarchie française, par Alexis Dumesnil, seconde édition, augmentée d'une introduction et des morceaux supprimés par la censure impériale. 1 vol. in-8°.   4 fr.

Cette nouvelle édition, d'un ouvrage estimé, se recommande encore : 1°. par une introduction rapide et intéressante qui offre le résumé des règnes antérieurs, et place dans tout son jour celui de Louis XI, comme une des grandes époques de la monarchie française : 2°. par un avant-propos qui contient les détails vraiment curieux des tracasseries que la censure impériale fit à l'auteur lors de la première édition : 3°. par le rétablissement de tous les passages qu'avaient tronqués ou supprimés les ridicules inquisiteurs de la pensée.

ÉLOGE DE PASCAL; par *Alexis Dumesnil*, auteur de l'Esprit des religions et du règne de Louis XI. in-8.   1 fr. 25 c.

ÉLOGE DE MICHEL MONTAIGNE; par *Victorin - Fabre*. in-8,   1 fr. 80 c.

HISTOIRE LITTÉRAIRE DES DOUZE PREMIERS SIÈCLES DE L'ÈRE CHRÉTIENNE, traduit de l'anglais de Berington. 3 parties in-8°.   6 fr. 50 c.

On vend séparément la 3ᵉ partie, contenant l'Histoire des XIᵉ et XIIᵉ siècles.   3 fr.

Nous possédions déjà quelques ouvrages sur l'histoire littéraire du moyen âge ; mais nul écrivain encore n'avait embrassé l'ensemble de la littérature , pour suivre les diverses époques du déclin de tous les arts et pour en assigner les causes. Nul n'avait mis sous nos yeux l'état raisonné des connaissances en Europe , sous les divers gouvernemens qui se sont partagé l'empire romain , ni indiqué les variations qu'elles ont subies , par suite des invasions et des changemens introduits dans les mœurs. **M.** Berington paraît s'être tracé un plan plus vaste que ses prédécesseurs , et les tableaux qu'il nous offre intéressent toutes les nations européennes. Son ouvrage annonce tout à la fois une érudition profonde , un goût pur , un tact exquis , et cet esprit d'analyse qui réunit et rapproche dans un cadre étroit une immensité de faits dont l'ensemble a les résultats les plus utiles. Le traducteur achève en ce moment la dernière partie de cet ouvrage qui sera incessamment publiée.

Sabine , ou Matinées d'une dame romaine à sa toilette , vers la fin du premier siècle de l'ère chrétienne , pour servir à l'Histoire de la vie privée des Romains , et à l'intelligence des auteurs anciens ; trad. de l'allemand de *C. A. Bœttiger.* 1 vol. in-8. fig. 6 fr.

L'auteur a ingénieusement imaginé que l'on pouvait juger des mœurs d'un peuple par la toilette des femmes. Il a rassemblé tous les faits épars , concernant les soins que les beautés d'Athènes et de Rome donnaient à leur personne , les détails de leur parure , de leurs passe-temps , de leurs caprices ; et il en a formé un corps complet de documens en les attribuant à un seul personnage qu'il appelle Sabine. Bien que le sujet fût assez licencieux en lui-même , l'auteur a eu l'attention louable d'en écarter tout ce qui aurait pu alarmer la pudeur. Cet ouvrage , aussi instructif qu'agréable , plaira aux savans comme aux gens du monde : les uns y trouveront de l'érudition sans pédanterie , et il offre aux autres un utile délassement , une foule de tableaux d'un intérêt varié. La partie typographique est très-bien soignée , et les planches au trait , qui ornent ce volume , sont d'une exécution parfaite.

Les Chevaliers Normands en Italie et en Sicile , et Considérations générales sur l'Histoire de la Chevalerie , et particulièrement sur celle de la Chevalerie en France ; par *madame Victorine de Chastenay.* 1 vol. in-8. 5 fr.

La conquête de la Sicile par les Chevaliers normands est un des morceaux les plus intéressans de notre histoire. L'héroïsme français y paraît dans tout son éclat. L'auteur fait de cet heureux sujet un tableau charmant où la grâce s'unit à la vérité des monumens historiques. L'introduction savante qui le précède , et les observations sur la chevalerie qui le suivent , sont parfaitement en harmonie avec l'objet principal de cet ouvrage , que l'on doit à la plume élégante qui a enrichi notre littérature du Génie des peuples anciens.

Histoire de l'Ordre des Avocats et du Barreau du Parlement de Paris ; par *M. Fournel* , ancien avocat. 2 vol. in-8. 12 fr.

Cet ouvrage est distribué par siècles , à commencer du règne de saint Louis, et chaque siècle ensuite est partagé en deux titres, contenant chacun l'histoire du demi-siècle. Il renferme non-seulement des recherches curieuses et utiles, mais encore une foule de rapprochemens ingénieux, d'anecdotes plaisantes et de détails pleins d'intérêt sur les coutumes et les mœurs de nos pères, sur la conduite du Barreau français au milieu des nombreuses révolutions qui ont agité la monarchie, sur les prétentions des papes qu'il eut à combattre, sur les révolutions qu'a éprouvées la jurisprudence, sur l'administration et les réformes de la justice, sur les hommes qui ont honoré la magistrature et le Barreau français. Cette utile production doit entrer dans la bibliothèque de l'homme de goût : érudition aimable, philosophie tempérée, style correct et pur, telles sont les qualités qui la distinguent.

Révision des nouvelles doctrines, chimico-physiologiques ; suivie d'expériences relatives à la respiration ; par M. Coutanceau, docteur en médecine de la faculté de Paris, un volume in-8.   5 fr.

Inductions morales et physiologiques ; par *A. H. Kératry*. 1 vol. grand in-8°. de près de cinq cents pages ; seconde édition.   7 fr.

Au milieu des vives discussions de politique qui se sont emparées des esprits, cet ouvrage vient de fixer l'attention d'une manière très-remarquable, et ce qui est peut-être plus surprenant, le succès n'en a point été contesté. Des littérateurs distingués en ont fait l'analyse. Le compte qu'ils en ont rendu, dans plus de trente articles raisonnés des principales feuilles publiques de la capitale, donne lieu de croire que l'auteur n'a point échoué dans son noble projet, d'établir une concordance entre la saine morale et la physiologie. D'autres suffrages, également flatteurs, ont été accordés à cette production, où les plus grands intérêts de l'homme sont traités avec une force de pensée et un mérite de style remarqué par l'universalité des journalistes qui s'en sont occupés.

Études sur la théorie de l'avenir, ou Considération sur les merveilles et les mystères de la nature, relativement aux futures destinées de l'homme ; par M. T. 2 volumes in-8. prix br.   10 fr.

Ce livre rentre dans la classe du précédent, puisqu'à beaucoup d'égards, sans s'être entendus, ni probablement connus, leurs auteurs ont travaillé sur un fond à peu près pareil. Cependant chacun d'eux s'est rendu son sujet propre, en l'envisageant d'une manière particulière ; il ne nous appartient pas de prononcer entre deux penseurs qui ne doivent être jugés que par leurs pairs. Ce que nous pouvons assurer, c'est que l'ouvrage de M. T. présentera une lecture pleine d'intérêt à tous ceux qui aiment à méditer sur la nature, ses phénomènes et la bonté du Créateur. S'il n'est pas aussi connu qu'il aurait droit de l'être, on ne peut s'en prendre qu'aux événemens rapides d'une révolution qui a enlevé les philosophes, eux-mêmes, à leurs méditations les plus chères et les plus habituelles. *Habent sua fata libelli.*

DE L'EXISTENCE DE DIEU et de l'Immortalité de l'âme ; par *Kératry*. 1 vol. in-12.   2 fr. 50 c.

Cet ouvrage qui, sous des formes oratoires, offre un fonds de logique forte et pressante , était destiné à concourir , pour un prix fondé par un particulier dont les dernières intentions n'ont pas encore été suivies. Le traité de M. Kératry sera lu avec fruit, même après celui de l'éloquent archevêque de Cambrai , qui a principalement insisté sur les causes finales. Sans dédaigner ce puissant moyen de conviction, l'auteur moderne a tiré, avec succès, ses preuves de la nature de l'homme, de ses penchans et de son organisation , envisagée sous des rapports physiologiques. Ce volume peut servir d'introduction aux *Inductions morales et physiologiques*, du même auteur.

DE L'INSTRUCTION , ouvrage destiné à compléter les connaissances acquises dans les Colléges et les maisons d'Éducation; par *M. F. C. Turlot*, seconde édition. 1 vol. in-12, avec un tableau gravé.   3 fr.

Cet ouvrage, qui manquait à notre littérature, est un supplément nécessaire à tous ceux qui traitent de l'éducation publique. En présentant une brillante esquisse des productions de l'esprit humain dans tous les genres, il offre une méthode et un choix de lectures les plus propres à perfectionner les premières études qui restent presque toujours insuffisantes à ceux qui manquent d'un guide pour en tirer quelque fruit. L'auteur a fait à cette seconde édition quelques additions devenues nécessaires, et il indique aux lecteurs le moyen facile d'ajouter eux-mêmes, par la suite, les articles de leur gré; ensorte que cet ouvrage demeurera toujours un livre élémentaire , et doit être regardé comme classique.

L'ÉTUDE DU CŒUR HUMAIN , suivie des cinq premières semaines d'un journal écrit sur les Pyrénées. 1 volume in-12.
2 fr. 25 c.

Les personnes qui se donneront la peine de lire ce petit livre conviendront qu'il en vaut de plus volumineux. L'auteur se déroberait totalement sous le voile de l'anonime, si le style harmonieux et pur de sa composition , joint aux choix des pensées, n'indiquait une plume plus exercée qu'elle ne veut le paraître. On a plus d'une fois remarqué que la morale de l'Evangile est en harmonie parfaite avec la nature humaine ; mais on ne l'a pas encore démontré d'une manière aussi attachante. Nous osons dire qu'il y a dans cet écrit une finesse d'aperçus et une connaissance du cœur, dont une femme seule et une femme de talent est susceptible.

LA NUÉE SUR LE SANCTUAIRE, ou Quelque Chose dont la philosophie orgueilleuse de notre siècle ne se doute pas ; tr. de l'allemand d'Eckartshausen. 1 vol. in-16, fig.   2 fr.

Chez les anciens Egyptiens, la statue de la Sagesse ou de Memnon était voilée : il n'était donné qu'au grand prêtre de soulever un coin du voile. Cette statue, le conseiller d'Eckartshausen l'a vue; elle est pour lui sans nuages. Cet écrivain théosophique est déjà connu par un petit ouvrage intitulé : *Dieu est l'amour le plus pur*, dont il a été vendu en France plus de cent mille exemplaires. La nouvelle production que nous annonçons, publiée quelques années avant la mort de cet écrivain, est, pour ainsi dire, le Chant du Cygne. Elle renferme les plus sublimes pensées. Qu'on la lise avec méditation, et le voile qui sépare le sanctuaire du reste du temple sera bientôt déchiré.

DIEU EST L'AMOUR LE PLUS PUR, Ma Prière et Ma Contemplation ; par Eckartshausen, nouv. édit. in-16, ornée d'une jolie gravure.   2 fr.

FABLES NOUVELLES, dédiées à S. A. R. Madame, duchesse d'Angoulême ; par *M. Jauffret*. 2 vol. in-12, ornés de six jolies grav.   6 fr.

RIDEAU (le) LEVÉ, ou Petite revue des grands Théâtres, suivi d'une Réponse au factum de M. Valabrègue, et d'une Réplique d'un des chefs de son orchestre. Nouv. édit., revue, corrigée et augmentée. 1 vol in-8.   4 fr.

PRINCES (les) rivaux ou Mémoires de mistriss Mary-Anne Clarcke, favorite du duc d'Yorck, écrits par elle-même ; traduit de l'angl. sur la seconde édition. 1 v. in-8., orné du portrait de mistriss Clarcke.   5 fr.

TABLEAU HISTORIQUE DES NATIONS, ou rapprochement des principaux événemens arrivés à la même époque, avec un aperçu général des progrès des arts, des sciences et des lettres, depuis l'origine du monde jusqu'à nos jours ; par M. Et. Jondot. 4 vol. in-8.   24 fr.

DU GÉNIE DES PEUPLES ANCIENS, ou Tableau historique et littéraire du développement de l'esprit humain chez les peuples anciens depuis les premiers temps connus, jusqu'au commencement de l'ère chrétienne ; par madame V. de C. 4 vol. in-8.   24 fr.

LE GÉNIE DE VIRGILE, ouvrage posthume de Malfilâtre publié d'après les manuscrits autographes, avec des notes et additions ; par P. A. M. Miger. 4 vol. in-8.   25 fr.
—— Le même, papier vélin.   50 fr.

ŒUVRES POSTHUMES DU DUC DE NIVERNOIS, publiées à la suite de son éloge, par M. *François (de Neufchâteau)*, membre de l'institut, 4 part. in-8. br. en 2 vol.   12 fr.

ŒUVRES COMPLÈTES DE MANCINI NIVERNOIS, publiées par l'auteur et ornées de son portrait gravé par Saint-Aubin ; Paris, Didot jeune, 8 vol. in-8. br.   33 fr.

ŒUVRES COMPLÈTES DE CHAMPFORT, de l'académie française ; troisième édition. 2 vol. in-8.   10 fr. 50 cent.

Le Confiseur modérne, ou l'Art du confiseur et du distillateur, contenant toutes les opérations du confiseur et du
distillateur, et, en outre, les procédés généraux de
quelques arts qui s'y rapportent, particulièrement ceux
du parfumeur et du limonadier. Ouvrage enrichi de
plusieurs recettes nouvelles, et mis à la portée de tout
amateur, avec les moyens de reconnaître les falsifications
et les sophistications en tout genre ; auquel on a joint :
1°. Un appendice ou recueil de recettes de médicamens,
rendus agréables à la vue et au goût, par une prépara-
tion et une forme nouvelles, avec leurs doses et leurs vertus. 2°. Un petit historique de quelques substances simples
les plus usuelles. 3°. Un vocabulaire des termes techniques ; par *J. J. Machet*, confiseur et distillateur. Troisième édition. 1 vol. in-8. 6 francs.

OEuvres d'Anne Radcliffe, contenant la *Forét*, les *Mystères
d'Udolphe*, l'*Italien* et *Julia :* nouvelle édition, 11 vol.
in-12. 30 fr.

Ces diverses productions sont considérées, à juste titre, comme
les chefs-d'œuvre de la littérature romantique, et font partie obli-
gée d'une bibliothèque tout à la fois instructive et amusante. Leur
succès soutenu n'est pas dû seulement, comme on pourrait le croire,
à la singularité des sujets traités par l'auteur. Les ouvrages qui ne
sont qu'un entassement de faits extraordinaires, peuvent bien étonner
un moment, mais ils intéressent fort peu : on les dévore avec une
impatiente curiosité ; à peine elle est satisfaite, qu'on les quitte pour
ne jamais les reprendre, parce qu'on n'a éprouvé que de la surprise
sans émotion, et de la fatigue sans plaisir. Mais si le cœur et l'i-
magination sont occupés en même temps, si les scènes variées, si les
caractères et les situations de tous les personnages, si les sentimens
qu'on leur fait exprimer annoncent dans l'auteur une connaissance
approfondie de la nature humaine, et s'il atteint un but moral bien
déterminé, oh ! alors, comme en cédant au charme qui nous entraî-
nait, nous avons éprouvé de vives secousses et de douces illusions,
nous ne fermons le livre qu'après nous être bien promis d'y revenir ;
et quand nous l'avons une seconde fois parcouru, nous ne l'aban-
donnons encore qu'avec l'idée de réveiller un jour en nous les sensations qu'il y a produites. Ce genre de mérite n'est pas commun,
sans doute ; mais c'est celui qui distingue éminemment les romans
de mad. Radcliffe. Des écrivains renommés par leur goût n'ont pas
dédaigné de les traduire, et de leur prêter les charmes d'un style
facile et pur : nommer M. Morellet, M. Benoît et mad. Victorine
de Chastenay, c'est donner d'excellentes garanties de l'utilité et de
l'agrément de ces productions, ainsi que de la morale qu'elles renferment.

Moine (le), traduit de l'anglais, nouvelle édition. 3 vol.
in-12. 7 fr. 50 c.

Ce roman est trop connu pour que nous en tracions l'analyse.

Réuni avec les précédens, il forme la collection complète de ce qu'on appelle le genre sombre, ou des ruines, que la fin du 18e siècle a vu importer en France, et dont le succès a donné naissance à une foule de productions qui sont restées bien loin de ces modèles.

MÉMOIRES D'UN ESPAGNOL, ou Histoire de Don Alphonse de Peraldo, écrite par lui-même et publiée par ***, 2 vol. in-12.   5 fr.

LE PRIEURÉ DE RUTHINGLENNE, imité de l'anglais; par M. J.-M. D., traducteur de Simple Histoire, 3 vol. in-12.   6 fr.

Une fable simple, une narration vive, des situations attachantes et neuves, un intérêt soutenu, font le charme de ce roman, qui se distingue encore par la grâce et la pureté du style. La réunion de ces divers mérites est si rare aujourd'hui qu'elle ne pouvait manquer d'être remarquée; aussi nos meilleurs critiques se sont-ils accordés à en faire l'éloge, et le public a confirmé ce jugement.

LIONEL, 2 vol. in-12, 5 fr. avec cette épigraphe :

> « Malheureusement les nobles âmes qui brillent au milieu
> « de la bassesse ne produisent aucune révolution. Elles
> « ne sont point liées aux affaires de leur temps; étrau-
> « gères et isolées dans le présent, elles ne peuvent avoir
> « aucune influence sur l'avenir. Le monde doute sur
> « elles sans les entraîner; mais aussi elles ne peuvent
> « arrêter le monde. »
> M. DE CHATEAUBRIANT, *Itinéraire de Paris
> à Jérusalem.* Tome 3, page 173.

La grâce des détails, la variété des souvenirs, une suite de sentimens vrais exprimés avec force et délicatesse à la fois, assurent le succès de cette production. L'héroïne intéresse par le tableau de son innocente passion, et par les combats qu'elle soutient : elle y succombe, il est vrai; mais elle paraît devoir à sa faute même de plus touchantes vertus. Esther (c'est son nom) est une créature angélique. Lionel, son amant, modèle de la loyauté et de la fidélité française, retrace ces vertus chevaleresques qui faisaient l'orgueil de nos pères : il développe des sentimens si élevés, il est tellement supérieur que, s'il n'avait pas eu un modèle, la création d'un si noble caractère serait au-dessus de la conception du roman. C'est la première fois qu'on a choisi pour sujet d'une nouvelle l'inaction forcée du héros; et l'on peut dire que l'auteur a exécuté ce plan hardi d'une manière fort heureuse.

CHARLES BARIMORE. Troisième édition. 1 vol. in-8, grand papier, fig.   5 fr.
— Le même, papier vélin, fig.   10

CONFESSIONS DE MADAME***; principes de morale pour se conduire dans le monde. 2 vol. in-12.   5 fr.

Ce livre, publié par un de nos littérateurs les plus distingués, est réellement l'ouvrage d'une femme de beaucoup d'esprit. Entrée de bonne heure dans le monde, exposée à tous les genres de séductions, elle s'entretient avec elle-même sur les moyens d'en triompher, et elle y réussit parfaitement. Sa conversation plaît, attache, intéresse ; elle n'offre que de beaux exemples et de bonnes maximes ; « et c'est « précisément en cela (a dit le *Journal de Paris* du 15 mars), que « la lecture de ce livre doit être recommandée dans toutes les mai- « sons d'éducation. » Les vertus et les vices de ceux qui ont vécu offrent également d'utiles leçons à ceux qui ont à vivre. — « Quand « elle parle de ses qualités (dit le *Journal des Débats* du 29 mars), « elle ne se trompe pas. Quand elle parle des défauts qu'elle a et « qu'elle aime, elle plaît, amuse et instruit ; mais elle n'est jamais « aussi piquante que dans les efforts qu'elle fait pour se défendre des « défauts qu'on lui reprochait généralement, et qu'elle ne croyait « pas avoir. C'est un des ouvrages publiés de nos jours où les gens « d'esprit et de bonne société se retrouveront avec le plus de plai- « sir. »

Emilia, ou le Danger de l'Exaltation. 2 vol. in-12, fig. 4 fr.

Une jeune personne, d'une imagination vive, familiarisée avec les arts, et comme inspirée par eux, s'est créé une idole de son cœur : comme un autre Pygmalion, Emilia fait le portrait d'un mari tel qu'elle le désire. Cette idée, qui n'était d'abord qu'un jeu, se forti- fie par l'exaltation de sa tête, et le portrait se trouve embelli de toutes les perfections qu'a pu lui prêter le talent. Melville en était épris : inspiré par l'amour et aidé par l'amitié, il parvient à faire croire à Emilia, à laquelle il est apparu comme fortuitement en di- verses rencontres, qu'il est l'être fantastique qu'elle s'est plu à créer ; il a retouché secrètement les traits du portrait, il en imite les atti- tudes, et rend l'illusion complète. Enfin, les deux amans allaient être unis ; c'était le vœu du père d'Emilia. Mais cette alliance à la- quelle tout semblait concourir, est rompue par Emilia elle-même, qui contraint Melville à en épouser une autre. Tel est le fond de ce roman où les incidens se multiplient et où, avec tous les moyens d'être heureux, on voit deux jeunes gens, emportés par l'exaltation de leur caractère, éprouver un grand nombre de traverses qui obscur- cissent leurs beaux jours et décolorent leur existence.

Contes gothiques, par l'auteur de la Dame grise. 2 vol. in-12.   4 fr.

Ervina, ou *la Magie, la Nature* et *l'Amour ; Eric*, ou *l'En- fant du Désert* : telles sont les deux histoires qui, réunies sous le titre de *Contes Gothiques*, forment celle de deux familles enchaî- nées à une même destinée par la ressemblance de leurs vertus, de leurs erreurs, de leurs passions et de leurs malheurs. Les aventures qu'on y retrace, se rapportent à l'époque de la croisade contre les Albigeois, et l'auteur, dans sa narration, a su conserver la couleur du siècle. C'était le temps des sortiléges et des miracles ; il a bien fallu se conformer à cet esprit de crédulité et de superstition qui ne se plaisait alors qu'aux événemens qui sortent de l'ordre naturel des choses. Mais si ce genre aujourd'hui peut paraître bizarre, du moins il n'est nullement pernicieux ; et l'écrivain qui l'a choisi, a trouvé tout à la fois le moyen d'occuper l'imagination de ses lecteurs, et de les intéresser en les amusant.

Evélina, ou l'Entrée d'une jeune personne dans le monde; par *Miss Burney*, trad. de l'anglais. Nouv. édit. 2 vol. in-12. 5 fr.

OUVRAGES DE MADAME LA COMTESSE DE GENLIS.

Adèle et Théodore, 3 vol. in-8. 15 fr.
— Le même, 4 vol. in-12. 10 fr.
Alphonse, ou le Fils naturel, 1 vol. in-8. 5 fr.
— Le même, 2 vol. in-12. 5 fr.
Alphonsine, ou la Tendresse maternelle, 2 vol. in-8. 10 fr.
— Le même, 3 vol. in-12. 9 fr.
Annales (les) de la Vertu, 3 vol. in-8. 18 fr.
— Les mêmes, 5 vol. in-12. 12 f. 50 c.
Bélisaire, 1 vol. in-8. 4 fr.
— Le même, 2 vol. in-12. 4 fr.
Battuécas (les), 2 vol. in-12. 4 fr.
Botanique (la) historique et littéraire, in-8. 5 fr.
— Le même, 2 vol. in-12. 4 fr.
Chevaliers (les) du Cygne, ou la Cour de Charlemagne, 3 vol. in-8. 12 fr.
— Le même, 3 vol. in-12. 7 fr. 50 c.
Comte (le) de Corke, ou la Séduction sans artifice, suivi de sept Nouvelles, 2 vol. in-12. 4 fr.
Discours moraux sur divers sujets, 1 vol. in-8. 4 fr.
— Les mêmes, 1 vol. in-12. 2 f. 50 c.
Duchesse (la) de la Vallière, 1 vol. in-8. 5 fr
— Le même, papier vélin. 10 fr.
— Le même, 2 vol. in-12. 4 fr.
Examen de la Biographie universelle, in-8. 3 fr. 30 c.
Herbier moral, ou Recueil de Fables nouvelles, etc. 1 vol. in-12. 2 fr.
Histoire de Henri-le-Grand, 2 vol. in-8, pap. vél. 24 fr.
— Le même, 2 vol. in-12. 6 fr.
Influence (de l') des Femmes sur la Littérature française, comme protectrices des lettres ou comme auteurs, 1 vol. in-8. 6 fr.
— Le même, 2 vol. in-12. 5 fr.
Jeanne de France, nouvelle édition, 2 vol. in-12. 4 fr.
Madame de Maintenon, pour servir de suite à l'histoire de la duchesse de la Vallière, in-8. 5 fr.
— Le même, papier vélin. 10 fr.
— Le même, 2 vol. in-12. 4 fr.
Mademoiselle de Clermont, 1 v. in-18. port. 1 fr. 25 c.
— La même, papier fin, de l'imprimerie de Didot aîné, ornée de quatre jolies gravures et du portrait de Mlle. de Clermont. 3 fr.

— La même , papier vélin , fig.   5 fr.

MADEMOISELLE DE LA FAYETTE , ou le Siècle de Louis XIII ,
2 vol. in-12.   4 fr.

MAISON RUSTIQUE , pour servir à l'éducation de la jeunesse,
ou Retour d'une famille émigrée , 3 vol. in-8.   18 fr.

MÈRES (les) RIVALES , 3 vol in-12.   7 fr. 50 c.

MONUMENS (les) RELIGIEUX , 1 vol. in-8.   6 fr.

— Les mêmes , papier vélin.   10 fr.

NOUVEAUX CONTES MORAUX , et Nouv. hist., 4 vol. in-8. 24 fr.

— Les mêmes, 6 vol. in-12.   15 fr.

NOUVELLE MÉTHODE D'ENSEIGNEMENT POUR LA PREMIÈRE ENFANCE ,
1 vol. in-8.   4 fr. 50 c.

— La même , in-12.   2 fr. 50 c.

NOUVELLES HEURES CATHOLIQUES , à l'usage de l'enfance,
in-18.   1 fr. 20 c.

— Les mêmes, papier vélin.   2 fr. 40 c.

OBSERVATIONS CRITIQUES pour servir à l'histoire de la littérature du 19e siècle.   1 fr. 80 c.

PETIT (le) LA BRUYÈRE , ou Caractères et Mœurs des enfans
de ce siècle , 1 vol. in-12.   2 fr. 50 c.

PETITS (les) EMIGRÉS , ou Correspondance de quelques enfans,
2 vol in-8.   8 fr.

— Les mêmes , 2 vol. in-12.   5 fr.

RELIGION (la) considérée comme l'unique base du bonheur et
de la véritable philosophie. Nouvelle édition in-12.   3 fr.

SAINCLAIR , ou la Victime des sciences et des arts , 1 vol.
in-18.   1 fr. 25 c.

SIÉGE (le) DE LA ROCHELLE , ou le Malheur et la Conscience ,
2 vol. in-12.   5 fr.

SOUVENIRS DE FÉLICIE L*** , 2 vol. in-12.   5 fr.

TABLEAUX DE M. LE COMTE DE FORBIN , ou la Mort de Pline
l'ancien , et Inès de Castro , nouvelles historiques , 1 vol.
in-8 , fig.   5 fr.

— Les mêmes , papier vélin.   10 fr.

THÉATRE D'ÉDUCATION , 5 vol. in-12.   12 fr. 50 c.

THÉATRE DE SOCIÉTÉ , 2 vol. in-8.   10 fr.

— Le même, 2 vol. in-12.   5 fr.

VEILLÉES (les) DU CHATEAU , 2 vol. in-8.   12 fr.

— Les mêmes, 3 vol. in-12.   7 fr. 50 c.

VIE PÉNITENTE de madame de la Valière , in-12.   2 fr.

VŒUX (les) TÉMÉRAIRES , 3 vol. in-12.   5 fr.

VOYAGES POÉTIQUES D'EUGÈNE ET D'ANTONINE , 1 vol.   2 f. 50 c.

ZUMA , ou la Découverte du Quinquina , suivi de la Belle
Paule , de Zénéïde , des Roseaux du Tibre , etc. , 1 vol.
in-12.   3 fr.

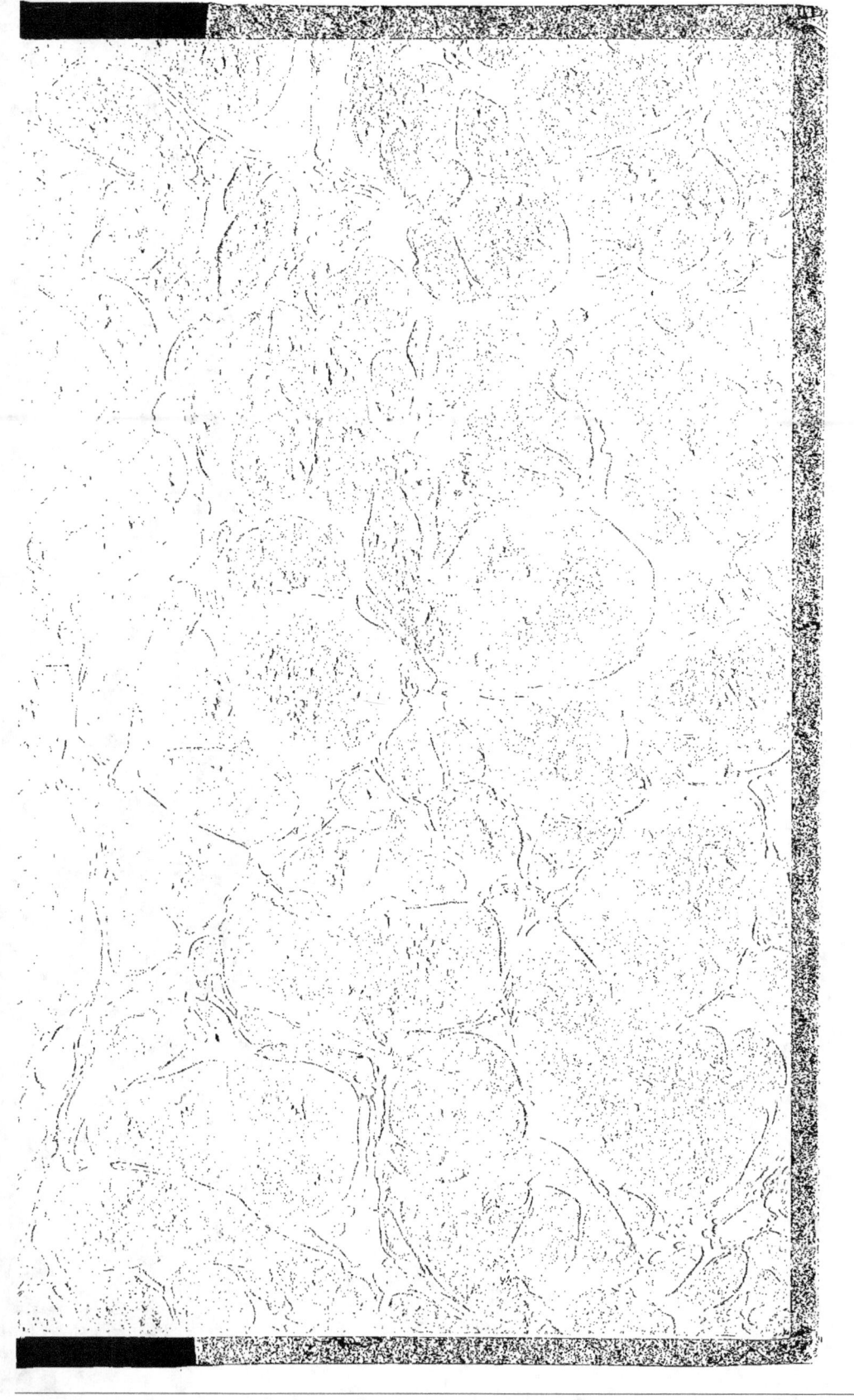

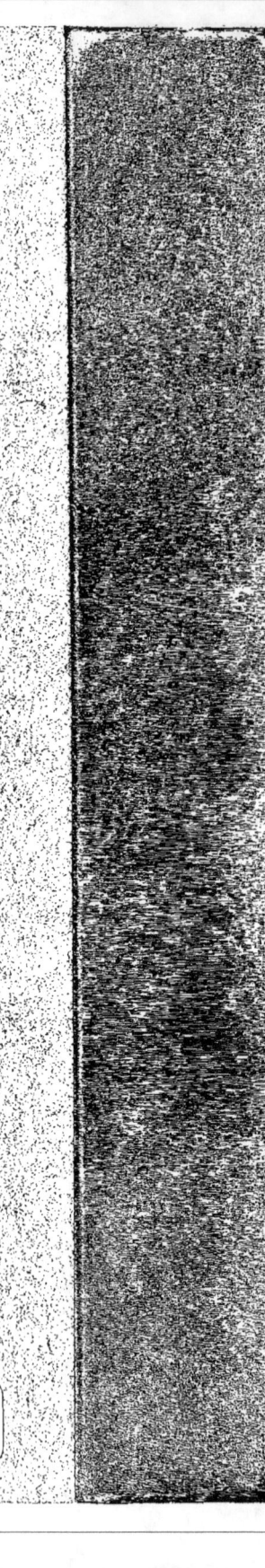